LE PROBLÈME
AVEC JANE

CATHERINE CUSSET

LE PROBLÈME
AVEC JANE

roman

GALLIMARD

À Vlad et Milli

À mes amis Hilari, Meredith,

Luciana et Per

Le paquet

Il y a des jours où le chat de la voisine, miaulant devant une porte close, ne vous inspire pas la moindre joie sadique quand vous la lui ouvrez et qu'une rafale de pluie éclabousse l'animal surpris.

Jane soupira et laissa se refermer la porte. Le temps n'arrangeait rien. Ce serait pire dans un quart d'heure s'il n'y avait pas de message d'Alex sur son ordinateur au bureau.

Le gros chat gris la regardait d'un air de reproche et miaula plaintivement.

« Quoi ? C'est ma faute, peut-être ? »

Par terre, à côté du paquet brun dont Jane avait remarqué hier l'adresse manuscrite, traînait un New York Times *dans son plastique bleu. Elle le prendrait, tiens. On lui avait assez souvent volé son journal — sûrement les étudiants du rez-de-chaussée — à l'époque où elle dépendait comme d'une drogue de sa dose matinale de nouvelles. C'était même pour ça qu'elle avait mis fin à l'abonnement.*

Earl Grey miaulait maintenant devant l'autre porte, celle qui séparait le petit hall avec les boîtes aux lettres de l'intérieur de la maison. Elle réintroduisit sa clef dans la serrure et poussa la lourde porte pour le laisser entrer. Il disparut dans les escaliers.

Jane n'avait pas plus envie que le chat de se lancer dans cette tornade à retourner un parapluie en moins d'une minute. Il était trop tôt pour le courrier. Elle se pencha pour voir le nom du voisin négligent qui n'avait pas ramassé son paquet. C'était elle. Elle haussa les sourcils. Hier soir, la nouvelle de la mort de Duportoy l'avait trop bouleversée pour qu'elle pense à vérifier le nom, d'autant plus qu'elle ne recevait jamais de paquet chez elle. Elle le prit. Solide, rectangulaire et plutôt lourd : sans doute un livre. Un sourire illumina son visage. Alex avait dû se débrouiller pour obtenir son adresse. Après treize jours de silence, il lui envoyait un cadeau au lieu d'un message e-mail. L'écriture sur l'enveloppe, rapide et vive, dansante et équilibrée, ressemblait à Alex. Il utilisait un stylo à plume et de l'encre bleue, comme elle. Toute sa mauvaise humeur disparut.

Elle se battit contre l'enveloppe rembourrée agrafée et collée. Une matière gris-brun s'échappa du papier déchiré. À l'intérieur il y avait une autre enveloppe, blanche : le livre était bien protégé. Elle en sortit une chemise en carton jaune. Une disquette tomba sur le sol carrelé avec un bruit sec. La chemise contenait un manuscrit en feuilles détachées. Sur la première elle lut :

LE PROBLÈME AVEC JANE

roman

Pas de nom d'auteur. Suivait, sur la deuxième, une table des matières :

1. Dîner avec Bronzino	1
2. À la façon d'Eric	50
3. Pas même un baiser	153
4. Guérir	260

Bronzino, Eric : les hommes de son passé. Elle regarda l'enveloppe marron : pas de nom d'expéditeur. Le paquet avait été posté à New York cinq jours plus tôt. À cette date Alex se trouvait en France, elle aurait dû y penser.

Elle parcourut rapidement les premières pages. Il s'agissait d'elle. D'elle et de Bronzino. Neuf ans plus tôt. Quelqu'un de bien informé. Le manuscrit comptait trois cent soixante pages et s'achevait sur cette phrase : « En bas elle trouva le paquet avec le manuscrit. » Jane tressaillit et leva les yeux. On ne voyait rien derrière le carreau sauf la pluie et les fleurs du magnolia dégoulinantes d'eau.

Elle irait au bureau plus tard. Il fallait d'abord éclaircir ce mystère. Le mauvais plaisant avait bien choisi son jour : comme si la pluie torrentielle, la mort de Duportoy et le silence d'Alex, quand elle avait un si grand besoin de lui parler, ne suffisaient pas. Elle ramassa la disquette, rouvrit la porte séparant l'entrée de l'intérieur de la maison, et monta deux à deux les marches de l'escalier de bois qui craquait sous les pieds malgré la moquette. Quand elle fut devant sa porte, quelque chose toucha sa cheville droite. Elle bondit sur le côté en poussant un cri. La tête penchée, Earl Grey la regardait avec des yeux de merlan frit. Elle rit nerveusement et tapa du pied pour le faire déguerpir. Chez elle, elle verrouilla sa porte, se débarrassa de son imperméable, alluma le lustre — il faisait aussi sombre qu'à sept heures du soir — et se mit à lire, debout près de la table.

LE PROBLÈME AVEC JANE

PREMIÈRE PARTIE

Dîner avec Bronzino

1

Les fenêtres du Provence étaient trop hautes pour qu'on aperçût l'intérieur. Le meilleur restaurant de la ville, d'où Jane voyait sortir des couples élégants le vendredi et le samedi soir quand elle rentrait de la cinémathèque. Voilà où elle eût aimé dîner ce soir. Elle avait failli le suggérer à Bronzino au téléphone, ce matin : mais c'était un peu trop chic pour un dîner entre collègues, et financièrement elle ne pouvait pas se le permettre. Elle avait donc proposé le restaurant indien d'University Street, qu'elle connaissait pour y avoir mangé seule. Elle passa devant le Café Romulus. Un Noir petit et barbu qu'elle avait déjà vu mendier sur le campus se tourna vers elle.

« Z'auriez pas dix cents ? »

Elle s'arrêta, contente de ne pas avoir eu le réflexe de dire non, et sortit son porte-monnaie.

« En fait, reprit le petit type, on n'a pas besoin de dix cents mais d'un dollar. » Il ajouta rapidement : « On a quatre-vingt-dix cents. Vous pourriez nous les changer contre un dollar ? »

Un Noir massif en retrait dans l'ombre d'une porte s'avança et présenta avec un sourire sa large paume pleine de pièces. Plusieurs de ses dents de devant manquaient. Elle sortit un dollar.

« Ça va. Gardez la monnaie.

— Merci ! »

Ils n'avaient pas l'air très surpris. Ils s'éloignèrent. Jane rit, devinant que ce n'était ni le premier ni le dernier dollar qu'ils obtenaient ainsi ce soir.

Il ne fallait jamais désespérer : la vie n'était qu'un constant mouvement de hauts et de bas qui finissaient par s'équilibrer. Pendant six ans, à Chicago, elle avait mangé des nouilles et partagé avec d'autres étudiants des appartements pourris si mal chauffés l'hiver — six mois de l'année — qu'elle dormait avec des chaussettes et un bonnet de laine. Puis était apparue la lumière au bout du tunnel, l'offre inattendue, stupéfiante, de l'université Devayne, quand elle n'était pas plus intelligente qu'une autre et qu'elle n'avait même pas terminé sa thèse : un vrai poste avec un vrai salaire dans le meilleur département de français de tout le pays, sur la côte Est, à une heure et demie de New York — un rêve, le début d'une vie glorieuse, le bonheur. Elle avait rompu avec le petit ami qu'elle n'avait jamais vraiment aimé, déménagé à Old Newport, trouvé un élégant deux-pièces bien chauffé, avec de hauts plafonds, des moulures, une cheminée et un magnifique plancher à larges lattes en bois d'érable, acheté un superbe tapis, un vrai lit et son premier canapé, et commencé à enseigner à Devayne, où elle venait de passer les neuf mois les pires de son existence. Chaque jour un peu plus seule et un peu plus déprimée. Jusqu'à trois jours plus tôt. Il n'y avait pas, semblait-il, de négatif absolu : plus on était bas, plus un rien vous faisait remonter. L'invitation à dîner d'un collègue âgé avait suffi à la transporter d'allégresse. Il est vrai qu'il ne s'agissait pas de n'importe quel collègue. Tous ses condisciples à Northwestern, Josh en particulier, auraient

16

été ébahis d'apprendre qu'elle dînait en tête à tête avec Norman Bronzino.

Elle arriva devant La Perle de Bombay. La porte en verre lui renvoya son reflet : dans la corolle du col relevé de son imperméable, avec le mascara qui agrandissait ses yeux et le rouge à lèvres rosé, son visage triangulaire, encadré par les cheveux bruns tombant bien sur ses épaules grâce au brushing, avait quelque chose de joli et de doux. Elle poussa la porte. Un serveur indien l'accueillit avec une courbette.

« J'ai rendez-vous avec quelqu'un.

— Un grand monsieur ? Il est là. »

Dans la salle encore vide, Bronzino avait choisi le coin le plus éloigné de la baie vitrée. Il se leva à son approche. Grand et mince comme le père de Jane, il faisait plus jeune avec sa fine moustache et ses courts cheveux frisés châtain clair, peut-être teints. Il portait comme d'habitude une chemise parfaitement repassée, un nœud papillon, une veste en tweed beige avec des pièces de daim aux coudes, et des chaussures à semelle de crêpe. Le parfait gentilhomme campagnard. Sa main était chaude. Il garda celle de Jane une seconde de plus que nécessaire. Elle demanda précipitamment :

« Tu m'attends depuis longtemps ?

— Je viens d'arriver. »

Il l'aida à ôter son imperméable et le tendit au serveur qui leur donna les menus. Ils s'assirent. Il suggéra de commencer par regarder la carte et sortit de la poche intérieure de sa veste une paire de petites lunettes rectangulaires qui lui donnaient l'air encore plus digne.

Le ventre de Jane gargouilla. Elle avait passé l'après-midi à nettoyer son appartement et n'avait rien mangé depuis le matin. Le serveur versa dans leurs verres le contenu d'une grande carafe pleine de glaçons et d'eau fraîche. Elle en but quelques gorgées. Son estomac fut traversé d'une vive douleur. Elle reposa le verre et croisa les jambes en fixant la carte sans la lire. Une crampe soudaine faillit lui arracher un cri. Ce n'était pas la faim. Elle changea de position et croisa les jambes dans l'autre sens, pâle, horriblement tendue. Bronzino, absorbé par sa lecture, n'avait rien remarqué. Il referma le menu, ôta ses lunettes et lui sourit. Le garçon s'approcha d'eux. Jane prit le premier plat sur la page. C'était aussi le moins cher, à peine sept dollars. Elle avait quarante dollars sur elle mais préférait ne pas en dépenser plus de dix.

« Tu ne veux pas d'entrée ?

— Merci. Je n'ai pas assez faim. »

Il commanda un assortiment d'entrées et des *scampi tandoori*, le plat le plus cher. Un homme comme lui ne regardait évidemment pas au prix : privilège de l'âge et de la renommée. Il serait agréable de pouvoir vivre un jour sans compter — ou, du moins, plus largement. Peut-être dans dix ans, quand elle aurait fini de rembourser l'argent emprunté pendant ses années d'études.

« Ça t'ennuie si on prend du blanc ? Je préférerais, pour aller avec les fruits de mer.

— Juste de l'eau pour moi, merci. »

Le vin sur son estomac vide l'aurait enivrée tout de suite. Bronzino commanda un verre de Chardonnay. Le serveur s'éloigna.

« Joli collier, dit Bronzino.

— Merci. Il vient d'Israël.

— Ah oui ? Tu as voyagé là-bas ?

— Non, c'est un cadeau. »

Elle rougit. Il sourit.

« Alors, comment se passe ta première année parmi nous ?

— Vraiment bien. C'est un plaisir d'enseigner à des étudiants si intelligents. Et la bibliothèque est formidable : j'ai trouvé une édition originale de *Madame Bovary* et j'ai pu l'emprunter pour un an.

— On est gâtés, c'est vrai. »

Il y eut un gargouillis bruyant qui ne pouvait pas avoir échappé à l'ouïe de Bronzino. Jane avait atrocement mal au ventre. Elle examina ses doigts.

« Je devrais me rincer les mains. J'étais à la bibliothèque et il y a une telle poussière sur les livres...

— Je crois que c'est au fond à droite. »

Elle s'éloigna sans se presser. À peine à l'intérieur des toilettes, elle courut s'enfermer. Ses entrailles liquéfiées se vidèrent bruyamment. Elle se crispa, terrorisée à l'idée qu'on puisse l'entendre. Elle tira la chasse. La crise n'était pas finie. Quelqu'un entra et s'installa dans le local voisin. Six heures un quart. Il devait commencer à regarder sa montre. Un dîner qu'elle attendait depuis trois jours — depuis neuf mois : sa première sortie depuis qu'elle habitait Old Newport.

C'était cela qui l'avait le plus surprise ici : l'absence de vie sociale. On déjeunait sur le pouce avec des collègues, mais on ne dînait pas : par manque de temps ou souci de préserver sa vie privée dans un milieu compétitif comme Devayne. En novembre Jane avait invité sa collègue Carrie, nouvelle et seule aussi, puisque son mari finissait des études en Californie. Carrie avait accepté avec enthousiasme, et Jane recommencé à voir la vie sous des couleurs plus roses. En annulant à la dernière minute avec une profusion d'excuses et sans proposer d'autre date, Carrie avait abandonné Jane dans un trou de désespoir, avec son veau aux carottes et son tiramisu qui auraient pu nourrir dix personnes. Mieux valait encore passer les soirées seule, à travailler, sans risque d'imprévu. Elle ne pouvait même pas appeler ses amis de Chicago : il y aurait eu de l'indécence à se plaindre, quand ils étaient toujours sans travail. Avec Allison, déjà, c'était limite. Allison et John avaient choisi de commencer leur droit à trente ans après avoir fini leur thèse de lettres, juste pour être sûrs de trouver du travail et de vivre dans la même ville. En fait, ils étaient tous déprimés : un phénomène de génération ? La faute à Flaubert ? Le père de Jane avait raison : enseigner la littérature, c'était sombrer avec le navire. Même Bronzino, finalement, était un dinosaure. Cette pensée lui arracha un sourire.

L'autre femme finit par se laver les mains et partir. Jane fut traversée d'une douleur si vive qu'elle crut qu'elle allait s'évanouir. La sueur perlait sur ses paumes, son front et au-dessus de sa lèvre supérieure. Elle s'abandonna à la douleur et se tint le ventre en gémissant. Ensuite elle se sentit mieux. Vide enfin. Elle introduisit la main dans le conteneur métallique de papier hygiénique. Vide aussi.

Les larmes lui montèrent aux yeux. Elle les refoula à cause du mascara et fouilla ses poches. Son élégant pantalon sortait du pressing : rien. Pas le plus petit mouchoir en papier dans son sac alors qu'elle en avait toujours un paquet sur elle. Juste cette stupide bouteille de whisky qu'elle avait achetée sur son trajet au cas où Bronzino viendrait boire un dernier verre chez elle tout à l'heure.

La femme s'étant séché les mains avec un appareil électrique, la situation semblait sans issue. Jane entrouvrit sa porte, jeta un coup d'œil au-dehors et s'exclama de soulagement en voyant au-dessus du lavabo une boîte métallique contenant des serviettes en papier : les gérants de restaurants indiens remontaient dans son estime.

Quelques tables près de la fenêtre étaient maintenant occupées. Elle s'était absentée vingt minutes. On avait déjà servi l'entrée à Bronzino. Avec une discrétion appréciable il ne lui demanda pas si tout allait bien.

« C'est délicieux. Tu veux goûter ?

— Merci, je n'ai pas faim. »

Son regard la mettait mal à l'aise.

« Tu as quel âge ?

— Vingt-huit ans. Bientôt vingt-neuf.

— Si jeune ! Tes étudiants doivent tous être amoureux de toi. »

Elle eut un rire décontenancé et se félicita d'avoir choisi le tailleur pantalon au lieu de la robe noire moulante. Bronzino reprit :

« Je suis convaincu qu'il n'y a pas de pédagogie sans érotisme. Ce n'est pas quelque chose qu'on peut dire dans le contexte actuel aux États-Unis, mais il me semble qu'on n'apprend vraiment bien que des professeurs dont on est amoureux. »

Elle pensa à l'étudiant blond qui la fixait trois heures par semaine en classe avec des yeux de Bambi : en effet, son meilleur élève. Un souvenir plus ancien lui revint.

« Quand j'avais quinze ans, j'ai été amoureuse de ma prof de français : au collège j'ai fait du français.

— Il s'est passé quelque chose ?

— Quelque chose ?

— Avec ta prof.

— Oh non. Elle était mariée, mère de deux enfants.

— Pas une Simone de Beauvoir. »

Il sourit. Elle l'avait toujours vu si froid et si réservé qu'elle n'avait accordé aucun crédit à la rumeur selon laquelle une étudiante l'aurait accusé de harcèlement sexuel quelques années plus tôt. Elle n'était plus si sûre.

« Comment ça se passe avec les collègues ? » dit-il d'un ton plus sérieux en portant à ses lèvres un morceau de feuilleté aux légumes délicatement découpé. Il déglutissait avec élégance et ne parlait jamais la bouche pleine.

« Très bien. Tout le monde est très gentil. Très occupé aussi, bien sûr. C'est normal, à Devayne.

— C'est vrai, hélas. Tiens : ça fait des mois que je voulais déjeuner avec toi et on est déjà en avril. L'année passe à toute allure — surtout le second semestre. »

Le serveur vint prendre l'assiette vide de Bronzino et apporta les plats. Il était temps : Jane avait une sensation de faim proche du vertige. Bronzino commanda un deuxième verre de vin et entama ses scampi. Elle prit une grosse bouchée de poulet et fit la grimace. La sauce était beaucoup trop pimentée. Elle ne pourrait manger que le riz. Bronzino lui demanda :

« Tu as trouvé à te loger correctement ?

— Oh oui. J'ai eu de la chance. Le premier appartement que j'ai vu en juillet, dans une maison ancienne. Il est très beau.

— C'est dans un bon quartier ?

— Sur Linden Street, à cinq minutes du campus.

— Tant mieux. Tu sais ce qui est arrivé jeudi dernier ?

— Oui. C'est fou. »

La mère d'un étudiant, en visite pour trois jours, avait reçu une balle dans la cuisse en se retrouvant au beau milieu d'une fusillade alors qu'elle traversait Central Square, le jardin au centre d'Old Newport, à quatre heures de l'après-midi.

« J'espère que tu fais attention, Jane.

— J'ai habité six ans au centre de Chicago et il ne m'est jamais rien arrivé. On ne m'a même pas volé mon portefeuille une seule fois. Je n'ai jamais vu d'arme sauf dans les films.

— Ne plaisante pas avec ça. Un étudiant a été assassiné l'an dernier sur le campus. Il vaut mieux que tu ne sortes pas seule le soir. Tu as une voiture ?

22

— Non. Je n'aime pas conduire. C'est dommage, surtout parce que j'adore la mer et qu'il faut une voiture pour y aller. »

Il hocha la tête.

« Oui. Et la côte est jolie. Il y a aussi un beau parc national à une demi-heure. Il faudra qu'on t'y emmène. »

Était-ce une promesse ? Elle prit son verre d'eau. La main gauche de Bronzino s'approcha au même moment de son verre de vin et effleura la sienne. Il avait une peau lisse, sans un poil, d'une blancheur presque obscène, de longs doigts et, à l'annulaire, une fine alliance. Il commanda un troisième verre. Une bouteille eût été plus économique.

« Tu ne veux toujours rien boire ?

— Non merci. »

Elle sentit ses lèvres et ses joues palpiter sous le regard de Bronzino et baissa les yeux.

« Dis-moi : pourquoi Flaubert ? »

Elle releva la tête, soulagée.

« À cause de mon père.

— De ton père ? Il est prof de lettres ?

— Non, dentiste. Il n'a jamais compris ce qu'on pouvait bien chercher en littérature. Il était furieux quand je me suis inscrite en thèse de lettres. Il voulait que je fasse du droit.

— Mais alors ?

— Je l'ai toujours déçu. Il aurait voulu un garçon pour jouer avec lui au base-ball le dimanche. Il a essayé de m'apprendre. Je ne rattrapais pas une balle. Il criait que je fermais les yeux quand la balle arrivait. Plus il criait, plus je fermais les yeux. »

Bronzino hocha la tête avec un sourire : lui aussi avait dû jouer au base-ball avec ses enfants le dimanche. Pendant son séjour à Paris en troisième année d'université, continua Jane, elle s'était rendu compte qu'elle haïssait les banlieues vertes où elle avait grandi et s'était ennuyée à mourir. Flaubert, donc, pour son ironie à l'égard de la province ennuyeuse, hypocrite et bourgeoise. M. Homais, c'était son père. Norman rit.

« Dur métier que celui de père : les enfants sont sans pitié. Sur quoi tu travailles, exactement ?

— La « phrase musclée » de Flaubert, sa conception *virile* (elle dessina des guillemets dans l'air) du style comme répression du mou et du sentimental : du féminin, en quelque sorte.

— Intéressant. Personnellement je n'aime pas beaucoup *Madame Bovary* : on sent à chaque phrase que Flaubert se réprime, tu ne trouves pas ? Le problème, c'est peut-être justement qu'il avait peur de la femme en lui. »

Jane, qui adorait *Madame Bovary*, cherchait quelque chose d'intelligent à dire, quand Norman regarda sa montre :

« On en discutera la prochaine fois : il faut que j'y aille.

— Bien sûr ! J'ai fini. »

Les deux heures avaient passé comme cinq minutes. Elle n'avait plus mal au ventre. Il la mettait à l'aise. Elle n'avait pas abordé les sujets qu'elle gardait en réserve et n'avait même pas réussi à lui faire savoir combien elle avait trouvé inspirant son livre *Désir et Suspense*.

Bronzino se tourna vers la salle et fit signe au serveur d'apporter l'addition. La salle s'était remplie sans qu'elle s'en rendît compte. « Juste cinq minutes », dirait-il en se garant devant chez elle. Elle aurait dû prendre un meilleur whisky, du Chivas ou du Glenlivet. Attention : il était marié et son supérieur hiérarchique. Heureusement, les hommes plus âgés ne l'avaient jamais attirée.

Il observait quelque chose de l'autre côté de la salle. Jane tourna la tête et vit une femme aux longs cheveux d'un blond vénitien avec un profil superbe. Norman commenta d'une voix de connaisseur :

« Belle pièce. »

Elle approuva de la tête, un peu choquée.

« Elle a au moins un siècle », ajouta-t-il.

Jane regarda à nouveau vers l'autre bout de la salle. Sur le mur, derrière la femme, était suspendu un grand tapis dans les tons rouge sombre. Il donnait à la salle l'intimité chaleureuse qui avait plu à Jane quand elle avait dîné seule ici. Elle demanda avec excitation :

« Tu aimes les tapis ?

— Beaucoup.

— En septembre je me suis acheté un kilim caucasien du dix-neuvième siècle, d'une magnifique harmonie de couleurs chaudes, toutes des teintes naturelles. Je n'avais pas un sou, c'était une folie mais je n'ai pas pu résister. Il a un effet étonnant sur moi : je le regarde et ça me détend.

— Tu sais que le cabinet de Freud était plein de tapis persans. »

Le serveur grassouillet posa devant lui le portefeuille de cuir noir qui contenait l'addition. Norman l'ouvrit et s'empara de la fiche avant que Jane ait pu faire un geste vers son sac.

« J'ai un collègue canadien, reprit-il en cherchant ses lunettes dans la poche intérieure de sa veste, qui a une telle passion pour les tapis qu'il dort, mange, travaille sur des tapis. Du coup il est célibataire.

— Pourquoi ?

— Dès qu'une femme s'installe chez lui, au bout d'une semaine elle veut introduire une table ou un lit. »

Jane rit. Il mit ses lunettes et marmonna des chiffres :

« Quarante et un dollars et dix cents auxquels j'ajoute pour le service quinze pour cent, soit six dollars cinquante, disons sept... »

Cette façon qu'il avait de compter à voix haute embarrassa Jane en lui rappelant le prix modique de son plat. Devait-elle protester et insister pour payer sa modeste part ? Était-il plus discret de se taire ? Il s'agissait d'une invitation professionnelle et l'addition passerait sûrement sur sa note de frais. Elle hésitait encore quand Bronzino dit en la regardant :

« Quarante-huit. C'est simple ; vingt-quatre chacun. »

Jane s'empourpra. Elle se pencha et ramassa son sac. Elle sortit ses deux billets de vingt dollars et les tendit à Bronzino sans le regarder.

« Donne-moi vingt, ça suffira. Ça va ?

— Oui, pourquoi ? »

Elle se força à sourire.

« Tu es toute rouge. C'était bon mais un peu lourd. L'air frais nous fera du bien. »

Le serveur mit deux petites assiettes devant eux. Bronzino fronça les sourcils.

« On n'a pas commandé de dessert.

— Un cadeau du chef. Pour goûter. Très bon. »

Jane regarda la boule blanche flottant dans le miel.

« C'est gentil, dit Bronzino, mais je n'ai plus faim non plus. »

Elle mit son imperméable pendant qu'il comptait la monnaie. Dehors il lui tendit la main.

« C'était charmant. On refera ça. Tu as besoin que je te dépose quelque part ? Je te préviens, ma voiture est loin.

— Non, ça va. Je vais à la bibliothèque. »

Il n'insista pas. Immobile sur le trottoir, elle le regarda s'éloigner à grands pas. Elle frissonna. L'air avait fraîchi. Huit heures un quart. Toute une soirée devant elle et autant d'envie de rentrer chez elle préparer son cours que d'avaler une douzaine de ces boules crémeuses nageant dans le miel. Elle serait encore plus seule parmi les étudiants somnolant dans les fauteuils en cuir de la bibliothèque ou parmi les esseulés à lunettes qui se réfugiaient au Café Romulus pour échapper à leur solitude. Elle marcha lentement le long de Central Square, du côté du campus, mieux éclairé que celui du parc.

« T'as pas une p'tite pièce ? »

La voix rauque tout contre son oreille la fit sursauter, Sous son capuchon de sweat-shirt noir, le visage noir du clochard était à peine visible dans le noir,

« Je n'ai pas de monnaie, »

Elle descendit du trottoir et se retrouva sur la route,

« Bonne nuit quand même ! Et bonne santé ! »

Le hurlement d'un klaxon lui coupa les jambes. La voiture zigzaguait déjà cinq cents mètres plus loin. Le conducteur l'avait insultée par sa vitre ouverte. Avec son imper gris, elle était aussi invisible que le clochard. Ses jambes tremblaient quand elle atteignit le trottoir de l'autre côté. Des ombres louches se profilaient entre les arbres du parc. Elle se mit à courir. Une grosse goutte lui tomba sur le nez. Il y en eut une autre, puis une autre, et bientôt des dizaines. Elle avait oublié son parapluie à La Perle de Bombay. Trop tard pour faire demi-tour. Un parapluie neuf,

Jane était stupéfaite. Des photos prises par un inconnu ce soir-là n'auraient sans doute pas produit un tel effet. Ce texte était un coup de poing dans le ventre.

Neuf ans après, elle se rappelait comme si c'était hier son arrivée chez elle, encore plus déprimée que trempée.

À qui avait-elle raconté ce dîner ? À Josh, qui avait l'imagination portée sur le scatologique ?

Bronzino avait pu deviner ce qui se passait quand elle était restée près d'une demi-heure aux toilettes. Mais comment aurait-il su qu'elle était furieuse qu'il ait partagé l'addition ?

À Eric, elle n'avait jamais parlé de Bronzino en ces termes.

À Allison elle avait tout dit, en rigolant, entre filles qui avaient souvent partagé une même salle de bains. Allison avait traité Bronzino de vieux schnock radin : faire payer la moitié de son propre repas à une jeune collègue ! Elle avait conseillé à Jane de ne plus penser à ce type, quels que fussent son intelligence, son charme et le prestige de son nom.

Mais Allison détestait écrire. Entre ses trois enfants et son métier d'avocate, on voyait mal où elle aurait trouvé une seconde pour rédiger la biographie de sa meilleure amie, même pour le plaisir de lui servir un passé tout chaud sur un plat d'argent.

En tout cas, certainement un universitaire : quelqu'un qui connaissait sa thèse. Ce qui n'excluait aucun des susnommés.

Le mieux était d'aller maintenant au Centre Kramer pour y voir Bronzino ; son visage révélerait ce qu'une voix au téléphone pouvait cacher. Hier, il s'était montré étrangement chaleureux et ému. À cause de la terrible nouvelle qu'il lui avait annoncée ?

Jane tira une chaise avec son pied et s'assit.

2

La piscine lui avait donné faim. Elle s'était préparé un bon dîner, bien sain. Vêtue de sa confortable robe de chambre en velours, installée sur son canapé à raies beiges et blanches encore tout propre après un an et demi d'utilisation, elle relisait *Le Rouge et le Noir*, aussi plaisant que dans son souvenir. Le téléphone sonna. Elle jeta un coup d'œil au réveil doré sur le manteau de la cheminée ; minuit. Josh attendait toujours onze heures à Chicago pour bénéficier du tarif le plus bas. Elle appuya son coude sur le bras du canapé et décrocha.

« Allô ?

— C'est moi. »

Elle était sûre qu'il finirait par appeler.

« Je peux te parler maintenant ? »

Il avait une voix grave et dramatique. Elle devina ce qu'il allait dire. Elle le connaissait par cœur.

« Oui. Quoi ?

— J'ai rencontré quelqu'un. » Il fit une pause. « Je tenais à te le dire. Je veux être honnête avec toi. »

Ça faisait mal, quand même. Mais elle était plus irritée que blessée.

« C'est qui ?

— Une de mes anciennes étudiantes. Tu ne la connais pas. Je suis tombé sur elle à un vernissage il y a trois semaines, juste après notre dernier coup de fil.

— Ça dure depuis trois semaines ?

— Oui. On a couché ensemble le soir où on s'est rencontrés. »

Jane n'eut pas de mal à l'imaginer : une grosse fille aux cheveux frisés dans une robe-sac made in India, avec des pendentifs en argent bon marché, des collants de laine et des Birkenstock. Josh poursuivit d'une voix accablée :

« Je ne pensais pas que ça durerait. J'ai couché avec elle seulement parce que j'avais besoin d'évacuer l'énergie négative après notre conversation. Je n'ai pas pensé un seul instant que ça deviendrait sérieux. Mais je suis en train de m'attacher à elle. »

Il avait cette agaçante candeur de croire que les mouvements de son âme ou de ses entrailles pouvaient intéresser quiconque.

« Et alors ? Qu'est-ce que tu comptes faire maintenant ?

— Je ne sais pas. Je suppose que ça dépend de toi.

— De moi ?

— Je t'aime, tu sais bien. Si ça marche entre nous, je laisse tomber Stephanie. »

Le nom évoquait soudain une autre image : une fille blonde avec des nattes, petite et mince, gloussant à chaque mot de Josh. Pouvait-il avoir inventé cette histoire pour la forcer à aller là-bas ? Sa voix mélodramatique était trop réelle.

« Entre nous, je n'aime pas trop ce "si", dit-elle froidement. Ça ressemble à du chantage. Tu sais quoi ? Il est déjà minuit et demi, je suis crevée et demain j'enseigne. J'allais me coucher quand tu as appelé. On en reparlera à tête reposée. »

Elle était très calme après avoir raccroché. Une petite étudiante tombée dans les bras de Josh : pas de quoi attraper la migraine. Tellement cliché.

Josh ne l'avait étonnée qu'une seule fois : quand il avait débarqué à Old Newport il y avait presque un an. Elle avait eu du mal à le convaincre de venir la voir, le soir où elle lui avait téléphoné après le dîner avec Bronzino. Elle ne lui avait pas parlé depuis neuf mois et s'était montrée plutôt brutale en quittant Chicago. Mais Josh avait cédé comme elle s'y attendait : elle avait rompu, ce qui lui laissait des droits. Il avait donc sonné à sa porte deux semaines plus tard. Et la surprise s'était produite. Il n'était pas plus grand, il avait toujours la même tignasse impossible à coiffer, il portait toujours la même veste noire informe et le même vieux tee-shirt Hard-Rock Café. Mais elle avait oublié ce qu'était une figure amie. Trois heures plus tard, à la fin du dîner, elle était encore plus stupéfaite.

« Qu'est-ce qui t'est arrivé, Jane ?

— Qu'est-ce que tu veux dire ?

— Tu ne fais que parler de Devayne, de Bronzino, de ta thèse et de publications. C'est ça ta vie ? »

Elle allait rétorquer qu'elle avait certainement plus une vie qu'un étudiant fauché, mais elle avait éclaté en sanglots.

Il avait dormi sur le canapé du salon. Au réveil, il voulait aller à la plage. Naïf Josh : à Old Newport même il n'y avait qu'une zone industrielle au bord de la mer. Les plages se trouvaient à des kilomètres : inaccessibles sans voiture. Deux heures plus tard ils étaient sur la plage, à Woodmont Park. Une demi-heure de bus depuis le centre d'Old Newport et soixante-quinze cents le ticket. Le sable gris ressemblait à de la poussière et il n'y avait pas de vagues à cause du golfe de Long Island. Mais c'était la mer : une vaste étendue bleue étincelant sous le soleil.

Au tour de Josh de parler. Il avait remercié Jane pour ses paroles dures avant son départ de Chicago en juillet : il avait besoin qu'on lui dise ses quatre vérités. Il avait passé trois mois à travailler comme un dingue, le matin comme assistant de recherche, l'après-midi comme correcteur d'épreuves, le soir comme livreur de pizzas. Il n'avait pas touché à sa thèse et pas cherché de poste. En novembre, il était parti pour l'Europe de l'Est. À Berlin où il avait atterri le soir de la chute du mur, des centaines de milliers de gens chantaient et dansaient dans les rues et sur le mur. Jane, en personne précise, souriait de ses petites exagérations, mais elle était impressionnée et se laissait gagner par son enthousiasme. « C'est de l'Histoire, Jane. Avec un grand H. » Quelque chose qu'il raconterait un jour à ses petits-enfants.

Certainement plus amusant que sa vie à Devayne. Elle imaginait les lieux aux noms exotiques. Il lui parla avec indignation de la Roumanie, à l'extrémité orientale de l'Europe, gouvernée pendant plus de quarante ans par un tyran fou. Pour construire un palais à sa gloire et une avenue conduisant à ce palais, le despote mégalomaniaque avait rasé au cœur de la capitale, Bucarest, trois quartiers abritant des maisons du dix-septième et du dix-huitième siècle et des églises orthodoxes qui étaient de petits joyaux. Il fallait une heure pour faire à pied le tour du gigantesque palais. À l'intérieur tout était en marbre et en or. Elena Ceaucescu, la femme du tyran, était d'une telle ignorance qu'elle voulait que même les stucs soient en marbre. « Pourquoi ? Ils sont en quoi d'habitude ? » Josh avait éclaté de rire : « Tu plaisantes ? En stuc, bien sûr ! » Les habitants de Bucarest exécraient le palais. Josh ne l'avait pas trouvé laid — une opinion qu'on ne pouvait pas exprimer sans offenser les Roumains.

« Ce type, Ceaucescu, c'est Ubu roi. Mais ce n'est pas de la littérature. Des milliers de gens y ont perdu la vie. Les révolutionnaires l'ont arrêté avec sa femme en décembre, et, après un procès vite expédié, les ont fusillés tous les deux. »

Ils marchaient pieds nus sur le sable et trempaient parfois leurs orteils dans l'eau glacée. Il lui parla d'une Roumaine, Dora.

« Tu étais amoureux ?

— Non, mais sexuellement c'était génial. Les femmes de l'Est connaissent de ces trucs !

— Comme quoi ? »

Il rit.

« Je m'allongeais sur le dos, elle se mettait à califourchon sur moi et se plaçait juste sur mon gland, qu'elle faisait entrer et sortir d'elle à toute allure. À s'évanouir de plaisir. »

Jane rougit. Elle avait envie d'un long voyage, d'une aventure dans les Balkans en pleine révolution. La sensation du sable froid entre les orteils et sous la plante des pieds était plaisante. Il y avait d'abord la thèse à finir.

« Tu adorerais Prague : c'est une ville pleine de palais baroques et de petites rues pavées. Tu sais comment on dit merci en tchèque ? "Tes couilles." En fait c'est "děkuju", mais ça se prononce "tes couilles". »

Au coucher du soleil ils s'étaient embrassés. Ils avaient passé dimanche à Manhattan, s'étaient baladés dans Central Park avec les milliers de New-Yorkais qui profitaient du premier vrai dimanche de printemps, avaient vu une exposition au MOMA, puis descendu la Cinquième Avenue jusqu'à Greenwich Village, où Jane avait invité Josh chez un Chinois de la Sixième Avenue. Au retour, ils avaient dormi dans le train, morts de fatigue. Quand elle s'était réveillée le lundi matin, Josh était déjà parti. Elle était d'humeur exquise : son meilleur week-end en un an, et elle n'était plus seule.

En juin Josh était revenu à Old Newport avec ses livres et son ordinateur. Ils avaient passé l'été à bosser sur leurs thèses. Quand il faisait très chaud, ils allaient à la plage en bus.

Elle n'avait pas besoin de faire l'amour à la fin des longues journées bien remplies. Comme Proust, elle pensait qu'un verre de jus d'orange frais — ou une heure de nage dans la mer — était infiniment plus désirable par temps de canicule qu'un autre corps en sueur. Mais elle ne pouvait pas dire non chaque fois. Elle lui demandait de ne pas toucher son ventre ou ses hanches, de ne pas sucer ou lécher ses seins. Selon Josh, cette extrême sensibilité était le signe d'une sensualité qui s'épanouirait un jour, peut-être à trente-cinq ans, le meilleur âge sexuel d'une femme.

« Trente-cinq ans, vraiment ? »

À la mi-juillet il avait commencé un roman. Il y pensait depuis longtemps. Il venait enfin de trouver la voix.

« C'est sur quoi ?

— Une histoire d'amour.

— Entre un étudiant en thèse à Northwestern et une prof de Devayne ?

— On n'invente rien, tu sais : on déplace et on transpose, c'est tout. Notre histoire m'inspire, évidemment, mais ce n'est pas l'essentiel : ce n'est que la chair. Pour écrire un roman, ce qu'il faut en premier, c'est un os : une idée qui structure l'histoire. J'en ai une.

— Qui est ?

— Hubris.

— Hein ?

— C'est comme ça que les Grecs appellent une confiance en soi et un orgueil excessifs qui finissent toujours par être punis par les déesses de la vengeance, les terribles Érinyes.

— Je sais ça. Et alors ?

— On ne peut jamais atteindre un sommet de bonheur sans être sûr de se casser le nez : presque une loi mathématique. Je l'appelle la loi de l'humilité. Tu n'as pas remarqué ? Chaque fois qu'on est trop enthousiaste et qu'on croit avoir tout compris, c'est une garantie d'échec. Le héros de mon roman est un enthousiaste qui, petit à petit, apprend l'humilité. »

Si on appliquait cette loi à son roman, son propre enthousiasme en garantissait l'échec. Jane ne dit rien. Une fois de plus il retardait les échéances et fuyait ses responsabilités : il ferait mieux de finir sa thèse sur le sublime et de se trouver un poste quelque part. Ce n'était pas le problème de Jane. Il l'irritait. Il prenait systématiquement le mauvais bol pour manger ses céréales et le couteau à pain pour couper un pamplemousse ; il la déconcentrait en traversant sa chambre pour prendre de l'eau dans la cuisine quand elle était en train de travailler ; il s'était servi de sa serviette après une douche. Le pire, ce fut quand il entreprit de la psychanalyser :

« Le problème avec toi, c'est que tu n'aimes pas ton corps. Tu refuses d'être une femme : c'est pour ça que tu n'as jamais eu d'orgasme. Tu ne sais pas te détendre.

— N'importe quoi. Pas pendant la pénétration, c'est tout.

— Mais c'est le meilleur ! Tu ne sais pas ce que tu manques. Je suis sûr que c'est à cause de ton père.

— Ah bon.

— Tu m'as dit toi-même qu'il voulait un fils. De toute façon, avec un père comme le tien, n'importe qui devrait voir un psy.

— Je te signale que ce père comme le mien t'a invité dans un bon restau à Chicago et que tu l'as laissé payer. Je te trouve mal venu de l'insulter. »

À la fin de l'été, ça la chatouillait partout où il la touchait. Elle ne voulait pas l'embrasser sur les lèvres non plus. La seule chose supportable, c'était ses doigts sur son clitoris. Elle fermait les yeux et oubliait Josh. Les rares fois où elle parvenait à se détendre assez pour avoir un orgasme, elle l'autorisait à venir en elle, après. Il était tellement excité qu'il jouissait en moins d'une minute : ce n'était pas trop fastidieux.

La nuit avant le départ de Josh, elle avait pleuré. Elle lui avait fait promettre qu'il ne l'abandonnerait jamais. Ils avaient eu une conversation sérieuse sur leur relation. C'était de l'amour, ou bien ils ne seraient pas encore ensemble six ans après s'être rencontrés, après avoir rompu une fois déjà. Ce simple raisonnement la rassura. Josh avait raison : elle était critique à son égard parce qu'elle n'arrivait pas à s'accepter elle-même — à cause de son père. Josh avait dit à Jane qu'elle attachait trop d'importance au désir : il y avait des jours avec et des jours sans, ce n'était pas ce qui comptait le plus dans une relation amoureuse. Il pouvait vivre avec les restrictions qu'elle imposait à leurs rapports sexuels même si elles le frustraient ; il n'y avait pas d'autre femme avec qui il aurait préféré faire l'amour, même pas Dora la Roumaine. L'essentiel était l'espace mental que Jane lui laissait : avec elle il pouvait écrire son roman, donc il pouvait vivre avec elle toute sa vie. Il ne souhaitait qu'une chose : qu'elle se détende davantage.

« Je suis comme ça. Je n'y peux rien.

— Je sais. Ce n'est pas un reproche. »

C'était il y a presque sept mois. Depuis, ils ne s'étaient vus qu'une seule fois, à Noël, à Chicago. Le département avait payé le billet et l'hôtel de Jane, membre du comité d'embauche interviewant vingt-trois candidats pour un poste de vingtiémiste. Elle avait passé cinq jours enfermée dans une chambre du Marriott. Josh avait tout son temps : il n'avait obtenu qu'un seul entretien pour un poste dans un petit collège du Kansas qu'il était déjà sûr de ne pas obtenir. C'était la troisième fois qu'il tentait sa chance. Son curriculum vitae s'était pourtant enrichi de ses voyages en Europe de l'Est qui lui donnaient un profil plus intéressant qu'à tous ces thésards jamais sortis de leur bulle. Jane comprenait le problème : le cas d'un dossier qui avait trop circulé. Au bout d'un moment, tout le monde savait qu'il s'agissait de quelqu'un que personne ne voulait embaucher. La loi du désir : ça le rendait encore moins désirable. Josh était furieux : Jane aurait quand même pu lui obtenir un entretien avec Devayne. Elle lui avait dit de terminer sa thèse : par les temps qui couraient, c'était un facteur décisif. Mais, en vérité, le sublime et la déconstruction n'étaient plus à la mode : leur candidate préférée, Natalie Hotchkiss, était l'auteur d'une thèse sur la bisexualité de Beauvoir. Après cinq jours de tension explosive, Josh avait fini par avouer qu'il avait un blocage : il voyait maintenant un psy une fois par semaine. Jane s'était radoucie. Comment allait son roman ? Il l'avait mis de côté. Le dernier jour ils s'étaient baladés le long du lac par un temps étrangement doux. La glace fondait partout, et l'eau était d'un clair bleu-vert. Cette nuit-là, ils avaient fait l'amour et prévu de se revoir aux vacances de Pâques. Josh viendrait à Old Newport.

Il l'avait appelée fin février, trois semaines plus tôt. On lui proposait de remplacer une femme enceinte dans une maison d'éditions. Jane pouvait-elle lui rendre visite à Chicago pendant ses vacances de mars ?

Ce n'était pas ce qui était prévu. Elle n'avait pas envie de rester dans l'appartement de Josh avec ses colocataires. Elle prétexta trop de travail.

« Fais un effort. Ne sois pas égoïste.

« — Égoïste, moi ? Qui est-ce qui est allé à Chicago la dernière fois ? Je ne peux pas passer mon temps à acheter des billets d'avion. Je ne suis pas si riche.

— C'est ton département qui a payé à Noël ! Tu gagnes un vrai salaire, pas moi. Je suis venu deux fois l'an dernier.

— Oui, mais avec des bons-voyage American Express : quatre-vingt-neuf dollars l'aller-retour. Je ne suis plus étudiante, moi : je paie plus de trois cents dollars.

— Ce que tu es radine !

— Radine ! Je peux savoir qui a payé les restaus, à Chicago ? Tu as passé tout l'été chez moi : je t'ai demandé une seule fois de participer pour les courses ou les factures ?

— Tu sais bien que je suis fauché ! C'est pour ça que j'ai besoin de ce boulot dans cette maison d'éditions !

— D'accord. Alors ne dis pas que je suis radine. »

Leur dernière conversation avant ce soir. Celle de ce soir n'était guère plus jolie. Du chantage avec une fille de vingt ans.

Le problème n'était pas cette fille. Ni qui avait payé quoi.

Une vie professionnelle vous changeait. C'était même le sens étymologique du mot « adulte » : quelqu'un qui avait changé. La peur qui saisissait Jane chaque semaine avant son séminaire de doctorat et son rêve récurrent de se retrouver devant ses étudiants sans avoir rien à leur dire, Josh les aurait traités d'infantiles. Ce qui était infantile, c'était son idéal à lui de Liberté avec un grand L.

En janvier, Jane s'était rendue pour son premier colloque à Boulder, Colorado, le lendemain du jour où les États-Unis avaient déclaré la guerre à l'Irak et où le président Bush avait fait une apparition à la télévision pour demander à ses concitoyens de retarder leurs déplacements et leurs voyages d'affaires par crainte d'une action terroriste. Les douze passagers du Boeing 747 avaient écouté avec une intensité inhabituelle l'hôtesse leur montrant les dispositifs de sécurité. À Boulder, Jane avait aimé l'air sec et pur et l'horizon des montagnes, mais l'atmosphère provinciale lui pesait déjà au bout de trois jours. Elle était contente de retourner sur la côte Est, près de New York. Quand elle avait raconté à Josh son voyage et sa communication (elle avait eu tellement peur, malgré le public de dix personnes à peine, qu'elle ne s'était pas entendue dire un mot ; elle était contente d'avoir répété chez elle devant un miroir pour être sûre de ne pas dépasser vingt minutes), il n'avait manifesté aucun intérêt. Il lui avait parlé avec amertume des centaines de milliers de civils irakiens tués par les bombes américaines. Un chiffre qu'il semblait aimer.

Ils n'étaient pas du même côté de la barrière. Josh était encore étudiant. Jane, qui avait l'âge des étudiants en thèse, avait enfin compris qu'elle ne pouvait pas quémander leur amitié : elle les notait à la fin du semestre. Être un adulte, c'était répondre invariablement avec un sourire « bien, merci » à toute personne, étudiant ou professeur, qui vous demandait comment vous alliez. Pour Josh, ça voulait dire renoncer. Mais on se lassait des perdants et des victimes. Sartre avait dit vrai : on était responsable de sa vie.

Trois jours plus tard, Josh n'avait toujours pas rappelé. L'avait-elle vexé en lui disant qu'elle allait se coucher, comme si elle se moquait de son infidélité ? Si elle faisait le premier pas, il en conclurait qu'elle était dépendante de lui : sans doute ce qu'il voulait démontrer en la rendant jalouse. Josh était tellement didactique. Cette nuit-là, Jane dormit mal. Le lendemain, après son cours, comme elle allait manger une tranche de pizza à Bruno's Pizza, une étudiante coréenne qui suivait son séminaire de doctorat l'interpella :

40

« Professeur Cook ! Vous voulez vous asseoir avec nous ? »

Miran lui présenta sa compagne, une jeune femme au très beau visage, aussi blonde que l'Asiatique était brune, et habillée tout en noir alors que Miran portait un pull jaune vif : on aurait dit des dominos. Kathryn Johns, en première année de thèse au département, dit aussitôt à Jane qu'elle regrettait beaucoup de ne pouvoir suivre son séminaire sur Flaubert : elle avait un cours à la même heure au département d'études africaines. Sa politesse affectée et son sourire froid mirent Jane mal à l'aise.

« Je suis sûre que vous avez déjà lu Flaubert. »

L'étudiante coréenne se tourna vers Jane :

« J'étais en train de dire à Kathryn que je n'ai jamais autant déprimé que depuis que je suis arrivée ici pour faire ma thèse. Il y a des soirs où l'angoisse me paralyse pendant des heures.

— Moi aussi ! Le pire c'est quand la nuit tombe. Le matin, en général, ça va beaucoup mieux. C'est peut-être à cause de Devayne ? Et vous ? ajouta Jane en se tournant vers la blonde, qui secoua la tête.

— Ça ne m'arrive jamais. Je n'ai pas été déprimée une seule fois depuis mon mariage.

— Vous êtes mariée ! »

Jane remarqua la fine bague en or sur l'annulaire de la jeune femme, qui avait des mains soignées, des ongles à l'ovale blanc parfaitement taillé.

« Et pourtant, son mari vit à Los Angeles, dit Miran : pas la porte à côté.

— Qu'est-ce qu'il fait là-bas ?

— Il est metteur en scène, répondit Kathryn.

— Metteur en scène ! »

La nuit, Jane ne parvint pas à s'endormir. Elle fermait les yeux et voyait Kathryn Johns, son long cou, son visage aux traits réguliers, ses cheveux d'or pâle tirés en arrière et son sourire hautain. Il était clair que cette fille ne suivrait jamais son cours. Elle finit par se lever. Dans le salon, elle alluma la lumière et composa le numéro de Josh. Deux heures un quart du matin. À Chicago, il n'était qu'une heure un quart et les colocataires de Josh ne se couchaient jamais avant une heure. Quelqu'un décrocha. Un grognement ensommeillé à l'autre bout du fil.

« C'est moi », dit Jane.

Josh murmura :

« Qu'est-ce qui se passe ?

— Je voulais te parler.

— Pas maintenant. Je t'appelle demain. »

Il avait parlé à voix basse et il raccrocha sans attendre sa réponse. Stephanie semblait maintenant tout à fait réelle. Jane resta longtemps assise sur son canapé avant de se rendre compte qu'elle tremblait de froid.

Il était quatre heures et demie quand elle finit par sombrer dans le sommeil et à peine sept quand elle ouvrit les yeux. À dix heures et demie elle composa le numéro de Josh : personne. Elle fit le numéro de la maison d'éditions, puis celui de son extension. Josh décrocha. Il n'eut pas l'air heureux de la reconnaître. Il était peut-être allé au bureau, un samedi, exprès pour éviter son appel.

« Excuse-moi de ne pas t'avoir rappelée, mais j'ai un boulot fou. » Il ajouta d'un ton hésitant : « Jane, tu ne peux pas m'appeler la nuit.

— Stephanie était avec toi ?

— Oui. Je lui ai dit que c'était un mauvais numéro, mais elle n'est pas idiote. On a passé toute la nuit à discuter. Elle veut que je fasse mon choix, et qu'il soit clair et définitif. Sinon elle rompt. Je peux la comprendre. Elle m'aime et elle a peur. »

42

Jane avait envie de pleurer. Elle se souciait de Stephanie comme de sa première chaussette. Josh soupira.

« Je dois lui donner une réponse d'ici ce soir.

— Je vois. Donc tu dois rompre avec moi et tu n'avais pas le courage de m'appeler pour me l'annoncer.

— Quelqu'un vient d'entrer dans le bureau. Je te rappelle ce soir. »

Il ne pouvait pas l'abandonner après trois semaines pour une gamine de vingt ans. Cette fille devait le tenir par ses larmes. Josh était faible et gentil. Un homme peu sûr de lui s'attachait facilement à une pleurnicharde. Ce soir, Jane promettrait d'aller à Chicago dès la fin des classes, dans moins d'un mois. Elle pourrait aussi l'inviter pour la croisière en France au mois d'août, puisqu'elle avait le droit d'emmener son petit ami.

Elle était assise sur le canapé et rongeait ses ongles, un livre ouvert sur les genoux dont elle n'avait pas lu une ligne, quand la sonnerie attendue la fit sursauter à neuf heures.

« C'est moi. Je suis désolé pour ce matin. »

La voix de Josh était atrocement triste.

« Pas de problème. Tu veux que je te rappelle ? »

L'intention était bonne, mais elle avait encore l'air de lui faire remarquer qu'elle gagnait sa vie et pas lui.

« Non, ça va. »

Elle demanda d'une voix faussement légère :

« Alors ? Tu as bien réfléchi ?

— Je t'aime. »

Elle avait une boule dans la gorge.

« J'ai passé la journée à réfléchir. Je choisis Stephanie.

— Pourquoi ? »

Elle avait presque crié.

« Parce que tu n'arrives pas à te décider et que je ne crois pas que tu puisses le faire : tu ne sais pas ce que tu veux.

— Mais si, je sais ! Je veux être avec toi. Moi aussi j'ai réfléchi aujourd'hui, Josh. » Elle n'arriva pas à prononcer les mots « je t'aime » : ils auraient sonné faux. « Tu ne peux pas m'abandonner : tu me l'as promis. On s'aime, tu l'as dit toi-même. Tu m'as dit qu'il n'y avait pas d'autre femme avec qui tu aimais mieux faire l'amour et qu'avec moi tu pouvais écrire ton roman. »

Elle éclata en sanglots. Josh ne répondit pas.

« Je vais venir ce week-end.

— Non, Jane. Tu dois comprendre : c'est fini.

— Mais je t'aime ! »

Elle ne l'avait jamais aimé autant qu'en cet instant.

Elle pleura tant après avoir raccroché, et elle avait si peu dormi la nuit précédente qu'elle finit par sombrer d'épuisement vers deux heures du matin. Elle fit un rêve. Elle se trouvait dans un bar avec Norman Bronzino et sa collègue Carrie. Bronzino lui parlait si tendrement qu'elle dut lui rappeler que Carrie ignorait tout de leur relation. Dans la scène suivante, il introduisait un doigt dans son vagin, et elle, debout et nue, le dos cambré, vacillait de plaisir et tombait dans ses bras au moment de l'orgasme. Ensuite, elle prenait un bain dans une salle au plafond voûté tandis que Bronzino et Carrie bavardaient dans la pièce à côté, le bar de la première scène. Bronzino était penché vers Carrie et riait ; Jane les regardait par la porte ouverte, un peu inquiète. Quand elle sortit du bain, Bronzino venait de partir : pas avec Carrie, mais seul. Elle lui avait couru après dans les rues du centre de Chicago, traversant les rues sans même s'arrêter aux feux. Les conducteurs la klaxonnaient furieusement. Elle se réveilla soudain : le téléphone. Elle sauta du lit et courut dans le salon.

Elle fut surprise et peu émue de reconnaître Josh, certaine, dans son demi-sommeil, que ce serait Norman Bronzino.

« Je te réveille ?

— Je suppose. Je rêvais. Il est quelle heure ?

— Quatre heures. Excuse-moi. Je ne peux pas dormir. Je n'arrête pas de penser à toi. » Il avait la même voix larmoyante que quelques heures plus tôt. « Je t'aime. Je ne peux pas supporter l'idée que tu sois malheureuse. J'ai pensé à une solution : si je me partageais entre Stephanie et toi jusqu'à ce que tu sois heureuse ? Ou tu veux que je rompe avec elle ? Je le ferai si tu me le demandes. »

Il n'aurait jamais pu soupçonner qu'elle venait de rêver de Bronzino juste après qu'il avait rompu avec elle.

« Non, Josh. Tu t'en tiens à la décision que tu as prise cet après-midi. C'est la bonne. Tu avais raison quand tu m'as dit que tu ne pouvais pas compter sur moi parce que je n'arrivais pas à me décider. Ne t'inquiète pas pour moi. Je suis plus forte que tu ne crois.

— Tu es sûre ? »

Il pleurait.

« Oui. Tu devrais aller dormir.

— Je t'appellerai demain pour savoir comment tu vas.

— Non. Josh. C'est fini. Tu ne m'appelles plus. »

Après avoir raccroché, elle alla dans la cuisine se servir un verre d'eau et manger une banane. Le souvenir de son rêve et du vertige de désir qu'il contenait la troublait. Elle ne pensait plus à Norman Bronzino et ne l'avait pas vu seul depuis le dîner, il y avait un an. Débordé en tant que directeur du Centre Kramer où il organisait de nombreux colloques, il lui avait à peine adressé la parole cette année. Mais parfois, pendant les réunions ou les conférences, elle sentait son regard sur elle : dès qu'elle levait les yeux, il détournait la tête. Qu'il ait peur de son désir ou se plaise à entretenir une ambiguïté par coquetterie d'homme vieillissant, ce n'était pas le problème de Jane : comme disait Allison, il n'y avait pas d'avenir du côté d'un vieux schnock radin et marié.

Elle se recoucha et repassa dans sa tête la conversation avec Josh. C'était fini. Une coupure nette. Elle était seule. Ça ne faisait pas vraiment mal. Elle ne sentait rien sinon une vague angoisse de se réveiller plus tard comme après une anesthésie et de découvrir qu'on l'avait mutilée pendant son sommeil.

Jane sourit. Une vengeance mesquine signée Josh. Si c'était là le roman qu'il écrivait depuis des années, le pauvre.

Son expérience de la vie n'avait guère dû s'enrichir pour qu'il se rappelle dans le détail une relation si adolescente, dont Jane ne gardait presque aucun souvenir. Qui espérait-il intéresser en racontant les plates amours d'une prof et d'un étudiant en thèse ? Si au moins son récit était drôle ! Josh se prenait trop au sérieux pour avoir le sens de l'humour. Il comptait peut-être sur un succès de scandale grâce à Bronzino. Mais qui était Bronzino dans le vaste monde ?

Elle se leva et fit deux pas vers la table en bois à gauche de la cuisinière électrique. Elle décrocha le téléphone. Une heure de l'après-midi : dix heures du matin là-bas. Elle ne connaissait pas par cœur le numéro du bureau et dut le chercher dans son agenda posé sur la table près du téléphone. Elle composa les onze chiffres, puis l'extension dès qu'elle entendit la voix enregistrée de l'opératrice. Un répondeur se mit en marche, avec la voix professionnelle d'Allison : « Soit je suis au téléphone, soit je ne suis pas là. Merci de laisser un message après le bip sonore, et je vous rappellerai dès que possible. »

« Salut, c'est Jane. J'ai quelque chose à te demander. Tu peux me rappeler ? Je suis à la maison. Merci. »

Avant de s'asseoir et de reprendre sa lecture, elle jeta un coup d'œil à la fenêtre à côté de la cuisinière : une pluie toujours aussi dense.

3

Le soleil la fit cligner des paupières quand elle sortit de Macy's. Par un jour comme celui-ci, elle aurait mieux fait d'aller nager à Woodmont Park. Macy's fermait heureusement d'ici la fin de la semaine, peut-être même demain. Il n'y avait plus rien à acheter. Depuis que le tarif dégressif des liquidations était passé à quatre-vingts pour cent d'un prix de départ déjà soldé, le grand magasin ressemblait à une caserne militaire en temps de guerre. Les troisième, deuxième et premier étages avaient fermé l'un après l'autre, et l'on avait fourré tous les restes dans un espace couvrant à peine la moitié du rez-de-chaussée, délimité par une bande jaune vif comme celle qu'utilise la police sur le lieu d'un crime.

Elle s'arrêta au feu avant de traverser Main Street et vit Bronzino arriver de l'autre côté de Government Street. Il marchait vite, les yeux rivés au sol, absorbé dans ses pensées. Il portait une chemise blanche dont il avait retroussé les manches, un nœud papillon bleu, et tenait sa veste repliée sur son avant-bras gauche. Jane sourit. Elle savait qu'elle finirait par tomber sur lui. Juste au bon moment, quand Macy's fermait et que tout un été s'étendait devant eux.

En avril, quelques semaines après la rupture avec Josh, un professeur français enseignant à Devayne pour le semestre avait invité Jane à l'élégant restaurant Amicci. Convive gourmet et disert, il lui avait fait goûter d'excellents vins et décrit le système élitiste de l'Éducation nationale française, qui produisait des gens brillants comme lui-même mais broyait à jamais ceux qui échouaient. Quand Jane avait sorti son portefeuille à la fin du dîner, il avait protesté vivement : « Je vous en prie. Ne soyez pas ridicule. » Elle s'était sentie beaucoup plus ridicule une demi-heure plus tard quand le petit homme chauve et grassouillet, qui l'avait courtoisement raccompagnée à pied, avait essayé de l'embrasser sur son perron. Marié et père de quatre enfants dont il lui avait montré les photos pendant le dîner, il avait quarante-quatre ans mais en faisait dix de plus et l'attirait si peu qu'elle n'avait pas pensé une seconde qu'il y avait la moindre ambiguïté entre eux. Il avait maladroitement répété sa tentative avant de s'exclamer : « Vous devez me trouver ridicule ! — Pas du tout, avait protesté Jane en rougissant, c'est très flatteur mais... j'ai un petit ami à Chicago, je ne suis pas disponible. » Il était parti sans un mot et ne lui avait pas adressé la parole pendant les dernières semaines de son séjour à Devayne.

L'incident avait permis à Jane de se rendre compte qu'elle aimait quand même beaucoup Bronzino, malgré son apparente muflerie qui n'était peut-être qu'une distraction d'intellectuel. Elle se demandait maintenant si ce n'était pas elle qui, depuis un an, le tenait inconsciemment à distance.

Elle traversa la rue. Ils arrivèrent à la même hauteur. Il ne l'avait toujours pas remarquée.

« Bonjour, Norman. »

Il leva la tête. Son visage s'éclaira. Il s'arrêta.

« Jane ! Comment vas-tu ?

— Bien, merci. Pas fâchée d'être en vacances. Félicitations : je suis ravie que tu sois notre directeur l'an prochain. »

Elle posa ses sacs entre ses jambes. Elle avait déjà les bras fatigués.

« Merci. Tu as fait des achats ?

— Oui. Ce sont les tout derniers jours.

— De quoi ?

— Macy's.

— Macy's ? »

Elle écarquilla les yeux.

« Tu n'es pas au courant ? Le magasin a fait faillite il y a deux mois ! Il y a eu des soldes de liquidation incroyables. De super affaires. Tiens, regarde. »

Elle ouvrit un des sacs et en sortit une pochette en plastique transparent :

« Une housse de couette Ralph Laureen en pilou. Cent dix dollars. Je l'ai payée huit. »

Il fit une moue appréciative. Ses yeux s'arrondirent quand elle remit la housse à l'intérieur du sac.

« Tu en as acheté combien ? »

Elle rit.

« Cinq. Pour des cadeaux. À ce prix je ne pouvais pas résister. J'ai toujours peur de ne pas avoir assez. »

Il sourit, puis soupira.

« C'est triste que Macy's ferme ses portes. Ça ne va pas arranger les choses. C'était une ville si charmante il y a trente ans. »

Jane prit un ton plus approprié au sérieux mélancolique de Norman :

« Qu'est-ce qui s'est passé ?

— La récession et une grosse erreur de planning urbain dans les années soixante : on a construit une autoroute au milieu de la ville et puis tous ces horribles pâtés de béton, Macy's, le centre commercial, les parkings. La petite bourgeoisie a émigré vers les banlieues vertes et le centre d'Old Newport est mort. »

Elle secoua tristement la tête. Elle ne lui dirait pas que la faillite de Macy's avait été l'événement le plus marquant de son second printemps à Devayne. Ses virées chaque après-midi pendant plus d'un mois avaient donné un but à ses journées. Elle souriait d'excitation en quittant son appartement et marchait d'un pas rapide vers le grand magasin, prête pour la chasse. Il y avait un plaisir extraordinaire à fouiller, acheter, accumuler, et surtout faire des affaires. Elle avait acquis un manteau en fausse fourrure pour vingt dollars un jour de canicule, un pull en cachemire, des tailleurs et des chemisiers de grande marque, des chaussures de sport et des après-skis, une robe du soir Donna Karan-New York, en soie noire brodée de perles, parfaite pour la croisière, des écharpes en laine et en velours, des draps en satin qui glissaient sans arrêt, et toutes sortes d'objets inutiles et hétéroclites qu'elle avait entassés dans l'unique placard de son appartement : beaucoup de plaisir pour moins de trois cents dollars.

« On prend un café ? » proposa Jane.

Elle n'habitait pas loin : elle pourrait même l'inviter chez elle. Il l'aiderait à porter ses sacs et elle lui servirait le thé ou le café sur le balcon de sa chambre dans les tasses en porcelaine Royal London qu'elle venait d'acheter pour trois dollars chacune.

« Avec plaisir. » Il regarda sa montre. « Malheureusement j'ai beaucoup de courses à faire avant cinq heures.

— Tu voudrais déjeuner la semaine prochaine ?

— J'aurais été ravi. Mais je pars demain pour Paris.

— Ah bon ! Pour combien de temps ?

— Un mois.

— Quelle chance tu as ! Tu seras de retour en juillet ? »
Elle n'avait aucun plan sauf la croisière en août.

« Non. J'irai à Nantucket. Je dois finir mon livre et j'ai
besoin d'un endroit tranquille pour écrire.

— Tu as une maison à Nantucket ?

— Une toute petite. Mes enfants viendront y passer
quelque temps. Jane, il faut que j'y aille. Bonnes
vacances. »

Il traversait déjà Main Street, d'un pas rapide. Elle lui
cria en français :

« Bon voyage ! »

Il ne se retourna pas. Il ne l'avait sans doute pas
entendue. Elle reprit sa marche le long de Central Square.
Les sacs pesaient lourdement sur ses bras et ses épaules.
Cinq housses de couette alors que son placard était déjà
plein ; des tasses en porcelaine quand des chopes étaient
beaucoup plus commodes ; et tous ces vêtements qu'elle
ne mettrait jamais.

La poignée d'un sac craqua. Elle poussa un grognement
de rage et prit le sac entre ses bras ; l'autre, suspendu à sa
main droite, lui sciait les doigts. Elle pouvait à peine voir
devant elle. Un adolescent qu'elle croisa en traversant
Union Street ricana. Le bâtiment blanc du tribunal,
brillant sous le soleil comme un temple grec, accroissait la
sensation de chaleur. Aucun arbre, aucune ombre sur le
trottoir. Elle transpirait. Qu'est-ce qui lui prenait de jouer à
la nymphette dès qu'elle le voyait ? Il était marié, il avait
deux fois son âge, et deux fois de suite il lui avait dit non :
ce n'était pas assez clair ?

Une semaine plus tard, elle eut trente ans. Elle célébra
son anniversaire en famille. De Washington, elle rendit
visite à Ruth, qui vivait maintenant à Baltimore et qui avait
récemment laissé un message sur le répondeur de Jane
après deux ans de silence. Elles ne s'étaient pas vues depuis

six ans. Ruth habitait au quatorzième étage d'un gratte-ciel tout neuf en briques et en verre doté de plusieurs codes de sécurité. Elle était encore plus belle qu'avant avec son radieux sourire, ses longs cheveux blonds lisses, et ses yeux d'un bleu que le bleu de sa robe rendait encore plus intense : un visage d'ange. Elle portait une longue robe moulante en stretch qui mettait en valeur son ventre de femme enceinte de sept mois. Elles bavardèrent dans le salon avant le retour de Kyle. Ruth raconta à Jane la crise sérieuse d'il y avait deux ans : Kyle avait radicalement changé ou elle n'aurait jamais pu rester avec lui. Et l'homme qu'elle avait passionnément aimé trois ans plus tôt ? demanda Jane. Un lâche, répondit sèchement Ruth. Tant pis pour lui. La dernière fois qu'elle lui avait téléphoné, c'était pour lui dire qu'elle était enceinte — de Kyle, bien sûr. Il l'avait rappelée un mois plus tard pour lui annoncer que sa femme attendait leur deuxième enfant. Nul. Assise sur un canapé en vachette rouge, de design italien, devant une large table basse carrée en bois clair, les pieds sur la moquette épaisse, Jane sirotait un porto et regardait la mer étincelante par la baie vitrée. Kyle devait bien gagner sa vie comme expert-comptable. Ruth ne travaillait pas. Elle avait l'air heureuse. En fin de compte, il semblait qu'elle ait eu raison de rester avec Kyle.

« Le voilà », dit joyeusement Ruth.

Elle se leva. Jane perçut le bruit d'une clef tournant dans la serrure. La porte s'ouvrit, et Kyle marcha vers sa femme. Il portait un costume croisé bleu foncé, à la pointe de la mode, une chemise blanche à raies bleu vif et une cravate à petits canards. Roux, grand et maigre, il était plutôt bel homme mais pas le genre de Jane, à qui son menton en galoche et son léger strabisme évoquaient l'aîné des frères Dalton, Averell, celui qui mange du savon.

« Comment va mon bébé ? »

Il posa ses mains sur le ventre de Ruth et se tourna avec un fier sourire de propriétaire vers Jane qui le félicita. Il s'exclama soudain avec irritation : « Ruth ! » Elle n'avait pas tiré les stores et le soleil allait décolorer le canapé. Il les baissa : le coucher de soleil sur la mer disparut. Sa colère redoubla quand il s'aperçut que Ruth n'avait rien mis sous les verres, alors que tout laissait des marques sur la table basse. Il avait pris rendez-vous pour lundi. Ruth fit la grimace. Jane s'enquit poliment de quoi il s'agissait. Il attendait la question : Jane pourrait peut-être l'aider à faire entrer dans le petit crâne borné de Ruth l'évidence qu'une maison avec un jardin, dans une banlieue verte, serait beaucoup mieux pour l'enfant qu'un appartement en ville. Ruth craignait peut-être l'isolement, suggéra Jane : surtout avec un bébé. « Oui », dit Ruth aussitôt. Kyle n'avait jamais rien entendu d'aussi stupide : elle serait au centre de Baltimore en moins de trois quarts d'heure et il y avait un train toutes les heures. De toute façon il signait lundi. « Si c'est comme ça », dit Ruth avec un beau sourire résigné. Elle semblait habituée aux cris. Les nouilles étaient trop cuites et la sauce desséchée après un passage au micro-ondes : la faute de Kyle, qui avait oublié de rapporter de la crème fraîche, et qui aurait quand même pu rentrer plus tôt le soir où Jane dînait avec eux. À la fin du repas, Jane demanda où se trouvaient les toilettes.

« Dans le couloir, la deuxième porte sur ta droite, répondit Ruth de sa voix boudeuse. Désolée si ça n'est pas propre. J'en ai marre de nettoyer après Kyle, et je me fous que mes amies voient ta merde », ajouta-t-elle en regardant Kyle qui bouillait de colère.

La cuvette blanche n'était guère maculée mais Jane décida de retourner chez ses parents le soir même au lieu de rester dormir comme prévu et prétexta une énorme quantité de travail.

« Tu reviendras, hein ? lui demanda Ruth au moment de son départ, d'une voix suppliante, les yeux brillant de larmes.

— Bien sûr. Old Newport n'est pas si loin. »

Dans le train qui la ramenait vers Washington, Jane revit le minuscule studio dans une petite rue derrière Saint-Germain-des-Prés où elle avait vécu avec Ruth un semestre. Elles dormaient sur le même canapé de mousse ; quand il était ouvert, on ne pouvait plus accéder à la fenêtre ; pas assez de placards, et à peine un mince filet d'eau chaude. Elles se bourraient de fromage. Vingt ans. Vierges toutes les deux. Elles ne parlaient pas d'amour et de mecs mais apprenaient par cœur Verlaine, Baudelaire, Rimbaud, et Claudel, qu'elles allaient déclamer la nuit sur les quais. Ruth voulait faire du théâtre. Sa voix pure claquant comme un fouet sur le dernier vers du *Reniement de saint Pierre* émouvait Jane aux larmes : « Saint Pierre a renié Jésus... Il a bien fait ! » Ruth avait commencé à sortir avec Kyle, un ami d'enfance et son voisin à Santa Monica, à son retour de Paris. Elle n'avait pas fait de théâtre.

Jane savait qu'elle ne reverrait pas Ruth et que Ruth le savait aussi.

Juillet s'écoula vite. Jane travaillait beaucoup. Elle écrivit son premier article et rédigea un projet pour une bourse qui lui permettrait de passer à Paris sa quatrième année en tant que professeur de Devayne. Elle aimait la moiteur de l'été et le calme de la ville désertée par les étudiants. Elle se rendait parfois en bus à Woodmont Park. Elle reconnaissait quelques personnes dans le bus : la vieille dame avec une grosse croix de bois sur sa veste, qui portait toujours de grands sacs en plastique remplis de vêtements ; le vieux monsieur sourd qui sentait le pipi et se penchait vers elle pour chuchoter qu'il était un ancien professeur de Devayne que le FBI avait forcé à démissionner. Les adolescents noirs, les garçons avec leurs radios et les filles avec leurs bébés s'asseyaient au fond du bus comme s'il y avait encore des lois de ségrégation raciale. Les passagers du bus semblaient se demander ce que faisait parmi eux cette jeune femme seule et sans handicap, blanche et bien habillée.

Elle acheta une télévision et un magnétoscope. Le soir, installée confortablement sur son canapé devant sa petite Sony et son joli tapis, elle regardait des films qu'elle empruntait gratuitement à la vidéothèque de Devayne. Elle ne rencontrerait jamais personne à Old Newport. Son père, avec sa délicatesse coutumière, avait découpé pour elle un article qui disait que les chances de trouver un mari passé l'âge de trente ans se raréfiaient statistiquement d'année en année, surtout pour les femmes avec des diplômes. Elle devait changer quelque chose à sa vie avant qu'il soit trop tard. « Déménage à New York », avait suggéré Allison. Susie lui conseillait la même chose. Mais, pour deux fois le prix de son splendide appartement, elle n'aurait à New York qu'un trou à rats plein de cafards dans un quartier infect. Pour vivre à Manhattan, il fallait d'abord se trouver un avocat : comme Tony, le copain de sa sœur. Tony et Susie, qui habitaient un loft dans Chelsea, avaient invité Jane à dîner avec deux avocats célibataires, dont le seul à peu près présentable avait aussitôt mentionné une nouvelle copine. De toute façon les avocats l'ennuyaient.

Le 4 août, elle s'envola pour la France.

Une femme travaillant pour l'Association des anciens élèves de Devayne l'avait contactée en avril pour lui proposer d'accompagner un groupe d'anciens élèves, à Paris pour deux jours, puis en Bourgogne et en Provence pour une croisière de dix jours sur un bateau au nom féerique, *La Comtesse de Bourgogne*. La brochure avec les photos de clochers français avait fait rêver Jane, ainsi que le prix stupéfiant du voyage : quarante-cinq mille francs, soit presque quatre fois son salaire mensuel net. En échange du voyage gratuit, Jane devait juste donner trois petites conférences, et faire la conversation à déjeuner et à dîner à ses compagnons de voyage. Ce serait son premier voyage de luxe et son premier séjour en France en neuf ans.

« Peut-être que tu vas rencontrer un milliardaire, avait dit son père.

— Sûrement. De quatre-vingts ans.

— Tu seras une riche veuve. »

Typique de son père. Mais la pensée l'avait effleurée. On lui avait parlé d'une femme de quarante ans, professeur d'histoire de l'art, qui avait rencontré un multimilliardaire lors d'une croisière avec les anciens élèves de Devayne sur le fleuve Amazone : il lui avait offert en cadeau de mariage un hélicoptère pour le trajet entre son domaine en Virginie et Devayne où elle ne voulait pas cesser d'enseigner.

Le 5 août au matin, Jane débarqua au Ritz, place Vendôme. Elle n'avait jamais vu de si bel hôtel. Sur une table basse en marbre, dans sa chambre, l'attendait une corbeille contenant une bouteille de champagne et des fruits exotiques, accompagnée d'une carte en papier velin adressée à Jane en personne et signée de la main même du directeur. La salle de bains en marbre et or eût satisfait l'épouse du tyran roumain. La baignoire était équipée d'un jacuzzi. Les grandes fenêtres entourées de rideaux en brocart damassé donnaient sur la place Vendôme brillant sous la pluie. Il plut pendant deux jours, sans répit. Le deuxième jour, Jane dut se réveiller à sept heures du matin, une heure du matin pour elle, après trois heures de mauvais sommeil dans sa chambre à quatre mille cinq cents francs la nuit, pour donner sa première conférence, pendant le petit déjeuner, aux vieillards pomponnés, frais et dispos, qui l'assaillirent ensuite de questions sur les impressionnistes à propos desquels ils en savaient beaucoup plus qu'elle-même. Le troisième jour, après un voyage en TGV, *La Comtesse de Bourgogne*, où ils embarquèrent à Lyon, leur réserva une surprise : c'était un bateau allemand. Les serveurs et les femmes de chambre parlaient allemand. On se serait cru en France pendant l'Occupation, remarquèrent non sans humour quelques anciens élèves de Devayne qui avaient fait le débarquement. Le chef aussi était allemand. Rien, ni la sauce sans goût et toujours identique qui recouvrait viandes, légumes et poissons, ni l'extrême exiguïté des cabines, ni la pluie incessante, n'arrachait une plainte aux vieux voyageurs. Ils étaient ravis de tout. Ils adoraient Jane. Ils voulaient tous savoir quand viendrait leur tour de s'asseoir à sa table.

La seule échappatoire était le pont du bateau, vide, puisqu'il pleuvait tout le temps. Ce fut là que Jane rencontra le docteur, un jeune et bel Allemand blond, qui, lui, était libre de s'asseoir où il voulait dans la salle à manger où Jane l'avait remarqué — il était le seul homme jeune à bord — en compagnie d'une blonde aux traits communs. Un après-midi où la pluie était plus fine que d'habitude, accoudés contre la rampe de métal, ils regardaient défiler les arbres et le paysage verts sur la rive de la Saône. Il confirma ce qu'elle soupçonnait déjà : il avait épousé la femme blonde huit ans plus tôt parce qu'elle était tombée enceinte deux mois après l'avoir rencontré. Dans un pays catholique comme la Bavière, un avortement était hors de question. Sa femme avait alors dix-neuf ans. Elle avait laissé tomber ses études de lettres. Ils avaient aujourd'hui trois enfants. Il avait renoncé à son rêve, un internat dans un grand hôpital d'une ville comme Hambourg ou Berlin. Il était devenu généraliste à Eichstatt, la ville où il avait grandi.

L'avant-dernier jour, comme ils étaient assis sur le pont, après une averse, au bord de chaises longues mouillées et que le soleil perçait timidement les nuages, une guêpe attirée par le reflet d'un rayon se prit dans les cheveux de Jane. Le bourdonnement de l'insecte tout contre son oreille la fit gémir de peur. Dieter approcha sa main et libéra délicatement la guêpe. Elle sentit, contre sa tempe, le tremblement léger de ses doigts. Elle rougit. Il regardait son index.

« Oh non ! Tu ne t'es pas fait piquer ?

— Ce n'est rien », répondit-il en anglais, avec son charmant accent germanique.

Elle vit la montre au poignet de Dieter.

« Quatre heures cinq ! Ma conférence ! »

Elle dévala l'escalier. Ils l'attendaient tous dans le grand salon. La femme du docteur, assise au dernier rang, la regarda avec insistance. Jane rougit. Le docteur entra dans la salle une minute plus tard et s'assit près de son épouse. Après la conférence et les questions, Jane le chercha des yeux. Il avait disparu. Elle courut après sa femme.

« Votre mari va bien ? »

La jeune femme s'arrêta.

« Pourquoi ?

— Il a été piqué par une guêpe qui s'était prise dans mes cheveux, répondit Jane avec un sourire d'excuses. C'est pour ça qu'on était en retard tout à l'heure. »

L'Allemande pâlit et s'éloigna sans un mot. Juste avant le dîner, l'organisatrice du voyage, la femme de cinquante ans qui avait recruté Jane, frappa à la porte de sa cabine.

« La femme du docteur vient d'avoir une crise de nerfs. »

Jane rougit.

« Je n'ai rien fait. »

La femme sourit.

« Je sais bien. Elle est extrêmement susceptible. Sans doute un effet de la grossesse.

— Elle est enceinte ? s'écria Jane.

— Vous l'ignoriez ? C'est pour ça qu'elle reste dans sa cabine tout le temps : ce sont les premiers mois, elle a des nausées. Vous savez ce que vous pourriez faire pour elle ? Ne plus parler à son mari pendant les deux jours qui restent. » Elle ajouta rapidement avec un sourire chaleureux tandis que Jane devenait pourpre : « Je sais parfaitement que ce n'est pas votre faute, mais il faut la comprendre : elle vous voit libre, indépendante, belle, avec une carrière glorieuse devant vous, tandis qu'elle est coincée avec trois gamins et bientôt quatre. Elle vous envie, c'est normal. »

La nuit de son retour à Old Newport, après un voyage épuisant de vingt heures, Jane retrouva son appartement avec un plaisir extrême. Son tapis aux couleurs chaudes, son plancher d'érable, son lit, son canapé, son bureau devant la fenêtre donnant sur le petit jardin. Chez elle. Tellement mieux que la minuscule cabine de bateau qu'elle avait la chance de n'avoir partagée avec personne, ou même la luxueuse chambre du Ritz. Il ne resterait rien de ce voyage, ni photo ni souvenir. Ce n'était qu'une bizarre parenthèse sans rapport avec sa vie, une absurde perte de temps. Elle n'avait rien vu de la France et n'avait eu de vraie relation avec personne. Elle n'était parvenue qu'à rendre jalouse une jeune Allemande enceinte. Ce n'était pas rien : elle n'aurait jamais cru que sa vie pût sembler enviable à quiconque.

Une semaine plus tard, comme elle entrait dans la bibliothèque Goldener par un dimanche après-midi ensoleillé, elle se cogna à Norman Bronzino qui en sortait. Ils s'exclamèrent en même temps sur le ton d'une agréable surprise :

« Bonjour ! »

Bronzé, avec des lunettes de soleil Ray Ban, il faisait à peine cinquante ans. Sa veste marron clair et la chemise en coton bleu Oxford lui allaient bien. Pas de nœud papillon.

« Comment s'est passé ton été ? demanda-t-elle.

— Bien. Très productif. »

Il tenait la lourde porte en bois pour la laisser passer.

« Je ne suis pas pressée. Tu veux que je t'accompagne ?

— D'accord. Je vais au Centre. »

Ils descendirent Garden Street. Il était rentré de Nantucket juste la veille.

« Tout s'est bien passé avec ta famille ? »

Il fronça les sourcils.

« Pas si simple. Les enfants sont du côté de leur mère — c'est normal.

— Tu... ?

— Oui. Beth et moi divorçons. »

Jane ne connaissait même pas le prénom de sa femme.

« Je suis désolée.

— C'est ce qui pouvait arriver de mieux. Ça fait des années qu'on se dispute sans arrêt. Beth n'est pas heureuse de sa vie professionnelle, je n'y peux rien, et elle transfère tout sur moi. C'est insupportable. J'ai attendu que notre petit dernier, Alexander, ait fini le lycée. »

Elle secoua la tête sans savoir quoi dire. Il n'avait pas l'air désespéré. Il y avait probablement une autre femme plus jeune dans l'histoire. Il s'exclama soudain, les yeux brillants :

« Tu sais quoi ? J'ai écrit un roman.

— Ah bon !

— C'est un roman grec, reprit-il avec une excitation enfantine : il se passe à Athènes au deuxième siècle avant Jésus-Christ et il raconte un moment important de ma vie, quand j'avais vingt-quatre ans et que j'ai passé un an à Paris, juste avant d'épouser Beth.

— Un roman grec ? »

Il rit.

« Oui. Au printemps dernier le directeur du département de lettres classiques a donné une conférence au Centre sur le bilinguisme dans l'Antiquité. Les Grecs avaient été conquis par les Romains et les méprisaient. Le grec était la langue de la culture, de l'élite : le latin, comparé au grec, était une langue pauvre. Exactement comme le français et l'anglais aujourd'hui, et l'attitude des Français par rapport aux Américains : vaincus mais convaincus de leur supériorité ! C'est ce qui m'a donné l'idée de transposer ma propre expérience en celle d'un jeune Romain qui passe un an à Athènes. Personne ne me reconnaîtra : je pouvais tout dire. Et c'est plein de sexe. »

Il rit. Jane rougit. Ses manières avaient changé. Le divorce ou le roman ? Qu'est-ce qu'ils avaient tous avec les Grecs ? Ils étaient arrivés devant le Centre Kramer, un bâtiment néogothique en briques rouges, dont il tira la lourde porte en bois sombre verni. Dans une minute il aurait disparu. Elle se jeta à l'eau :

« Tu voudrais déjeuner ou dîner cette semaine ?

— Volontiers. »

Il n'y eut pas de « mais ». Elle respira avec plus d'aisance.

« Quand est-ce que tu es libre ? »

Il ne sortit pas le petit calepin relié en cuir noir avec les initiales dorées N. B. de la poche intérieure de sa veste.

« Tout le temps. Je viens juste de rentrer : je ne me suis pas encore organisé.

— Demain soir ? »

Il hocha la tête.

« Pourquoi pas. Où ?

— Chez moi ?

— Chez toi ? »

Elle rougit, prête à faire machine arrière.

« Ça ne va pas te donner trop de travail ?

— Oh non ! Ce sera simple.

— Tu habites où ?

— Tout près. » Elle pointa du doigt la direction. « 204 Linden Street, juste au croisement avec Almond.

— En effet, ce n'est pas loin. Quelle heure ?

— Sept heures ?

— Parfait. J'apporte le vin. »

Jane reposa la dernière page sur la petite pile de feuilles à l'envers, à gauche du manuscrit.

Bronzino n'avait sans doute pas publié son roman grec : elle n'en avait jamais entendu parler. S'essayait-il à l'autofiction au risque de compromettre sa carrière ? Pour grappiller une miette de gloire littéraire, les profs de lettres aujourd'hui n'hésitaient pas à vendre leur âme et celle de leurs collègues.

Il aurait dû conserver un ingrédient de la recette initiale : le sexe. Ce roman manquait nettement de piment. C'était moins le récit de sa propre vie que le désir d'en deviner l'auteur qui tenait Jane éveillée.

Josh ne pouvait pas être exclu. N'avoir rien de plus excitant à faire que du shopping à Macy's après une rupture amoureuse : exactement l'image de petite bourgeoise idiote qu'il avait dû garder d'elle.

Elle revit le canapé rouge et la robe bleue de Ruth. L'enfant — garçon ou fille ? Jane n'avait pas reçu de faire-part de naissance — avait aujourd'hui six ans et demi et sans doute un ou deux frères et sœurs. Dans sa banlieue verte, Ruth avait dû survivre en prenant du Prozac, ou un amant, ou un psy, ou les trois. Ou peut-être, qui sait, s'était-elle épanouie comme mère.

De leur amitié il ne restait rien : un épisode aussi inutile que la croisière sur le bateau allemand. À moins que vivre ne consiste *justement à se débarrasser du passé comme un serpent de ses peaux.*

Jane regarda sa montre. Deux heures moins le quart. Elle rappellerait à la fin du prochain chapitre.

DEUXIÈME PARTIE

À la façon d'Eric

1

« Parfois la vie change nos plans. »

Elaine Brooks prit un mouchoir en papier sur son bureau et le tendit à Jane avec un chaleureux sourire.

« Je ne veux pas vous influencer. Prenez une semaine pour réfléchir et envisager tous les scénarios. Vous avez trente ans. Il y a toujours un risque d'infertilité après coup. Il ne devrait y avoir aucun problème à ce stade, mais on ne peut pas vous donner une garantie totale. C'est la première fois, n'est-ce pas ? »

Jane hocha la tête.

« Personnellement, vous savez ce que je pense ; c'est une question de choix individuel. Mais la pression sociale est forte. Il y aussi l'adoption... »

Jane fit non de la tête. La gynécologue lui prit la main.

« Un bébé est très abstrait pour un homme tant qu'il ne l'a pas tenu dans ses bras. Ce que je peux vous assurer, c'est que vous ne perdrez pas son amour en gardant le bébé. Il est bien possible qu'il vous remercie un jour. »

Qu'elle s'arrête. C'était une torture.

« Encore une fois, c'est votre décision. J'essaie seulement de vous aider. »

Jane s'allongea, posa ses pieds sur les étriers de métal, et écarta les cuisses. La jeune femme introduisit le spéculum.

« Vous êtes très tendue. Respirez profondément. »

Jane essaya de respirer calmement. Son corps se crispa.

« Respirez. »

Jane ouvrit la bouche. Elle étouffait et paniqua. Le docteur lui donna une main, qu'elle agrippa. Elle était toute rouge. Son corps eut un spasme. Elle cria. Enfin elle parvint à respirer.

« Vous voulez un calmant ?

— Non. Je suis désolée, je ne sais pas ce qui m'a pris, j'ai eu des frottis déjà vingt fois au moins, c'est ridicule ! Je suis complètement hystérique.

— Vous faisiez juste de l'hyperventilation. Restez allongée jusqu'à ce que vous vous sentiez mieux. »

Dix minutes plus tard, Jane sortit du bâtiment de béton, la seule construction moderne sur Green Avenue, qui méritait bien son nom en cette matinée de début octobre avec ses pelouses bien arrosées des deux côtés de la route et l'abondance de feuilles vertes, qui commençaient à peine à jaunir, sur les arbres ombrageant les vastes demeures à colonnades. Des étudiants en tee-shirt ou en bras de chemise se dirigeaient vers leurs salles de classe. Les oiseaux donnaient un concert. Jane ne remarqua pas l'écureuil qui se dressa à son approche sur ses pattes de derrière, ses minuscules yeux ronds furetant de tous côtés avec inquiétude, et regagna son arbre en trois bonds.

Elle avait poussé un cri de joie, hier, quand la secrétaire avait appelé pour dire que le test était positif. Impossible, puisqu'elle prenait la pilule. Mais, cette nuit-là, trois semaines plus tôt, elle avait senti quelque chose de si étrange et de si fort, une telle ouverture au plus profond d'elle, qu'elle en avait pleuré. Il avait aussitôt suspendu son mouvement. « Je te fais mal ? — Oh non ! » C'était le moment où elle avait conçu. Elle en était sûre. La première nuit.

Hier, après cinq minutes de bonheur extatique, elle était brutalement retombée sur terre. La vie lui donnait et lui retirait presque au même moment ce que, pendant ces cinq minutes, Jane s'était rendu compte qu'elle souhaitait plus que tout au monde.

Elle avait composé le numéro à onze chiffres. Il l'avait appelée deux fois depuis son départ. C'était la première fois qu'elle lui téléphonait. Il était dix heures du soir en Allemagne. Il avait décroché.

« Hallo ?

— C'est Jane.

— Jane ! Quel bonheur ! J'étais allongé sur mon lit et te voilà : c'est comme un rêve ! »

Comment pouvait-il avoir l'air si surpris ? Jane pensait à lui vingt-quatre heures sur vingt-quatre : dès que le téléphone sonnait elle s'attendait à l'entendre.

« J'ai quelque chose à te dire.

— Quoi ?

— Je suis enceinte. »

Silence.

« Tu es sûre ?

— J'ai fait un test sanguin.

— Mais tu ne m'as pas dit que tu prenais la pilule ?

— Ça arrive. »

Le silence avait duré quelques secondes.

« Je suis désolé. J'aimerais être avec toi. » Il avait ajouté d'une voix moins hésitante : « Bien sûr, je paierai tout ce qui ne sera pas remboursé. Ils peuvent faire ça au Centre médical de Devayne ? »

« Ça. » Juste assez de décence pour ne pas pouvoir prononcer le mot.

« Je ne sais pas.

— Il est quelle heure ? Quatre heures cinq ? Tu sais quoi ? Appelle ton docteur et je te rappelle, pas tout de suite parce que je dois boire un verre avec quelqu'un, mais dans une heure. »

Elle avait quitté son appartement et couru jusqu'au cinéma d'Old Newport, où elle avait tendu dix dollars au caissier.

« Quel film ? Ils ont tous commencé.

— N'importe. »

Il n'y avait pas de message sur son répondeur quand elle était rentrée. Il avait peut-être essayé d'appeler et n'avait pas su quoi lui dire.

C'était la nuit dernière.

Elle était devant chez elle. Elle monta lentement les marches du perron et ouvrit sa porte. Dix heures cinq. Elle avait une heure pour préparer son cours. Assise au bureau de sa chambre, elle ouvrit *Adolphe*. Des larmes jaillirent de ses yeux.

Elle commença le cours en demandant aux étudiants de résumer la discussion du cours précédent. L'étudiant le plus sérieux, un gros adolescent ingrat avec des lunettes aux verres très épais, qui se couchait presque sur la table pour lire, leva la main.

« La mort, dit-il dans un français teinté d'un fort accent américain, est une source de tourment dans *Adolphe*. »

Jane écoutait distraitement, les yeux tournés vers le ciel bleu.

« Le héros ne sait pas comment dire à Elleonore... »

Elle corrigea mécaniquement :

« Ellénore. »

Les étudiants rajoutaient tous ce « o ». Steve hocha la tête pour s'excuser.

« ... Ellénore que la mort qu'il a pour elle est morte. Mais il... »

Elle fronça les sourcils.

« L'amour, dit-elle en appuyant sur la dernière syllabe. Pas "l'amor" ! si tu dis "l'amor" on entend "la mort", *death*. Il y a une différence entre l'amour et la mort. »

Les étudiants éclatèrent de rire.

« Ou, o, reprit Jane. Répète après moi : ou.

— Ou.

— O.

— O.

— L'amour.

— L'amor.

— L'amour ! Tu n'entends pas ? L'a-mour !

— L'amor.

— Tu continues à dire la mort. Steve, il faut que tu ailles au laboratoire de langues. Tu nous fais perdre notre temps. »

Le garçon baissa les yeux. Les douze étudiants regardaient Jane avec hostilité. Ce n'était pas parce que l'amour et la mort sonnaient exactement pareil en français qu'il fallait brutaliser leur camarade plein de zèle. Tout rouge, il semblait proche des larmes. Jane éclata en sanglots.

Les étudiants furent encore plus surpris. Un professeur pleurant devant ses élèves était inédit à Devayne. Une fille demanda :

« Ça va, professeur Cook ? »

Jane se tourna vers le mur. Personne ne dit mot. Le gros étudiant n'osait pas lever les yeux. Jane prit un Kleenex dans sa poche et se moucha avant de se retourner.

« Excusez-moi. Je ne me sens pas bien. On va s'arrêter là. »

Ils rangèrent leurs cahiers et leurs livres et se levèrent avec des expressions pleines de sympathie.

« Soignez-vous bien, professeur Cook. »

Elle marcha comme un automate du bâtiment néogo-
thique Kenneth-Whitman jusqu'à l'immeuble moderne en
briques du département, à cent mètres. Elle s'arrêta au
troisième étage et demanda à Dawn en désignant du doigt
la porte du directeur :
« Il est là ?
— Oui. Il n'y a personne avec lui pour l'instant. »
Jane frappa à la porte.
« Entrez ! »
Elle poussa la porte. Norman Bronzino, assis derrière
son large bureau couvert de livres et de papiers, lui sourit
joyeusement.
« Jane ! Comment vas-tu ? »
Ils avaient juste échangé quelques brefs hello depuis
qu'elle lui avait dit, trois semaines plus tôt, qu'elle avait
besoin d'être seule : la différence d'âge était trop grande,
elle devait réfléchir. Norman était sûr que l'amour n'avait
rien à voir avec l'âge mais s'était montré très compré-
hensif. Ça l'arrangeait aussi qu'ils ne se voient pas pour
l'instant, avec le divorce imminent et le risque que Beth ait
engagé un détective privé pour trouver des preuves contre
lui. Il avait été très prudent pendant les trois semaines de
leur liaison : Jane ne devait pas l'appeler, même au
bureau ; il ne laissait jamais de message sur le répondeur
de Jane et se glissait chez elle comme un voleur en sortant
du bureau, sans jamais rester plus d'une heure.
Il s'approcha d'elle et la prit dans ses bras.
« Qu'est-ce qui se passe ? »
Elle se dégagea.
« Je suis enceinte.
— J'allais te poser la question. J'ai remarqué un changement dans tes yeux, ta peau, dans tout ton corps, récemment, et ça m'a fait penser à Beth. J'avais bien deviné,

donc. » Il sourit, réjoui par la nouvelle ou par son propre flair. « Encore dix jours et je suis un homme libre.

— Je ne crois pas que ce soit de toi. »

Les yeux de Bronzino s'écarquillèrent. Jane soutint son regard.

« J'ai rencontré quelqu'un d'autre. Je voulais te le dire. Pas comme ça. Je suis désolée. Ne sois pas en colère. Ça fait trop mal. Je vais avorter. »

Le visage défait, courbé comme un vieil homme, il marcha lentement vers son large fauteuil en cuir noir derrière le bureau moderne. Il s'y laissa tomber et se mit à jouer avec un Bic dont il ôta et remit le capuchon tour à tour. Le téléphone sonna. Il décrocha.

« Oui... Non. Je le rappelle dans deux minutes. »

Il reposa l'appareil et regarda Jane froidement.

« Qu'est-ce que tu veux ?

— Un congé. Je n'arrive pas à faire cours. Après l'avortement je voudrais rester avec mes parents pendant quelques jours.

— Et qui va faire les cours à ta place ? Moi ? »

Elle ne répondit pas.

« Tu crois que les étudiants paient vingt mille dollars par an pour que tu te fasses sauter à droite et à gauche ? »

Des larmes coulaient sur les joues de Jane. Elle se leva.

« C'est qui ? »

La voix de Norman s'était radoucie. Il y avait tant de souffrance dans ses yeux qu'elle s'arrêta, la main sur la poignée.

« Quelqu'un qui enseigne au département d'histoire de l'art. » Elle ajouta, pensant que l'absence d'Eric mettrait du baume sur la plaie : « Il est en Allemagne cette année, en congé sabbatique.

— Il s'appelle comment ?

— Eric Blackwood. »

Il hocha la tête.

« Je le connais. Il était au Centre Kramer l'an dernier. »

Rien à dire : le beau et jeune Eric pouvait seulement l'emporter. Brillant aussi, pour être admis au Centre.

« C'est pour ça que tu as rompu. J'aurais dû m'en douter.

— Non. Ce que je t'ai dit était vrai : la différence d'âge me dérangeait. J'ai rencontré Eric après. »

Demi-mensonge. Eric et elle n'avaient pas encore échangé un baiser : il n'y avait rien de sûr. Faux : c'était sûr. Comme deux et deux font quatre. Elle avait su le soir même où ils s'étaient rencontrés. Eric l'avait raccompagnée chez elle vers onze heures du soir.

« Tu veux boire un dernier verre ? J'ai du whisky. »

Il avait regardé sa montre.

« Ç'aurait été avec plaisir mais il faut que j'aille me coucher : j'ai un rendez-vous à New York demain matin à neuf heures et demain soir je pars en Allemagne.

— En Allemagne ? »

Toujours la même histoire : vous rencontrez un célibataire séduisant et il met aussitôt un océan entre vous. Célibataire, qu'en savait-elle. Il était peut-être marié et ne portait pas sa bague. Ou fiancé à une Allemande. Ou divorcé et père de trois enfants. Il avait soudain demandé d'une voix inspirée, avec un sourire charmeur :

« Et si tu venais ?

— En Allemagne ? » avait répété Jane bêtement.

« Il y a une promotion sur Lufthansa en ce moment, avait repris Eric comme si c'était la question. Le billet coûte à peine plus de trois cents dollars. Le colloque a lieu dans une petite ville à deux heures de Munich, Eichstatt, pleine de monuments baroques. Ce n'est pas loin de la Forêt-Noire, on pourrait y aller ce week-end.

— Eichstatt ?

74

— Tu connais ?

— Je connais quelqu'un qui habite là-bas. »

Il avait l'air surpris mais pas autant qu'elle. Elle était abasourdie. Tout lui donnait le vertige. Eric, d'abord ; sa beauté ; l'extraordinaire coïncidence qu'il aille dans la ville même où vivait le docteur allemand ; leur rencontre juste au moment où elle commençait à se demander ce qui n'allait pas avec Bronzino ; et sa façon de proposer maintenant à Jane, comme si c'était la chose la plus naturelle du monde, de s'envoler pour l'Europe avec lui — et donc de partager sa chambre à Eichstatt —, quand ils s'étaient rencontrés quatre heures plus tôt et ne s'étaient même pas effleuré la main. Elle était tout près de dire oui : de faire la chose la plus folle de sa vie.

« Tu appelles de l'aéroport et tu dis à la secrétaire que tu es malade », avait suggéré Eric d'une voix séductrice.

Impossible. Pas à cause des cours. Quelque chose d'important, avait-elle dit sans préciser quoi. C'était le lendemain qu'elle avait déclaré à Bronzino qu'ils ne devaient plus se voir pendant quelque temps. Ils étaient dans sa voiture, sur un parking face à la mer — non pour le charme de l'endroit mais parce que Bronzino ne voulait pas être vu en ville avec Jane.

« Prends ton congé, lui dit Bronzino d'une voix fatiguée. Au revoir, Jane. »

Il souleva une pile de papiers sur son bureau pour indiquer qu'il avait maintenant des problèmes plus importants à régler. Elle tourna la poignée, hésita.

« Merci. »

Il leva des yeux tristes.

« Je suppose que c'est moi qui dois te remercier pour ton honnêteté. »

Le 19 octobre, elle se réveilla tôt pour prendre l'analgésique. À neuf heures moins dix, elle donna son nom à la secrétaire du département de gynécologie au Centre médical de Devayne. Elle ne pouvait pas rester assise et marchait de long en large dans l'étroit couloir. Elle sourit à une jolie fillette blonde de quatre ans assise à côté de son frère, un adolescent qui lisait un magazine illustré. La petite rougit, grimpa sur le siège, pinça son frère, tira son journal et attrapa sa casquette de base-ball.

« Arrête ! »

Il la repoussa. Elle continua de plus belle avec des exclamations aiguës tout en guettant du coin de l'œil Jane qui évitait maintenant de la regarder et continuait sa marche d'un pas plus nerveux. Tous les magazines sur la table basse près des sièges en skaï étaient des exemplaires gratuits d'*American Baby.* Jane marcha jusqu'à la secrétaire.

« Le docteur va bientôt arriver ? »

La femme âgée la regarda par-dessus ses lunettes.

« Ça ne va pas, ma cocotte ?

— Ces gosses font un bruit ! »

Elle se mit à pleurer. La femme l'emmena dans une des cabines et lui apporta une chemise en papier.

« Vous pouvez vous déshabiller.

— Mais ça ne va pas se passer ici ! Docteur Brooks a dit au quatrième étage !

— Ah bon. Attendez-la, alors. »

La secrétaire la laissa seule dans la petite pièce, où le docteur Brooks entra cinq minutes plus tard. Son sourire chaleureux était apaisant. La secrétaire ignorait en effet le motif de la visite, et elles se rendaient bien dans la pièce stérile du quatrième étage. Une infirmière et une sage-femme les y attendaient. Jane demanda à Elaine avec angoisse :

« Vous restez, n'est-ce pas ? »

Elle fit tout ce que le docteur lui dit de faire. Le contact des supports métalliques sous ses pieds nus était désagréable. Elle ne sentit presque rien quand la sage-femme introduisit le spéculum puis les instruments. L'aspirateur léchait les parois de son utérus. Jane se concentrait sur sa respiration, les yeux grands ouverts et fixés sur le visage souriant d'Elaine Brooks, qui lui demandait d'inspirer et d'expirer, l'encourageait, la félicitait et l'assurait que tout serait bientôt terminé. L'opération ne dura que quelques minutes, mais Jane eut l'impression d'un temps beaucoup plus long. La sage-femme retira l'instrument, puis le spéculum, et nettoya le sang. Le docteur Brooks félicita Jane d'avoir été très courageuse et lui dit de rester allongée. Elle n'avait pas mal. Quand elle se leva, elle aperçut la bassine sur une table et, dedans, les déchets de peau et de sang. Elle eut un haut-le-cœur.

Jane prit un taxi pour rentrer chez elle. Trois heures plus tard elle eut l'impression d'avoir une pierre à la place du ventre. Elle alla aux toilettes et remplit la cuvette de sang. Elle pouvait à peine marcher, pliée en deux. Assise, elle avait mal. Même allongée. La douleur l'empêchait de s'endormir. La sueur perlait sur sa paume et son front, et ses doigts étaient gourds. Elle craignait de s'évanouir. Elle n'avait prévenu personne à Old Newport. Carrie avait un congé sabbatique cette année et vivait à Palo Alto avec son mari. Peut-être que quelque chose à l'intérieur d'elle s'était rompu et qu'elle allait mourir. Ou bien c'était normal : c'était peut-être ce que le docteur Brooks appelait avoir un peu mal. Il fallait attendre jusqu'au matin.

Le téléphone la réveilla à dix heures du soir. Elle marcha péniblement jusqu'au salon, pliée en deux, avec une douleur au côté aiguë comme un coup de poignard. Elle aurait vraiment dû appeler la compagnie de téléphone pour faire installer une prise dans sa chambre.

« Salut ! Je croyais que tu n'étais pas là. J'avais préparé un message. »

La dernière fois qu'elles s'étaient parlé, c'était dix jours plus tôt. La nouvelle que Jane était enceinte avait été un choc pour Allison qui cherchait en vain depuis trois ans à concevoir un bébé. Une ironie du sort. Mais elle avait tout de suite proposé à Jane de venir à Old Newport et de rester avec elle pendant une semaine. Pour Allison comme pour tout le monde, les parents de Jane, Susie, et Eric, il était évident que Jane ne pouvait pas garder le bébé d'un homme avec qui elle avait passé une nuit et se mettre à pouponner quand elle commençait à peine sa carrière. « Ça voudrait dire qu'Eric et toi n'auriez jamais eu de temps à deux, seuls, avait dit Allison : ce serait très malsain pour la relation. » Jane avait répondu : « Je ne crois pas que tu comprennes. Je ne crois pas que tu puisses comprendre. » Allison s'était tue quelques secondes avant de reprendre d'une voix qui tremblait un peu : « Je ne peux pas comprendre parce que je n'ai jamais été enceinte, c'est ça ? C'est à moi que tu dis ça ? Ce n'est pas très gentil, Jane. »

Jane s'était excusée : elle était nerveuse et tendue. Allison s'était radoucie : « Mais pourquoi tu ne gardes pas ce bébé si c'est ce que tu veux ? Après tout, pourquoi pas ? N'écoute pas ce qu'on te dit. Suis tes tripes. — Parce que le père pourrait être Bronzino, avait répondu Jane lentement. Je suis sûre que non, mais en termes de dates c'est possible et même plus vraisemblable. — Je vois. » Rien à dire. Allison savait tout. Quand Jane lui avait téléphoné le 15 septembre après avoir rompu avec Bronzino, Allison s'était écriée : « Quoi ? Déjà ? Je ne comprends pas. Tu me fais penser au type qui ne veut pas faire partie du club qui l'accepte comme membre. C'est infantile, Jane. » Une semaine plus tard, quand Jane avait parlé d'Eric, Allison avait compris.

« Alors ? demanda Allison, tu as pris rendez-vous ?
— Oui.

— C'est pour quand ?

— C'était ce matin. »

Il y eut un silence. Allison, qui pleurait rarement, éclata en sanglots à l'autre bout de la ligne. Quelque chose en Jane se relâcha. Pour la première fois depuis le matin elle pleura.

Elle avait prévu de rester une semaine chez ses parents mais elle rentra chez elle le quatrième jour. Sa poitrine était gonflée et douloureuse, mais elle n'avait plus mal. Elle avait envie de se réveiller dans son lit et de reprendre ses cours.

Bronzino l'appela dix jours plus tard. Il voulait lui annoncer ce qui n'était pas encore officiel : elle avait obtenu une bourse pour passer l'année suivante à Paris. La nouvelle ne lui fit aucun effet. L'année prochaine, Paris, c'était abstrait. Elle était contente qu'il n'ait pas de ressentiment. Une arrière-pensée l'effleura : Bronzino avait-il appuyé sa candidature pour la séparer d'Eric une seconde année ? Il ne pouvait pas être si machiavélique. Il avait l'air sincèrement heureux pour elle.

Eric et elle se parlaient au téléphone à peine une fois par semaine, rarement plus de dix minutes, des conversations entrecoupées de silences. Elle acheta un billet pour les vacances de Thanksgiving, comme prévu.

Elle ne savait rien de lui, sinon qu'il était beau.

Ils s'étaient rencontrés deux fois. La première fois le 12 septembre, au vernissage de l'exposition d'art chinois au musée de Devayne, le soir où il l'avait raccompagnée chez elle et lui avait fait cette proposition stupéfiante : « Et si tu venais ? » La deuxième fois le 17 septembre, le soir où Eric était rentré d'Allemagne pour dîner avec elle.

Il avait sonné à sa porte à sept heures pile. Elle avait eu peur quand elle avait ouvert : elle n'avait plus d'image précise de lui et avait pu être impressionnée juste par son beau costume, le soir du vernissage. Il était là, sur le seuil, habillé d'un jean, d'un tee-shirt gris et de baskets. L'air de sortir d'un magazine de mode sur papier glacé. Le genre d'homme qui n'avait jamais regardé Jane. Mais lui la regardait : c'était à elle qu'il souriait et tendait même une rose jaune. Le même type qu'Eyal, en plus beau : grand, svelte, les épaules larges, une bouche charnue au dessin délicat, des cheveux châtain tombant en mèches souples sur son haut front, et ce sourire radieux, avec une pointe tendrement ironique, qui dégageait ses dents larges et régulières et plissait ses yeux clairs.

« Je peux entrer ? »

Elle lui barrait le passage, transformée en statut de sel par la conscience que quelque chose d'exceptionnel était en train d'arriver.

Il l'avait emmenée dans un quartier qu'elle ne connaissait pas, la petite Italie d'Old Newport, de l'autre côté de la voie ferrée. Le restaurant était plein, pas de professeurs de Devayne mais de vrais habitants de la ville ; la nourriture, exquise. Elle ne pouvait pas manger. Ils avaient passé des heures à parler, penchés l'un vers l'autre autour d'une bougie. À peine dehors, leurs lèvres étaient entrées en contact. Le corps tendu comme la corde d'un arc, ils étaient restés quelques secondes immobiles avant de s'embrasser follement sous les regards des passants, puis dans la voiture avant qu'il démarre, une heure au moins, et à chaque feu rouge jusqu'à ce que les automobilistes klaxonnent derrière eux. Devant chez elle, il avait coupé le moteur et dit avec un sourire : « Alors, ce whisky ? »

Au petit déjeuner il avait expliqué la situation : il avait une bourse pour passer l'année au musée Dalhem à Berlin. Il devait partir aujourd'hui.

« Aujourd'hui ? »

Il avait changé son projet d'aller directement de Munich à Berlin. Mais il y avait demain à Berlin une réception qu'il ne pouvait manquer.

Autrement dit : il avait choisi de passer deux jours en avion pour une soirée avec Jane et dans deux heures il serait parti.

Elle avait pris le bus avec lui jusqu'à l'aéroport Kennedy, sans remarquer la magnifique journée. Pendant tout le trajet ils avaient avalé goulûment leurs lèvres et mêlé leur salive. À l'aéroport aussi. Elle aurait voulu le manger, le garder à l'intérieur d'elle. C'était fou. L'amour comme elle n'en avait jamais fait l'expérience.

« Eric Blackwood est attendu à la porte A23 pour un embarquement immédiat sur le vol Lufthansa 006 à destination de Berlin », avaient déclamé subitement les haut-parleurs, dans tout l'aéroport.

Elle l'avait regardé courir le long du couloir. Tout au bout, il s'était retourné et lui avait fait signe avant de disparaître. Quand elle était sortie de l'aéroport, la nuit était tombée. Il faisait froid. Elle avait pleuré pendant tout le trajet de retour.

C'était il y a deux mois. Demain elle prenait l'avion pour Berlin. Il était plus de minuit. Elle composa le numéro d'Allison. Heureusement qu'il y avait la Californie pour appeler ses amies tard le soir, sans les réveiller grâce au décalage horaire. Allison décrocha après une sonnerie.

« C'est Jane. Je ne te dérange pas ?

— Pas du tout ! Je dois rédiger une conclusion pour un procès fictif de droit du travail, je vais y passer la nuit, je ne peux pas te dire à quel point je me fais chier. Ça va ? Mais tu n'es pas à Berlin ?

— Je pars demain.

— Veinarde. On va bientôt rencontrer le prince charmant ?

— J'ai peur.

— De quoi ?

— Il dit le mauvais mot et c'est fini. Je suis en colère.

— Contre lui ? Ce n'est pas sa faute.

— Il n'a pas hésité. Pas une minute. Je ne sais pas si je peux lui pardonner cette minute-là.

— Tu n'es même pas sûre que c'était son bébé !

— Mais il croyait que c'était son bébé et il n'a pas hésité.

— Jane ! Tu es vraiment injuste. Tu crois que c'est facile pour Eric ? Le pauvre ! Il doit avoir une frousse monstre de te perdre. Tu n'as pas le droit d'être en colère contre lui.

— Je ne veux pas. Mais s'il dit un mot qui montre qu'il ne comprend pas, j'ai peur de cesser de l'aimer immédiatement.

— Fais-moi plaisir, reprit Allison de sa voix de grande sœur. Dès que tu atterris, dis à Eric tout ce qui se passe dans ta tête. Mets-le de ton côté contre toi. O. K ? »

Dès l'instant où Eric la prit dans ses bras et où elle posa sa tête contre sa poitrine dans l'aéroport de Berlin, il n'y eut pas besoin de mots. Il y eut son odeur. Elle pleura. Il avait l'air triste. La première nuit, elle lui dit qu'elle ne pouvait pas faire l'amour.

« Tu as encore mal ?

— Non. »

Trois nuits plus tard, après deux heures de baisers et de caresses, il la pénétra. Quand il vit l'expression de son visage, il se retira.

Berlin lui plut. Eric vivait à l'ouest, près de Savigny Platz, mais connaissait toutes sortes de bars et de clubs underground dans le quartier de Mitte, le préféré de Jane, qui avait fait partie de Berlin Est et ressemblait maintenant à un gigantesque chantier plein de ruines, de terrains vagues, de trous et de grues, tout autour de l'ancien emplacement du mur. Trois semaines plus tard elle retourna à

Berlin pour les vacances de Noël. Le lendemain ils s'envolèrent pour Prague, à une demi-heure d'avion. Eric avait réservé une chambre à l'hôtel Paris, un monument Art nouveau au centre de la ville. La chambre était minuscule, la nourriture à base de porc, de crème fraîche et de pain bouilli, les vitrines laides, le cristal indigeste après deux jours, les crottes de chien plus difficiles à éviter qu'à Paris, les Tchèques mal habillés et tristes, le soleil impuissant à percer le couvercle de pollution, et l'eau suspendue dans l'air même quand il ne pleuvait pas rendait les pavés dangereusement glissants. La nuit tombait à quatre heures. En une semaine ils ne virent pas la lumière du jour : elle se réveillait tard à cause du décalage horaire et ils sortaient rarement de l'hôtel avant trois heures de l'après-midi. Eric ne la bousculait jamais. Prague était une ville de nuit, avec ses ruelles à peine éclairées par de vieux réverbères à la lumière jaune dont certains s'allumaient et d'autres s'éteignaient quand on s'approchait. La première fois qu'elle prononça « tes couilles » dans un restaurant, Eric ouvrit de grands yeux tandis que le serveur hochait poliment la tête. Elle éclata de rire : le mot lui était revenu en un éclair de mémoire.

Josh avait dit doublement vrai : elle adorait Prague. On ne pouvait pas ne pas adorer Prague. Pas seulement pour sa beauté, pas seulement parce que c'était une ville pour amants flâneurs. Mais, telle son humidité, sa mélancolie s'infiltrait peu à peu en vous et produisait l'effet délicieux d'une drogue.

« Tu te drogues souvent ? » demanda Eric.

Ils étaient appuyés contre la rampe et regardaient l'eau noire de la Vltava parsemée de points blancs — les oiseaux endormis — et, au loin, l'immense château surplombant la ville, qui, tout illuminé de bleu, de rose et de jaune pastel, avait plutôt l'air du palais de Dame Tartine que d'une vision kafkaïenne.

« En fait, tu sais quoi ? Ça n'a aucun effet sur moi. Mes copines de fac vérifiaient si j'aspirais bien : elles n'arrivaient pas à le croire. Je ne sais pas de quelle dose j'aurais besoin.

— Cocaïne ? »

Elle rit et haussa les épaules.

« Marijuana et haschich, mais quand même. »

Elle frissonna. Eric l'enlaça et colla sa peau chaude contre la joue de Jane. Il partageait le secret de ce chauffage interne avec les Tchèques aux longues jambes qui portaient des minijupes par moins quinze degrés. Elle se tut, ébahie que cet homme rencontré trois mois plus tôt et maintenant debout près d'elle dans une carte postale au cœur de l'Europe fût réel.

Ils firent l'amour. Ce fut intense, délicat et tendre mais, contrairement à la première nuit, presque timide et réservé. Ils savaient pourquoi.

« Promets-moi », dit Jane en regardant Eric dans les yeux, la nuit de leur arrivée à Prague, au moment où il la pénétrait : « Plus jamais. La prochaine fois...

— ... On le garde, c'est promis. »

Elle se rongeait l'ongle de l'annulaire depuis déjà dix minutes. Il y avait un poids dans sa poitrine et une sensation de nausée familière. Prague, Berlin, et, avant cela, la pièce blanche au quatrième étage du Centre médical de Devayne. Elle respira profondément et frissonna comme s'ébroue un chien qui sort de l'eau. Pas question de laisser ainsi manipuler sa mémoire.

Qui ? En tout cas pas Eric, même si la connaissance des événements faisait de lui un suspect évident. Elle ne lui avait jamais raconté l'aventure avec Bronzino : le doute quant à la paternité du bébé, il l'ignorait — ou bien avait-il pu l'apprendre d'autre source ? Mais ce n'était pas quelque chose que ferait Eric : ni écrire un roman basé sur leur vie, ni le lui envoyer anonymement. Pas son genre. Une certitude.

Bronzino ? L'unique témoin de la scène qui s'était passée dans son bureau. Mais Jane avait dû la raconter à Allison.

Elle se leva, ouvrit le gros réfrigérateur, sortit l'énorme bouteille de cinq litres et se servit un verre d'eau. Le bouchon de plastique vert sauta sur le sol quand elle voulut refermer la bouteille. Elle s'agenouilla et le ramassa sur les carreaux gris derrière la table avec le téléphone, dans un coin peu accessible et sale. Le bouchon attira à sa suite quelques moutons de poussière. Jane le rinça, rangea la bouteille et reprit sa lecture sans même regarder où en était la pluie derrière la fenêtre.

2

À six heures et demie du matin, en décembre, il faisait encore nuit et il n'y avait personne dans son riche quartier, pas même de gens promenant leur chien. Le café était fermé. Le RER aussi. Elle avait été inspirée, hier, de poser la question : il y avait aujourd'hui une grève sur la ligne C. Elle remonta la rue vers le métro et vit une ambulance garée en double file. Des infirmiers agenouillés s'affairaient sur le trottoir devant un immeuble en pierre de taille à la façade convexe. Elle dut descendre du trottoir et marcher au milieu de la route. Elle tendit le cou pour voir entre leurs épaules.

Un homme sur le dos, dans une robe de chambre à motif cachemire, couvert de sang. Il avait dû se trancher les veines avant de sauter pour être sûr de ne pas se rater.

Irréel. Paris ce matin était si paisible et son cœur si plein de joie. Elle frissonna.

À la station Solferino, puis à Sèvres-Babylone, puis à Saint-Michel où elle prit le RER pour Orly, le train entra en gare juste comme elle arrivait sur le quai, ou une minute après. À cette heure-ci elle aurait pu attendre vingt minutes. Elle serait en avance.

Le RER était déjà plein de monde, la plupart assis, rasés et peignés de frais. Les paupières se fermaient, les respirations se régularisaient, les têtes tombaient sur les poitrines. Elle était assise face à un travailleur immigré coiffé d'une toque en astrakan gris, qui avait les yeux fixés sur un point au-delà de Jane ou quelque part en lui-même. Il dormait peut-être les yeux ouverts. Le silence était frappant — seules deux femmes debout autour d'un pilier jacassaient à voix haute. Une femme d'une cinquantaine d'années remplaça le rêveur à la toque d'astrakan. Elle lisait un roman Harlequin dont Jane ne réussit pas à déchiffrer le titre. Un parfum familier offusqua ses narines : un mélange de saleté et de vin tourné au vinaigre. Le clochard était assis juste derrière elle. Un cercle vide s'était formé autour de lui. Jane retint sa respiration et, à l'arrêt suivant, changea de wagon plutôt que de siège pour ne pas vexer le clochard. En vingt minutes elle fut à Orly. Elle avait vingt minutes d'avance. Les dieux qui lui avaient envoyé trois trains coup sur coup pouvaient pousser l'avion de leur souffle puissant. Elle courut aux toilettes, jeta un coup d'œil au miroir en sortant, et revint se poster à la sortie des arrivées internationales.

La porte automatique coulissa et laissa passer quelques personnes. Son cœur se mit à battre vite. La porte s'ouvrit encore. Elle essaya de voir à l'intérieur. Il y avait toute une foule.

« Vous arrivez de New York ?

— Boston. »

Sept heures trente-cinq. Il n'avait pas encore atterri. Trois petits enfants crièrent « papa ! » et se précipitèrent vers un homme qui s'accroupit et leur ouvrit les bras. Une belle femme grande et mince les suivait, avec trois petits manteaux sur un bras et un bébé sur l'autre. « Bonjour, vous », dit le papa en pinçant la joue du bébé renfrogné avant de déposer un rapide baiser sur les lèvres de la femme. « Tout s'est bien passé ? » Jane sourit. La parfaite petite famille bourgeoise.

Sept heures cinquante-six. Elle regarda le tableau des arrivées, qui était en train de bouger. Il se stabilisa. TWA 602... Arrivé. C'était là, en lettres rouges lumineuses. L'avion n'avait pas de retard. Eric était en France, sur le même sol qu'elle, à quelques mètres, à dix minutes à peine. Juste le temps de passer la douane et de récupérer sa valise. Encore cinq minutes, dix tout au plus. Eric, pour de vrai, entre ses bras. Un long frémissement parcourut son épine dorsale.

« Vous avez un beau manteau », lui dit une femme noire.

Pas le premier compliment qu'elle recevait pour ce manteau. Toujours de la part de femmes noires, curieusement. Pour la première fois en France.

« Vous l'avez trouvé où ?

— Aux États-Unis, il y a deux ans. Cent francs en solde.

— Cent francs ! »

Mais elle en avait dépensé plus de mille lors de son shopping effréné à Macy's et le manteau de fausse fourrure était le seul vêtement qu'elle eût sauvé du naufrage, un tailleur élégant à Old Newport ayant l'air d'un sac à patates à Paris. La femme approcha sa main et l'effleura.

« C'est du vrai ?

— Ours en peluche, oui.

— Du synthétique ? Je n'aurais jamais deviné. »

Jane avait trop chaud et retira le manteau. La femme regarda la longue robe moulante en jersey de laine d'un brun rouge, fermée de haut en bas par de minuscules boutons de nacre.

« Vous avez du goût.

— Merci ! J'ai acheté cette robe à Paris, hier, chez...

— Pas pour moi ! Il faut être mince comme vous pour porter ça.

— Mais non, vous êtes mince aussi. »

La femme éclata de rire sans fausse coquetterie.

« Vous attendez quelqu'un dc New York ?

— Mon petit ami. »

La porte s'ouvrit. Elles levèrent les yeux en même temps. Une fille à l'air perdu qui traînait une grosse valise rappela à Jane sa propre arrivée trois mois et demi plus tôt. Elle avait dû prendre un taxi à cause des valises. Il pleuvait. Elle n'avait senti aucune émotion, pas même en voyant Paris à distance depuis l'autoroute et en reconnaissant au loin, sur la colline de Montmartre, le Sacré-Cœur qui ressemblait à un gros mamelon. Pendant tout le trajet, le chauffeur n'avait fait que se plaindre des impôts, du gouvernement, des immigrés qui prenaient le boulot des Français et faisaient venir leurs trois ou quatre femmes illégalement. « Je m'en fous s'ils ont quatre femmes et quinze gosses, mais le trou dans la caisse de la Sécu, c'est à cause d'eux, alors pourquoi c'est moi qui devrais casquer, hein ? Avec toutes les mosquées qu'on construit bientôt on ne fera plus la différence entre Paris et La Mecque. Sauf pour la pluie, haha. Ils peuvent apporter du sable et des chameaux, mais du soleil, ça non. — Il a beaucoup plu ? — Tout l'été, mam'zelle. C'est bon pour le biseness. Et c'est pas près de s'arrêter. » La course lui avait coûté deux cents francs et, en plus, il lui avait demandé douze francs par valise, même pour son ordinateur et son bagage à main. Elle se trouvait quai Anatole-France, face à un imposant, noble immeuble en pierre de taille, avec un portail de fer forgé et de verre assez large pour laisser passer des voitures à chevaux jusqu'à la cour intérieure pavée.

L'ascenseur ne conduisait qu'au sixième et de là il n'y avait pas d'accès au septième. Il lui avait fallu redescendre et chercher l'escalier de service. Elle était épuisée. Grimper les sept hauts étages en tirant et poussant ses lourdes valises lui avait pris vingt minutes. Si elle avait su, elle aurait donné cent francs de plus au chauffeur de taxi pour s'éviter cette torture. Enfin elle avait atteint le long couloir sombre du septième étage et trouvé sa porte tout au fond. Au moins la clef tournait facilement dans la serrure.

L'appartement ensoleillé et calme dont elle avait vu l'annonce dans le couloir du département en avril dernier était en fait une mansarde au plafond bas avec deux toutes petites lucarnes laissant à peine passer la lumière. Aucune vue sinon un petit bout de ciel gris si l'on se mettait devant la fenêtre. Un lit métallique avec un couvre-lit en chenille orange — un petit lit : elle avait oublié de poser la question ; un bureau d'écolier, quatre étagères poussiéreuses près des lucarnes, et une armoire en plastique. La douche se trouvait dans un coin de la pièce ; dans l'autre coin, un vieil évier, une plaque à gaz et, dessous, un petit frigidaire. Elle avait ouvert l'unique porte à côté de l'évier : le placard de la cuisine. Pas de toilettes ? Un mot laissé sur la table, avec une clef, indiquait que les toilettes se trouvaient trois portes plus loin dans le couloir. Au moins ils étaient à usage privatif. Jane s'était laissée tomber sur le lit. Il était mou. Elle aurait mal au dos.

Pourquoi était-elle partie ? Pourquoi Eric ne l'en avait-il pas empêchée ?

Elle connaissait la réponse. Elle l'avait remuée dans sa tête pendant des mois. Pas pour ses recherches, mais parce qu'elle savait qu'Eric, à sa place, serait parti et qu'elle craignait de faire payer un jour à leur couple une lâcheté qu'elle ne se pardonnerait pas. Quant à lui, s'il l'avait laissée partir, c'était par respect de son travail et de sa liberté : par amour.

La porte s'ouvrit. Des jeunes gens à l'air endormi sortirent en poussant leurs chariots, chargés de sacs, de valises et de boîtes qui semblaient contenir des instruments de musique.

« Vous êtes arrivés de Kennedy Airport sur TWA ? » demanda Jane en anglais à un grand Noir chauve vêtu d'une veste en cuir et portant un gros instrument de musique.

« New York, yeah », répondit-il avec un accent qui la rendit nostalgique en évoquant une avenue de Manhattan pleine de taxis jaunes.

La porte automatique ne cessait de coulisser pour laisser sortir les gens. Huit heures quarante cinq. Eric allait apparaître à tout instant. Elle l'attendait depuis presque deux heures. Non : trois mois, dix jours, et cent dix minutes.

La femme noire s'exclama joyeusement et marcha vers un homme corpulent aux cheveux gris. Son père ou son mari ? La femme lui fit signe en s'éloignant.

« Bonne année ! Et bonnes vacances avec votre ami ! »

Neuf heures dix. Son cœur battait à toute allure dès que la porte s'ouvrait. Il n'y avait plus personne du groupe qui attendait avec elle une heure plus tôt. Une nouvelle vague de gens était arrivée, remplaçant les visages endormis de sept heures du matin. Les passagers qui sortaient avaient la peau foncée : un avion venait d'atterrir de Tunis. Neuf heures quarante deux. La valise avait dû se perdre. Il remplissait sans doute les formulaires.

Elle eut un vertige. Elle n'avait rien mangé ce matin. Elle était debout ici depuis trois heures.

Dix heures moins cinq. L'avion avait atterri depuis deux heures. Une autre sortie ? Elle devait se renseigner. Mais s'il sortait juste au moment où elle s'éloignait ? Elle s'adressa à une femme d'une cinquantaine d'années en manteau de vison, debout près d'elle, et lui décrivit Eric. La femme répondit avec réticence :

« Dès que mon amie est là, je m'en vais. »

Jane courut au guichet des renseignements et doubla tout le monde. Une jeune fille au joli visage pointu, très français, derrière le guichet, fit retentir le nom d'Eric dans l'aéroport.

Jane courut à la porte des arrivées internationales.

« Personne », dit la femme.

Jane courut à nouveau au guichet des renseignements. Elle transpirait. Le jersey garderait une mauvaise odeur.

« Vous devriez vérifier avec TWA, lui dit la jeune fille avec un gentil sourire. Leur guichet est là-bas : vous voyez ? »

Jane traversa le hall vers le guichet TWA. Une femme tapa le nom d'Eric et le numéro du vol sur son ordinateur.

« Je n'ai pas ce nom : il n'a pas pris cet avion.

— C'est impossible. Ça fait deux mois qu'il a acheté son billet ! »

La femme haussa les épaules et fit la moue.

« Il n'est pas sur l'ordinateur : il n'a pas embarqué.

— Mais c'est impossible ! Il avait le billet sous les yeux quand il m'a donné son numéro de vol avant-hier ! »

Il y eut l'ombre d'un petit sourire au coin des lèvres de cette femme. Une grosse femme de quarante ou cinquante ans, aux cheveux blonds teints avec une permanente, et de longs ongles vernis nacrés. Un monstre d'indifférence.

« À moins qu'il ne soit parti de Boston ? Peut-être que je n'ai pas bien compris. Vous pouvez vérifier ? »

Elle bâilla et tapota impatiemment.

« Non plus. »

Jane courut au guichet des informations. La jeune fille secoua la tête avec un sourire compatissant :

« Rien, désolée. »

Jane courut à la porte des arrivées internationales.

Dix heures quarante.

Il n'avait pas pris l'avion. Il ne pouvait y avoir qu'une raison : il était mort. Un accident sur le chemin de l'aéroport. Pendant qu'elle s'achetait une robe à mille francs et imaginait narcissiquement les mains d'Eric défaisant un à un les boutons de nacre ou se glissant sous sa robe, une équipe de pompiers extrayait son corps brûlé de sa voiture réduite en accordéon et l'amenait à l'hôpital en ambulance ou directement à la morgue.

Elle arrivait à peine à respirer. Ça faisait trop mal. Elle ne pouvait pas pleurer.

Il fallait téléphoner. À qui ? La mère d'Eric ? Elle n'avait pas le numéro sur elle. Réveiller Nancy à cinq heures du matin pour lui demander si son fils était mort ?

Quand on panique à l'idée que quelqu'un de proche est mort, il n'est pas mort. Ce n'est, souvent, qu'une projection de son propre désir.

Quelqu'un lui avait dit cela. Sergio, à Chicago neuf ans plus tôt, quand elle l'avait réveillé au milieu de la nuit pour savoir si Eyal était rentré. Pas d'Eyal dans sa chambre. « Il est mort ! » avait crié Jane. Sergio n'était guère inquiet. Il avait sorti sa petite théorie sur le désir de mort. Eyal, en effet, avait simplement passé la nuit chez une autre fille.

Elle avait pu désirer la mort d'Eyal. Mais celle d'Eric ?

Si Eric était mort, elle ne voyait qu'une possibilité : se jeter par la lucarne de sa chambre sur le sol pavé de la cour après s'être tailladé les veines.

Eric n'avait pas pris l'avion.

Il n'était pas mort. Il n'était pas venu, voilà tout.

Elle s'appuya contre le mur et ferma les yeux.

Deux jours plus tôt, au téléphone, avait-elle dit à Eric qu'elle l'attendait avec une joie folle ?

Non. Quand il lui avait annoncé qu'il retournerait aux États-Unis le 5 janvier au lieu du 12 parce qu'il avait un nouveau séminaire à préparer, elle avait pleuré : comment un séminaire pouvait-il être plus important qu'eux ? « Si tu réagis comme ça, avait répliqué Eric avec calme, je me demande si je devrais venir. » La voix d'Eric, ses mots, avaient soufflé en elle un vent de panique : « Non. Je comprends, excuse-moi, c'est juste que tu me manques tellement. »

La fin de la conversation avait été plus douce. Eric lui avait demandé quel temps il faisait à Paris. « À après-demain », avait-il dit en raccrochant. Sans doute sincère à ce moment-là. Il avait dû repenser à cette conversation alors qu'il faisait ses valises, et s'en rappeler d'autres.

Elle avait toujours su qu'il l'abandonnerait. Elle ne le méritait pas. Il correspondait trop à son rêve de petite fille le plus exalté. Depuis l'instant où elle avait atterri à Paris — ou même depuis qu'elle avait embarqué à Kennedy —, elle avait été atrocement déprimée. Trois mois épouvantables. Incapable de sortir de son lit et d'appeler les gens qu'elle connaissait à Paris. Elle n'avait même pas envie de se balader. Paris était gris et puait, surtout là où elle vivait, près de la Seine et de la voie sur berges. Eric et elle se téléphonaient deux fois par semaine à des jours et heures fixés par Jane à l'avance : elle n'aurait pas pu supporter l'incertitude de l'attente. La plupart du temps elle pleurait et l'accusait de ne pas l'aimer, de ne pas savoir ce qu'était l'amour. Ou bien comment pouvait-il manger, dormir, faire cours, regarder les débats électoraux à la télévision, avoir une voix joyeuse quand il l'appelait. Il prétendait mourir d'envie de la voir ; mais il n'en mourait guère, sinon il serait venu en novembre, pour Thanksgiving, comme elle l'an passé quand Eric était à Berlin. Il l'avait réveillée le soir de l'élection de Clinton, en novembre : il fêtait l'événement avec des amis, il voulait être le premier à lui annoncer la nouvelle. Comme si elle s'en souciait. Leurs conversations tendues et interrompues par de longs silences la plongeaient dans le désespoir. Elle avait touché le fond en octobre, la veille du premier anniversaire de l'avortement. Il appelait. Elle ne parvenait ni à parler ni à raccrocher. Ils avaient passé deux heures au téléphone, silencieux, sauf quand Jane répétait en pleurant : « Mais tu ne vois pas que ça ne peut pas marcher ? » Elle s'était réveillée en sueur au milieu de la nuit et avait attendu huit heures du matin à Old Newport pour lui téléphoner. Il n'avait pas dormi non plus. Il avait réfléchi. Il y avait tant de menace dans sa voix métallique qu'elle avait réussi à se contrôler, à ne pas pleurer, à s'excuser auprès de lui, à promettre qu'elle ne se laisserait plus submerger par l'angoisse. Elle avait reconquis Eric. Mais il avait dû recevoir la facture et payer une somme folle. Elle avait fait plus attention par la suite. Elle s'était forcée à sortir pour avoir quelque chose à lui raconter, se traînant au musée d'Orsay à cinquante mètres de chez elle, où elle avait découvert la salle des Bonnard. Ce bref instant d'enthousiasme ne suffisait pas à rattraper le reste.

Il savait tout. Comment elle avait perdu sa virginité à vingt et un ans avec un joueur de base-ball aux cheveux ras qu'elle avait suivi dans sa chambre à la fin d'une fête, sans sentir ni plaisir ni douleur, juste le soulagement de ne pas rester vierge toute sa vie. Au réveil, elle avait dû passer une heure — la plus mémorable de la nuit — à rassurer le garçon qui craignait de l'avoir violée et la suppliait de ne pas lui bousiller sa vie. Elle se rappelait maintenant le sourire embarrassé d'Eric, quand elle lui avait raconté l'histoire en riant, après avoir vu, sur la table du collège où ils déjeunaient, un dépliant sur le viol.

Il savait comment elle avait suivi partout, comme un chien, l'unique homme qu'elle avait aimé avant lui, prête à tout faire pour Eyal, même l'aider à draguer d'autres filles quand ce spectacle lui déchirait le cœur ; comment Eyal avait fini par coucher avec elle après sept mois, ivre lui aussi, se satisfaisant vite et sans souci d'elle ; comment il l'avait sommée, un matin où elle finissait ses révisions de dernière minute pour des examens qui avaient lieu dans l'après-midi, de venir récurer sa baignoire ; comment elle, qui faisait scrupuleusement attention à ne pas laisser un cheveu ou un poil dans la baignoire d'Eyal, avait obéi et frotté l'émail avec de l'ajax, les manches relevées, à genoux sur les carreaux, tandis qu'Eyal l'insultait ; comment il l'avait prise, par terre dans la salle de bains, la sodomisant pour la première fois. Elle avait eu tellement mal dans l'après-midi qu'elle avait à peine pu rester assise pendant les trois heures de ses examens oraux. Encore une histoire comique.

Mais elle avait rompu avec Eyal. Elle avait fini par comprendre que la brutalité d'Eyal n'était pas un droit que lui donnaient la situation politique de son pays et la cicatrice sur sa cuisse droite qu'il gardait de son service militaire au Liban, mais le problème d'Eyal. Elle s'était fait des promesses. Le jour où, alors qu'elle était tombée de vélo par une pluie torrentielle et avait oublié de poster une lettre pour lui, il l'avait giflée et traitée d'idiote, elle lui avait dit qu'elle le quittait et l'avait quitté. Le soir même il l'avait appelée. Elle avait passé l'après-midi à attendre cet appel et fondu en larmes au premier son de sa voix. Il lui avait ordonné de venir à l'instant. Elle avait pris trois somnifères et, le lendemain, pour rompre le cercle vicieux du rejet, du désir, de la violence et du mépris, couché avec un camarade d'études gentil, doux et drôle, depuis longtemps prêt à la consoler : Josh. Six ans avec lui. Puis Norman, trois mois après Josh. Eric n'était pas au courant de cette dernière aventure, mais il en savait assez. Quelle gloire de succéder à ces héros pour accomplir l'exploit de combler un gigantesque trou — une femme qui avait peur d'être seule. Eric s'était libéré de façon radicale et discrète du boulet attaché à sa cheville. Sa façon.

Jane pleurait silencieusement. Il fallait qu'elle sorte de là. Elle se dirigea vers l'entrée d'Orlyval. Quelque chose heurta son talon et lui fit mal. Elle se retourna, furieuse. L'imbécile qui poussait le chariot s'excusa. Elle frotta sa cheville et se mit à courir : elle ne pouvait plus supporter d'entendre les haut-parleurs déverser les annonces des arrivées et des départs. Quelqu'un agrippa son sac. Rouge de rage, elle se retourna pour frapper l'agresseur.

« Mais où courez-vous donc, mademoiselle ? »

Eric avait posé la question en français avec un charmant accent. Il lui souriait. Elle poussa un cri et tomba dans ses bras. Son odeur. Fraîche et si bonne après une nuit d'avion. Il la serra étroitement et l'embrassa passionnément avant de lécher les larmes sur son visage.

« Je suis désolé ! Je n'avais aucun moyen de te prévenir.

— Qu'est-ce qui s'est passé ?

— Le vol TWA était plein : ils m'ont mis sur Delta en m'assurant qu'il atterrissait à la même heure, mais sans préciser que c'était à Roissy et pas à Orly.

— Je suis allée au guichet de TWA où une horrible femme m'a dit que tu n'avais pas embarqué : j'ai cru que tu avais eu un accident sur le chemin de l'aéroport.

— Mon pauvre amour ! Je vais écrire à ces gens de TWA : ils ont intérêt à m'envoyer un billet gratuit première classe. »

Il n'avait pas dormi dans l'avion — il y avait un bébé qui criait juste derrière lui et l'avion était plein — mais il ne sentait pas la fatigue. Il était heureux.

Tout l'enchantait. La petite chambre de bonne lui rappela un tableau expressionniste allemand qu'il avait vu à Munich, un vieux philosophe barbu dans sa mansarde, allongé sur son lit, un parapluie au-dessus de sa tête. Les sept étages étaient excellents pour la santé. Le petit lit, rajeunissant — et quel plaisir de dormir collés l'un contre l'autre. Les cabinets au bout du couloir n'étaient pas exactement pratiques, mais exotiques : on se serait cru au camping. Pour le quartier, impossible de faire mieux. À cinq minutes de chez Jane, juste de l'autre côté de la Seine, au jardin des Tuileries, on se trouvait au milieu de l'axe reliant l'obélisque de la Concorde, l'arc de Triomphe, la grande arche de la Défense à peine visible au loin dans la lumière floue, et, de l'autre côté, le petit arc rose du Carrousel, la Pyramide du Louvre qui ne convainquait guère Eric et le Louvre ; la plus belle perspective de Paris.

Quand Eric repartit pour Old Newport, la mansarde garda l'empreinte de son sourire et son odeur dans quelques vêtements qu'il avait abandonnés pour remplir ses valises de livres français et allemands. La dépression fit place à un sentiment d'urgence ; le livre. Jane mettait son réveil à sept heures et demie ; une heure plus tard, enveloppée dans la grande écharpe en cachemire vieux rose, aussi douce que les paumes d'Eric, qu'il lui avait offerte à Noël, elle prenait le chemin de la Bibliothèque nationale. Elle n'arrivait pas à croire qu'elle avait pu rester indifférente, pendant trois mois, à la beauté de cette promenade. Elle traversait la Seine au pont Royal, contemplait la perspective d'eau vert émeraude, de ponts anciens, d'immeubles du dix-neuvième siècle, de la coupole du Grand Palais et des petits nuages se déplaçant à toute allure dans le ciel, tellement riquiqui par rapport aux nuages américains, passait par le jardin des Tuileries, tournait à gauche sous le passage du Louvre encore en travaux, et traversait les nobles et paisibles jardins du Palais-Royal jusqu'à la rue des Petits-Champs, perpendiculaire à la rue de Richelieu, bruyante et polluée où se trouve la Bibliothèque nationale. On n'était sûr d'obtenir un siège qu'en arrivant suffisamment tôt. À l'automne elle avait souvent attendu plusieurs heures. Elle aimait la vieille bibliothèque malgré l'absurde (dés)organisation française. Devant la machine à café, dans le hall, elle rencontra des universitaires américains qui passaient un an ou quelques mois à Paris. Elle contacta les collègues d'Eric et quelques personnes qu'elle avait rencontrées à Paris dix ans plus tôt. Elle était invitée à dîner. Les amis qu'elle s'était faits à la Bibliothèque nationale lui proposaient d'aller au théâtre ou au restaurant le soir, mais elle répondait toujours qu'elle n'était pas libre. Elle passait les soirées dans sa mansarde et s'offrait parfois une entrée à la piscine Deligny, sur une péniche juste en face de chez elle. Elle économisait pour l'été.

Début février, l'anniversaire d'Eric servit de prétexte à Jane pour un bref séjour aux États-Unis. À la mi-mars il lui rendit visite à Paris pour une semaine grâce au billet gratuit qu'il avait obtenu. Il ne restait plus qu'à attendre la mi-mai, quand Eric la rejoindrait à Paris pour l'été. Elle avait relu sa thèse et l'avait trouvée mauvaise : Eric disait que c'était une réaction normale.

Un matin, début avril, les reflets du soleil sur la Seine, qui rendaient l'eau vert doré, l'avaient mise d'excellente humeur. Après quatre heures passées à examiner des manuscrits de Flaubert, elle ferma les précieux documents qui contenaient l'écriture du grand homme et se leva en pensant aux déjeuners de Flaubert à Croisset avec sa mère et sa nièce après une matinée d'écriture. Elle sortit de la salle silencieuse de la réserve, puis de la Bibliothèque nationale, et traversa la cour jusqu'à la rue de Richelieu, derrière un grand jeune homme aux cheveux noirs, qui attendit comme elle au bord du trottoir. En dépit du type latin, quelque chose dans son allure lui fit penser qu'il était nord-américain — en tout cas certainement pas français. Il sentit son regard et lui sourit. Ils bavardèrent tandis qu'un flot puant de voitures et de bus descendait la rue. Il était américain en effet, professeur assistant d'histoire médiévale à l'université de Californie à Santa Cruz. Elle s'était à peine présentée qu'elle mentionna Eric. Vincent et elle déjeunèrent d'un sandwich au café des Trois Fontaines. Ils se retrouvèrent le lendemain à une heure et décidèrent de déjeuner ensemble chaque jour : cela permettait de structurer le temps et de travailler mieux. À huit heures, quand la bibliothèque fermait, ils allaient souvent boire un café. Vincent avait vécu quelques années à Paris avec une peintre. Il était invité presque tous les soirs. Une semaine après leur rencontre, il proposa à Jane de l'accompagner à une fête chez son ex, Rosen, qui habitait une charmante maisonnette du dix-neuvième siècle cachée derrière un immeuble rue de Charenton. Rosen, une femme calme et silencieuse qui plut beaucoup à Jane, était originaire de Bretagne, d'un village à la pointe du Finistère, Lannilis, où elle invita Jane à lui rendre visite avec Eric cet été. Grâce à Vincent, la vie parisienne de Jane devint nettement plus excitante. Voir les appartements et les studios des peintres à Barbès, Belleville et Bastille ou dans les banlieues proches de l'est de Paris satisfaisait son instinct voyeuriste. Les artistes s'intéressaient à elle en apprenant qu'elle était américaine et enseignait à Devayne où il y avait une importante École des beaux-arts. À la Bibliothèque nationale, il fallait au contraire se faire le plus humble et le moins américain possible pour se concilier les rêches bibliothécaires. Vincent plaisantait tout le temps et la faisait rire. Elle n'arrivait pas à croire qu'ils se connaissaient seulement depuis trois semaines. Le printemps fleurissait. Eric arrivait dans moins d'un mois.

Le 1er mai, après une fête dans l'appartement d'un peintre avenue Ledru-Rollin, comme il était quatre heures du matin et qu'aucun taxi ne passait dans les rues désertes, Vincent proposa à Jane de dormir chez lui. Il habitait juste à côté, rue du faubourg Saint-Antoine.

La sonnerie du téléphone la fit sursauter. Elle regarda l'heure sur la cuisinière électrique. Trois heures un quart. Elle se leva à la troisième sonnerie et décrocha. Allison.

« Salut ! Excuse-moi de te rappeler seulement maintenant. Je suis arrivée au bureau tard. Lea et Nina ont une otite. Les pauvres n'ont pas dormi de la nuit, et nous non plus. Qu'est-ce qui se passe ?

— J'ai une question complètement hors contexte : est-ce que vous êtes restés en contact avec Josh quand j'ai rompu avec lui ?

— Oui, pourquoi ? Je ne t'en ai pas parlé parce que notre amitié avec lui n'avait rien à voir avec toi.

— Ne t'inquiète pas, ça ne me dérange pas. Il t'a posé des questions sur moi ?

— J'imagine. Pourquoi ?

— Tu lui as parlé de Bronzino ?

— Je ne me rappelle pas. Pourquoi ?

— Et mon avortement ? Il est au courant ?

— Mais pourquoi ? Il s'est passé quelque chose ? »

Jane hésita.

« Non, juste comme ça. Vous vous voyez toujours ?

— On habite un peu loin, mais on se parle au téléphone de temps à autre.

— Il habite où ?

— *New York.*

— *New York ! Qu'est-ce qu'il fait ?*

— *Il travaille comme éditeur chez Double Day.*

— *Ah bon ! Il a publié un roman ?*

— *Pas encore. La dernière fois qu'on s'est parlé, il y a quelques mois, il était en train de finir un gros roman auquel il travaille depuis des années. »*

Jane hocha la tête et sourit : c'était tout ce qu'elle avait besoin de savoir.

« *Il est marié ? »*

Elle connaissait la réponse avant de poser la question.

« *Non. En tout cas pas il y a quelques mois. Il a rompu avec Stephanie il y a quatre ans et depuis il n'a eu que des histoires sans importance. Il dit qu'il est comme tous les célibataires de quarante ans : il a perdu la capacité d'illusion et l'enthousiasme nécessaires pour tomber amoureux. Il reste convaincu que tu étais la femme de sa vie.*

— *Josh tout craché.*

— *Mais pourquoi tu poses ces questions ? Qu'est-ce qui s'est passé ?*

— *Rien, je te dis. Enfin si.*

— *Quoi ?*

— *Est-ce que Josh vous a rendu visite à San Francisco ou à Seattle ?*

— *Pas à Seattle. À San Francisco, deux ou trois fois, oui. Mais dis-moi.*

— *Tu tiens un journal ?*

— *Quoi ?*

— *Un journal, tu sais, où tu notes tes pensées et ce que tu as fait dans la journée.*

— *Mais ça ne va pas ? De quoi tu parles ? Qu'est-ce qui est arrivé, Jane ?*

— *Rien, vraiment. Hier j'ai retrouvé des paquets de vieilles photos et je me suis aperçu que je ne pouvais pas mettre de date dessus. Du coup j'ai pris quelques notes pour essayer de retrouver le fil, et figure-toi que ça m'a donné envie d'écrire.*

— C'est pour ça que tu me poses ces questions sur Josh ? »

Allison avait l'air déçue. Jane sourit. Heureusement qu'il n'y avait pas encore de téléphones à écran permettant de voir le visage de l'autre.

« Oui.

— D'écrire un roman, ou tes mémoires ?

— Un roman. Autobiographique.

— Pas universitaire, j'espère.

— Pourquoi ?

— Chiant. Transpose-le dans un autre milieu.

— Un cabinet d'avocats par exemple ? »

Allison rit.

« Déjà fait. Non, il faut trouver une profession sur laquelle personne n'a encore écrit. On va y réfléchir. Ça me plaît beaucoup cette idée. Mais il faut que j'y aille. J'ai du boulot, moi.

— Tu pourrais me passer le numéro de Josh ? J'ai besoin de lui pour reconstituer ma chronologie.

— Je l'ai à la maison. Je te rappellerai ce soir en rentrant. Je préférerais lui demander d'abord.

— O.K. À ce soir. »

Jane raccrocha, but un peu d'eau et se rassit. Heureusement qu'elle avait résisté à son envie de tout dire. Allison n'aimait pas écrire, mais elle aimait parler. Jane reprit sa lecture. Où en était-elle ? Ah oui. Paris. Vincent. Josh semblait vraiment très bien informé.

Elle avait bu un peu trop pour ses capacités limitées et fumé un bon joint qui n'était pas sans effet sur elle. Sa tête tournait et elle avait sommeil. Elle s'allongea sur le canapé dans son petit salon. Vincent s'assit près d'elle. Il n'essaya pas de l'embrasser. Il caressa son cou, glissa sa main dans sa chemise et sous son soutien-gorge. Elle le laissa faire. Il s'allongea à côté d'elle, puis sur elle. Leurs corps se frottaient l'un contre l'autre en un contact si excitant qu'elle était tout au bord de jouir. Tout en répétant non et en disant qu'il ne devait pas, qu'elle ne pouvait pas faire ça, que ce serait terrible si elle était enceinte, elle le laissa rentrer en elle et quand il toucha son clitoris elle jouit instantanément. Il éjacula sur ses seins une minute après.

Il lui laissa son lit et dormit sur le canapé. Quand elle se réveilla vers dix heures, elle mit quelques minutes à se rappeler où elle se trouvait. Une porte claqua : Vincent venait de rentrer avec une baguette fraîche. Ils prirent le petit déjeuner ensemble, sans aucune gêne. Il déposa un léger baiser sur ses lèvres quand elle partit.

« It was fun. »

Elle ne pouvait pas dire le contraire. Elle avait eu son premier orgasme au moment où un homme était en elle. Même avec Eric ce n'était jamais arrivé : plus elle était amoureuse et plus elle était crispée, par peur d'être une mauvaise amante. Si, ivre, elle commençait par frotter son corps contre celui d'Eric, le miracle ne se reproduirait-il pas ? Elle était reconnaissante à Vincent d'avoir appris par lui quelque chose sur elle-même.

Elle ne devait plus le voir : elle regretterait les déjeuners et les fêtes mais c'était trop risqué. Vincent comprendrait. Ce jour-là, par discrétion peut-être, il ne vint pas à la Bibliothèque nationale. Le soir, elle repassa dans sa tête tous les détails de la nuit passée avec une excitation croissante. À dix heures et demie, elle composa son numéro. Il n'était pas là. Elle ne laissa pas de message. Elle se rappela toutes les filles qui lui tournaient autour et se mit à mordre nerveusement le capuchon de son Bic. Jalouse ? Une hypothèse ridicule. Il aurait quand même pu lui téléphoner. Ces Californiens ne savaient pas vivre. Elle ferait mieux d'aller se coucher : elle n'avait dormi que quatre ou cinq heures la nuit précédente. Elle entendit le téléphone sonner alors qu'elle tirait la chasse d'eau au bout du couloir et elle courut vers sa chambre en laissant ses clefs sur la porte des toilettes. Au moment où elle décrochait, à bout de souffle, elle jeta un coup d'œil au réveil sur sa table de nuit : minuit moins vingt. Il ne pouvait pas se permettre de l'appeler à une heure pareille.

« Allô ?

— Je te réveille ? »

Eric.

« Oh, bonjour ! Non... pas du tout, j'étais aux toilettes, et...

— Quelque chose ne va pas ?

— Non, pourquoi ?

— Tu as une voix bizarre. Tu es sûre que tout va bien ?

— Mais oui. C'est juste qu'il y a ce type que j'ai rencontré à la Bibliothèque nationale : on devait déjeuner ensemble aujourd'hui et il m'a posé un lapin. Je croyais qu'il appelait pour s'excuser. »

Elle se mordit les lèvres. À minuit moins le quart ?

« C'est qui ce type ? »

La voix d'Eric était soudain tendue.

« Vincent, tu sais, qui est prof d'histoire à U.C.S.C.

— Je ne sais pas. »

Elle transpirait. Pourquoi ne pas raconter à Eric toute la nuit passée ?

« Il me semblait que je t'avais parlé de lui.

— Tu ne m'as pas parlé de lui.

— C'est juste un type que j'ai rencontré à la BN, très sympa. Tu l'aimerais bien, je crois.

105

— Franchement, je ne crois pas. Dis à ce monsieur Vincent qu'il ferait mieux de ne pas s'approcher trop près s'il ne veut pas que je lui écrabouille les couilles avec une batte de base-ball. »

Jane rit.

« Hé ! Tu ne vas quand même pas être jaloux ! »

Elle était pensive quand elle raccrocha. Il était horrible qu'Eric eût été si proche et si loin de la vérité en même temps : s'il pouvait imaginer ce qu'elle avait fait, il la quitterait. Elle en était sûre.

Elle prit quelques sérieuses mesures. Elle n'irait plus à la Bibliothèque nationale. Elle déchira de son carnet et jeta la page où se trouvait le numéro de Vincent. Elle fit la même chose avec le numéro de Rosen. Fin du rêve breton. Bien fait pour elle. Elle n'était pas amoureuse de Vincent. Pourquoi ne pouvait-elle cesser de penser à lui ? La mémoire était-elle une sangsue s'agrippant par tous les pores au corps de celui avec qui on avait fait l'amour ? Ou bien Jane était-elle piquée qu'il l'ait laissée tomber ? Le salaud devait savoir qu'elle s'était réservé ce rôle.

Le 19 mai, elle attendit Eric chez elle. Elle se réveilla vers huit heures et travailla en buvant son café. Elle regardait sa montre toutes les dix minutes. À neuf heures dix elle reconnut le pas dans le couloir. Elle ouvrit avant qu'il ait frappé. Il était vêtu d'un tee-shirt noir et d'un jean bleu clair. Il portait sur une épaule sa valise à costumes Samsonite noire, et sur l'autre un sac en toile noire ; il tenait dans une main un bouquet de petites fleurs jaunes, et dans l'autre un sachet de papier blanc d'où émanait une odeur exquise de beurre et de mie chaude. La sueur perlait sur ses tempes. Son sourire dégageait ses dents.

« J'ai couru. Ils sont encore chauds. »

Il était là, enfin. Tellement plus beau que Vincent. Ils s'embrassèrent. L'odeur d'Eric se mêla à celle des croissants chauds. Elle avait réussi l'épreuve : ils ne se sépareraient plus jamais. Vincent n'était rien : juste un épiphénomène de son amour pour Eric.

Ils voyagèrent en Italie et en Grèce. Il aurait souhaité lui montrer la péninsule d'Istrie qu'il avait découverte quatorze ans plus tôt quand il travaillait en free-lance pour le *Let's Go* d'Europe du Sud juste après avoir obtenu son diplôme d'Harvard, mais la guerre en Bosnie rendait difficile un voyage dans ces régions. Le 18 juin, après avoir fêté, la veille, les trente-deux ans de Jane, ils prirent un train pour Venise. Elle ne put dormir une seconde dans le compartiment plein de ronflements et de pieds puants, et se demanda pourquoi elle s'était laissé entraîner dans ce piège à touristes. Quand elle sortit de la gare Santa Lucia à l'aube, aspira l'air salé et vit l'eau bleu-vert scintillant au soleil déjà fort, les ponts de pierre avec leurs marches, les gondoles et les vaporettos débarquant journaux et légumes frais, et les palais roses aux fenêtres cernées d'une ligne de pierre blanche, Venise s'éveillant un matin d'été, elle se mit à rire, émerveillée comme une petite fille. Dès qu'on s'écartait de la voie pour touristes, Venise, comme Prague, était déserte au cœur de l'été. Ils firent l'amour, une nuit, sous une porte cochère, dans une ruelle menant à un canal. La peur qu'on les surprenne empêcha Jane de se détendre mais elle eut, tout au long, un sentiment exubérant de jeunesse et de bonheur. Puis ils descendirent la botte italienne : Florence, Rome, Naples, et Bari où ils embarquèrent pour la Crète. Ils y arrivèrent poisseux de sel de mer après une nuit sur le pont et sautèrent d'île en île pendant cinq semaines, suivant leur fantaisie et les horaires des bateaux.

Le nom des îles se perdrait. Resteraient leur désinence solaire en « os », l'image d'une chambre blanche en haut d'une colline avec un infini de bleu tout autour, la sensation paresseuse des journées passées à nager, sécher et s'aimer, l'odeur du poisson grillé quand on a très faim, le plaisir d'être jolie le soir dans une robe blanche sur la peau bronzée, les inflexions exotiques de la voix d'Eric essayant son grec Berlitz. Avec lui tout était simple, facile et léger. Il trouvait en dix minutes, pendant que Jane attendait au café avec les sacs à dos, une chambre chez l'habitant propre et accueillante. La nuit il n'avait pas son égal pour tuer les moustiques. Il dénichait de petites criques isolées où il la convainquit de nager nue. Elle craignait l'arrestation pour outrage aux mœurs dans un pays où les femmes ne montraient pas même leur ventre sur la plage, mais Eric avait raison : on croyait en un état naturel de l'homme quand le corps, libre de tout vêtement, fendait l'eau comme une sirène. Elle ne douta de ses pouvoirs qu'une fois, à Chios, l'île des discothèques, où ils atterrirent par hasard et durent attendre deux jours le prochain bateau : pour fuir le bruit et la jeunesse dorée, ils louèrent une moto qui les lâcha à midi dans la campagne déserte, sur une route sans ombre, sous un soleil assassin. Pendant que Jane pleurait, certaine de leur mort prochaine par déshydratation, Eric, le visage et le torse dégoulinant de sueur, tenta cent fois de suite et sans jamais s'énerver de faire démarrer l'engin. La cent unième fois le moteur obéit.

Dans un restaurant de poissons, à Delos dont elle retint le nom aussi, alors que l'enchantement de ciel bleu, de maisons blanches et d'eaux transparentes approchait de sa fin, les laissant en forme, minces et bronzés — Eric bronzé avait l'air d'un dieu —, il s'agenouilla soudain devant elle. Elle cria de peur et leva les pieds : un énorme cafard comme dans la chambre hier soir, un rat ?

« Veux-tu être ma femme ? »

Elle éclata de rire, puis en larmes. Tout le monde dans le restaurant remarqua la scène. Les citharistes se mirent à jouer des musiques de mariage, les serveurs à danser, et le propriétaire, un vieux Grec avec un gros ventre, apprit les pas à Jane et à Eric : un cercle de gens frappant dans leurs mains se forma bientôt autour d'eux.

Ce soir-là, elle descendit à elle seule une bouteille de vin blanc. Eric dut presque porter jusqu'à leur maison sa fiancée ivre et la soutenir aux toilettes : elle n'arrivait pas à tenir assise. Plus tard, elle ne put se rappeler quand, comment il l'avait déshabillée. Le seul souvenir clair fut celui de leurs corps glissant l'un contre l'autre comme les anneaux d'un serpent musclé et le cri qu'elle poussa quand il fut en elle, si fort qu'il dut plaquer une main sur sa bouche : leur premier orgasme en même temps.

Jane but un peu d'eau. Son verre était vide et sa gorge sèche. Elle revoyait la chambre chez l'habitant, toute blanche, et le drap blanc dont elle recouvrait au matin le corps d'Eric endormi après l'avoir contemplé. L'image lui venait en fait d'une photo pour laquelle le flash n'avait pas fonctionné et où l'on devinait à peine, dans la pénombre de la chambre aux volets clos, la rondeur ferme des fesses nues d'Eric qui dormait sur le ventre. Elle avait jeté la photo mais pas ôté le cliché de sa tête. De sa peau. Elle serra les dents, se leva et mit de l'eau à chauffer pour un thé, en posant bruyamment la casserole sur la plaque électrique.

Elle se rassit. La pile de pages retournées à gauche représentait maintenant un tiers de celle de droite. Elle avait raconté à tout le monde la façon dont Eric l'avait demandée en mariage. Mais à qui avait-elle parlé de Vincent ? Allison ? Douteux. Pas parce que Allison était à sa manière très morale : au contraire, c'eût été la raison pour laquelle Jane aurait pu tout lui dire. Mais elle se trouvait alors à Paris et Allison à San Francisco : elles ne se téléphonaient guère et Jane n'aurait jamais raconté l'aventure dans une lettre.

Elle sursauta. Si Josh le savait de Vincent lui-même ? Il pouvait l'avoir rencontré, à un colloque par exemple. Un tout petit monde, comme disait l'autre. Il suffisait d'une conversation pour décou-

vrir qu'ils avaient une amie commune, et d'un sourire entendu de Vincent pour que Josh comprenne à demi-mot et pose quelques questions indiscrètes. Il la connaissait suffisamment bien pour en déduire ensuite quelques détails très intimes.

3

Elle descendit du bus au coin de Main et Government Street. Le trajet durait quinze minutes de plus mais les plages de Fort Hale, qu'Eric lui avait fait découvrir l'été précédent, étaient beaucoup plus jolies que le parc de Woodmont. Comme il ne faisait plus trop chaud et qu'il y avait encore du soleil, elle décida de rentrer chez elle à pied au lieu d'attendre l'autre bus. Une foule de gens descendait Main Street vers les restaurants ou traversait Central Square. Des étudiants bronzés après de longues vacances. De nouveaux étudiants découvrant leur ville. Les drapeaux blanc et vert devant chaque magasin, souhaitant la bienvenue aux étudiants de Devayne, donnaient à la rue un air festif de foire.

Au fur et à mesure qu'elle s'éloignait du centre-ville et de la foule, une sensation désagréable de peur crispait sa poitrine. Elle devait être forte ce soir. Tout se passerait bien : il y avait dans sa peur une humilité qui garantissait des surprises. L'opposé d'hubris.

Hubris. L'excès d'orgueil et de confiance en soi toujours récompensé par un terrible dénouement dans les tragédies grecques. Le mot lui était revenu tout à l'heure sur la plage. Elle aurait aimé avoir Josh sous la main pour lui demander quelle était l'intrigue de son roman.

Elle avait joui d'un bonheur excessif, croissant de jour en jour et d'année en année comme la valeur d'une action boursière en des temps prospères. Deux années de séparation et de passion, et puis le mariage, il y avait tout juste deux ans, trois semaines après leur retour d'Europe. À la façon d'Eric. Elle pensait à organiser une fête au printemps, quelque chose d'intime et de sympathique, pas plus de cinquante invités, quand Eric lui avait fait peur en disant non : se rétractait-il ? Il avait une meilleure idée : se marier tout de suite, ce week-end, juste tous les deux. Une offre qu'on ne pouvait pas refuser. Il avait fallu attendre une semaine pour la publication des bans. Jane avait invité la famille. Allison, sur le point d'accoucher, n'avait pas pu venir. Dix minutes à la mairie d'Old Newport le 5 septembre, un déjeuner au Provence avec les parents de Jane, Susie et Tony, et la mère d'Eric, un petit tour à Fort Hale pour les photos, et voilà : elle était Mme Blackwood. Ils n'avaient même pas eu besoin de nouveaux habits. Eric avait déjà un beau costume et la robe d'été en lin blanc achetée à Rome en juin faisait parfaitement l'affaire. La bague en or à l'annulaire d'Eric ajoutait à sa beauté un élément de féminité. Il se plaignait, d'une adorable voix boudeuse de petit garçon, que ça le chatouillait.

Au moment où Eric avait dit oui, un tel bouleversement s'était fait en elle qu'elle n'avait pu articuler un son quand son tour était venu. Eric avait les yeux fixés sur elle. Aucune inquiétude dans ses prunelles, mais un amour infini et patient qui cherchait à extraire les sons de sa gorge muette. « Je marie les gens depuis vingt ans, dix fois par semaine, leur avait dit ensuite le maire-adjoint : mais je n'ai jamais été aussi ému. Vous deux n'avez pas besoin de mes vœux de bonheur. Vous avez de la chance de vous être trouvés. » De la chance, oui. Une chance dont elle ne comprenait pas comment elle avait pu la mériter. Eric et elle se regardaient dans les yeux et voyaient la même chose : une certitude sans l'ombre d'un doute. Ils éclataient de rire. Pendant le déjeuner au Provence où elle dévorait son repas alors qu'une mariée était supposée n'avoir jamais faim le grand jour, elle s'était dit que, quoi qu'il arrive, elle aurait eu sa part de bonheur.

Deux jours plus tard ils avaient emménagé au douzième étage de la tour Brewer où Eric avait trouvé un appartement qui avait moins de caractère que celui de Linden Street, mais spacieux et clair, avec un petit balcon et une vue panoramique sur les parkings d'Old Newport et les collines rocheuses du parc de Longview, à l'ouest. Ils vivaient ensemble pour la première fois. On les avait prévenus que le passage à une vie conjugale après deux années romantiques ne serait pas facile : il fallait s'attendre à des crises. Rien de tel. Eric était incroyablement facile à vivre, toujours charmant, drôle, attentif, discret. Comment un homme de trente-cinq ans aussi beau pouvait-il n'avoir jamais été marié ? Il répondait invariablement : « Je t'attendais. » Après Sonia, il n'avait eu que des aventures sans grande importance. Pourquoi Sonia, la Chilienne passionnée qui, dix ans plus tôt, avait quitté son mari pour Eric, avait-elle choisi, quatre ans après, de retourner vivre avec son mari ? Eric avait ses petits défauts, bien sûr : fils unique choyé par sa mère, il n'était pas un modèle de propreté ménagère, ne voyait pas la poussière et laissait longtemps chemises et chaussettes sales traîner au fond de son placard. Mais il refusait catégoriquement que Jane lui lave son linge. Si elle cuisinait, il lavait la vaisselle, et vice versa. Elle passait l'aspirateur et il vidait les poubelles. La répartition des tâches s'était faite naturellement, sans une dispute. Ils travaillaient dans la même pièce sans se gêner —

elle n'avait pu le faire avec personne jusque-là. Ils avaient le même rythme. Le premier que la faim faisait sortir de sa tanière vers dix heures du soir préparait quelque chose avec les moyens du bord ; ou bien ils allaient manger un sandwich falafel au café arabe du coin. Ils n'avaient envie de voir personne : ils pouvaient se passer du monde entier. Ils faisaient tout le temps l'amour.

Mais le monde existait. Une nuit où Eric était resté tard au bureau pour finir de préparer une conférence qu'il donnait le lendemain, Jane avait été réveillée vers une heure du matin par un bruit si fort qu'elle avait cru qu'une bombe avait explosé à son étage à l'intérieur de l'ascenseur. Elle était d'autant plus terrifiée qu'elle ne pensait jamais à fermer à clef la porte d'entrée de l'appartement. Le téléphone se trouvait dans le salon. Elle avait dû rassembler tout son courage pour entrouvrir la porte de la chambre et jeter un coup d'œil au salon : pas d'homme en sang en train d'agoniser sur son tapis. La nuit était à nouveau silencieuse, comme si elle avait rêvé ce bruit. Elle avait verrouillé la porte, mangé une banane, puis était retournée se coucher, avant de percevoir quelques minutes plus tard, à travers ses paupières closes et les stores, les lumières clignotantes jaune et bleu qui montaient de la rue.

Elle n'oublierait jamais le corps allongé sur le trottoir douze étages plus bas, sur le dos, bras écartés, avec un petit objet sombre près de sa main droite, ni la voix de la jeune femme noire penchée à la fenêtre voisine de celle de Jane, qui avait tordu ses mains vers le ciel et hurlé : « Oh, mon Dieu, mon Dieu, ne le laisse pas mourir ! » Dans un journal local, le lendemain, Jane avait lu une brève colonne sur un homme de vingt-six ans, noir, qui avait reçu une balle dans le dos au douzième étage de la tour Brewer alors qu'il essayait de s'enfuir et qui était mort dans la rue. Il laissait trois jeunes enfants et une femme enceinte de six mois. La police supposait qu'il s'agissait d'un règlement de comptes pour une histoire de drogue.

Eric avait décidé qu'il était temps de déménager. Et d'acheter. Elle n'y aurait jamais pensé. Acheter, c'était sérieux : un acte d'adultes. Apparemment ils étaient des adultes, et louer revenait à jeter l'argent par les fenêtres. Devayne faisait cadeau de huit mille dollars à ses employés qui achetaient des logements dans Old Newport et proposait des prêts à des taux d'intérêt très bas. Avec la récession, l'immobilier avait beaucoup baissé, surtout dans une ville sinistrée comme Old Newport. Ils gagneraient de l'argent sur les impôts grâce au remboursement de l'emprunt. Tous ces termes nouveaux amusaient Jane, mais pas autant que les week-ends passés à prospecter et le légitime regard indiscret sur les demeures et les vies d'autrui. Quand un lieu leur plaisait, ils le meublaient fictivement pendant le dîner. Elle avait dû renoncer à son rêve d'une maison au bord de la mer à Fort Hale ; non parce que c'était cher, mais parce qu'elle ne conduisait pas et ne pouvait dépendre entièrement d'Eric. Fin mars, un dimanche après une tempête de neige, ils avaient trouvé *la* maison. Une neige vierge tout autour et un silence comme au cœur des ténèbres. Peach Street, une toute petite rue au bout de River Road, dans les bois mais encore dans Old Newport, à la limite de la ville, à quarante-cinq minutes à pied du campus par une belle promenade dans des quartiers sûrs. La maison était parfaite pour deux, avec ses deux grandes chambres en haut donnant sur un jardin charmant, deux salles de bains (la définition même du luxe selon Eric), et, en bas, un salon de dimensions agréables avec une cheminée, et une cuisine toute neuve. Incroyablement bon marché. Ils l'avaient fait inspecter. Tout était en bon état. Le 1er mai, ils s'étaient installés chez eux. Leur second déménagement en sept mois. Eric avait à nouveau rempli les caisses avec l'efficacité qui le caractérisait et loué un camion. Le soir, il s'était plaint d'avoir les reins cassés : le dernier déménagement avant longtemps, heureusement. Cherchant la bouteille de whisky pour lui, elle avait trouvé son tapis qu'elle avait étalé devant la cheminée. Ce n'était pas ce soir, dans leur état de fatigue, qu'ils feraient l'amour sur le tapis comme en septembre, le soir de leur emménagement dans la tour Brewer. Dix minutes plus tard ils étaient sur le tapis et faisaient l'amour.

Le lendemain, il y avait une réunion à l'université, la dernière de l'année. Plusieurs mémos de Peter McGregor avaient rappelé aux professeurs de ne pas la manquer : sauf Sachs en congé sabbatique, ils étaient tous là, même Theodora Theopopoulos, la diva du département, que Jane voyait seulement pour la deuxième fois. Trois heures enfermés dans une pièce étouffante et malodorante dont on ne pouvait pas ouvrir les fenêtres à cause du bruit de la construction du Centre d'études juives à côté, alors qu'il faisait un temps splendide et que Jane aurait pu se promener avec Eric dans le parc près de leur nouvelle maison. Quatre, cinq heures si ça leur chantait. Elle avait des réserves infinies de patience. Elle regardait ses douze collègues autour de la table et elle avait envie de rire. Les cinq hommes titularisés, trois maigres et deux gros, avaient l'air d'avoir été clonés l'un sur l'autre avec leurs cheveux courts et bien peignés, leur regard sévère derrière les lunettes à monture métallique, leurs lèvres minces et leurs tristes costumes gris sans âge. À côté d'eux, les deux femmes titularisées qui se haïssaient cordialement : la grosse et agressive Begum Begolu, avec ses longs cheveux gris et ses robes synthétiques aux couleurs criardes, dont tous savaient qu'elle avait grandi dans un bidonville d'Ankara où elle avait appris à se battre, et la majestueuse Theodora Theopopoulos née dans une riche famille athénienne, toujours aussi belle, à près de soixante ans, dans son élégant survêtement dont la blancheur contrastait avec ses courts cheveux très noirs. Puis venaient les cinq professeurs jetables, dont Jane faisait partie, quatre femmes relativement jeunes et un jeune homme myope au front dégarni, tous sans enfants, tous pâles et maigres, de petites souris effarées ouvrant rarement la bouche pour donner leur avis. La pauvre Carrie, en tant que DPL, directrice du programme de licence, avait dû prendre place entre Peter McGregor et le vieux Français proche de la retraite qui penchait vers elle son gros nez rouge pour lui postillonner dans l'oreille.

Les pauvres, tous. Même ceux d'entre eux qui avaient décroché la titularisation à Devayne, ce signe d'une insigne réussite. Ils se disputaient comme des gamins pour des peccadilles avec des voix terriblement sérieuses. Si peu de joie sur leur visage. Avaient-ils jamais fait l'amour avec quelqu'un qu'ils aimaient de tout leur corps et de toute leur âme ?

Il suffisait de les regarder. Bronzino avait passé trente-cinq ans avec une femme qui n'était pas la bonne. Le vieux Français noyait sa solitude dans l'alcool. Peter McGregor avait une femme charmante et trois adorables fillettes, mais le pli sec et amer sur le visage de ce spécialiste érudit de Pascal révélait son désarroi face à un monde où le jansénisme et l'amour austère des règles n'avaient plus de place, sinon en un dernier refuge, l'université. Le vieux Carrington, un bon grand-père aux cheveux blancs marié depuis quarante ans, venait de rendre officielle son homosexualité. Quant à la magnifique Theodora, on la disait très seule depuis que sa petite amie avait accepté dix ans plus tôt un poste à l'autre bout des États-Unis. Et que dire de Begum Begolu avec son rire de casserole grattée par une cuiller en métal et ses quatre petites créatures aboyeuses qui lui valaient le surnom de « Deux-livres-et-quatrechiens » trouvé par un étudiant malicieux. Rien d'étonnant à ce qu'ils s'agrippent désespérément à leur misérable pouvoir ; torturer les étudiants en thèse et refuser la titularisation à leurs jeunes collègues.

Jane souriait en elle-même. Les douze momies autour de la table ne savaient pas. Elle aurait voulu leur crier ses tables de la Loi :

Il n'y a qu'une sorte d'amour,
Il faut partir s'il y a l'ombre d'un doute.
On n'a qu'une moitié,
Ne pas s'arrêter avant de l'avoir trouvée.

Elle avait une chance folle, mais ce n'était pas seulement de la chance. Elle aurait pu épouser Josh ou Norman, ou se trouver un autre Eyal. Elle avait affronté ses démons et accepté la solitude. Son bonheur était mérité.

Tandis que ses collègues discutaient du test d'ancien français, elle repassait dans sa tête les images de la veille, leurs corps sur le tapis, la bouche d'Eric, sa poitrine large avec le duvet châtain, ses épaules musclées, ses fesses rondes et fermes, ses cuisses, ses mollets parfaits et, au bas de son ventre, le sexe doux et brun tout petit quand il reposait sur l'oreiller des couilles et qui se gonflait sous les doigts de Jane jusqu'à se dresser, si grand qu'elle avait chaque fois l'impression d'être vierge. Mais pas trop grand : il ne la déchirait pas. Juste la bonne taille. Elle aimait tout de lui. Sa langue rentrant entre les lèvres de son sexe, la fouillant ou l'effleurant avec délicatesse ; le sexe d'Eric dans sa bouche, même l'odeur âcre d'avant la douche ; et cette autre odeur, salée et métallique comme la rouille, des touffes de poils secs et blonds sous les aisselles. Elle adorait ses cheveux souples et doux mais elle était certaine qu'elle l'aimerait aussi chauve, tant son visage était joli, et ses oreilles, et la forme de son crâne. Elle aimait sa peau, le grain de sa peau, le goût de sa peau. Ses dents belles mais pas très bien soignées qu'il avait accepté, suprême preuve d'amour, de faire examiner par le père de Jane, et entre lesquelles il glissait maintenant, le soir, le fil dentaire. Sa façon toujours renouvelée de lui faire l'amour. Hier il s'était arraché d'elle alors qu'elle était tout près de jouir pour écarter au maximum la cuisse droite de Jane et rentrer en elle à la perpendiculaire. Dans cette étrange posture où ils formaient une croix, il s'était emboîté parfaitement en elle et elle avait senti encore mieux, encore plus profond, ce sexe chevillé à son corps sans autre point de jointure.

Dans deux heures elle serait chez elle. Chez eux. Il l'attendait. Un frisson de désir avait traversé son échine. Elle était folle de bonheur. C'était une fièvre de joie. Elle avait croisé le regard de Bronzino, froid et désapprobateur, et s'était mordu la lèvre pour éteindre l'étincelle dans ses yeux.

Elle pouvait dater avec précision ce sommet de bonheur : 2 mai 1994, il y avait seize mois. C'était juste après, en sortant de la réunion à six heures, qu'elle avait récupéré son courrier et trouvé la lettre des presses universitaires de Princeton. Comme par hasard ce jour-là. Quand elle avait vu l'en-tête sur l'enveloppe, son cœur s'était mis à battre, la plongeant brutalement dans une réalité qu'elle contemplait de haut un quart d'heure plus tôt. Le premier jugement professionnel sur son travail de huit ans. Elle avait eu un sombre pressentiment avant même de déchirer l'enveloppe et d'en extraire la lettre qui contenait le mot « désolé ». Elle avait lu le rapport deux fois pendant le trajet en bus jusque chez elle. Pas un seul commentaire positif, sinon que son style était clair et énergique. Quand elle était descendue du bus et qu'elle avait vu la maison de poupée toute blanche où l'attendait son amour, son jubilant sentiment de supériorité avait entièrement disparu.

Eric avait descendu l'escalier quatre à quatre en l'entendant ouvrir. Elle avait seulement pu lui tendre le rapport, sans un mot, dans un geste digne d'une tragédie grecque. Debout près d'une pile de caisses, il l'avait parcouru rapidement.

« Excellent.

— Hein ?

— Il n'y a pas un seul argument contre ton livre. Le rapporteur se contredit lui-même : tu dis le contraire de tout ce que tout le monde a reconnu depuis longtemps et tu ne dis rien d'original. Il est irrité, c'est tout.

— Et alors ?

— Il est jaloux. Ça veut dire que c'est un bon livre.

— Ça me fait une belle jambe.

— Il y a une remarque sensée dans ce rapport, concernant les livres et articles que tu ne cites pas...

— Mais je ne peux pas tout citer ! J'ai lu des tonnes de livres en anglais, en français, en allemand, et même en italien. Je ne cite pas ceux qui n'ont rien à voir avec ma thèse ou qui sont écrits par des imbéciles.

— Les imbéciles, mon amour, ont beaucoup de pouvoir. Si tu veux mon avis, ton lecteur est un de ces imbéciles dont tu ne mentionnes pas le livre. Il est furieux parce que tu as écrit un bon livre dans lequel tu ne le cites même pas. Tu sais ce que je ferais à ta place ?

— Quoi ?

— Je prendrais le dernier livre paru sur Flaubert et je vérifierais la bibliographie critique pour m'assurer que je n'ai pas laissé de côté une fée Carabosse susceptible d'écrire un rapport. En gros, tous les professeurs habitant les États-Unis. Mais ne t'en fais pas, vraiment. Tu sais bien qu'il n'y a pas de grand succès sans un ou deux rejets d'abord. »

Tout ce qu'il disait avait la simplicité et la clarté de l'évidence. Il était si beau, avec ses souples mèches châtain clair tombant sur son front, sa chemise polo noire et son jean bleu clair, pieds nus. Elle aimait ses grands pieds aux longs orteils — celui du milieu plus long que le deuxième — et aux ongles toujours propres. C'était comme un de ces ciels bretons qu'avait décrits Rosen : le soleil, la pluie, et à nouveau le soleil succédant aux nuages apportés et chassés par le vent. Eric assis près d'elle sur le canapé, laissant tomber le rapport, l'embrassant, et murmurant dans son oreille que c'était bien, hier, sur le tapis. Lui faisant l'amour cinq minutes plus tard, sur le tapis encore.

Il y avait seize mois. Ce pourrait être seize ans. Avant la mort d'Herring. Il était une fois où elle pensait que personne ne pourrait toucher cela : Eric. Où le pire qui pouvait lui arriver était une lettre de rejet. Où elle ignorait encore que c'était l'avertissement des Érinyes. Ne sois pas trop heureuse. Hubris.

Elle tourna à gauche. Déjà chez elle. Si profondément plongée dans ses pensées que les quarante minutes de marche depuis l'arrêt de bus au centre-ville lui avaient semblé à peine cinq minutes. Le soleil se coucherait bientôt. Elle fouilla son sac de plage pour trouver les clefs. La maison blanche avait l'air dorée dans la lumière de fin d'après-midi. Elle ouvrit la porte. Le salon était triste à cette heure-là, quand dehors il faisait encore clair et qu'à l'intérieur il fallait déjà allumer la lumière. Le voyant rouge du répondeur clignotait. Elle appuya sur le bouton des messages. Allison : Jane ne devait pas hésiter à appeler ce soir si elle se sentait seule. Gentil.

Le bois des étagères à droite de la cheminée était beaucoup plus blanc là où il y avait eu les livres d'Eric. Un grand ménage ne serait pas du luxe. Laver les carreaux non plus. La dernière fois qu'ils l'avaient fait c'était pour la pendaison de crémaillère quinze mois plus tôt, quand ils avaient reçu leurs quarante invités. La photo d'Eric et d'Hubert que Jane avait prise ce soir-là dans le jardin se trouvait toujours sur l'étagère, à côté de celle de Jeremy courant vers l'appareil photo d'un pas vacillant de petit ours, ses mains potelées tendues devant lui. Tellement mignon. Jane approcha le cadre de ses lèvres et embrassa le verre. Il avait dû changer. Plus d'un an déjà depuis la semaine que John et Allison avaient passée à Old Newport. Une semaine enchantée. Ils étaient tombés sous le charme d'Eric, et Jane et Eric sous celui de Jeremy. Ils passaient les journées à se balader, les soirées à discuter autour des bouteilles de vin californien apportées par Allison et John. Juillet 1994. Deux semaines avant la mort d'Herring. Jeremy aurait deux ans dans dix jours. Il fallait qu'elle pense à téléphoner.

Elle se servit un verre d'eau filtrée dans la cuisine. Il faisait nuit. Déjà neuf heures, presque. Dans la salle de bains elle rinça son maillot et prit une douche. Elle laissa longtemps l'eau très chaude ruisseler sur son corps et son visage. C'était bon. La sonnerie du téléphone retentit juste comme elle sortait de la baignoire. Elle attrapa une serviette et courut dans la chambre, où elle se jeta sur le lit pour décrocher le téléphone sur la table de nuit.

« Coucou, c'est moi. »

Elle ferma les yeux et sourit.

« Tu es où ?

— Dans un motel à la sortie de Toledo. J'ai conduit douze heures non stop. Une bonne idée de partir un samedi. Il n'y avait pas trop de circulation.

— Tu dois être crevé ! Tu as mangé quelque chose ?

— Un énorme McDo.

— Tu comptes arriver là-bas demain ?

—J'aimerais. Il y a encore au moins douze heures de route.

— C'est trop. Pourquoi tu ne fais pas plutôt la route en trois jours ?

— On verra. J'ai envie d'arriver. Je serai prudent, ne t'inquiète pas. Qu'est-ce que tu étais en train de faire ?

— De prendre une douche. » Elle rit. « Je suis nue et toute mouillée.

— Ah ah... »

Il lui manquait déjà tellement. Toledo. Elle n'y était jamais allée. Demain il serait encore plus loin. Eric demanda doucement :

« Qu'est-ce que tu as fait aujourd'hui ?

— Tu peux être fier de moi : je n'ai pas pleuré. J'ai travaillé cinq heures sur mon article et je l'ai fini.

— Je suis fier de toi.

— Cet après-midi je suis allée à Fort Hale en bus. J'ai revu le dingue, tu sais, celui qui m'avait foutu la trouille la dernière fois. Aujourd'hui j'ai dû lui serrer la main. Il s'appelle Toc-Toc ; il voulait tout savoir sur moi. Il a l'air assez toqué pour avoir sa place dans un asile psychiatrique, mais c'est un doux dingue. Il n'arrête pas de parler, mais pas une minute, à tous les passagers du bus. Il appelle les gens par leur nom. Apparemment les gens le connaissent et ils ont l'habitude. Quand on a traversé West Old Newport, à un arrêt il s'est penché à la fenêtre et il s'est mis à crier : « Mais c'est madame Jackson et sa fille ! Bonjour madame Jackson ! Comment allez-vous ? Comment va votre fille ? Bonjour Dorothy ! » Il connaît absolument tout le monde et il sait même où les gens habitent, alors il indique au conducteur du bus où s'arrêter exactement avant même que les passagers demandent à descendre. Ça m'a mise de bonne humeur, je ne sais pas pourquoi. Peut-être de me rendre compte que ce fou n'était pas dangereux et que je pouvais être gentille avec lui sans que ça tire à conséquence.

— Pas *trop* gentille, quand même. »

Elle rit.

« J'ai nagé une heure et je suis rentrée à pied depuis le centre-ville. Je devrais dormir comme un bébé ce soir. »

Eric bâilla.

« Qu'est-ce que j'aimerais que tu sois avec moi.

— Moi aussi. Le motel est comment ?

— Aussi charmant que dans *Psychose*. De toute façon je suis mort de fatigue. Je n'ai qu'une peur, c'est que les cartons dans la voiture ne tentent quelqu'un. Je n'ai pas eu le courage de la décharger. Comme un imbécile j'ai pris les cartons de la chaîne et du magnétoscope.

— Oh non !

— J'ai collé un papier sur le pare-brise pour signaler que les caisses ne contiennent que des livres. J'espère qu'on va me croire. »

Elle mit un disque de musique brésilienne pour préparer son dîner. La musique douce et rythmée remplissait la maison d'une présence chaleureuse. Le lendemain à minuit, elle était en train de se demander ce qu'elle ferait si Eric ne l'avait pas appelée à une heure du matin quand le téléphone sonna. Il venait d'arriver. Il était mort. Il n'avait pour l'instant aucune impression.

Il la rappela lundi. Après une nuit de onze heures il se sentait beaucoup mieux. L'appartement était très bien : grand, clair, commodément meublé. Jane n'aimerait sans doute pas la moquette épaisse dans toutes les pièces, mais les nombreuses fenêtres donnaient sur de grands arbres et un ciel très bleu pour l'instant.

« C'est loin du centre ?

— En plein centre. »

Il avait déjà déballé ses livres. Il ne lui manquait qu'un seul être pour se sentir tout à fait chez lui.

Le mardi, on sonna à la porte vers dix heures du matin. Jane courut ouvrir : un coursier lui tendit douze roses rouges. Leur deuxième anniversaire de mariage.

Rien à voir avec Paris trois ans plus tôt. Elle n'était pas déprimée. Il lui manquait terriblement mais c'était vivable. Elle remplaçait Carrie comme directrice du programme de licence. Elle avait été furieuse quand Sachs le lui avait demandé au printemps dernier : on ne pouvait pas dire non et ce titre administratif signifiait beaucoup plus de travail sans augmentation de salaire. Dans les circonstances présentes, c'était parfait : pas de temps pour le vague à l'âme. Elle passait les après-midi au bureau, la porte ouverte pour les étudiants. Elle avait échangé son petit bureau du quatrième étage contre une large pièce au troisième avec deux tables, cinq chaises et une baie vitrée, entre le bureau du directeur du département et celui du directeur du programme de thèse, Peter McGregor. Elle lisait et soulignait le Livre Vert. C'était tellement ennuyeux qu'elle devait parfois relire une phrase quatre fois pour en comprendre le sens. Eric et elle se téléphonaient régulièrement, sans planifier. Entendre sa voix la faisait parfois pleurer. Après avoir raccroché, il lui arrivait de rester immobile dix ou quinze minutes, un sourire aux lèvres. Les vacances de Thanksgiving étaient trop éloignées. Le 18 septembre elle acheta un billet pour le week-end du 20 octobre. Elle ne resterait pas seule pour le quatrième anniversaire de l'avortement. Quand elle lui annonça sa venue, la voix d'Eric prit cette intonation particulière de désir qui la faisait frémir.

Il était ravi. Les étudiants étaient pleins de zèle, les collègues tout à fait respectables et en plus sympathiques. Ils avaient tous lu son livre et lui en parlaient. À Devayne, on n'aurait jamais soupçonné qu'un échange intellectuel sans concurrence et sans agressivité pût exister en ce monde. La bibliothèque plus riche qu'il ne s'y attendait lui avait réservé une agréable surprise. Le Centre audiovisuel montrait d'excellents films chaque soir et pas seulement le week-end, comme la cinémathèque de Devayne. Jane apprécierait l'atelier d'écriture où venaient des écrivains du monde entier souvent très célèbres. C'était Eric au meilleur de lui-même : charmant, tendre, la faisant constamment rire par de petites anecdotes.

En fin de compte, il semblait qu'il ait eu raison, se dit Jane en marchant vers le collège George-Trowbridge où elle avait rendez-vous avec Bronzino. Les six semaines depuis le départ d'Eric avaient passé comme une lettre à la poste ; elle s'envolait pour l'Iowa dans deux jours. Elle avait été très contrariée, en juin, quand Eric lui avait annoncé sa décision impulsive d'accepter l'offre de dernière minute, alors que l'Iowa était si loin et qu'il aurait pu passer encore un an à Devayne : ils auraient pu rester ensemble. « Je connais mes limites, Jane. Une autre année comme celle-là viendrait à bout de moi — et de nous. »

Oui. Avait débuté une lente et sûre descente en enfer le matin du 6 août 1994, quand Annette Herring les avait réveillés pour leur annoncer la mort d'Hubert, la veille, dans un accident d'avion. Son propre avion. Voler était sa passion.

Tout avait commencé par un lourd silence. Entre les dernières touches qu'il apportait à son deuxième livre et le coup de main qu'il donnait à Annette pour classer les papiers d'Hubert, Eric était débordé. Il s'occupait aussi des étudiants d'Hubert. Certains poursuivraient leur thèse sous sa direction : une bonne chose puisque Eric n'avait pour l'instant qu'un seul étudiant inscrit en thèse avec lui. En septembre, le silence s'était intensifié quand il avait appris que Judith Swarns serait la nouvelle directrice du département. Elle le haïssait personnellement depuis qu'elle lui avait fait des avances après un dîner chez les Herring quatre ans plus tôt. Son mariage avec Jane avait détruit l'illusion qu'il était homosexuel. De toute façon, les favoris d'un règne n'étaient jamais ceux du suivant. Tous les autres membres du département s'entendaient bien avec Eric. Ils étaient tous venus à la pendaison de crémaillère en mai. Son livre avait eu d'excellentes critiques. Deux cents étudiants de premier cycle suivaient son cours magistral sur la peinture européenne et des dizaines se battaient pour entrer dans son séminaire à inscription limitée. Il avait déjà un contrat pour son deuxième livre. On savait qu'il avait refusé une offre de Berkeley sur le conseil d'Herring, ce qui revenait à une promesse implicite de titularisation. Swarns n'était pas la seule à voter.

Le 25 février Eric apprit qu'il n'était pas titularisé. Il avait une nouvelle ride sur le front entre les sourcils. De toute façon il valait mieux savoir : le pire, c'était l'incertitude. Il n'était pas sorcier de comprendre pourquoi : jalousie. Donner la titularisation, à Devayne, à un homme de trente-huit ans qui avait déjà deux livres publiés, une femme charmante et une maison toute neuve ? Le succès de la pendaison de crémaillère s'était retourné contre lui. Pour acheter une maison il fallait être sûr d'être titularisé. Ce qui avait été certitude avant la mort d'Herring passait après coup pour une arrogance folle. Hubris.

Eric persistait à dire qu'il n'avait aucune inquiétude : il ne connaissait aucun professeur de Devayne réduit à mendier. Il se plaignait de douleurs dans le dos et la nuque. Entre mars et juin ils n'avaient pas fait l'amour une seule fois. Une ou deux fois en février, puis encore une fois en mars, ils avaient essayé sans succès. La peur s'était installée : elle savait par avance que ça ne marcherait pas. Elle ne pouvait pas supporter son corps tout proche d'elle, dans le même lit, dans la même chambre, sous le même toit, et son sexe toujours mou. Pas de désir. Eric parlait d'une panne provisoire qui n'avait rien à voir avec Jane : le problème avec elle, c'était qu'elle ne pouvait pas s'empêcher de tout rapporter à elle et de penser qu'il ne la désirait pas. Jane voulait le croire. Elle avait peur qu'Eric l'aime comme elle avait aimé Josh : tendrement, affectueusement, comme une sécurité, sans passion.

Il s'était mis à dormir seul, dans la chambre qui lui servait de bureau, ou en bas, dans le salon, sur le canapé beige et blanc, devant la télévision que Jane trouvait encore en marche quand elle descendait le matin prendre son petit déjeuner, soulagée d'en avoir fini avec la nuit. Elle pleurait presque chaque soir en se demandant s'ils étaient punis d'avoir été trop heureux. La seule personne avec qui elle pouvait faire allusion à la situation était Allison.

« Mais fous-lui la paix, disait Allison. Pauvre Eric. Tu ne sais pas ce que c'est que d'avoir injustement perdu son boulot. C'est encore pire pour un homme. Il doit avoir tellement peur de te décevoir. » Les recommandations d'Allison : ne jamais pleurer devant lui ; ne pas se plaindre ; exprimer du désir et pas de frustration ; être tendre, calme et rassurante ; ne pas demander à être rassurée ; lui faire des massages ; renoncer temporairement à l'idée de baiser. Allison les avait vus ensemble et elle en était sûre : ils avaient toute la vie devant eux pour ça.

En mai, après avoir sangloté sur le trottoir, comme une loque, parce qu'un adorable bébé chinois, dans la queue chez l'épicier, lui avait rendu son sourire, Jane avait enfin compris pourquoi elle était si triste et pleurait tous les soirs. Après le mariage et la maison venait logiquement le bébé. Pas facile de concevoir un bébé quand on ne faisait jamaïs l'amour. Eric, à sa façon, lui demandait de choisir entre lui et un bébé. Aimer, c'était aussi renoncer. Elle ne pleura plus devant lui.

Après avoir reçu l'offre de l'université d'Iowa, Eric avait ressuscité comme un animal après une longue hibernation, redevenant Eric tel qu'en lui-même, charmant, drôle et passionné. Ils avaient eu bien besoin des deux bons mois de juillet et d'août après la terrible année.

Jane arriva devant le portail du collège. Midi et demi pile. Elle dut attendre qu'arrive un étudiant pour qu'il lui ouvre le portail. Elle traversa en courant la pelouse entre les bâtiments d'architecture coloniale. De la musique rock s'échappait d'une fenêtre ouverte. Elle ne pouvait pas se permettre d'être en retard pour son premier déjeuner avec Bronzino depuis quatre ans. Elle tendit sa carte de Devayne à la femme noire à l'entrée de la cantine et reconnut, dans la queue, les cheveux frisés et courts de Bronzino. Elle prit un plateau et lui dit bonjour de loin pour signaler sa présence. Les professeurs déjeunaient gratuitement dans les collèges mais, leurs privilèges s'arrêtant là, rien ne l'autorisait à doubler tout le monde pour rejoindre Norman. Elle n'était pas pressée. Il devait lui parler de son dossier de promotion pour la prolongation de son contrat sur quatre ans.

Il avait choisi une table tout au bout de la salle, dans un coin à l'écart, où ils ne seraient pas dérangés par le bruit des étudiants. Elle s'assit face à lui. Il n'avait pas changé, sauf qu'il portait un gros pull-over au lieu d'une veste en tweed et d'un nœud papillon. Jane lui sourit.

« Tu as l'air en forme. »

Il ne réagit pas. Il jeta un coup d'œil rapide à sa montre.

« Je n'ai pas beaucoup de temps : j'ai rendez-vous au bureau à une heure. Venons-en directement au sujet. Ton dossier est plutôt solide, Jane. Les huit articles — c'est ça ?

— publiés dans des revues professionnelles sérieuses feront bonne impression. Tu as donné des cours sur des sujets variés. Le fait que tu sois maintenant DPL ajoute un élément positif. Mais il faut un livre. »

Elle se crispa.

« Je sais. J'ai pris du retard parce que j'ai révisé mon livre l'an dernier après le refus des Presses universitaires de Princeton.

— Sans un livre je ne peux rien te garantir. Il n'est pas nécessaire qu'il soit déjà publié mais il faut au moins un contrat. Sinon certains membres du département pourraient s'opposer à ta promotion. »

Qui ? Begolu sans doute, qui n'aimait pas les femmes, surtout plus jeunes. Bronzino fit entrer une grande feuille de salade dans sa bouche et lécha du bout de la langue quelques gouttes de sauce au coin de ses lèvres. Il saupoudra de poivre le ragoût de dinde accompagné de riz qu'il avait choisi, comme Jane. Son plateau regorgeait de nourriture : une salade, une tarte au citron, une pomme, une banane et deux oranges, trois brioches, une coupe de yaourt, et même une petite boîte de céréales Kellogg's All Bran. Il aurait du mal à tout faire disparaître en un quart d'heure.

« J'attends des nouvelles des Presses universitaires de Chicago. J'ai des raisons de croire que ça va marcher.

— Qui sont ?

— L'éditrice était enthousiaste après avoir lu mon introduction et le résumé du livre : elle m'a appelée immédiatement pour que je lui envoie le manuscrit. C'est bon signe, non ?

— En effet. C'était quand ?

— Pendant l'été. En juillet peut-être. Je ne me rappelle pas exactement.

— En juillet ? Ça fait quatre mois. Tu n'as pas eu de nouvelle depuis ? »

Elle fit non de la tête.

« Et tu n'as pas appelé ?

— Pas encore. »

Il secoua la tête d'un air sévère.

« Tu ne peux pas te permettre de perdre du temps comme ça. »

Elle rougit.

« J'étais débordée avec mon nouveau travail en tant que DPL, et puis ça n'a pas été très facile depuis qu'Eric est parti...

— Ta situation de famille n'est pas le problème de l'université. Tu dois te montrer plus professionnelle. Dès que tu as un contrat, dis-le-moi : j'ajouterai la pièce à ton dossier. »

Elle frissonna. Si quelqu'un s'opposait à sa promotion, ce serait lui. Il ne lui avait jamais pardonné. Il l'avertissait — peut-être parce qu'elle avait été honnête. Il mangeait déjà la dernière bouchée de son ragoût en alternant avec la salade et en prenant à peine le temps de déglutir. En deux bouchées il se débarrassa de la tarte au citron, et en deux autres du yaourt. Il regarda sa montre et se leva.

« À propos, mon ami Jeffrey Woodrow a un livre qui vient juste de paraître aux Presses universitaires du Minnesota sur un sujet proche du tien. Tu devrais le lire. Et écrire aux Presses du Minnesota. Sers-toi de mon nom si tu veux. Fais vite, Jane : il te faut un contrat avant janvier. »

Tout en parlant il avait ouvert son cartable en cuir et y mettait les fruits, les brioches et la boîte de fibres. Jane écarquilla les yeux. Peut-être qu'il n'avait pas le temps de faire les courses ou que son divorce l'avait laissé sur la paille. Il prit son plateau et s'éloigna. Elle avait à peine commencé son ragoût et n'avait plus faim. Trois étudiants s'assirent à sa table. Ils commentaient bruyamment, en riant, la visite tardive qu'un de leurs camarades avait rendue la veille à une certaine Vicky, sans faire plus attention à Jane que si elle était le poivrier que Bronzino avait embarqué et qui ne semblait guère leur manquer. Une fille asiatique, fil de fer, face à Jane éplucha un œuf dur dont elle ne mangea que le blanc, et grignota trois petites feuilles de salade sans sauce, pendant que sa camarade obèse s'attaquait à un énorme hamburger accompagné de frites. Jane se leva, déprimée. Elle était la seule, à son niveau, à n'avoir pas encore de contrat. Le livre de Carrie allait sortir. Même James avait trouvé un éditeur. Sans livre, non seulement elle ne serait pas promue à Devayne mais elle ne trouverait de poste nulle part ailleurs.

Le lendemain matin, elle s'obligea à composer le numéro de l'éditrice des Presses universitaires de Chicago. Elle laissa un message sur le répondeur.

Le soir, quand elle rentra chez elle, le voyant rouge clignotait. Sans doute pas Eric puisqu'il l'avait appelée au bureau dans l'après-midi. Son cœur battait vite quand elle appuya sur le bouton. Elle reconnut immédiatement la voix professionnelle. L'éditrice priait Jane de l'excuser pour le retard : elle avait eu du mal à trouver un lecteur pendant l'été et avait dû attendre septembre ; elle promettait une réponse d'ici Thanksgiving. Jane soupira. Elle avait fait son devoir. Elle pouvait respirer pendant une semaine.

Elle se réveilla à cinq heures moins le quart pour prendre l'avion à neuf heures et demie du matin à Kennedy. Trois heures de bus jusqu'à l'aéroport, puis deux heures et demie d'avion. Elle attendit une heure à l'aéroport de Chicago avant d'embarquer dans le tout petit avion à hélices avec dix personnes à bord. Des turbulences secouaient l'avion dans tous les sens. Le cœur de Jane se souleva. Elle passa trois quarts d'heure à vomir dans un sac en papier et à gémir comme un bébé. Quelqu'un d'autre vomissait derrière elle. L'odeur était atroce. Elle n'avait plus rien dans le ventre et continuait à vomir de la bile, en pleurant, en suppliant Dieu de les faire atterrir, et en jurant qu'elle ne remettrait jamais les pieds dans un avion, surtout un petit avion. Ils finirent par toucher le sol, mais avec de tels tressautements que Jane en verdit de peur, certaine qu'ils allaient mourir. Eric l'attendait depuis plus d'une heure. Ils s'embrassèrent rapidement et quittèrent vite le petit aéroport de Des Moines, à une demi-heure d'Iowa City qui n'avait pas d'aéroport. Il était pressé : il avait cours à deux heures. Elle ne put rien dire pendant le trajet ; elle avait encore envie de vomir.

« Je suis désolé de te laisser seule. Si ton avion avait été à l'heure, on aurait pu déjeuner.

— Ne t'inquiète pas. »

Il eut juste le temps de porter ses sacs dans l'appartement. Il y avait de quoi manger dans le frigidaire.

Elle prit une douche. Elle ne put trouver les serviettes propres et utilisa celle d'Eric, qui avait besoin d'être lavée — ainsi que tout le linge sale qui remplissait son placard. Il n'avait pas passé l'aspirateur une seule fois depuis son arrivée. L'évier était plein de vaisselle sale, dont la vue et l'odeur lui soulevèrent le cœur. Elle ne put rien manger.

Les meubles étaient laids : un canapé tapissé d'un tissu multicolore criard, la table de salle à manger lourde et sombre avec ses pieds torsadés faussement antiques, des éléments de cuisine dans un style campagnard kitch, une moquette gris-beige usée et sale. L'appartement dégageait une impression de tristesse malgré les larges fenêtres, peut-être à cause des affreux stores à lattes métalliques verticales, installés dans les années soixante, qui absorbaient la lumière. Les fenêtres donnaient sur les arbres et sur des kilomètres de champs plats. Le centre-ville était déjà la limite de la ville puisqu'il n'y avait pas de ville, comme elle s'en était rendu compte quand ils avaient traversé Iowa City en arrivant tout à l'heure et qu'Eric avait désigné quelques bâtiments : seulement l'université et des maisons autour. Le cauchemar de Jane.

Elle se reposa et lut tout l'après-midi en attendant Eric. Il aurait quand même pu annuler ses heures de bureau pour elle, exceptionnellement. C'était le 20 octobre. Pas n'importe quelle date. Il le savait. Il finit par arriver vers sept heures. Il était fatigué, c'était la fin d'une longue semaine. Ils dînèrent et allèrent dormir.

Au matin la tension était là. Ils ne faisaient pas l'amour à cause de cette tension. Ils étaient tendus parce qu'ils ne faisaient pas l'amour. L'œuf et la poule. Elle avait encore mal au cœur. Après le petit déjeuner, il proposa une promenade. Il voulait lui montrer les lieux, son bureau, la salle de conférences, la bibliothèque, le musée, le centre audiovisuel. Elle fit de son mieux pour exprimer de l'admiration. Ils rencontrèrent cinq personnes qu'il connaissait. Il était content de leur présenter sa femme. Deux de ces personnes les avaient déjà invités, pour le déjeuner et le dîner du dimanche. Au dîner elle rencontrerait David Clark, qui avait fait sa thèse à Yale. Un type brillant.

Il ne lui posa aucune question sur sa vie. Il se crispait dès qu'elle mentionnait Devayne ou Old Newport. Seule la fuite dans la salle de bains éveilla son intérêt.

Le samedi après-midi, ils firent l'amour. L'humeur d'Eric fut ensuite plus légère et joyeuse. Elle n'eut pas d'orgasme, mais elle aussi était soulagée : au moins ça avait marché. Le soir ils regardèrent un film de Hitchcock. Elle avait encore mal au cœur. Elle était horriblement triste. Il ne fallait pas dramatiser. Chaque année, autour de cette même date, elle était nerveuse et agressive envers Eric. Il savait pourquoi. Il se montrait doux et patient.

La plupart des collègues d'Eric qu'elle rencontra au déjeuner et au dîner du dimanche étaient des couples plus âgés avec enfants. Ils ne parlaient que de leurs rejetons et de leurs étudiants.

« Eric m'a dit que vous enseigniez à Devayne », lui dit un jeune homme à lunettes, le seul célibataire présent, petit et mince, la peau du visage grêlée, habillé d'une chemise noire et de jeans noirs à la mode new-yorkaise. David Clark, du département de français et d'italien.

« Devayne n'est plus ce que c'était du temps de l'École critique de Devayne : il n'y a plus qu'une bande de vieux schnocks conservateurs, hein ? Qui reste-t-il en dehors de Theopopoulos ? »

Elle se retrouva en train de chanter les louanges de Bronzino, de Sachs, de McGregor, de Smith, même de Begolu. Il voulait savoir ce qu'elle pensait de la déconstruction et ce qu'on pouvait dire de nouveau sur Flaubert. S'il y avait un sujet qu'elle n'avait pas envie d'aborder, il l'avait trouvé. Il se penchait vers elle en parlant et il avait mauvaise haleine. Des dents mal soignées pleines de tartre, et des gencives inflammées. Gingivite. Elle savait par son père que les dentistes portent un masque parce qu'il y a plus de bactéries dans une bouche que dans un trou du cul. Elle recula discrètement la tête. David rapprocha la sienne.

Quand ils eurent tous bu quelques bières, la salle à manger résonna de plaisanteries et de rires épais à propos de gens dont Jane n'avait jamais entendu parler — un collègue, le directeur, une secrétaire. Eric lui expliquait parfois ce qu'il y avait de drôle.

« Tu ne t'es pas trop ennuyée ? demanda Eric dès qu'ils furent sortis de chez leur hôte, vers minuit.

— Non, ils sont gentils. Mais l'avion m'a vraiment mis l'estomac à l'envers et je suis nerveuse à l'idée du voyage demain.

— Je sais. Ma pauvre chérie. »

Le lundi matin, il avait cours. L'après-midi il la conduisit à Des Moines. Il y avait moins de vent que le samedi. Elle avala quand même trois Notamine. Elle dormait si profondément quand ils atterrirent à Chicago qu'il fallut la transporter dans son autre avion en chaise roulante. Elle dormit tout le long du trajet jusqu'à Old Newport. Elle arriva chez elle à minuit et se coucha tout de suite.

Le mardi, une pile de lettres et de mémos dont certains demandaient des réponses urgentes l'attendait sur son bureau. Pour une raison ou une autre les étudiants avaient tous choisi ce matin-là pour venir lui demander des renseignements sur le programme de français ou le semestre de troisième année en France. Assise derrière son bureau, elle s'efforçait de garder un sourire patient. Quand elle eut le temps de regarder sa montre, il était une heure moins cinq. Son estomac gargouillait. Elle n'avait rien mangé au petit déjeuner et presque rien depuis trois jours. Elle avait cours à une heure. Un étudiant attendait encore à sa porte : il était assis dans le couloir depuis vingt-cinq minutes, elle ne pouvait pas le renvoyer.

« Installez-vous et attendez-moi une minute. »

Elle courut jusqu'aux bureaux des secrétaires. La porte de Mary était fermée : elle était en train de déjeuner. Jane se précipita dans le bureau de Dawn, qui était au téléphone. Un sandwich au poulet à demi mangé sur le bureau fit saliver Jane. Elle allait tomber d'inanition.

« Je sais, disait Dawn, c'est terrible. Je n'aurais jamais cru ça de lui. Quand tu penses qu'elle... »

Jane manifesta sa présence, dont Dawn s'était déjà rendu compte, par quelques raclements de gorge.

« Attends une seconde. »

Dawn se tourna vers Jane.

« Qu'est-ce que vous voulez ? »

Jane lui adressa son plus gracieux sourire.

« Vous pourriez me rendre un service ?

— Quoi ?

— Je suis abominablement en retard. Je fais cours dans cinq minutes, il y a encore un étudiant dans mon bureau, et je défaille de faim. Ça vous ennuierait d'aller me chercher une tranche de pizza en bas à Bruno's Pizza ? »

Elle tendit les deux dollars.

« Je ne peux pas. » Dawn lui tourna le dos. « Allô ? Oui, excuse-moi. Voilà ce que je pense que tu devrais lui dire... »

Jane sortit du bureau, écarlate et sonnée comme si Dawn venait de la gifler. Il n'y avait heureusement aucun témoin à son humiliation. C'était sa faute. Dawn, une excellente secrétaire, beaucoup plus efficace que Mary, devait poser ses limites clairement ou elle croulerait sous le travail. Mary, de plus, était la secrétaire réservée au DPL, tandis que Dawn travaillait pour le directeur du département et les autres professeurs. Et puis c'était sa pause déjeuner. Mais il y avait autre chose. Dawn n'aurait parlé à aucun professeur comme elle venait de répondre à Jane, qui ne pouvait blâmer qu'elle-même. En septembre, un vendredi après-midi où elle n'était guère pressée de retourner dans sa maison vide, elle avait bavardé avec Dawn : elles avaient découvert qu'elles avaient le même âge et qu'elles s'étaient mariées la même année et le même mois. Dawn avait regardé avec une curiosité avide la photo de mariage prise à Fort Hale que Jane avait posée sur son bureau et qu'elle était fière de montrer. La beauté d'Eric sautait aux yeux ; Jane n'était pas mal non plus avec son sourire radieux de star de Hollywood sur la couverture de *Vanity Fair*. Dawn, une grosse fille blonde aux traits plats, aurait difficilement pu produire une telle photo. L'attitude de Dawn à l'égard de Jane s'était insensiblement modifiée par la suite. Jane n'avait aucun moyen de regagner son autorité.

Quand elle arriva chez elle ce soir-là, le voyant rouge clignotait. Un seul message. Son cœur se mit à palpiter quand elle appuya sur le bouton. Ce n'était pas un jour à bonnes nouvelles. D'un autre côté, une nouvelle qu'un éditeur annonçait par téléphone ne pouvait être que bonne.

« Hello, ma chérie... »

Eric. Elle l'avait complètement oublié. Elle était rentrée d'Iowa la veille. Un siècle aurait pu s'écouler.

« ... J'espère que tu as fait bon voyage et que tu n'as pas été malade cette fois-ci. Je ne pourrai pas t'appeler ce soir : il y a un dîner après la conférence. À propos, tu as charmé absolument tout le monde ici. Je ne sais pas ce que tu as raconté à David, mais je ne l'ai jamais entendu louer quelqu'un comme ça. Ce week-end était merveilleux. Tu me manques. N'oublie pas d'appeler le plombier. »

Jane haussa les épaules. Plus aucun doute. « Hubris » : une signature.

Si Josh croyait pouvoir publier cette chose... Elle lui intenterait un procès, à lui et à la maison d'édition. Il fallait demander conseil à un avocat : Allison ? Elle regarda l'heure sur la cuisinière. Quatre heures moins le quart : l'heure du dejeuner à Seattle.

Josh croyait pouvoir parler de l'amour ! Il en ignorait tout. Il ne racontait que la peur, l'attente, l'humiliation et la déception, en saupoudrant ce désir amer d'un peu de sensualité. Comme si l'amour se réduisait à l'envie égoïste de se faire baiser. Josh n'avait aucune idée.

Il manquait de faits, bien sûr. Ce qui expliquait son choix systématique de commencer chaque chapitre par un retour en arrière résumant des mois ou des années de la vie de Jane, comme ce point de couture que Jane avait appris dans un cours de travaux manuels à l'école primaire : le point arrière. L'aiguille retournait jusqu'à la fin du point précédent puis ressortait un peu plus loin. Moitié en arrière, moitié en avant : pour finir, le fil était doublé tout du long. Mais ce qui rendait une couture solide ne marchait pas pour un roman. La vie résumée dans le point arrière d'un flash-back manquait de vie. C'était peut-être là le but recherché : ridiculiser son bonheur, en donner une image caricaturale.

Quelqu'un avait un jour comparé devant elle écriture et couture. Qui ? Où ?

4

Elle n'aimait toujours pas le goût, mais la sensation de brûlure lui plaisait. Puis elle sombrait dans le sommeil. Pas ce soir. Difficile de s'endormir avec les murmures qui lui parvenaient par la porte close.

Elle ouvrit les yeux. Ombres de meubles dans le noir : la longue commode moderne blanche, le long du mur, avec ses deux séries de quatre tiroirs ; le large miroir au-dessus ; le fauteuil à bascule en bois clair à côté des bibliothèques blanches ; les deux petites tables de chevet blanches des deux côtés du lit ; un bon lit dur. Une chambre meublée simplement, avec goût.

Elle alluma la lumière. Si seulement la porte s'ouvrait et qu'Eric apparaissait. Elle lui ferait immédiatement ses excuses. Mais il attendrait de la savoir endormie.

Les photos devant les livres reliés sur les étagères avaient des cadres en plastique transparent, de ceux qui coûtent à peine deux dollars pièce. Eric nouveau-né dans les bras de sa mère : 1957. Eric adorable bonhomme de deux ans au sourire inquiet entre son père et sa mère le tenant chacun par une main. Jane avait été surprise en rencontrant la mère d'Eric, Nancy, une petite femme boulotte aux cheveux frisés brun foncé ; cette photo avait confirmé ce que Jane avait déjà deviné : Eric avait hérité sa beauté de son père, un homme grand, svelte et blond, avec le sourire de Paul Newman. Eric à huit ans dans son équipement de hockey sur glace, l'index et le majeur de la main gauche formant le V de la victoire, et la main droite brandissant une coupe en métal argenté, avec juste le bon sourire triomphant. Eric sur la plage en Floride entre Ann et Nancy, à peine adolescent et déjà plus grand que sa petite grand-mère et sa mère ; le même sourire photogénique. La photo officielle prise à la fin de ses études au lycée : de grosses lunettes carrées, une horrible coupe de cheveux avec une raie absurde sur la gauche, un costume d'un vert criard et une large cravate à carreaux orange et marron qui avait fait éclater de rire Jane la première fois qu'elle avait vu la photo, vexant Eric. Même dans cet attirail années soixante-dix, on reconnaissait le sourire photogénique et légèrement inquiet. Eric à Princeton le jour de la remise des diplômes, par un jour ensoleillé, à côté de sa grand-mère qui lui arrivait maintenant à peine à la poitrine : le même sourire. La photo officielle prise à Harvard le jour de la remise des diplômes : un jeune homme sérieux en toge pourpre, au sourire éclatant. Il avait l'air si jeune, dix ans plus tôt. Juste à côté se trouvait la dernière photo, celle des mariés de Fort Hale, la seule dans un cadre en bois précieux, acheté par Jane. La partie gauche de la photo, où elle se trouvait, disparaissait derrière la photo du diplôme d'Harvard, si bien qu'on voyait seulement Eric en costume sombre souriant avec amour à lui-même en toge pourpre.

Elle avait besoin d'un Kleenex et marcha jusqu'au fauteuil à bascule où se trouvaient ses vêtements, pieds nus sur le plancher chaud et impeccablement propre comme le reste de l'appartement. De la salle de bains à la cuisine, l'appartement de Nancy gardait toujours une odeur fraîche. Il y avait partout de petites corbeilles d'osier pleines de pétales de roses et de fins copeaux de peaux d'orange séchées.

Il faisait si chaud. Sans doute ce qui l'empêchait de s'endormir. Nancy mettait le thermostat à vingt-six degrés, le chauffage étant compris dans les charges de l'immeuble. Deux nuits plus tôt, Jane avait ouvert sa fenêtre et attrapé un rhume. La nuit précédente, elle s'était glissée hors de la chambre vers trois heures du matin pour baisser le thermostat : sur le chemin du retour, elle avait poussé un cri de peur en se heurtant à Nancy aussi blanche et silencieuse qu'un fantôme dans sa longue chemise. Un quart d'heure plus tard le thermostat était remonté à vingt-six.

Si seulement Nancy n'avait pas fermé le magasin cette semaine. Noël était une bonne période pour la vente d'alcool et Nancy avait besoin d'argent. Elle ferait mieux de mener sa vie normale que de remuer le passé avec Eric du matin au soir. Mais toute suggestion en ce sens de la part de Jane aurait appuyé sur le détonateur.

La bombe, de toute façon, avait explosé ce soir.

Jane avait des circonstances atténuantes : la fièvre, la solitude. Elle vivait enfermée depuis dix jours entre Nancy dont elle sentait l'hostilité permanente, et Eric qui la traitait comme une étrangère. Et c'était son pull préféré : pas seulement une manière de culpabiliser Eric davantage. Mais elle s'était comportée en gamine pourrie-gâtée et en femme hystérique quand elle l'avait appelé dans la chambre, juste avant le dîner, et avait brandi le corps du délit. Eric avait demandé :

« Qu'est-ce que c'est ?

— Mon pull en cachemire. Le pull que maman m'avait acheté chez Barney's : tu l'as mis dans le sèche-linge !

— Oh, excuse-moi... »

Il avait pris le pull et tiré dessus. Elle le lui avait arraché des mains.

« Ça ne sert à rien ! Tu sais bien qu'on ne met pas un pull en laine ou en cachemire dans le sèche-linge !

— Je suis désolé. On ira chez Barney's t'en acheter un autre.

— On ne trouvera jamais le même. Je l'adorais, je n'ai jamais eu un pull qui m'allait aussi bien.

— Je suis vraiment désolé. Je n'ai pas vu.

— C'est bien ça que je te reproche ! De ne jamais faire attention à moi ces temps-ci !

— Tu veux bien parler moins fort ?

— Tu as besoin de me rappeler que je ne suis pas chez moi ? Tu crois que je ne m'en suis pas aperçue ?

— Tais-toi. »

Une interjection glacée, d'où le ton d'excuse avait entièrement disparu.

« Sors ! Sors de cette chambre ! Sors d'ici tout de suite ! » avait crié Jane si fort que les voisins du dessous avaient dû l'entendre.

Il avait quitté la chambre et elle avait pleuré une demi-heure avant de rejoindre Nancy et Eric à table, les yeux rouges et gonflés. La mère et le fils avaient poursuivi leur conversation sur le vin importé et les actions à la Bourse. Après le dîner et le petit verre de whisky pour aider à s'endormir, elle était silencieusement retournée dans la chambre. Elle n'avait même pas proposé de laver la vaisselle et ils ne lui avaient prêté aucune attention.

Pas la faute d'Eric.

Pas la faute d'Eric si sa grand-mère était morte juste le jour où Jane était arrivée à Iowa City, le 19 décembre. Ils avaient besoin d'un mois ensemble. À force de ne plus vivre sous le même ciel, ils devenaient étrangers l'un à l'autre. Pendant le week-end de Thanksgiving, en novembre, Eric avait accepté des invitations tous les soirs comme s'il avait eu peur de se retrouver seul avec Jane. Il l'avait traitée de paranoïaque : était-ce sa faute si sa femme avait un tel succès ? Et puis c'était toujours pareil : personne ne l'invitait à dîner quand il était seul et, dès qu'il n'avait plus besoin des autres, les invitations pleuvaient. Il avait promis à Jane que les vacances de Noël seraient plus calmes.

Une pure malchance. Il avait fallu prendre l'avion tout de suite pour Portland. Eric ne pouvait pas laisser sa mère toute seule. Lui aussi était très triste. Il aimait sa grand-mère.

Jane n'avait rien à lui reprocher sinon son irréprochabilité. Son côté bon-fils. Sa façon de lui donner des roses pour la Saint-Valentin et leur anniversaire de mariage et de toujours lui faire l'amour ces jours-là comme s'il y avait des dates pour faire l'amour. Elle commençait à se poser des questions sur son attachement romantique aux rituels et sur le beau sourire des photos. Un sourire qui demandait : je souris bien comme il faut ? Pas la faute d'Eric. Trop de femmes autour de lui, qui attendaient toutes qu'il soit parfait. Sa mère, sa grand-mère. Et maintenant sa femme. Eric était vraiment gentil. Même ici, à Portland, il demandait chaque matin à Jane ce qu'elle voulait faire.

Pas la faute d'Eric.

Pas la faute d'Eric si Jane ne pouvait pas supporter l'échec.

Pas la faute d'Eric s'il y avait eu une enveloppe blanc crème où figurait, dans le coin gauche, une adresse d'éditeur, dans sa boîte aux lettres à l'université, quand elle était rentrée à Old Newport après les vacances de Thanksgiving fin novembre.

Elle avait eu si peur en voyant l'enveloppe qu'elle avait attendu d'être à la maison pour l'ouvrir. Chez elle, elle ne l'avait pas décachetée immédiatement mais avait passé une heure à couvrir les pages d'un cahier d'une écriture fiévreuse : à se moquer d'elle-même et à s'admonester. Elle haïssait une peur qui la réduisait à l'opposé de ce qu'elle aurait voulu être : forte, indépendante et libre. Un rejet ne serait pas la fin du monde. Elle irait à la bibliothèque et établirait une liste de presses universitaires auxquelles elle enverrait d'abord le résumé de son livre pour s'assurer que le sujet les intéressait, au lieu de larguer aveuglément son manuscrit comme une bouteille à la mer. Elle ne pouvait réprimer une pensée secrète : ce dont on avait terriblement peur ne se produisait pas. Autrefois, à l'école, quand la crainte d'avoir raté une interrogation lui nouait l'estomac, elle avait toujours eu une bonne note.

L'ennui, c'était qu'elle n'arrivait pas à sortir de sa tête quelques indices positifs : la réaction enthousiaste de l'éditrice à la lecture de son introduction ; sa promptitude à rappeler Jane en octobre ; et tout simplement la certitude que son livre, avec les changements qu'elle y avait apportés, était devenu bon.

Elle avait peur, oui, mais sans être totalement terrifiée. Le résultat, c'était qu'elle avait déchiré l'enveloppe et aussitôt vu le mot « désolée ».

Le rapport de trois pages disait que le livre était publiable après quelques modifications. Il manquait un chapitre où l'auteur aurait situé son point de vue par rapport à la théorie féministe actuelle. Jane, dans son introduction, expliquait clairement pourquoi elle ne touchait pas à la théorie féministe. Il n'y avait aucune autre objection. Ce rapport avait pourtant décidé du sort de son livre. Il n'était pas assez positif pour que la jeune éditrice des Presses universitaires de Chicago, encore nouvelle dans le métier, se sente encouragée à aller de l'avant et à envoyer le manuscrit à un autre lecteur ; la difficulté qu'elle avait d'ailleurs rencontrée pour trouver un lecteur cet été semblait indiquer que le sujet de Jane n'était pas à la mode. L'éditrice préférait renoncer. Ce qu'elle avait lu lui ayant plu, elle était sincèrement désolée et souhaitait bonne chance à Jane pour la suite.

Jane avait su à ce moment-là qu'elle ne franchirait jamais la barrière des lecteurs pas assez enthousiastes. Pour être publié, il fallait un piston. Le sien avait été Bronzino. Elle l'avait perdu en commettant la pire faute professionnelle : mêler sa carrière et sa vie privée.

Elle avait trouvé la bouteille de bourbon d'Eric et s'était servi un grand verre qu'elle avait descendu en une rasade, même si elle en détestait le goût et que l'alcool lui brûlait la poitrine. Elle avait eu une telle migraine, ensuite, qu'elle était tombée sur son lit toute habillée et avait remué la tête de gauche à droite en souhaitant seulement que cesse le « bong, bong, bong » qui résonnait sous son crâne.

Au téléphone, le lendemain, une fois de plus Eric avait été rassurant et réconfortant, trouvant juste les bons mots. C'était une question de patience. Ça n'avait rien à voir avec la qualité de son travail : les livres de critique littéraire se vendaient mal aujourd'hui. Même des professeurs déjà connus avaient du mal à se faire publier. Le premier livre était le plus difficile.

Pour acquérir une réputation il fallait publier. Pour publier il fallait avoir déjà une réputation : comment sortait-on de ce cercle vicieux ?

« Tu vas en sortir, avait dit Eric. Sois patiente, c'est tout. »

La vie n'était qu'une question de patience, encore et encore et encore et encore.

La porte s'ouvrit. Une ombre entra silencieusement.

« Je ne dors pas. Tu peux allumer. »

La lumière la fit cligner des paupières. Il lui tourna le dos et ôta son pantalon. Le caleçon vichy rouge et blanc qu'elle avait acheté chez Gap pour quatre dollars en solde était tellement mignon sur ses fesses rondes et musclées. De bons muscles là-bas. Ses jambes aux mollets parfaitement sculptés et couverts de fins poils blonds auraient pu servir de modèle pour la statue d'un dieu grec. Allison les avait remarquées. Pas facile, quand on venait d'enterrer sa grand-mère, de faire l'amour à sa femme hystérique sur le lit de sa mère.

« Je suis désolée pour ce soir. Je ne sais pas pourquoi j'ai fait ça. »

Il vint s'asseoir au bord du lit.

« Ce n'est pas facile pour toi en ce moment, je sais. Moi aussi je suis désolé. Je n'aurais pas dû te parler comme ça. Tu as encore de la fièvre ?

— Trente-huit sept. »

Il mit sa main sur le front de Jane. Elle ferma les yeux. La peau douce et fraîche de sa paume. Comme il retirait sa main, elle tendit le bras et l'attrapa. Elle l'approcha de ses lèvres et embrassa le dessus de la main. Eric sourit. Il enleva sa montre. Après une hésitation elle dit à voix basse :

« Tu sais...

— Quoi ?

— J'ai l'impression que ta mère ne m'aime pas beaucoup. »

Il haussa les sourcils.

« Pourquoi dis-tu ça ? »

La relation entre Nancy et Jane avait toujours été cordiale à défaut d'être vraiment chaleureuse. Elles se donnaient chaque fois des présents choisis avec soin. Jane portait maintenant une chemise de nuit en coton achetée par Nancy dans une élégante boutique de lingerie française, et Nancy avait épinglé à sa veste une broche années vingt que Jane avait trouvée dans un magasin d'antiquités d'Old

Newport. En belle-mère discrète, Nancy ne les dérangeait jamais : Jane rappelait à Eric de téléphoner à sa mère et lui envoyait des cartes de vœux pour les fêtes quand ils ne lui rendaient pas visite.

« Tu te souviens hier matin ? Je bavardais avec toi dans la cuisine, juste quand tu venais de te lever. Ta mère est entrée et elle m'a interrompue pour te demander si tu voulais qu'elle te prépare ton petit déjeuner.

— Et alors ?

— Le message était clair : pourquoi est-ce que ta femme n'est pas en train de préparer ton petit déjeuner ? »

Il rit.

« Ma chérie, tu sais bien que ma mère a l'obsession de me nourrir. Ça n'a rien à voir avec toi. Entre nous, je suis content que tu ne me forces pas à manger. C'est pour ça que je t'ai épousée. »

Jane secoua la tête.

« Non, je ne crois pas que je me trompe. Avant-hier, quand tu es allé faire les courses, il s'est passé autre chose.

— Quoi ? »

Il la regardait avec un sourire tendrement ironique et légèrement tendu.

« Je lisais dans la chambre, comme d'habitude, et ta mère était dans la cuisine où elle regardait la télé. Je suis sortie de la chambre deux minutes pour aller aux toilettes. Quand j'y suis retournée, elle avait éteint la lumière. »

Il fronça les sourcils d'un air interrogateur.

« Et ?

— Elle savait que j'étais en train de lire. Éteindre la lumière était très agressif. Peut-être qu'elle n'a pas pu s'en empêcher. Consciente ou inconsciente, c'est une façon claire de me dire qu'elle ne veut pas de moi chez elle. »

Il secoua la tête.

« Tu ne crois pas que tu exagères ? Elle est allée chercher quelque chose dans sa chambre et elle a tout simplement éteint la lumière en sortant, par réflexe. C'est sa chambre, ne l'oublie pas. Elle est gentille de nous la laisser. »

Il se leva et marcha vers la porte. Elle demanda avec angoisse :

« Tu vas où ? »

Il se retourna avec un sourire.

« Pisser et me laver les dents. Je peux ?

— Est-ce qu'elle te dit que j'aurais dû démissionner pour te suivre en Iowa ? »

Eric la regarda avec des yeux sévères.

« Ça suffit, Jane. Tu es complètement ridicule. Ma mère ne me parle jamais de toi. Si elle est déprimée maintenant, j'ai bien peur que ça n'ait rien à voir avec toi. Sa mère vient de mourir. Le monde ne tourne pas autour de toi. »

Le lendemain elle partit comme prévu pour Washington, où son père était venu l'attendre à l'aéroport. Quand elle reconnut, de loin, sa haute silhouette et ses cheveux gris, elle se mit à pleurer. La cuisine de la maison familiale n'avait jamais eu l'air aussi chaude et accueillante. Elle ne pouvait pas s'arrêter de parler. Parler. Pouvoir dire, librement, tout ce qu'elle avait sur le cœur, sans être jugée. Les dix jours à Portland avaient été un enfer de solitude et de silence.

« Le silence en elle et tout autour d'elle, raconta Jane à ses parents, est si lourd. C'est sûrement pour ça que le père d'Eric est parti. Je suis sûre que ce silence a toujours été là. Il est terrifiant. On a toujours peur de dire ce qu'il ne faut pas. Comme, par exemple, de prononcer le nom du père d'Eric. Le sujet est strictement interdit, bien sûr, donc il remplit l'espace.

— Eric avait quel âge ？

— Neuf ans. Il ne m'en a parlé qu'une fois, juste avant que je rencontre sa mère, pour que je ne pose pas les mauvaises questions. Il a un souvenir très clair de la nuit où ils ont appelé tout le monde : les amis, la famille, la police, les hôpitaux. Sa mère était folle d'inquiétude. Eric se rappelle aussi ce qu'un flic a dit à sa mère quelques jours plus tard, devant lui.

— Quoi ?

— Que, quand une jeune femme disparaissait, on retrouvait souvent son corps mutilé des semaines ou des mois plus tard. Quand c'était un homme de quarante ans, si on le retrouvait c'était en général avec un nouveau nom, une nouvelle femme, de nouveaux enfants et une nouvelle maison. Ça s'appelait la crise de la quarantaine.

— Oh, mon Dieu ! Pauvre Eric, et sa mère aussi, s'exclama la mère de Jane. Et ils n'ont jamais eu de ses nouvelles, ils n'ont jamais su ce qui s'était passé ?

— Jamais. Disparu. Le compte en banque jamais touché. Son corps jamais trouvé. »

La mère de Jane frissonna. Son père secoua la tête. C'était quelque chose qui dépassait leur imagination, et qui expliquait sûrement le sombre côté d'Eric que Jane avait découvert l'an passé : le lourd silence dont il était capable comme sa mère. Les parents de Jane la croyaient même s'ils n'avaient jamais vu cet Eric-là : leur gendre s'était toujours montré affable, loquace et absolument charmant. Ils l'adoraient.

« Il doit subir une pression considérable en ce moment, lui dit son père : sois gentille avec lui. Il est la seule personne qui reste à Nancy ; et tu as dit que sa grand-mère lui avait servi de deuxième mère.

— Et Nancy doit être très, très triste, ajouta la mère de Jane. Quand on perd sa mère, l'âge et les circonstances n'y font rien : c'est toujours sa mère. »

Eric la rejoignit à Old Newport avant de repartir pour Iowa City. C'était son premier retour chez eux depuis son départ pour l'Iowa quatre mois plut tôt. Il avait oublié comme la maison était jolie. Ils s'enlacèrent. Son odeur. C'était si bon de l'avoir à nouveau chez eux.

« Ma petite », dit Eric d'une voix où perçaient l'émotion, l'amour et la peur de la perdre.

Ils parlèrent. Tout cela, la tension, les crises hystériques pour lesquelles Jane lui fit encore des excuses, les disputes, était tout à fait normal et appartenait au passé. Ils pouvaient tout résoudre par un mot : « difficile. » Ils devaient s'adapter à une nouvelle situation, à une vie divisée entre deux villes séparées par des milliers de kilomètres, chacun ayant une activité professionnelle intense. Ces dix jours à Portland n'avaient pas rendu les choses plus faciles. Eric aussi trouvait sa mère pesante. Maintenant, tout irait bien.

Après le départ d'Eric, Jane fut prise dans un tourbillon de tâches administratives. Sa secrétaire, Mary, partit à la retraite fin janvier, remplacée par une aimable femme noire d'une quarantaine d'années, qui ne savait pas plus que Jane ce qu'il fallait faire et attendait les ordres. Jane agissait à l'aveuglette, constamment terrifiée à l'idée de commettre une erreur qui pouvait avoir de graves conséquences. Elle avait exprimé son inquiétude à Bronzino, qui s'était contenté de hausser les épaules d'un air ennuyé : il n'était pas le DPL. Au téléphone avec Eric, Allison, ou ses parents, elle ne pouvait parler de rien d'autre que des problèmes sans intérêt qui remplissaient ses jours et peuplaient ses rêves. Elle était devenue une machine administrative. Se récitant les listes de choses à faire en se levant le matin, et n'éprouvant de plaisir qu'à barrer mentalement les éléments sur les listes le soir avant de s'endormir. Fin mars, elle passa une semaine en Iowa, l'érotisme au degré zéro : pour une fois, c'était elle qui n'avait pas envie de faire l'amour. Elle ne pouvait penser qu'à la version définitive du budget et du programme des cours de licence qu'elle devait rendre au retour. Pire qu'un casse-tête chinois.

Quand elle entra dans son bureau après le déjeuner le 26 avril, Rose avait déposé sur sa table les épreuves du Livre Vert et y avait joint un billet lui demandant de les relire au plus vite. Jane s'assit, fatiguée, se frotta les yeux et parcourut machinalement la première page. Il y avait déjà une faute : une secrétaire dyslexique avait écrit le prénom du nouveau professeur assistant, Xavier Duportoy, « Xaviere », comme celui d'une héroïne de Beauvoir. Jane n'eut pas la force de sourire. Le jeune et brillant universitaire français qui allait débarquer parmi eux n'aurait sans doute pas apprécié. Elle l'avait brièvement rencontré quand il était venu signer son contrat fin mars : un grand garçon vif et intelligent, qui lui avait semblé sympathique, mais aussi plutôt content de lui. Le département avait besoin de chair fraîche et d'esprit parisien. Elle corrigeait la page dix des épreuves quand on frappa.

« Entrez. »

Une jeune femme fluette avec de longs cheveux noirs et des yeux craintifs dans un joli visage poussa timidement la porte.

« Je vous dérange ? Je peux repasser plus tard.

— Pas du tout, Christine. Entrez, asseyez-vous.

— Rose m'a dit que je n'avais pas de section l'automne prochain, dit rapidement la jeune fille d'une voix tremblante en restant à mi-chemin entre la porte et le bureau.

— Oui. Je suis vraiment désolée : il n'y a pas assez de sections de langue : tous les étudiants de huitième et neuvième année sont dans le même cas. »

Les lèvres de Christine tremblèrent. Elle éclata en sanglots et cacha son visage dans ses mains.

« Qu'est-ce que je vais faire ? Qu'est-ce que je vais faire ? »

Jane se leva et lui tapota gauchement l'épaule.

« Ne vous inquiétez pas. Je suis sûre que vous allez trouver quelque chose. »

Christine, en larmes, sortit du bureau en courant. Jane ferma sa porte et se rassit à son bureau. Elle s'appuya contre le dossier de son confortable fauteuil. Le reflet du soleil sur la lampe en métal la gênait. Elle se leva pour tirer les stores. En bas, le jardin du club victorien voisin, avec son carré de pelouse vert frais et les grappes de fleurs blanches et roses de son magnolia, attira magnétiquement son regard. Le printemps. Elle n'avait plus jamais le temps de se balader. Ni d'aller à la piscine. Ni même de penser à Eric à qui elle n'avait pas parlé depuis cinq jours.

Elle se rassit et finit de corriger les épreuves, puis tria son courrier. Une enveloppe blanche avec le mot « urgent » imprimé en rouge, qui contenait une liste de films vidéo en français vendus au rabais, partit au panier. Deux longues missives du président et du doyen de Devayne sur le projet d'un syndicat étudiant faillirent suivre le même chemin mais, après une hésitation, atterrirent en haut de la haute pile de papiers que Jane ne savait pas comment classer et n'osait pas jeter. Une enveloppe avec l'en-tête des Presses universitaires de Stanford fit battre son cœur plus vite. Elle la mit de côté et ouvrit d'abord une lettre du Comité Edward-Trowbridge : on lui accordait une bourse de mille dollars pour payer un assistant de recherche l'an prochain. Une bonne nouvelle. Mais il aurait mieux valu ne pas obtenir la bourse ou recevoir la lettre un autre jour : deux bonnes nouvelles le même jour semblaient improbables. En janvier elle avait envoyé le résumé de son livre à vingt maisons d'édition susceptibles d'être intéressées. Dix-neuf avaient répondu. Seize pour dire qu'elles publiaient de moins en moins de critique littéraire, surtout sur la littérature française. Elles en étaient désolées et lui souhaitaient bonne chance. Trois avaient demandé à voir le livre. Sur le conseil de Bronzino elle l'avait envoyé à deux à la fois. Les Presses universitaires de Pennsylvanie avaient déjà répondu non. Les Presses universitaires de Stanford, qui avaient publié quatre de ses collègues, représentaient un de ses deux derniers espoirs et le plus solide. Elle déchira l'enveloppe en retenant sa respiration : « Je suis désolé..., » Juste quatre lignes. La lettre standard : le manuscrit ne correspondait pas à leurs besoins éditoriaux actuels. Ils devaient être fatigués de publier les professeurs de Devayne. Elle ouvrit le tiroir sur sa droite et rangea l'enveloppe dans le dossier « éditeurs » qui contenait toute une collection de ces lettres.

« Désolé. » Juste ce qu'elle venait de dire à Christine. Comparée à Christine, elle avait de la chance : elle avait un mari qui avait un travail. Elle irait vivre en Iowa avec lui. Ils auraient deux enfants. Ils achèteraient une maison et une voiture plus grande. Un jour, elle dirigerait la section linguistique du département de français de l'université d'Iowa.

Le téléphone la fit sursauter.

« Professeur Bronzino veut vous voir.

— Maintenant ?

— Oui. Il vous attend dans son bureau. »

Jane eut un sombre pressentiment.

« Rose, pourriez-vous dire aux étudiants de huitième et neuvième année que ça ne sert à rien qu'ils viennent me voir parce qu'ils n'ont pas de travail l'an prochain ? Une liste prioritaire a été établie par Norman Bronzino et Peter McGregor : elle est impartiale et je n'y peux rien.

— Je le leur dirai. Plusieurs ont déjà téléphoné. »

155

Jane ferma sa porte sans la verrouiller et marcha le long du couloir vers le bureau de Bronzino. S'était-elle trompée dans le budget des cours de langue ? Une erreur qui coûtait au département des milliers de dollars ? S'il lui faisait un seul reproche, elle dirait ses quatre vérités à ce vieil égoïste, une fois pour toutes. Elle frappa à la porte de Bronzino.

« Entrez. »

Il était assis derrière son bureau massif. Il la regarda par-dessus ses petites lunettes rectangulaires et lui sourit chaleureusement. Elle eut un sentiment de déjà-vu. Exactement comme quatre ans et demi plus tôt. Sauf qu'il ne la prendrait pas dans ses bras et qu'elle ne pleurerait pas devant lui, quoi qu'il dise. Elle s'était endurcie.

« Jane, félicitations. Tu es promue professeur associé. Les rapports des quatre lecteurs extérieurs sur ton livre étaient excellents : le département a décidé de te faire confiance sans attendre que tu décroches un contrat. »

Elle le regarda fixement sans répondre. Elle ne sentait rien, sauf la fatigue.

« Tu as droit à un congé d'un semestre que tu peux prendre à partir de janvier prochain. Dawn te dira ce qu'il faut faire. Si tu veux bien m'excuser, j'ai quelques coups de fil urgents à passer avant la réunion. »

Elle sortit du bureau de Bronzino et reprit le chemin du sien, trois portes plus loin. Elle avait encore son poste pour quatre ans. Elle pourrait vivre avec Eric à partir de janvier prochain, au moins pour un semestre. Elle était trop fatiguée pour envisager l'avenir. Un de ses anciens étudiants regardait des annonces affichées dans le couloir.

« Bonjour Leon. »

Il ne lui répondit pas. Elle était sûre qu'il l'avait entendue. C'était un garçon intelligent, sympathique, et politiquement très actif : un des deux coauteurs de la pétition que Jane n'avait pas signée parce qu'elle n'avait pas d'opinion et que la politique l'ennuyait. Il n'était qu'en quatrième année, mais, par solidarité avec ses camarades sans boulot l'an prochain, se battait contre l'administration : contre Jane. Un aboiement aigu derrière elle la fit sursauter. Un des petits chiens de Begolu menaçait de lui mordre la cheville. Jane pressa le pas, le cœur battant, suivie par la bête minuscule dont les aboiements hargneux la terrorisaient depuis qu'elle avait entendu dire que les chihuahuas vous sautaient à la gorge : elle n'avait jamais vu de chihuahuas et savait seulement que c'était de très petits chiens. La voix glapissante de Begolu résonna du quatrième étage au milieu d'un concert d'aboiements : « Demosthenes, ici ! » Leon s'accroupit et caressa le petit chien. Jane eut envie de pleurer.

Rose avait déposé un nouveau message sur son bureau : « M. le doyen Bloom-Meyer souhaite que vous le rappeliez à propos de Camelia Strauss. » Camelia Strauss. L'étudiante était venue la voir la semaine précédente. Tailleur Chanel, foulard Hermès, visage de vingt ans maquillé et poudré, larmes de crocodile : son père la tuerait s'il savait. Jane n'était pas émue outre mesure, mais se fût bien passée du problème. Seulement, la tricherie avait été découverte et les règles existaient, imprimées noir sur blanc : elle n'y pouvait rien. Elle composa les cinq chiffres du numéro du doyen. La secrétaire lui passa aussitôt la ligne.

« Jane, merci de rappeler si vite. Nous avons un petit problème : Camelia a fait une tentative de suicide hier.

— Oh non ! »

Le cœur de Jane se mit à battre à toute allure. Un procès, la prison : en un éclair elle vit tout.

« Rien de sérieux, ne vous inquiétez pas. On lui a fait un lavage d'estomac à l'hôpital. Elle est chez ses parents à New

York. Ils vont venir ce week-end et ils veulent nous voir. Attendez une seconde, j'ai un autre appel. »

Ce week-end ? Elle avait quarante copies à corriger et l'examen final à préparer. Aucune envie de se retrouver face au père de Camelia Strauss qui exigerait de savoir comment Jane avait poussé sa fille au suicide.

« Excusez-moi, dit le doyen, je dois prendre cet appel. Je peux vous rappeler plus tard ? »

Au moment où Jane reposait l'appareil, le téléphone sonna. Elle décrocha avec un grognement.

« Oui ?

— Ah, tu es là ! » Allison. Pas le moment. « Écoute, j'ai une mauvaise nouvelle...

— Quoi ? » s'écria Jane. Elle vit Jeremy noyé dans une piscine.

« Je ne peux pas venir ce week-end. Jeremy a un rhume, je préfère ne pas le laisser seul avec John.

— Oh ! »

Elle avait complètement oublié qu'Allison devait assister à un colloque à la faculté de droit de Devayne ce week-end et dormir chez elle. Elle n'aurait pas eu une heure à lui consacrer.

« Je sais, je suis désolée. Moi aussi j'avais vraiment envie de te voir. Comment vont les cours ?

— Je m'ennuie, j'ennuie les étudiants, on s'ennuie.

— Fais du droit. Tu me reparleras de l'ennui.

— Mmmum.

— Ça va ? Tu n'as pas l'air trop en forme.

— Non, juste fatiguée. J'ai été promue professeur associé.

— Félicitations ! Qu'est-ce que tu dois être contente !

— Boh.

— Quoi ! Toi qui avais tellement la trouille !

— Si je n'étais pas promue, ça serait plus simple : je serais partie vivre en Iowa. C'est ce qu'Eric voudrait.

— Il te l'a dit ?

— Il est trop fier pour ça. Mais j'en suis sûre.

— Démissionne.

— Pour aller vivre en Iowa ? »

Elles avaient déjà abordé le sujet plusieurs fois.

« Allez ailleurs.

— Il n'y a pas de poste, tu sais bien, et pour deux n'en parlons pas. Eric a été vraiment ébranlé par le rejet de Devayne. Il est plus fragile que je ne croyais. Il va rester en Iowa parce qu'ils le veulent vraiment là-bas. Il a horreur de se vendre.

— On est tous comme ça, non ? Je suis sûre que vous allez trouver une solution. Jeremy vient de se réveiller, il faut que j'y aille. Je te téléphone ce week-end. »

Jane raccrocha. Ses yeux se posèrent distraitement sur l'horloge suspendue au mur en face d'elle. Quatre heures dix ! Elle sauta sur ses pieds, attrapa son sac et courut vers la salle de réunions. Les têtes se tournèrent vers elle quand elle entra. Il y avait une chaise libre pour le DPL à la droite de McGregor. Pas grand monde dans la salle pour cette réunion de fin d'année. Pas de Theopopoulos, bien sûr. Ni de Smith, en congé sabbatique. Sept visages aux traits tirés. Ils discutaient des vingt mille dollars octroyés par le gouvernement français qu'il fallait dépenser pour un colloque avant décembre prochain. Hugh Carrington se dévoua et proposa un colloque sur un écrivain récemment mort du sida, dont personne autour de la table n'avait entendu parler. Il n'y eut pas d'objection. Le mot sida ou la fatigue générale. Même Begolu semblait étrangement absente. Jane regarda ses chaussures pointues à talon aiguille, rouges, en cuir bon marché.

Un département qui avait rétréci comme un pull en cachemire passé au sèche-linge. Quatre des six professeurs assistants n'étaient pas là : ils quittaient Devayne et ne seraient pas remplacés. Le vieux Français prenait sa retraite. Bronzino n'avait obtenu d'embaucher qu'un professeur assistant à sa place : avec Xavier Duportoy, ils étaient heureusement tombés sur une perle. S'ils avaient promu Jane, c'était sûrement parce que son poste, sinon, aurait été supprimé par l'administration.

« Jane... »

Elle sursauta. Elle n'avait pas entendu la question de McGregor.

« ... vous dira elle-même la difficulté qu'elle a eue à caser tous les étudiants de septième année. Bien entendu, aucune section pour les étudiants de huitième année et de neuvième année. Je suggère que nous interdisions dorénavant l'inscription au-delà de la septième année. L'administration le souhaite.

— Et s'ils n'ont pas de poste ? » intervint Hotchkiss d'une voix pincée. Elle était la seule parmi eux à avoir signé la pétition des étudiants. Jane, qui n'aimait pas sa voix, se demanda si l'antipathie commençait avec la voix. McGregor répondit sèchement :

« Ils ont un doctorat de Devayne, qu'ils se débrouillent. On est un département de français, pas une maison de charité. »

À la fin de la réunion, Jane marcha vers son bureau comme un automate, ferma la porte derrière elle et éclata en sanglots. On frappa à la porte. Elle s'essuya les yeux.

« Entrez. »

La porte s'entrouvrit. McGregor apparut.

« Ça ne va pas ? »

Il semblait prêt à lui présenter ses condoléances.

« Ce n'est rien. Juste la fatigue. »

La porte se referma. Jane recommença à pleurer. On frappa à nouveau. Elle s'exclama avec impatience :

« Entrez ! »

Une grande femme noire avec des cheveux courts et des hanches larges entra lentement, les pieds en canard, en tirant derrière elle un gros sac poubelle en plastique noir.

« Oh, Koukou, bonsoir. Ça va ?

— Ça va. Et toi ?

— Crevée.

— Je sais ce que tu veux dire. »

Koukou s'approcha de la corbeille à papiers et vida son contenu dans son sac en plastique. Elle hocha la tête.

« Qu'est-ce que t'y jettes, dis donc ! »

Ensemble elles parlaient français. Koukou était arrivée du Sénégal quatre ans plus tôt. Elle voulait rester aux États-Unis pour que sa fille de quatre ans soit américaine. Son mari, lui, souhaitait repartir. Il n'aimait pas l'Amérique.

« Comment va Lili ? » demanda Jane.

Les yeux de Koukou s'éclairèrent.

« Bien. Elle va à l'école le matin maintenant. Tu devrais l'entendre : elle parle anglais sans accent. Pas comme moi ! Mais je ne la vois pas assez. Le seul moment où on s'amuse toutes les deux c'est au cours de danse. Tu n'es pas venue, dis donc », ajouta-t-elle d'un ton de reproche.

Jane sourit.

« L'automne prochain, promis. Je n'ai pas eu le temps. »

Koukou avait tenté de la recruter pour un cours de danse africaine au gymnase de Devayne, qui manquait sans doute d'élèves.

« Tu devrais vraiment venir. N'aie pas peur, hein. Y a d'autres Blanches qui ne savent pas danser. On est là juste pour s'amuser. »

Elle ressortit du bureau. Jane se sentait plus calme. « La fatigue. » Comme si c'était une excuse. Peter McGregor avait autant de travail qu'elle et ne sanglotait pas dans son bureau, le soir, comme un bébé.

Il était presque huit heures et demie quand elle quitta le bureau. Elle était si fatiguée qu'au lieu de prendre l'escalier vers la sortie elle monta machinalement au quatrième étage. Là-haut, elle appela l'ascenseur. Elle avait soif et se pencha pour boire à la fontaine. Quand elle se redressa, un grand jeune homme aux cheveux noirs frisés et courts, avec des lunettes à monture tigrée, habillé d'un pantalon en velours côtelé marron, d'une chemise blanche à petites raies bleues, et d'une veste beige bien coupée, se tenait debout près d'elle. Son visage rond et son sourire chaleureux inspiraient une sympathie immédiate. Il lui tendit la main.

« Francisco Gonzalez. Du département d'espagnol. »

Il avait en effet un accent hispanique — ou italien.

« D'espagnol ? Qu'est-ce que vous faites à cet étage ? »

Il rit du ton inquisiteur de Jane, qui rougit.

« J'explore. Je suis ici depuis deux ans et je ne m'étais encore jamais aventuré au-delà du deuxième étage.

— C'est vrai : en six ans je ne suis jamais allée au deuxième étage. J'ai eu un bureau pendant quatre ans à cet étage-ci et je n'ai jamais parlé à personne du département d'italien alors qu'ils occupent les bureaux juste à côté. »

La porte de l'ascenseur s'ouvrit. Il la suivit à l'intérieur.

« Votre bureau n'est plus à cet étage ?

— Non, depuis que je suis DPL je suis au troisième étage.

— Mais alors qu'est-ce que *vous* faisiez au quatrième ? »

Ses yeux vifs brillaient de malice. Elle sourit.

« Rien. Je suis tellement crevée que j'ai monté un étage au lieu de descendre en partant. Si on s'est rencontrés c'est purement par hasard.

— Je ne crois pas au hasard. »

Il l'invita à dîner deux semaines plus tard, quand les sessions d'examens furent terminées. Il habitait Fort Hale et vint la chercher à Old Newport. Il était surpris qu'elle ne conduise pas : il pensait qu'en Amérique on naissait avec le permis. Il rentrait d'un colloque à Houston : un après-midi où il faisait si beau qu'il était parti se balader au lieu d'assister aux sessions, plusieurs conducteurs s'étaient arrêtés pour lui demander où sa voiture était tombée en panne et s'ils pouvaient l'aider. Quand il avait dit aux flics qu'il ne faisait que se promener, il y avait eu une telle expression sur leur visage qu'il avait craint qu'ils ne l'emmènent directement à l'asile psychiatrique. Jane rit.

« Je sais, c'est idiot. Si j'apprends à conduire, la peur passera, on me l'a dit plein de fois, mais c'est plus fort que moi.

— Au contraire, préserve ta différence. »

Quand il se gara devant sa maison à Fort Hale, deux énormes chiens bondirent vers la voiture en aboyant.

« Ils sont gentils ? demanda Jane, les jambes déjà molles. Tu ne vas pas le croire mais j'ai aussi peur des chiens. »

Francisco claqua sa portière et appela les chiens. Quand Jane sortit, elle vit une femme debout sur le seuil, les bras croisés et très droite, qui l'observait avec un sourire ironique.

« Ils veulent jouer, c'est tout. »

Teresa, la femme de Francisco, était une grande femme à l'allure sportive, avec un long visage et une queue de cheval. Elle portait un jean, des tennis et un vieux sweat-shirt contrastant avec l'élégante tunique en velours marron de Jane, qui lui sourit humblement.

« Je suis sûre qu'ils sont très gentils. Mais dès qu'un chien aboie j'ai peur, je ne sais pas pourquoi. Pourtant je n'ai jamais été mordue. Je crois que c'est parce qu'on m'a dit qu'ils sentaient la peur et que ça leur donnait envie d'attaquer. »

Teresa était rentrée dans la maison. Il était clair qu'elle pensait qu'il n'y avait rien de plus ridicule que d'avoir peur de ses deux labradors.

De l'intérieur de la maison, on pouvait voir la mer par toutes les baies vitrées. Jane s'arrêta, le souffle coupé.

Teresa se détendit quand elle apprit que Jane était mariée. Plus tard dans la soirée, Jane décida que Teresa était plutôt sympathique : elle n'était pas exactement douce, mais elle avait des opinions fortes et un bon sens de l'humour. Elle n'aimait guère l'Amérique après un an en Californie et deux ans à Old Newport.

« Une tomate mûre, juteuse, une tomate qui a pris le temps de mûrir au soleil, une tomate avec du goût, quoi, personne dans ce pays ne sait ce que c'est ! Je ne peux pas vivre dans un pays comme ça. »

Les voisins, un menuisier polonais et une potière vénézuélienne, dînaient avec eux. Ils mangèrent dehors, sur la terrasse qui donnait sur le golfe de Long Island. La vue de la mer était apaisante. Le soleil disparut de l'autre côté de la maison. La mer passa d'un bleu clair lumineux à un bleu de prusse profond, à un bleu violet, et à un bleu nuit noire. L'air avait fraîchi. Teresa prêta à Jane un pull aussi doux que du cachemire, mais synthétique, pour que les mites ne le mangent pas.

Dans cinq jours Jane s'envolait pour l'Iowa. À la même date Francisco et Teresa partaient pour Madrid. C'était leurs derniers jours dans la maison du bord de mer. L'année prochaine, Teresa resterait en Espagne : elle avait obtenu une bourse de recherche dans un laboratoire de chimie ; elle garderait les labradors. Francisco allait déménager à New York où il sous-louerait l'appartement d'un professeur en congé sabbatique. Manhattan, après Fort

Hale : il y avait des gens qui savaient où vivre. Francisco viendrait à Old Newport deux ou trois fois par semaine. Il serait le DPL de son département. « Mon pauvre », dit Jane. Il la raccompagna à minuit passé. Ils se souhaitèrent de bonnes vacances. Elle s'endormit en pensant aux mites qui mangeaient les pulls en cachemire, aux bleus de la mer au crépuscule et à la piqûre que Teresa faisait à ses labradors avant de les embarquer dans l'avion qui les transportait par-delà l'Atlantique.

Le cœur de Jane battait vite. Certainement une vengeance. Quelqu'un qui voulait donner d'elle l'image d'une petite prof peureuse et sans horizon. Ce qu'elle avait été, peut-être. Quelqu'un qui connaissait son travail administratif. Quelqu'un qui savait où, comment elle avait rencontré Francisco.

Elle cligna des paupières.

Pas Josh.

Chaque élément trouva soudain sa place comme les pièces d'un puzzle. Si elle s'était livrée à quelqu'un, c'était à lui. Plus qu'à Eric. Plus qu'à Allison même.

N'avait-elle pas remarqué des tournures de phrases que seul emploierait quelqu'un s'exprimant dans une langue étrangère ?

Le style avait quelque chose de sec, de direct, de « viril » : selon la théorie de Jane revue par Bronzino, le style même d'un homme qui n'aimait pas la femme en lui — qui avait réprimé la partie douce, molle et sentimentale de lui-même.

C'était bien le cas de celui à qui elle pensait maintenant.

Elle tourna rapidement la page.

TROISIÈME PARTIE

Pas même un baiser

1

Quand elle entra au Café Romulus à midi et demi, elle avait pris sa décision : ne rien dire. Francisco n'était pas là. Elle espéra qu'il n'aurait pas son quart d'heure habituel de retard. Ils n'avaient pas beaucoup de temps. Le café était vide : les étudiants étaient déjà partis pour les vacances de Noël ou bouclaient leurs valises. Ce soir en Iowa. Elle frissonna. Elle n'avait toujours pas dit à Eric ce qu'il en était.

Elle prit une table près de la librairie et ôta son manteau. Les petites tables en pin verni et le bar au milieu lui rappelèrent le restaurant japonais mardi soir.

Francisco entra par la librairie. Elle lui fit signe, lui sourit et se leva. Ils s'embrassèrent. Francisco ôta sa veste en cuir.

« J'aime bien ton pull, dit Jane. Alors, ce colloque ?

— Merci. Comme d'habitude, chiant. Mais j'avais oublié l'odeur des eucalyptus. Elle vaut le voyage. »

Il chercha des yeux un portemanteau. Il n'y en avait pas. Il plia soigneusement sa veste et la posa sur le dossier de sa chaise, puis s'assit.

« Et toi ? Des nouvelles des Presses du Minnesota ?

— Évidemment non. De toute façon ça ne marche jamais.

— Mais non. Ça va marcher.

— Ne t'inquiète pas. Il en faut plus pour gâcher mon humeur. Ce n'est pas ma faute si Flaubert est français, mâle, blanc, grand, et hétérosexuel.

— Grand ? »

Jane rit.

« Les universitaires sont petits.

— Je parie mille dollars que tu vas décrocher un contrat en 1997.

— Tu veux me les donner tout de suite ?

— C'est toi qui vas me les donner. Je ne suis pas si bête. »

Ils regardèrent les menus. Francisco avait l'air préoccupé.

« Tu as parlé à Teresa ?

— Ce matin. Elle m'a raccroché au nez.

— Oh non !

— Je l'ai trahie : Noël, le petit Jésus, la famille, ce qu'ils vont penser et tout le tralala. Je suis un lâche qui fait tout ce qu'on lui dit. Comme si je ne préférais pas aller n'importe où plutôt que perdre une semaine ici, et me retrouver ensuite enfermé pendant quatre jours dans une chambre d'hôtel à interviewer les candidats dix heures par jour avec mes chers et détestés collègues. Tu sais combien on a reçu de candidatures ? Deux cent dix : pour un poste ! Qu'est-ce que je peux faire ? Tu crois que mon directeur se soucie de ma vie de famille ? Ils comptent sur moi : je n'ai aucune échappatoire.

— Je sais. C'est le problème avec toi.

— Tu ne vas pas t'y mettre ! »

Elle sourit.

« Tu es trop fiable, trop gentil et trop efficace : tout le monde compte sur toi. Je ne connais personne qui travaille plus. Tu fais deux nouveaux cours, tu viens juste de donner une conférence inaugurale à Stanford, tu es le DPL d'un département qui a deux fois la taille du mien, tu écris chaque semaine un éditorial pour *El País*, tu bosses pour une maison d'édition et tu te tapes chaque soir un roman américain pour trouver des livres à traduire, et maintenant tu lis deux cents dossiers de candidature. J'ai oublié quelque chose ?

— Deux cent dix — douze.

— Tu ne peux pas laisser tomber quelque chose ? *El País* ?

— C'est la seule chose qui m'amuse. Je préférerais arrêter le mi-temps d'éditeur, mais ça paie bien. J'ai besoin d'argent.

— Vous prendrez quoi aujourd'hui ? » leur demanda le serveur d'une voix distinguée.

Pendant que Francisco commandait sa foccacia aux aubergines grillées et son eau minérale, Jane regarda autour d'elle. Elle sursauta en reconnaissant la haute stature de Duportoy devant les étagères au fond de la librairie. Elle pâlit. Elle le croyait parti pour la France. Comme Duportoy ne lui adressait jamais la parole, il n'y avait pas grand risque qu'il lui demande devant Francisco ce qu'elle faisait à New York, mardi. Mais il était curieux et avait eu l'air surpris en voyant Jane dans le hall de la gare Grand Central où il prenait son train pour Old Newport tandis qu'elle débarquait. Avec son manteau de fausse fourrure et son chapeau noir, ses cheveux relevés en chignon, ses boucles d'oreilles, le maquillage et ses yeux brillant d'excitation, elle était jolie comme une femme qui va à un rendez-vous. Duportoy avait semblé s'apercevoir subitement que sa collègue existait et qu'elle avait une vie.

« Qu'est-ce que tu regardes ? lui demanda Francisco en se retournant.

— Sois discret. Le mec là-bas près des étagères, en imperméable vert. C'est mon nouveau collègue, tu sais, Xavier Duportoy. Un vrai trou du cul. »

Francisco leva les sourcils.

« Ah bon ?

— Oh oui. La typique arrogance française. Parce qu'il avait une offre d'*Harvard*, dit-elle en imitant l'accent snob de la colonie massachusettienne, et qu'il a décidé de venir à Devayne, il croit qu'on devrait tous lui baiser les pieds.

— C'est pas mal, il faut dire, une offre d'Harvard et une de Devayne. Il doit être bon, non ?

— Un pur produit français : Sorbonne, École normale supérieure, et tutti quanti. Il a écrit un essai brillant sur Sade.

— Tu l'as lu ?

— Non, mais je peux t'assurer qu'il est brillant.

— Tu es amoureuse de lui ?

— De lui ? Ça ne va pas ? »

Francisco tourna la tête vers le fond de la librairie.

« Il est grand.

— Tu n'as pas vu sa tête !

— Plus tu dénies, plus je suis convaincu. »

Elle pinça la main de Francisco posée à plat sur la table.

« Aïe ! »

Le serveur apporta les boissons. Francisco se servit un verre d'eau minérale et but quelques gorgées. Il soupira.

« Je ne peux plus supporter comment Teresa me parle. Elle croit que je m'amuse à New York. Elle ne veut pas comprendre que je travaille au moins seize heures par jour. La fête à Tribeca où on est allés vendredi dernier, c'était la première en trois mois.

— Je sais. Ne t'énerve pas contre elle. Ça ne doit pas être facile d'être seule, dans son état.

170

— C'est ce qu'elle me dit tout le temps. Mais elle a sa famille, ses amis, les chiens, et elle s'amuse bien. Et moi ? Excuse-moi. Je ne suis vraiment pas drôle aujourd'hui. J'ai reçu la facture de téléphone ce matin. Le coup de grâce.

— Mon pauvre ! Je connais ça, les factures de téléphone transatlantique. Eric et moi on a fait ça deux ans. Teresa n'a pas d'e-mail à l'Institut ?

— Elle veut entendre ma voix. »

Il haussa les épaules.

« Ça fait combien de mois ?

— Cinq.

— Ça doit commencer à se voir. En octobre on ne pouvait pas vraiment s'en rendre compte. »

Le serveur apporta les sandwiches. Jane eut une sensation bizarre. Elle vit l'imperméable de Duportoy passer sur sa droite et s'immobiliser. Son cœur se mit à battre à toute allure. Trouver vite un mensonge. Elle avait l'esprit paralysé. Elle leva les yeux. Duportoy souriait à Francisco et lui serrait la main.

« Bravo, Francisco : j'ai entendu dire que ta conférence à Stanford était géniale. On déjeune en janvier, c'est ça ? Je cours prendre mon train. Bonne année. Salue Teresa de ma part. »

Il fit un petit signe de tête à Jane et se dirigea vers la sortie à grands pas. Jane jeta à Francisco un regard furieux.

« Et tu m'as laissée parler ! »

Il rit.

« Pardon. Je n'ai pas eu le temps de dire quoi que ce soit.

— C'est dégueulasse. Tu l'as rencontré quand ?

— Ça te regarde ?

— Francisco !

— O.K. À Middlebury il y a deux ans : on enseignait tous les deux à l'université d'été.

— Vous êtes amis ?

171

— Oui. Je te jure qu'il n'est pas si horrible que tu crois. Je vais t'inviter à dîner avec lui à New York en janvier, tu verras. Il est très français, c'est vrai, un peu anti-américain sur les bords, misogyne, et plutôt politiquement incorrect. Ce que tu prends pour de l'arrogance, c'est sa haine de Devayne : ça ne le rend pas antipathique, non ? Son essai sur Sade est excellent. Une réponse radicale et définitive à tous ceux qui prétendent que Sade est ennuyeux et qu'il n'est pas un bon écrivain.

— Bon, j'y jetterai un coup d'œil. Ça me permettra peut-être de comprendre pourquoi Flaubert aimait tellement Sade. Mais pourquoi est-ce que Duportoy a quitté Middlebury ? C'est idiot. Même lui n'aura pas la titularisation ici.

— Sa copine habite New York.

— Elle enseigne à l'université de New York ?

— Elle est actrice.

— Actrice ! »

Francisco sourit.

« Il sera flatté d'apprendre que tu es amoureuse de lui.

— Francisco, si tu... »

Il rit et regarda sa montre.

« À quelle heure est le bus ? »

Elle partait dans vingt minutes. Elle avala la dernière bouchée de son sandwich.

« J'ai peur.

— De quoi ?

— Eric va être furieux. Il ne sait pas encore. Il m'a envoyé dix messages e-mail cette semaine et laissé trois messages sur mon répondeur. Je ne décroche même plus le téléphone. Ça me fatigue à l'avance. Pourquoi est-ce que tout est si compliqué ?

— Je suis sûr que tout va bien se passer une fois que tu seras là-bas et que tu pourras lui parler plus de dix minutes. Ces conversations au téléphone sont épouvantables. »

Elle posa sa main sur celle de Francisco.

« Un mois ! Tu vas me manquer.

— Toi aussi. »

Elle regarda ses yeux noirs, vifs et pleins d'affection, derrière les lunettes ovales. Il n'y avait personne en qui elle eût plus confiance. Elle chuchota :

« J'ai fait une grosse bêtise. »

Il se pencha vers elle comme pour entendre un secret.

« Qu'est-ce que tu as fait ?

— Je me suis amourachée. »

Il continua sur le même ton de mystère :

« De qui ? »

Il n'avait pas l'air de comprendre. Elle sourit comme une petite fille excitée par sa propre audace.

« Tu te rappelles le Danois avec qui j'ai longuement discuté à la fête vendredi ? »

Francisco changea d'expression.

« L'écrivain ? »

Les joues roses et les yeux brillants, elle hocha la tête.

« Je l'ai revu mardi à New York.

— Tu es allée à New York pendant que j'étais à Palo Alto ?

— Tu n'aurais pas dû me laisser seule. Je lui avais donné mon numéro et il m'a appelée à Old Newport. L'idée c'était de déjeuner ensemble et d'aller voir les nouvelles galeries de Chelsea. » Elle rougit. « On n'a pas vu grand-chose. On a passé la journée à s'embrasser.

— À s'embrasser. »

Elle vit le mouvement de sa pomme d'Adam tandis qu'il déglutissait. Il y avait quelque chose de bizarre dans sa voix et dans son regard. Il ne souriait plus. Il semblait regarder Jane de loin. Elle eut l'impression qu'il reculait, mettait

173

entre eux une barrière pour se protéger. Il était trop tard pour effacer ce qu'elle s'était promis de ne pas dire trois quarts d'heure plus tôt.

« C'est mal, je sais. Au moins je n'ai pas passé la nuit. Il voulait. Mais j'ai pris le dernier train pour Old Newport. Tu penses que c'est mal de toute façon, hein ? »

Francisco ne répondit pas. Il y avait une réticence dans ses yeux. Il était assis droit, le dos raide.

« Je ne sais pas pourquoi j'ai fait ça. Ce n'est pas de l'amour, rien de la sorte. Mais c'était vraiment bien. Ça faisait longtemps que je ne m'étais pas sentie comme ça, jeune, belle, sexy, désirable. Maintenant je pense à lui tout le temps. Il est beaucoup plus jeune que moi : il a vingt-sept ans. Mais je n'avais pas l'impression d'en avoir trente-cinq. J'aurais pu en avoir vingt. » Elle soupira. « De toute façon je m'en vais aujourd'hui et, quand je reviendrai en janvier, il sera retourné au Danemark : je ne suis pas folle, j'ai fait ça avec quelqu'un dont je savais qu'il allait partir. »

Les mains de Francisco jouaient avec le reçu qu'il avait roulé en un mince tube. Il y avait un masque inexpressif sur son visage. Il prit sa fourchette et piqua un demi-cornichon qu'il porta à sa bouche et grignota sans regarder Jane. Elle avait les joues rouges.

« Francisco, qu'est-ce que tu penses ? »

« Jane ? »

Elle sursauta et leva les yeux.

« Oh, bonjour ! »

Kathryn Johns se tenait debout près de la table. Avait-elle pu entendre ? Jane était folle de tenir de tels propos en un lieu où les murs avaient des oreilles.

« Quelqu'un a emprunté la biographie de Colet par Fleman. Je l'ai redemandée : vous l'aurez en janvier.

— Merci. »

174

Francisco regardait Kathryn d'un air soulagé.

« Kathryn Johns, mon assistante. Francisco Gonzales, professeur au département d'espagnol. Kathryn fait une thèse remarquable sur la figure du bon nègre dans le roman et la peinture du dix-neuvième siècle. »

Kathryn la remercia d'un petit signe de tête. Elle portait un manteau noir cintré sur un col roulé noir et une courte jupe de laine noire.

« Vous travaillez avec Jane ? » demanda Francisco.

Jane répondit pour Kathryn :

« Avec Alex Smith. C'est lui le spécialiste de la colonisation dans le département.

— On est tous plus ou moins des colonisés, vous ne croyez pas ? dit Francisco en souriant à Kathryn.

— Plus ou moins », répondit-elle froidement.

Jane regarda sa montre.

« Je ne veux pas vous interrompre mais il est une heure et demie. Il faut y aller ou je vais rater le bus.

— Je suis désolée de vous avoir retardés. Bon voyage, Jane. » Kathryn fit un signe de tête à Francisco. « J'étais ravie de vous rencontrer. »

Elle s'en alla. Ils se levèrent et Francisco mit un billet sur la table avant que Jane ait eu le temps de sortir son porte-monnaie. Elle protesta.

« Tu as déjà payé la dernière fois : c'est mon tour.

— La prochaine. »

Ils sortirent du café et prirent place dans la voiture de Francisco garée juste en face.

« Elle est jolie, dit Francisco.

— Kathryn ? Très jolie.

— Elle est en quelle année ? »

Il était clair qu'il voulait à tout prix éviter de reprendre la conversation interrompue par Kathryn.

175

« Septième. Elle était dans mon séminaire sur Flaubert il y a cinq ans. Tu as dû la choquer en lui disant qu'on était tous des colonisés : on ne plaisante pas là-dessus, ici.

— J'étais sérieux. Dans le fond elle est sûrement d'accord.

— Peut-être. C'est une fille maligne.

— Je n'en doute pas. » Il ajouta d'un ton plein de componction : « La figure du bon nègre. Avec ça elle est sûre de trouver un poste, non ? »

Jane rit.

« Ce n'est pas ce que tu crois. Elle est bien, cette fille. Tu sais ce qu'elle a fait pour moi, l'été dernier ? Elle a découpé une annonce dans *Lingua Franca* à propos d'un concours organisé par les Presses universitaires de North Carolina pour le meilleur manuscrit d'études du dix-neuvième siècle. Évidemment ça n'a pas marché mais j'ai trouvé ça vraiment sympa. Je lui ai écrit une super lettre de recommandation.

— En échange ? »

Il se gara devant la belle maison de pierre sur Main Street où Jane avait emménagé en septembre et la suivit jusqu'au troisième étage. Elle ouvrit sa porte. Le salon était inondé de soleil.

« C'est lumineux ! s'exclama Francisco.

— C'est vrai, tu n'es jamais venu l'après-midi. Tu verras, on est bien ici tout seul. »

Elle prit ses valises et son ordinateur. Elle referma la porte et tendit les clefs à Francisco. Il prit la valise la plus lourde et descendit l'escalier derrière Jane.

« Les draps sont propres et les serviettes aussi. Pour les courses il faut aller jusqu'à Linden Street. Par contre tu as toutes les pizzerias que tu veux sur Columbus Street.

— Et toutes les pompes funèbres sur Columbus Square. »

Elle rit. Francisco lui avait fait remarquer qu'il y avait trois établissements de pompes funèbres à moins de cent mètres de chez elle.

Il se gara devant le petit bâtiment de briques beiges qui arborait le large panneau bleu et blanc de « Connecticut Limousine ». Ils s'embrassèrent. Avec moins de chaleur qu'ils n'auraient dû avant une séparation si longue. Il y avait entre eux, pour la première fois, une réserve.

« Bonne chance, dit Francisco.

— Merci. Toi aussi. »

Sur le chemin de l'aéroport Kennedy et dans l'avion vers Chicago, elle ne pensait plus au mardi à New York mais au déjeuner avec Francisco et au malaise final.

Après un bon été avec Eric, dont deux mois entiers dans leur maison de Peach Street, elle avait emménagé dans un appartement plus petit, plus gai pour elle seule et plus près du campus. Ils avaient trouvé sans difficulté des locataires pour leur jolie maison : un jeune professeur d'économie avec sa famille, sa femme qui ne travaillait pas et leurs deux enfants. Après le départ d'Eric, elle avait passé trois jours à pleurer en pensant à ce qu'aurait pu être leur vie si Hubert Herring n'était pas mort dans l'accident d'avion. Le troisième jour, elle était tombée sur Francisco au rez-de-chaussée du département. Ils s'étaient exclamés de plaisir en se reconnaissant, comme si l'été pendant lequel ils ne s'étaient pas vus les avait rendus bons amis. Elle avait marché avec lui jusqu'à sa voiture. Il lui avait annoncé que Teresa était enceinte. C'était un choc pour Jane qui avait espéré tout l'été le même événement, mais elle l'avait félicité sincèrement, heureuse pour lui et attendrie par sa fierté de Latin. Il l'avait raccompagnée chez elle. Elle l'avait invitée à dîner. Il était reparti pour New York à onze heures du soir. Et, de tout le semestre, ils ne s'étaient pour ainsi dire plus quittés. Voir apparaître la tête de Francisco qui la cherchait à son étage à la fin d'une longue journée de cours et de tâches administratives, ses joues rondes, ses yeux vifs derrière les lunettes à monture tigrée, son bon sourire, c'était une bouffée de chaleur et de joie : la seule figure humaine dans tout son département. Ils avaient le même âge et des situations similaires. Teresa voulait que Francisco vive avec elle dans la campagne au sud de Séville où elle avait hérité une maison de sa grand-mère. Il y étouffait comme Jane à Iowa City.

Ils déjeunaient ou dînaient ensemble trois fois par semaine à Old Newport et Jane passait presque tous les week-ends à New York, chez Francisco. Son appartement donnait sur Washington Square. Dans la journée, on entendait les guitaristes hippies et les cassettes rap au son desquelles dansaient les gamins noirs. Chaque soir vers onze heures et demie, les flics installaient des barrières bleues à toutes les entrées du parc, puis sillonnaient le square en roulant très lentement et en clamant dans un haut-parleur : « Le parc est maintenant fermé. » Francisco répétait parfois les mots au milieu de la journée en imitant la voix mécanique des flics amplifiée par les haut-parleurs : « Le parc est maintenant fermé. » Il ne pouvait plus supporter d'entendre cette même phrase, chaque soir, trente fois de suite entre onze heures et demie et minuit. Il avait écrit un éditorial pour *El País* sur le nouveau maire républicain, Giuliani, et sur la réalisation de son idéal platonicien de Vérité et de Beauté, dont la première étape consistait à nettoyer par la force les parcs de Manhattan.

Jane, lors de son premier week-end à New York, avait descendu la Cinquième Avenue depuis la gare jusqu'à l'arche blanche de Washington Square avec l'exaltation de l'archéologue dans un désert qui découvre le fragment de poterie indiquant la proximité brûlante de la tombe longtemps cherchée. Elle aimait surtout West Village, les rues plantées d'arbres et bordées de maisons de pierre ou de petits immeubles de briques débouchant soudain sur l'immense ouverture du ciel et de l'eau et sur des couchers de soleil qu'elle contemplait jusqu'à la disparition de la boule rouge, appuyée à la rambarde de l'Hudson sur le chemin qu'empruntaient les patineurs, les joggeurs et les cyclistes. Elle respirait la mer. « La mer, n'exagère pas », protestait Francisco : « Juste une rivière sale. Si tu veux sentir la mer, viens en Espagne ! »

Tout le monde à Devayne les croyait amants. Eric, en octobre, avait informé Jane qu'il en avait assez de l'entendre répéter à quel point Francisco était sympa. On aurait dit que personne ne pouvait concevoir une relation entre un homme et une femme où le sexe ne jouât aucun rôle, à moins que l'homme ne fût homosexuel. Les occasions n'avaient pas manqué, étant donné les nombreuses nuits que Jane avait passées chez lui. Ils s'étaient vus en chemise de nuit, en caleçon. Ils étaient comme frère et sœur. « Pourquoi crois-tu que les pharaons épousaient leurs sœurs ? » avait riposté Francisco : « Faire l'amour avec sa sœur, c'est évidemment ce qu'il y a de meilleur. » Ils pouvaient même en plaisanter. Il n'y avait entre eux aucun tabou, aucune ambiguïté.

Jusqu'à aujourd'hui. Jusqu'à ce que Jane ait l'idée de lui faire ses confidences. « Je me suis amourachée, hihihi. » D'où avait-elle sorti ce mot ? Tellement vieux jeu et vulgaire.

La pensée ne l'effleura pas que Francisco pût être jaloux. Ce n'était pas la question. Il était espagnol et catholique : moral.

N'importe quel homme eût réagi de même. C'était ce dont tous les hommes avaient peur : la Dalila en chaque femme, prête à couper les cheveux du mari endormi et à le vendre à l'ennemi.

Elle n'avait pas couché avec Torben, soit. Mais c'est elle qui lui avait téléphoné. Elle n'avait même pas osé l'avouer à Francisco. Tout était dit quand une femme composait le numéro d'un homme — même sans arrière-pensée. Il suffisait de se rappeler le soin avec lequel elle avait choisi ses habits lundi soir. Son excitation quand elle était montée mardi matin dans le train pour New York. Son plaisir quand elle avait croisé Duportoy à Grand Central et noté sa surprise à la voir si jolie. Son bonheur, mardi soir, dans le train qui la ramenait vers Old Newport avec tous ses souvenirs, des lèvres étrangères et des dents petites se rapprochant d'elle, de l'étrange et plaisante sensation d'une moustache, des mains étrangères se glissant sous ses vêtements dans les rues de Soho, la déshabillant malgré le froid de décembre, des paumes chaudes cherchant passionnément les seins sous le soutien-gorge, de la chose dure contre son ventre, et des baisers, des baisers et des baisers encore, des longs baisers mouillés. Tellement contente d'elle, d'être si jeune et si sexy.

Ce qu'il y avait de pire chez une femme.

Non. Le pire était de s'en vanter.

Mieux valait l'avoir dit à Francisco au déjeuner qu'à Eric au dîner. Et elle avait de la chance que Kathryn Johns l'ait interrompue.

Ils atterrissaient déjà à Chicago. La Notamine qu'elle prit avant d'embarquer dans le petit avion eut l'heureux effet d'atténuer ses sensations, et en particulier la peur qui ne cessait de croître. Dans une demi-heure elle verrait Eric et se rendrait peut-être compte qu'elle ne l'aimait plus. Comme lorsqu'elle avait vu Rick à Chicago à Noël, il y avait sept ans, quelques mois avant la rupture. « S'amouracher » n'était sans doute qu'un message qu'on s'envoyait à soi-même. Ça n'en finirait jamais. Eyal, Rick, Bronzino, Eric.

Qui d'autre ? L'insoutenable légèreté de l'être ? Non : des femmes.

Les gens autour d'elle se levaient. L'avion avait atterri et stoppé son moteur sans même qu'elle s'en rende compte. Elle n'alla pas se repeigner et se remettre du rouge à lèvres comme elle faisait d'habitude. Elle reconnut, de loin, la silhouette familière d'Eric. Il marchait vers elle de l'autre côté du hall du petit aéroport. Le cœur de Jane battait à toute allure. De toute façon, elle n'avait jamais aimé les retrouvailles. Il leur fallait toujours quelques jours avant de se retrouver. Rien que de très normal. Il était maintenant à dix pas d'elle. Elle le regarda.

Le miracle se produisit. Cet homme grand et svelte, en manteau sombre, avec des cheveux châtain clair tombant sur son front, qui lui souriait, était beau — l'homme le plus beau du monde. À trente-neuf ans, beaucoup plus beau que le jeune écrivain danois. L'univers retomba sur ses pieds. Elle était folle. C'était juste tous ces longs mois sans lui. Toutes ces tensions à cause de l'appartement, cette incertitude concernant l'avenir. Elle courut vers lui. Ils tombèrent dans les bras l'un de l'autre. Il la serra contre elle. Il sentait bon. Elle le respira, le nez contre son cou. Elle suça comme un petit vampire sa peau chaude.

« Hé, qu'est-ce que tu fais ? Tu me chatouilles ! »

Il la repoussa en riant. Ils s'embrassèrent. Un vrai baiser, comme ils n'en avaient pas échangé depuis longtemps dans un aéroport. Il y mit fin.

« On va se faire arrêter. Le voyage s'est bien passé ?

— Oui, rapidement. »

Il la regarda avec des yeux pleins de désir.

« Tu es belle. C'est un nouveau manteau ?

— Tu plaisantes ? C'est celui que j'ai acheté à Macy's il y a six ans !

— Ah bon ? Il te va bien. »

Distrait Eric. Il aurait été incapable de dire comment elle était habillée le soir où il l'avait rencontrée alors qu'elle se rappelait tout, la chemise, le costume, la cravate, les chaussettes. Il prit sa valise et ils marchèrent vers la sortie.

« Tu vas être contente. Il a neigé toute la nuit juste pour toi : c'est tout blanc.

— Oh ! »

La neige poussée par les chasse-neige formait des murailles sales le long des trottoirs. Ils montèrent dans sa voiture et attachèrent les ceintures. Eric demanda sans la regarder en faisant démarrer la voiture :

« Tu as trouvé un locataire ?

— Pas encore. »

Elle rougit. Ils n'ajoutèrent pas un mot pendant tout le trajet.

Les jours se suivaient, calmes et monotones comme les champs plats recouverts de neige. Elle n'aurait pas pu dire quel jour de décembre on était, sauf la veille de Noël quand ils échangèrent les cadeaux. Le matin, elle travaillait à la table de la salle à manger. L'après-midi, elle faisait une longue marche dans la neige blanche intacte, la même marche, chaque jour un peu plus longue. Le soir elle cuisinait. Ils écoutaient la radio, regardaient la télé, commentaient les nouvelles. Il lui parlait d'un article qu'il venait de lire. Son livre sur l'École de Vienne avançait bien. Il était presque sûr de recevoir quatre mille dollars pour faire des recherches en Autriche cet été : voulait-elle passer l'été à Vienne ? Ils pourraient retourner à Prague. Ou aller à Salzbourg pour le festival. Ou découvrir le Tyrol. Ou, si elle préférait la mer, voyager en Istrie ou sur la côte Dalmate, maintenant que la guerre était finie. Ou Dubrovnik ? Tant de possibilités excitantes. Mais éloignées. Après — après ce dont ils ne parlaient pas, le déménagement de Jane, la location de son appartement d'Old Newport, son départ pour l'Iowa. Des conversations normales. Sauf pour le silence qui grandissait en elle de jour en jour, comme une ombre penchée par-dessus son épaule. Elle avait peur — d'elle, du mauvais moment, de provoquer la colère d'Eric, de ne pas comprendre ce qui se passait. Il n'y avait aucun problème, avait décrété Eric, sauf dans la tête de Jane. Elle devait d'abord, une bonne fois, mettre fin à son habitude exaspérante de commencer des discussions sur leur relation tard le soir juste quand il s'endormait. Elle aimait le drame, mais il n'y avait aucun drame. La situation se résumait en deux phrases : il fallait qu'elle sous-loue son appartement et se ramène, point. C'était le programme. Aucun besoin d'en reparler, même une minute.

Avec Josh, elle avait passé des jours et des nuits à disséquer chaque sentiment et chaque mot. Elle respectait la confiance d'Eric dans les actes.

Ils firent l'amour le second jour. Devant ses cuisses écartées, il perdit son érection. C'était la semaine de l'ovulation. Elle l'avait mentionné la nuit précédente, alors qu'elle parlait brièvement de Francisco et de Teresa. Ce serait tellement bien d'avoir un bébé. Eric aussi en avait envie. Après une demi-heure ou plus de tentatives infructueuses il lui dit avec impatience :

« Suce-moi. »

Elle n'avait rien contre. Mais le ton de sa demande et la demande elle-même la surprirent : l'amour avec Eric était d'ordinaire tendre et pudique.

« Je ne crois pas que tu en aies envie maintenant. » Elle ajouta rapidement, pour montrer qu'elle savait bien que ce n'était pas sa faute : « Ce n'est pas grave, ne t'inquiète pas, une autre fois.

— Pourquoi je te demanderais si je n'en avais pas envie ? répliqua Eric avec colère. Comment tu peux savoir ce dont j'ai envie ou non ?

« — Je peux le sentir. Tu y penses trop : ça ne va pas marcher. »

Il haussa les sourcils avec une moue méprisante.

« C'est exactement ça le problème avec toi. Si ça ne marche pas c'est à cause de toi.

— De moi ?

— Tu es tellement passive. C'est toujours moi qui dois tout faire. Et quand une fois je te demande de faire un truc, un seul, tu *sens* que je n'en ai pas envie. Super. »

Il ricana.

« Tu veux dire, demanda lentement Jane en le regardant, que je suis toujours trop passive ?

— Oui.

— Tu veux dire qu'on n'a jamais bien fait l'amour ?

— Exactement. »

Elle devint toute rouge.

« Comment peux-tu dire ça dans un moment pareil ? Tu es infect ! »

Elle sauta du lit et enfila sa robe de chambre à toute vitesse pour qu'il ne puisse plus la voir nue. Elle était de plus en plus furieuse.

« Si c'est vrai, tu sais quoi ? Prends-toi une maîtresse, divorce, change de femme ! Paie une pute ! Je suis désolée d'être un si mauvais coup ! »

Elle s'enfuit de la chambre en pleurant, claqua la porte et s'enferma dans la salle de bains. Une demi-heure plus tard elle s'habilla, enfila son manteau, son écharpe, son bonnet et ses boots, et partit se promener dans la nuit sur la route glacée. Elle marcha plus d'une heure. Plus le froid pinçait les parties de son visage qui n'étaient pas couvertes de laine, plus sa colère fondait. Eric avait dû sentir quelque chose. Il était injuste mais il avait raison. Peut-être qu'elle attendait de lui qu'il fût comme Torben : un étranger brûlant de désir avec une érection de cinq heures sans qu'elle

184

eût rien à faire. Ou peut-être était-elle allée vers Torben seulement parce qu'elle avait peur de ce qui venait d'arriver avec Eric. Ce dont elle avait peur n'était peut-être arrivé que parce qu'elle en avait peur. Encore un de ces mignons cercles vicieux dont la vie regorgeait.

« Jane ! »

Elle était en train de monter les marches glacées du perron et faillit glisser en se retournant. Une ombre mince se tenait près d'un réverbère au bord de la route. Le type qui avait fait sa thèse à Yale.

« Comment tu m'as reconnue ? »

Elle était enveloppée d'écharpes et il ne l'avait vue que de derrière. Il s'approcha.

« À cette heure-ci ça ne pouvait pas être la locataire du rez-de-chaussée. Il fallait que ce soit quelqu'un rendant visite à Eric, et quelle autre femme que toi ? » Il jeta un coup d'œil autour de lui. « Eric n'est pas là ? »

Il la scrutait. Elle se trouvait juste sous la lumière du perron ; elle avait les yeux rouges et gonflés.

« Je n'arrivais pas à dormir, je suis allée faire un petit tour. Et toi ? Qu'est-ce que tu fais dehors par un froid pareil alors que tout le monde ici est au lit à dix heures ?

— Je suis allé promener le chien qui est en moi. » Il sourit et reprit d'un ton sérieux : « J'écris le soir et je n'arrive pas à dormir si je passe directement de l'ordinateur à mon lit. Je vais toujours faire une balade vers cette heure-ci. » Il hésita une seconde. « Tu veux aller boire un verre ? Je connais un bar sympa ouvert jusqu'à deux heures. »

Une heure plus tôt elle aurait dit oui — et peut-être atterri chez lui au milieu de la nuit.

« Pas maintenant, merci. Comment va l'écriture ? » demanda-t-elle poliment. Les yeux de David s'éclairèrent.

« Pas mal du tout. Je suis dans un projet à long terme, une sorte de livre total qui contiendra tout, de la philo, de la théorie littéraire, des citations, des commentaires de textes, et des fragments autobiographiques. Mon modèle, c'est le patchwork. Ma grand-mère en fabriquait quand j'étais petit et ça me fascinait, tous ces petits bouts de tissus mis ensemble, disparates et pourtant unis. Je vois un lien très étroit entre l'écriture et la couture. En fait c'est ça, le thème du livre. Mon grand-père était tailleur, et ma mère couturière. »

Elle ouvrit sa porte. Il semblait prêt à parler des heures. Heureusement qu'elle n'était pas allée boire un verre avec lui. « Promener le chien qui est en moi. » Elle rit en montant l'escalier. Pas un garçon bête. De toute façon n'importe qui se couchant plus tard que dix heures à Iowa City était a priori fascinant.

Eric dormait dans son bureau. Le lendemain il lui présenta ses excuses. Il ne pensait pas ce qu'il lui avait dit dans un moment de frustration : bien sûr qu'ils avaient fait l'amour merveilleusement bien. Jane aussi s'excusa : il avait raison, elle essaierait d'être moins passive.

Ils ne firent plus l'amour.

Le soir du Nouvel An, ils s'habillèrent avec élégance. Il portait une chemise de soie noire, et Jane une longue robe en velours rouge sombre qu'elle avait trouvée pour presque rien dans un petit marché en plein air de Soho. « Jolie », répondit-il quand elle lui demanda si la robe lui plaisait. Il avait acheté des blinis, du saumon fumé, de la crème fraîche légère et du champagne français : tout ce que Jane aimait. Elle mit une nappe blanche sur la table de salle à manger rustique et trouva deux chandeliers où elle planta des bougies. Billie Holiday chantait. Ils mastiquaient l'un en face de l'autre les blinis et le saumon fumé.

« Je suis content d'avoir pris le saumon norvégien finalement. J'ai hésité parce qu'il était en solde. Mais il est excellent, non ? »

Jane fit oui de la tête. Avec Francisco, elle pourrait dire tout ce qui lui passait par la tête. Pourquoi était-ce si simple avec un ami et si compliqué avec un mari ? Toute parole sonnerait comme un reproche. Ce serait peut-être un reproche. Les femmes étaient peut-être en colère contre les hommes. Une sorte de colère originelle.

« Eric ? »

Il leva les yeux, la bouche pleine de blini et de saumon fumé.

« Quoi ? » dit-il d'une voix teintée d'impatience.

Aucun des mots qui se bousculaient dans l'esprit de Jane ne put sortir. Aucun n'était le bon. Un seul mot et elle déclenchait sa colère. Il était déjà irrité. Elle était en train de gâcher la soirée. Pourquoi ne pouvait-elle pas, tout simplement, se régaler de saumon norvégien et de champagne sec Veuve Clicquot avec ses fines bulles ? Elle regarda le saumon rose pâle sur l'assiette : la meilleure qualité. Pourquoi était-il en solde ? Elle ne pouvait plus manger, l'estomac tendu et bloqué. Elle entendit Eric mastiquer. Elle prit son verre et le porta à ses lèvres. Elle but. Reposa la flûte sur la nappe blanche. Les yeux fixés sur le verre, elle commença à le balancer sur la nappe entre ses deux mains, de droite à gauche, de plus en plus fort. Le silence était extrêmement tendu. Eric se resservit du saumon sans regarder Jane. Le bruit du couteau contre son assiette et de sa mastication était évincé par le mouvement de balancier du verre qui remplissait l'espace et le silence. La flûte finit par tomber et se cassa. Le sang apparut immédiatement sur l'index de Jane. Eric se leva et dit froidement :

« J'ai eu ma dose. »

Il quitta la salle à manger. Elle entendit la porte de son bureau se refermer — pas claquer.

Le sang coulant en abondance contrastait avec la nappe blanche. Elle ramassa les bouts de cristal et les posa sur son assiette. Il n'était nul besoin de casser ce verre, qui ne lui avait rien fait. Au contraire : le contact du fin cristal avec les lèvres rendait le goût du champagne encore plus raffiné. Un beau verre en cristal de Bohême avec de fines lignes gravées formant des losanges. On ne pouvait pas le recoller. Elle avait acheté les deux flûtes l'an dernier, dans un magasin d'antiquités, pour elle et Eric. Il n'en restait qu'un. Un verre à douze dollars. Il y avait une large tache de sang sur la nappe blanche qui ne leur appartenait pas. Elle l'aspergea de sel avant de se rappeler que c'était un remède pour le vin et non pour le sang. Elle mit son doigt sous l'eau, longtemps.

À minuit il ne sortit pas de sa chambre. Ils ne se souhaitèrent pas la bonne année. Jane était atrocement triste. Elle pleura, finit le champagne et finit par s'endormir.

Trois jours plus tard elle céda. Il était trop dur. Elle devait trouver un accès jusqu'à lui : c'était une question de vie ou de mort. Elle entra dans son bureau le matin, après avoir frappé. Il lisait. Il ne leva pas la tête. Elle l'appela timidement :

« Eric ?

— Quoi ? »

Sa voix était glacée.

« Je peux te parler ? »

Il mit un marque-page dans son livre et la regarda, avec, dans les yeux, l'impatience ironique qui la condamnait.

« Oui ?

— Je ne comprends pas pourquoi on se fait si mal alors qu'on veut tous les deux la même chose : être ensemble. Je t'aime, je sais que tu m'aimes. Si je n'ai pas sous-loué mon appartement, c'est seulement parce que j'étais mal organisée et complètement débordée. Je comprends que tu sois en colère. Mais tu sais comment je réagis à la pression : ça me paralyse. C'est pour ça que je n'ai pas répondu à tous tes messages. Ce n'était ni mauvaise volonté ni mauvaise foi. Maintenant, écoute : que je trouve un locataire ou pas, je reviens ici avant le 6 février. De toute façon l'appartement de Main Street ne coûte pas cher et la location de la maison couvre les frais. »

Le 6 février était l'anniversaire d'Eric. Sa résistance fondit plus vite que la neige au soleil le plus chaud d'un jour de printemps précoce. Il se leva. Il avait les yeux humides. Il l'enlaça. Bien sûr qu'il l'aimait. Ô combien il l'aimait ; ô combien il aimait l'entendre parler de cette manière calme et raisonnable.

Ils firent une grande balade dans la neige étincelante sous le soleil et transformée en glace par le froid. Ils glissaient ensemble, se rattrapaient l'un à l'autre, riaient, sous un ciel d'un bleu pur et glacé. Après chaque baiser, il essuyait le contour des lèvres de Jane avec un mouchoir en papier pour que le froid ne gerce pas sa peau mouillée. Faire l'amour dans la neige ? Ils éclatèrent de rire. Leurs fesses se transformeraient en glaçons, pour ne rien dire de parties plus intimes. Ils retournèrent chez eux et elle s'agenouilla devant lui sur la moquette au milieu du salon. Elle fit glisser la fermeture Éclair. Suffisamment active ? Il la renversa et s'allongea sur elle : elle ne devait pas non plus être trop active. Au dernier moment, son érection fléchit. Il réussit quand même à la pénétrer. Elle le voulait si fort qu'elle jouit à l'instant où il rentra en elle.

Ils restèrent allongés sur la moquette, nus, pendant trois heures, enlacés, à parler comme des bébés. Eric était adorable. Chacun de ses mots, chacune de ses expressions faisait rire Jane. Si seulement elle avait ovulé maintenant : les fiers spermatozoïdes d'Eric auraient eu tout le temps de s'aventurer là-haut et de se familiariser avec son gros œuf. Pas très scientifique. Mais c'était ainsi qu'elle se représentait la chose : même les spermatozoïdes d'Eric lui inspiraient de la tendresse. Il n'y avait aucune tristesse entre eux quand il la conduisit à l'aéroport le 12 janvier. Elle serait de retour dans moins d'un mois. À Old Newport, elle aurait de quoi s'occuper pendant les trois semaines à venir. Elle avait déjà dressé des listes de choses à faire, de livres à emprunter à la bibliothèque, d'articles à photocopier, d'objets à emporter en Iowa. Le tapis pour commencer.

« Tu es sûre ? Ce n'est peut-être pas essentiel.

— Tu plaisantes ! C'est l'essentiel. »

Elle fut d'excellente humeur pendant tout le trajet de retour, et son excitation crût au fur et à mesure que l'avion se rapprochait de la côte Est — de Francisco. Elle lui raconterait tout : le silence, la terrible soirée de Nouvel An, le verre brisé, et l'heureux dénouement. L'hystérie de Jane le ferait rire. Elle espérait que Teresa aussi s'était calmée.

Francisco n'avait laissé de note ni sur la table de salle à manger ni sur son bureau. Sa couette était soigneusement pliée sur son lit, à côté des draps et des serviettes : il avait trouvé le temps de les laver, pas d'écrire un mot. L'appartement reluisait de propreté : pas un seul mouton de poussière ; la cuisinière et l'évier, étincelants, n'avaient jamais été si bien astiqués. Elle sourit. Sa manière à lui de remercier. La seule trace personnelle de son passage se trouvait dans la poubelle de la salle de bains : un rasoir Gillette bleu. Il avait dû oublier son rasoir à New York.

Elle composa son numéro. La sonnerie retentit deux fois, trois fois, quatre fois. Il n'était peut-être pas de retour. À la cinquième, il décrocha.

190

« Allô ? »

Une voix endormie. Elle jeta un coup d'œil au réveil sur la cuisinière : neuf heures dix.

« Je te réveille ?

— Oh, Jane. Non non, ça va.

— Excuse-moi ! Je n'ai pas pensé au décalage horaire

— Ça va, vraiment, ne t'en fais pas. »

Il avait une drôle de voix — peut-être parce qu'elle l'avait réveillé dans un sommeil profond.

« Qu'est-ce qui se passe ? » demanda-t-il.

Drôle de question. Elle n'avait jamais eu besoin d'un motif spécial pour lui téléphoner.

« Rien, répondit-elle avec hésitation ; Je voulais juste te souhaiter une bonne année.

— Ah oui, c'est vrai, bonne année. Alors,,, tu es rentrée ? »

Une évidence. Elle fronça les sourcils.

« Oui, tout à l'heure. Merci d'avoir laissé l'appartement si propre. Tout s'est bien passé ?

— Très bien. C'est moi qui te remercie. Tu m'as vraiment facilité la vie. Je te suis très reconnaissant. J'ai laissé les clefs chez Susan comme tu m'avais dit. »

Il lui parlait comme à une grand-tante. Peut-être qu'il était simplement crevé.

« Je vais te laisser dormir. Tu viens à Old Newport demain ? On pourrait déjeuner ou dîner.

— Non. Pas demain, répondit-il aussitôt. J'ai trop de travail. Je t'appellerai.

— Comment va Teresa ?

— Bien, merci. »

Le silence se prolongea. Elle eut envie de pleurer.

« Francisco, qu'est-ce qui se passe ? »

Avait-il encore en tête leur déjeuner de décembre et la confession non sollicitée ? C'était absurde. Elle devait lui dire que tout allait bien maintenant avec Eric. Francisco soupira avant de répondre d'une voix épuisée et plus vraie :

« Ça ne s'est pas très bien passé avec Teresa. »

Jane respirait vite. Elle regarda le téléphone, comme s'il pouvait sonner à tout moment et qu'elle allait entendre la voix de Francisco. Elle commençait enfin à comprendre : ce n'était pas un roman sur elle mais sur lui. Il avait raconté les amours de Jane pour servir de faire-valoir à sa propre histoire. Voilà pourquoi la relation de Jane avec Eric semblait si pathétique. Francisco osait même lui prêter une attirance pour David Clark ! Il se moquait. Elle se leva et marcha jusqu'à la fenêtre. La pluie tombait moins dense. Elle revit les grands champs de neige où elle avait si souvent foulé la neige vierge. Au retour elle trouvait l'appartement obscur et silencieux : seule était allumée la lampe sur le bureau d'Eric. Elle entrait dans sa pièce à pas de loup et lui faisait peur. Il détestait ça. Elle promettait un bon dîner pour se faire pardonner « Comme quoi ? » demandait Eric en levant des yeux gourmands de petit garçon.

Elle n'avait pas été malheureuse là-bas, non — du moins dans les images qui lui restaient, images d'Epinal dont le temps avait effacé les aspérités.

Pas de regret. C'était un principe vital. « Ne retiens pas. » Ce qui avait eu lieu avait eu lieu parce que rien d'autre ne pouvait avoir lieu en ce point de l'espace et du temps.

Elle se rassit et contempla le gros paquet qui restait, le coude appuyé sur la table, en pinçant sa lèvre inférieure entre le pouce et l'index. C'était donc David Clark qui avait, un jour, comparé l'écriture et la couture. Et alors ?

2

Elle rappela Francisco quatre fois avant qu'il accepte enfin de déjeuner avec elle. Sa réticence ne découragea pas Jane, qui voulait comprendre ce qui se passait. Elle eut un choc en le voyant entrer dans le restaurant thaïlandais le 20 janvier : il avait perdu dix kilos. Les joues s'étaient creusées, il avait des yeux éteints et de gros cernes noirs. Le déjeuner de décembre ne pouvait pas être la cause d'un pareil changement.

« Francisco ! Qu'est-ce qui s'est passé ? »

Il haussa les épaules et évita son regard. L'enfer, dit-il, dès le premier instant où Teresa et lui s'étaient retrouvés face à face à l'aéroport de Madrid. Un tel enfer qu'elle avait décidé le jour même de partir chez ses parents à Séville. Elle était enceinte de six mois : trop tard pour avorter.

« Pour avorter ! C'est ce que tu voulais ? »

C'était ce dont Teresa parlait. Chaque mot sorti de sa bouche visait à le déchirer. Elle n'était que haine.

« Mais pourquoi ? »

Il haussa les épaules à nouveau, l'air perdu, et ne répondit pas.

194

« Parce que tu n'étais pas là pour Noël ? Parce qu'elle est seule pendant sa grossesse ? Tu as essayé de lui expliquer ? Tu lui as dit quelle quantité de travail tu avais tous les jours, quelle pression tu subissais ici ? Est-ce qu'elle comprend que ce n'est pas une question de mauvaise volonté ni de mauvaise foi ? Tu veux que je lui écrive pour lui dire à quoi ta vie ressemble ?

— Non.

— Peut-être qu'elle devrait venir ici et rester avec toi pour comprendre comment c'est, jour après jour, maintenant que tu es DPL !

— Non. Elle ne veut pas venir à cause du bébé : elle ne fait pas confiance aux hôpitaux américains. Et de toute façon elle n'a aucun respect pour mon travail. »

Il poussa la salade sur le côté de l'assiette et joua avec les feuilles vertes. Jane se dit que Teresa était aussi fière et inquiète qu'Eric, et que Francisco n'avait pas su trouver les mots rassurants. Elle ouvrait la bouche pour lui prodiguer ses conseils avisés quand Francisco reprit d'un ton brusque en la regardant :

« Il y a quelqu'un d'autre. Je l'ai rencontrée en décembre juste avant que tu partes en Iowa. Je suis amoureux, Jane. Amoureux fou. »

Son triste sourire n'était pas dépourvu de dérision à l'égard de lui-même. Jane ouvrit de grands yeux. Amoureux fou. Francisco n'était pas du genre à utiliser à la légère de telles expressions. Pas amouraché, non. Amoureux. Amoureux fou. Elle avala sa salive. Sa fourchette avec le morceau de poulet au curry resta suspendue à mi-chemin de sa bouche.

« Je l'ai vue plus de dix fois en dix jours. Rien ne s'est passé, dit-il en la regardant toujours droit dans les yeux. Rien : pas même un baiser. Mais c'est de l'amour, de son côté comme du mien. »

Il soupira. Jane fut frappée par la tristesse de ses pupilles ternes. Elle rougit. « Pas même un baiser. » Quand, en décembre, elle avait passé sa journée à échanger des baisers avec Torben. Quand Francisco était amoureux fou de cette femme et l'avait vue plus de dix fois en dix jours. Comment avait-il pu ? Quelle force. Et quelle peur d'aimer.

Ce n'était pas la première fois depuis Teresa, mais la première fois tout court qu'il sentait quelque chose de pareil, une telle ouverture en lui-même, une telle curiosité à l'égard de l'autre.

« Elle est tellement belle, Jane. Son visage est beau. Son âme est belle. Elle est incroyablement proche de moi. »

Les yeux de Francisco commençait à reprendre vie, brûlant comme des charbons couvant sous la cendre quand il parlait de cette femme. Il ne l'avait pas vue depuis son retour une semaine plus tôt. Il l'avait appelée le soir même.

« Elle m'a dit qu'elle avait fait d'autres plans et qu'elle n'était pas libre de toute la semaine. Pourquoi est-ce qu'elle fait ça ? Elle a sa vie, je ne suis pas idiot. Je sais que je ne peux rien lui apporter de bon : je suis marié, ma femme est enceinte. Je ne lui ai pas menti. Elle a trente-trois ans, elle a besoin de trouver un homme libre, qui peut s'engager avec elle : je le comprends. Mais pourquoi cette colère ? Pourquoi ne plus me voir ? Je ne peux pas. C'est trop difficile, Jane. Je n'y arrive pas. J'ai besoin de la voir. Tu crois qu'elle est en colère parce que je suis allé en Espagne ? Qu'elle me punit ? Mais je n'avais pas le choix ! Elle ne peut pas jouer avec moi ! Ce serait trop horrible. Qu'est-ce que tu en penses ? Tu es une femme, tu dois savoir. »

Tout en parlant, il pressa sa fourchette si fort contre son assiette qu'il la tordit. Jane cligna des yeux. Elle était horrifiée. Elle n'avait jamais vu une plaie aussi profonde et ouverte ainsi exposée sous ses yeux. Il ne pouvait pas contrôler ce qu'il disait. Il n'arrivait même pas à penser à Teresa, au bébé. Il n'y avait que cette femme.

« Peut-être qu'elle doit se protéger, suggéra doucement Jane. Si elle est amoureuse de toi, elle doit avoir peur.

— C'est ce que tu penses ? Tu crois que c'est parce qu'elle est amoureuse et qu'elle doit se protéger ? C'est exactement ce que je me suis dit. »

Il eut l'air si soulagé que Jane fut encore plus effarée.

« C'est qui ?

— Tu ne la connais pas. Je l'ai rencontrée à un dîner chez Miguel le soir où je suis rentré de Californie en décembre. C'est sa voisine dans East Village.

— Qu'est-ce qu'elle fait ?

— Elle crée des bijoux.

— Mais comment est-ce que c'est possible, Francisco ? Comment est-ce que tu peux faire un bébé à une femme et tomber amoureux d'une autre ? »

Il dit à Jane ce qu'il n'avait encore jamais raconté à personne, pas même à son meilleur ami à Madrid. Il connaissait Teresa depuis quatorze ans. La relation n'avait jamais été idyllique. Teresa était dictatoriale, jalouse et possessive. Elle l'avait fait rompre avec ses amis les plus proches. Il lui avait toujours cédé. Elle n'avait pas confiance en elle. Dès qu'il lui résistait, elle le menaçait d'un divorce, d'une aventure ou d'un suicide. Les amis de Francisco n'aimaient guère Teresa et pensaient qu'il aurait pu trouver mieux. Il l'avait toujours défendue : elle avait bon cœur, elle était passionnée. Elle avait des opinions fortes et instinctives sur tout et tout le monde : Francisco appréciait cela. Il était l'inverse. Il avait l'habitude des femmes fortes, avec sa mère et ses trois sœurs plus âgées qui avaient toujours tout décidé pour lui. Il aurait été trop fatigant de se battre contre quatre femmes : il avait cessé d'avoir des opinions personnelles. Teresa était plus âgée que lui : elle avait trente-neuf ans. Il ne pouvait pas lui refuser un bébé. Il croyait l'aimer.

« Tu n'as jamais pensé à la quitter ? Tu n'as jamais eu d'aventure ?

— Non. J'ai rencontré Teresa quand j'avais vingt-deux ans dans un cours de théâtre où je m'étais inscrit parce que j'étais trop timide. » Il sourit. « Elle a été ma première petite amie, et la seule, si j'excepte une histoire d'une semaine quand j'avais vingt-trois ans, avant que ça devienne vraiment sérieux entre Teresa et moi. Les occasions n'ont pas manqué, mais je n'étais pas intéressé : je n'aime pas les complications et je suis fidèle. J'étais bien avec Teresa. Elle était jalouse, mais aussi respectueuse et protectrice de mon espace. Avec elle je pouvais passer ma vie à faire ce que j'aimais : lire et écrire. Il y a trois ans elle a eu une aventure et elle a failli me quitter. J'ai tellement souffert que je n'aurais jamais pu penser que je ne l'aimais pas. Peut-être que tomber amoureux de quelqu'un d'autre maintenant, c'est ma façon de me venger.

— C'est bien possible.

— Je ne sais pas. Tout ce que je sais, c'est que j'aime cette femme, Jane. Je l'aime.

— Peut-être que tu ne l'aimes pas vraiment. Peut-être que c'est seulement une crise parce que ta femme est enceinte et que tu as peur de devenir père et de la responsabilité que ça représente. Apparemment beaucoup d'hommes traversent ce genre de crise : ils ont peur de se retrouver piégés. »

Les yeux de Francisco s'allumèrent :

« Oui, c'est aussi ce que je me suis dit ! Tu penses que ça pourrait être ça ?

— Peut-être. Je ne sais pas. Tu sais, je ne te juge vraiment pas. J'essaie seulement de voir tous les aspects de ta situation. Ça ne va pas être facile pour toi, quelle que soit ta décision.

Rappelle-toi que je suis là. Maintenant, si tu veux mon avis... »

Il la regarda avec des yeux exprimant son attente.

« ...le mieux serait sans doute que tu ne cherches pas à revoir cette femme. Si quelque chose doit se passer entre vous, ça se passera de toute façon. Va à contre-courant.

— Tu as raison. Tu as tellement raison. Mais si tu savais comme c'est difficile de ne pas pouvoir lui parler. C'est insupportable. Tu veux dire ne plus jamais la voir ? Tu crois que j'en suis capable ? Que j'en aurai la force ? Parfois je me dis que ce serait plus facile de sauter du pont de Brooklyn.

— Arrête. Tu dis n'importe quoi. C'est juste une crise. »

Le serveur apporta l'addition. L'assiette de Francisco était encore à moitié pleine alors que Jane avait fini la sienne depuis longtemps. Francisco sortit son portefeuille de sa poche.

« Ah non, dit Jane, c'est mon tour. »

Elle était triste en sortant du restaurant. Un homme, seul à New York pendant cinq mois, passionnément amoureux d'une femme célibataire habitant près de chez lui et passionnément amoureuse de lui, pouvait-il ne pas la voir ? Humainement impossible.

Elle longea le bâtiment néogothique de la bibliothèque Goldener, qui ressemblait à une cathédrale. Ce matin elle s'était dit qu'elle devait passer par la bibliothèque pour emprunter un livre après le déjeuner avec Francisco : elle ne pouvait plus se rappeler lequel. Elle devait aussi absolument photocopier l'annonce pour l'appartement. Il ne restait plus beaucoup de temps jusqu'au 6 février. Il fallait qu'elle appelle l'agence et réserve son billet. Eric lui avait demandé si elle l'avait fait.

Pauvre Francisco. Maligne, la dessinatrice de bijoux. Une artiste. Forte et indépendante. Pas le type de la maîtresse passive. Elle lui faisait déjà comprendre qu'elle n'était pas à sa disposition. Trente-trois ans : plus l'âge de batifoler. Dans une ville comme New York où il y avait beaucoup plus de femmes seules que d'hétérosexuels disponibles, une fois qu'on avait fait main basse sur un cœur d'homme, on n'allait pas lâcher sa proie. Francisco céderait. Pour commencer, juste une aventure. Jane était prête à parier beaucoup plus de mille dollars. Un Espagnol élevé dans la religion catholique pouvait-il abandonner sa femme et son nouveau-né ? Un homme amoureux pour la première fois pouvait-il renoncer à sa passion ?

Elle aimait trop Francisco pour avoir une curiosité malsaine. Du fond du cœur elle espérait qu'il parviendrait à oublier l'autre femme. Elle le connaissait : il ne serait pas capable de garder du respect pour lui-même s'il abandonnait son enfant.

La révélation de Francisco expliquait en tout cas son attitude de décembre : il venait de rencontrer cette femme, la veille à New York ; Jane lui présentait une caricature de son propre cœur. Il aurait mieux valu que Kathryn Johns ne les interrompe pas : si Francisco avait pu exprimer sa peur, il aurait peut-être résisté au désir de voir l'autre femme. Maintenant c'était trop tard.

Il faisait si doux pour un jour de janvier que quelqu'un à l'École de musique répétait la fenêtre ouverte. Une soprano. Schubert ? Mahler ? Un piano l'accompagnait. Jane traversa la rue et la musique devint un écho distant. Un léger gong résonnait dans sa tête. Elle avait laissé son aspirine chez elle. Un mal de gorge lancinant. Le curry très épicé tuerait peut-être les germes. Elle ne pouvait pas s'offrir le luxe d'un rhume maintenant. Il y avait trop à faire. D'abord, ranger le bureau du DPL pour Catherine Lehman, mettre tous les dossiers en ordre. Une idée apparaissait et disparaissait dans son esprit à laquelle elle n'arrivait pas vraiment à donner forme : le vague sentiment d'une incohérence. « Plus de dix fois en dix jours. » Où avait-il trouvé ces dix fois quand cette femme habitait New York et qu'il avait passé une semaine chez Jane à Old Newport et quatre jours au MLA ? Il était peut-être retourné à New York une ou deux fois, même trois fois, mais dix fois ?

Il fallait que la femme fût venue à Old Newport — et qu'elle fût restée avec lui dans l'appartement de Jane. Peut-être même l'avait-elle accompagnée au congrès du MLA. Peut-être qu'il le lui avait proposé comme Eric la nuit de leur rencontre, impulsivement : « Et si tu venais ? » Il semblait y avoir, entre Francisco et cette femme, une passion de cette nature. Francisco lui avait-il menti parce qu'il avait honte d'avoir utilisé son appartement pour consommer l'adultère, la rendant à son insu complice ? Elle sourit en imaginant leurs nuits. Elle était triste à cause de Teresa et du bébé, de la souffrance qui pouvait seulement en découler. Mais elle ne le jugeait pas. La passion était toujours belle. Plus belle qu'une fidélité au passé qui n'était souvent que lâcheté.

Quand elle passa devant Bruno's Pizza, une odeur de pizza chatouilla ses narines. Elle n'était pas si malade puisqu'elle pouvait sentir. Elle entra dans l'immeuble du département et prit son courrier. Encore des étudiants qui voulaient des lettres de recommandation : une tâche de plus avant de partir. Comme elle attendait l'ascenseur, elle se rappela soudain une remarque bizarre d'Allison qui l'avait fait rougir un an et demi plus tôt : Allison et John aimaient imaginer Eric et Jane en train de faire l'amour. Jane comprit soudain. Oui, il y avait une beauté, presque spirituelle, de l'amour charnel, même pour le spectateur, quand les amants s'aimaient de passion.

Il y avait quand même quelque chose qui clochait. « Pas même un baiser ? » Pourquoi ce mensonge ? Il n'était pas nécessaire. Au contraire : « juste un baiser », « à peine quelques baisers » auraient eu l'air beaucoup plus vraisemblable. La voix de Francisco au moment où il avait prononcé ces mots avait un accent de vérité, comme une pointe amère de souffrance. « Pas même un baiser. » Ce n'était pas le genre de détail qu'on inventait. Elle sortit de l'ascenseur.

Ce soir-là, elle appela Francisco à New York.

« Ça va ?

— J'ai tellement de trucs à faire que je n'ai pas le temps de penser. Ça m'a fait du bien de parler avec toi, Jane. J'ai pris ma décision : je ne vais pas la revoir.

— J'en suis contente : c'est la bonne décision. À propos, j'ai une question à te poser. C'est complètement idiot mais ça me dérange. Une fois que je te l'aurais dit ça va me sortir de la tête.

— Quoi ?

— Ce n'est pas Kathryn Johns, par hasard ? »

Au moment où elle prononça le nom elle avala sa salive de travers. Elle eut un rire embarrassé.

« Excuse-moi, c'est ridicule. Je sais bien que ce n'est pas elle puisque cette femme vit à New York et qu'elle fait des bijoux, mais je ne sais pas pourquoi, c'est à cause des dix fois, j'ai pensé... » Son cœur battait à toute allure. « Francisco ? Allô ? Tu m'entends ?

— Tu n'entends pas mon silence, Jane ? Je ne vais pas te mentir. »

Sa voix était très triste. Il y eut un silence gêné. Il était un peu tard pour prier Francisco de lui pardonner son indiscrétion.

Elle avait plus de respect et de compassion pour lui avant de savoir qui était la femme. Qu'il tombe amoureux de la belle Kathryn, c'était trop évident. Il n'était donc pas différent des autres hommes. Kathryn intimidait Jane, qui l'aimait bien mais la trouvait froide et réservée. Peut-être que Kathryn n'était pas comme ça avec Francisco, mais son attitude depuis qu'il était rentré d'Espagne ne signalait rien de bon. Kathryn n'incarnait pas non plus l'équilibre. Elle était déprimée comme tous les étudiants en fin de thèse quand il n'y avait pas de poste. Son mari et elle avaient divorcé quatre ans plus tôt, alors qu'elle était en troisième année à Devayne. Elle avait passé, à l'époque, une semaine en hôpital psychiatrique, et Jane avait entendu dire qu'elle était au bord du suicide : mais Kathryn promenait partout son magnifique sourire froid et assurait que tout allait bien. Elle s'était toujours montrée très gentille et polie avec Jane, et, comme assistante, d'une extrême efficacité. Mais, derrière le masque du sourire contrôlé et parfait, Jane sentait la colère, la violence et le ressentiment. Kathryn était fière et intelligente. Elle ne rendrait pas la vie facile à Francisco. C'était dommage qu'elle fût la femme qu'il aurait tant de mal à oublier. L'attraction des contraires : aussi nordique, blonde et pâle que Francisco était sombre et latin. Jane ne pouvait pas s'empêcher de penser que Kathryn ne valait pas la souffrance de Francisco.

Elle se sentait coupable de les avoir présentés l'un à l'autre, et dans un tel contexte. Le désir était une maladie contagieuse.

Cette semaine-là et la suivante, elle laissa plusieurs messages sur le répondeur de Francisco à New York et l'invita à la fête que donnait une de ses voisines. Il ne répondit pas. Le soir de la fête, à peine entrée dans l'appartement plein de musique et de conversations, Jane s'aperçut qu'elle n'avait envie de parler à personne. Elle se servit un verre de sangria et se réfugia dans un bureau vide où elle regarda les titres de livres de médecine. Un couple entra. Le petit homme barbu avec d'épaisses lunettes se présenta comme son voisin du dessous et dit aussitôt qu'on pouvait tout entendre d'un étage à l'autre, même les messages du répondeur, tant la maison était mal insonorisée. La femme, une blonde aux cheveux courts qui portait un pull bleu synthétique à motifs géométriques noirs et un jean trop étroit pour son gros derrière, habitait l'entresol et s'extasia en apprenant que Jane, qui avait l'air si jeune, était professeur à Devayne. Sa voix criarde donnait mal à la tête à Jane qui n'aimait pas non plus son prénom, Lynn. La femme l'invita à boire un verre chez elle cette semaine. Jane répondit qu'elle n'avait malheureusement pas le temps parce qu'elle préparait son départ ; elle dut résumer sa situation.

« On se rencontre juste quand vous allez partir ! Quelle déveine ! Remarquez, ça vaut mieux pour vous : séparés, c'est pas une vie. Mais, dites-moi, vous aurez plein de bagages : je vous conduirai au bus de l'aéroport, si vous voulez. Ça ne me dérange pas du tout, au contraire, ça me fera plaisir ! »

Une offre bienvenue : on ne pouvait pas compter sur les taxis et il était maintenant douteux que Francisco l'aiderait comme prévu. Jane se leva et prit congé de Lynn.

« Déjà ?

— Oui, je vais me coucher. J'ai mal à la gorge.

— Ma pauvre cocotte ! Ce qu'il vous faut, c'est un jus de citron bien chaud avec de l'aspirine. Non, non, encore mieux : une infusion de gingembre. Une recette africaine. Radicale, je vous jure. Ça vous nettoie tout l'intérieur, les sinus et tout. J'ai du gingembre à la maison. Je vais vous le chercher ? »

Il y avait des gens bien intentionnés dont on ne pouvait pas se débarrasser. Jane remonta chez elle en se disant que tout le monde à Old Newport était ennuyeux — sauf Francisco.

Le lendemain, elle frappa à sa porte au deuxième étage. Personne ne répondit. Elle était déprimée. Il lui manquait. Son rhume l'empêchait de bien dormir la nuit et lui prenait toute son énergie. Eric recommençait à s'énerver contre elle : elle avait mis les annonces ? Téléphoné aux secrétaires d'autres départements pour savoir si un professeur invité pour le semestre n'avait pas besoin d'un appartement ? Acheté ou tout au moins réservé son billet ? Pas encore ? Elle le faisait exprès ? Le 6 février approchait. Il en parlait comme d'une date limite officielle et non d'une date choisie par Jane elle-même. Elle avait finalement photocopié l'annonce qui, depuis dix jours, traînait sur le bureau du DPL qu'elle n'avait toujours pas fini de nettoyer. Chaque jour elle oubliait d'aller la punaiser sur les murs. Chaque jour elle se rappelait à cinq heures cinq d'appeler l'agence qui fermait à cinq heures. Eric avait raison de se mettre en colère. Si l'oubli n'était pas délibéré, il était significatif. Discuter avec Francisco l'aurait aidée à y voir plus clair.

Elle se trouvait dans le bureau du DPL le jeudi 30 janvier en train de classer les derniers tiroirs de dossiers, quand la porte s'ouvrit après deux petits coups légers. La tête de Francisco apparut dans l'entrebâillement. Elle sourit.

« Je peux ?

— Bien sûr ! »

Le brusque mouvement qu'elle fit pour se lever lui donna le vertige. Il n'était pas rasé, il avait l'air plus malade que jamais. Il avait encore maigri. Elle lui sourit chaleureusement et s'approcha de lui pour l'embrasser. Il recula.

« J'ai un rhume.

— Ne t'inquiète pas : moi aussi. »

Il s'assit sur la chaise en pin de l'autre côté du bureau.

« Excuse-moi de ne pas t'avoir rappelée, Jane. Je ne vais pas trop bien. »

Elle lui jeta un regard interrogateur.

« Heureusement que je croule sous le travail, reprit-il. Je n'ai pas revu Kathryn. Je ne vais pas la revoir. Jamais. »

Jane rougit. Pourquoi était-il tellement sur la défensive ?

« Ce doit être difficile.

— Difficile ? »

Il eut un petit rire. Une souffrance si aiguë traversa ses yeux et les muscles de son visage que Jane en eut un frisson.

« C'est une torture du matin au soir. À chaque seconde je me bats contre moi. Je ne peux pas couper le fil du téléphone à cause de Teresa. C'est épuisant. Je suis vidé. »

On frappa à la porte, trois petits coups secs. Jane fit la grimace. L'étudiant avait sans doute entendu les voix : elle ne pouvait pas prétendre qu'elle n'était pas là.

« Entrez ! »

Kathryn apparut dans l'entrebâillement de la porte. Elle entra en évitant de regarder Francisco, qui pâlit.

« Voilà les articles. La biographie de Colet est revenue. Vous pouvez l'emprunter. »

Elle se tenait très droite, la tête haute, incroyablement belle avec sa robe noire toute simple juste au-dessus des genoux, son gilet noir à petits boutons nacrés, sa peau très blanche, son chignon d'or pâle attaché par un chouchou de velours noir, son long cou à la Modigliani, et ses boucles d'oreilles en perle assorties aux dents parfaites que dégageait son sourire froid.

« Merci, Kathryn. À propos, comment s'est passé le MLA ? Je ne vous ai pas vue depuis. »

Jane rougit. Comme si Kathryn s'en souciait, quand Francisco était la seule personne occupant ses pensées. Ils avaient sans doute dîné ensemble tous les soirs. Tous les deux, seuls, dans une ville étrangère. « Pas même un baiser. » La tension qui remplissait la pièce maintenant, explosive, était celle d'une passion brûlante.

« Bien, merci.

— On vous a rappelée ? »

Kathryn sourit poliment, mais ses yeux — qui étaient marron-noir, pas bleus, Jane s'en aperçut soudain — trahirent son impatience.

« Oui, j'ai été invitée à donner une conférence à l'université de Virginie à Charlottesville,

— Ah, bravo, C'est une bonne université, C'est là où il y a la maison de Jefferson, vous savez ? J'espère que ça va marcher. »

Un pli ironique se dessina sur les lèvres de Kathryn. Jane se tut et rougit,

« Il faut que j'y aille », dit Francisco en se levant,

Kathryn, pour la première fois, se tourna vers lui, avec le même pli dur au coin des lèvres, Il dut passer tout près d'elle et effleura son épaule. Elle ne bougea pas, gardant le même sourire poli et glacé,

« Vous vous reconnaissez ? demanda Jane. Je n'ai pas besoin de refaire les présentations ? »

Elle était écarlate. Kathryn posa sur elle un regard froid et ne répondit pas ; elle pensait peut-être que Jane se moquait. Francisco sortit et s'éloigna à grands pas. Kathryn jeta un coup d'œil à sa montre,

« Six heures ! Il faut que je me dépêche. Bon voyage si je ne vous vois pas, Jane. »

Deux jours plus tard, sa gorge était si enflammée qu'elle avait mal même en buvant de l'eau. Ce rhume traînait depuis quinze jours : elle ne s'en débarrasserait pas sans antibiotiques. Il fallait ajouter à la montagne de choses qui lui restaient à faire une visite au Centre médical, Elle enroula son écharpe autour de son nez, L'air lui brûlait la gorge. Elle serait mieux au fond de son lit. Mais elle n'avait plus rien dans le frigidaire. Sur le chemin du supermarché, elle décida de s'arrêter cinq minutes pour boire un thé bouillant et s'anesthésier la gorge. Juste comme elle tirait la porte du café, elle se trouva nez à nez avec deux personnes qui en sortaient : Francisco et Kathryn. Tous les trois s'exclamèrent de concert :

« Bonjour ! »

Il y eut un silence dans lequel résonna le serment de Francisco de ne jamais revoir Kathryn. Il gardait les yeux baissés comme un enfant pris la main dans le sac. Un samedi, il n'avait aucune raison, sinon Kathryn, de se trouver à Old Newport. Ils étaient allés dans un café à l'écart, à un quart d'heure à pied du département, à l'opposé de Main Street et de Colombus Square, pour éviter la personne qui se tenait maintenant face à eux et qui s'exclamait joyeusement :

« Quel drôle de mois de janvier, non ? Un jour tiède et humide, le lendemain froid et sec. Je préfère quand l'air est froid et vif comme aujourd'hui mais j'ai un mal de gorge terrible, et je me suis dit que ça me ferait du bien de boire un thé chaud avant d'aller faire mes courses au supermarché. Comment va ton rhume, Francisco ?

— Ça va, merci. »

Ils descendirent les marches. Jane entra dans le café qu'ils venaient de quitter. Ils pensaient sans doute qu'elle les espionnait. Tant pis. Pas son problème. Elle frissonna. Elle avait les mains brûlantes. La fièvre, sûrement. Il fallait qu'elle achète un thermomètre.

Une drôle d'odeur, comme une odeur de pizza brûlée, cha-
touillait les narines de Jane depuis un moment, mais elle était trop
absorbée par sa lecture pour se rendre compte que l'odeur n'était pas
dans le manuscrit mais dans sa cuisine. Elle bondit : son thé ! Elle
se leva et courut vers la cuisinière. La plaque chauffait au
maximum. Elle attrapa la casserole par l'anse. Même le plastique
était chaud. Le métal avait complètement brûlé. Quand elle tourna
le robinet et mit la casserole sous le filet d'eau froide, il y eut un
bruit d'allumette géante ou de sorcière disparaissant dans un
dessin animé de Walt Disney, accompagné d'une fumée épaisse.

Elle alla ouvrir la fenêtre. La pièce était nettement plus claire
que tout à l'heure : la pluie avait cessé et le ciel semblait s'éclaircir.
Il était cinq heures. Un bon moment pour aller au bureau avant
qu'il repleuve et fasse nuit : elle pourrait prendre son vélo. Cette
plongée dans son passé avait un effet positif : elle avait cessé de se
torturer en se demandant si Alex lui avait envoyé ou non un mes-
sage. L'idée de se retrouver à Hawaï demain soir lui sembla encore
plus surréaliste que tout à l'heure. Avec Alex !

Elle irait au bureau plus tard. Mieux valait finir le manuscrit
d'abord et résoudre l'énigme pour la mettre de côté avant le rendez-
vous de demain soir. L'énigme était d'ailleurs résolue : pas seule-
ment une vengeance mais une sublimation : la seule façon, pour
Francisco, de faire son deuil.

Elle se resservit de l'eau et se rassit sur la chaise en bois. Elle avait mal au dos à force de rester dans la même position. Elle n'avait pas dejeuné. De là cette bizarre sensation, cette sorte de crampe au ventre, Elle mangerait quelque chose à la fin du prochain chapitre,

3

Hier soir, après la scène avec Eric, la vie semblait un trou noir sans fond. Elle montait maintenant dans le train pour New York, d'excellente humeur. Sa place favorite, un siège dans le wagon de tête, dans le sens de la marche et loin des toilettes, avec une banquette en face où étendre ses jambes, était libre. Elle posa les journaux près d'elle et son sac sur le siège d'en face. C'était un temps de fin mars, pas vraiment froid mais insidieusement humide. Elle avait pris une paire de chaussures supplémentaire au cas où il pleuvrait ce soir : prudente pour sa première vraie sortie en deux mois. Le wagon n'était pas bien chauffé. Elle n'enleva pas son manteau ni son écharpe. Une voix de femme sortit de haut-parleurs sifflants pour débiter comme un chapelet le nom des gares où s'arrêterait le train.

Elle s'était montrée gratuitement méchante hier soir. Pauvre Eric. Elle sourit. Alors qu'il était si fier du petit test qu'il avait inventé pour ses étudiants, leur projetant des diapos de tableaux dont ils devaient deviner le siècle, le pays, le peintre même si possible.

« Ça fait plaisir de voir que je leur ai appris quelque chose. Il y avait un tableau français du dix-huitième siècle de Diane et Actéon qui aurait très bien pu être peint au dix-septième siècle en Hollande. Et... tu m'écoutes ?

— Oui. »

Il avait des antennes. La pensée de Jane divaguait.

« Ils ne se sont pas trompés. Tu sais comment ? La perspective...

— À vrai dire, ça m'est un peu égal. »

Il y avait eu un lourd silence à l'autre bout de la ligne comme si elle venait d'assommer Eric avec un coup de marteau.

« Tu sais bien, avait-elle repris d'un ton plus doux pour atténuer la violence de son agression, que je suis encore très faible. Il est onze heures et demie et d'habitude je dors à cette heure-là. Je n'arrive pas à me concentrer : l'effort que je fais pour te suivre me donne le vertige.

— Bonne nuit », avait répondu Eric de sa voix glacée de petit garçon qui n'admettrait pour rien au monde avoir été blessé. Elle l'avait laissé raccrocher et n'avait pas rappelé.

Il est vrai qu'elle craignait parfois qu'Eric se provincialise : à un dîner new-yorkais personne n'aurait décrit avec enthousiasme ses méthodes pédagogiques. Mais ce n'était pas le souci de vérité qui avait fait jaillir les mots de sa bouche : elle avait voulu le blesser. Pas une méchanceté gratuite, donc, mais du machiavélisme instinctif. Elle savait qu'il réagirait par le silence jusqu'à ce qu'elle lui présente des excuses : il n'appellerait donc pas ce soir et ne risquait pas d'apprendre son absence. Cette petite dispute lui permettait d'éviter une scène beaucoup plus dangereuse. Elle lui téléphonerait demain et mettrait sa méchanceté sur le compte de la fatigue et de la claustrophobie. Un homme était si facile à manipuler. Elle ne dirait pas un mot de sa soirée à New York.

Deux femmes sautèrent dans le train juste avant que la porte se ferme automatiquement : l'une portait une poussette et l'autre un bébé. Elles s'exclamaient bruyamment, excitées d'avoir eu le train de justesse. « Là ! » Elles choisirent les sièges près de Jane, de l'autre côté du couloir. Deux femmes noires aux cheveux teints auburn et raidis — pourquoi ne gardaient-elles pas leur frisure naturelle beaucoup plus jolie ? —, l'une grasse, l'autre mince et jeune. La grosse femme posa l'enfant sur un siège. Il se mit à pousser des cris aigus. Les deux femmes continuaient à rire comme si elles ne l'entendaient pas. Pas un bébé mais un solide petit bonhomme habillé en adulte miniature avec un jean Levis flottant, des tennis Nike, un blouson en cuir noir et un sweat-shirt dont la capuche dépassait. Il tapa énergiquement la grosse femme qui lui répondit par un coup de poing.

« Je t'ai dit : pas de ça ! Si tu me frappes, je te frappe ! »
Il continua à hurler. Un groupe intéressant à observer, mais le bruit lui donnerait la migraine. Jane se leva à regret et battit en retraite vers l'autre bout du wagon. L'odeur des toilettes la contraignait à passer dans le wagon suivant. Alors qu'elle tirait la lourde porte, elle reconnut une musique familière : deux grands jeunes hommes aux cheveux châtain clair, assis au dernier rang avant les toilettes, étaient lancés dans une discussion animée. « Ken, ken », disait l'un d'eux d'une voix forte. Jane sourit : la plus belle manière de dire « oui ». Elle recula et prit place juste de l'autre côté du couloir : il y avait même un siège libre où étendre ses jambes. Elle n'avait qu'un tout petit peu de sang juif, par son arrière-grand-mère paternelle, sang qui s'était révélé bien utile à l'époque d'Eyal, mais depuis Eyal elle éprouvait toujours une émotion intime en entendant parler d'Israël ou en reconnaissant les sons rudes de l'hébreu. Rien dans son propre pays, pas même les émeutes de Los Angeles ou la bombe en Oklahoma qui avait tué les enfants de la crèche, ne l'avait touchée comme

l'assassinat de Rabin un an plus tôt. Un des deux Israéliens lui jeta un coup d'œil. Son regard glissa sur le siège à côté de Jane et se détourna. Elle retourna les journaux pour que le *New York Times* soit au-dessus du journal à sensation puis secoua la tête : elle en était encore à se laisser impressionner par deux Israéliens arrogants ?

Sa pensée revint joyeusement au but de son voyage. Elle devait se rappeler de rembourser Francisco pour les courses qu'il avait faites pour elle début février, quand elle l'avait appelé à son bureau et presque imploré de lui rendre ce service, contrainte par la nécessité — une grosse fièvre et un frigidaire vide — de ravaler sa fierté. Quel choc quand elle avait entendu la sonnerie à quatre heures et couru en bas pour trouver, suspendu à la poignée de la porte, le sac en plastique contenant la nourriture et les médicaments. Francisco n'avait même pas attendu de lui dire bonjour. Le message était clair : il n'était pas à sa disposition. Elle avait perdu un ami. La fièvre l'abrutissait trop pour qu'elle soit vraiment triste. Deux heures plus tard le téléphone l'avait réveillée. Francisco appelait de Manhattan et s'était confondu en excuses : il avait voulu sortir d'Old Newport avant l'heure de pointe et, à cette heure-là, chaque minute comptait. « Et puis ta grippe m'a fait un peu peur : elle a l'air féroce. » Jane souriait, ravie de l'entendre. Francisco était son ami : comment avait-elle pu l'oublier ? La seule fausse note avait été la déclaration abrupte de Francisco alors qu'elle ne lui demandait rien : « Je n'ai pas revu Kathryn. »

Les deux Israéliens se levèrent. Westport. Elle aurait pu jurer qu'ils allaient à New York. Ils n'avaient pas la tête à passer le week-end chez une riche tante du Connecticut. Elle s'assoupit et se réveilla quand le train entra en gare de Stamford et que la voix de la conductrice dans les haut-parleurs grésillants demanda aux passagers de libérer tous les sièges en rangeant leurs valises sur les porte-bagages. Par chance, personne ne s'assit en face d'elle. Le môme à l'autre bout du wagon s'était remis à hurler de sa voix perçante et les cris se rapprochaient : il courait dans le couloir entre les sièges. Un bolide atterrit soudain sur elle : l'enfant s'était jeté contre ses jambes étendues sur le siège d'en face. Il riait et criait, le nez enfoui entre ses genoux, laissant couler un filet de salive chaud et humide. Il semblait n'avoir absolument aucune conscience du fait qu'elle était une personne et pas un tronc d'arbre. C'était drôle. Mais il pesait sur ses tibias. La mère l'appelait. Elle allait sans doute le frapper. Jane tendit le bras pour attraper l'enfant et le remettre sur ses jambes. Avant qu'elle ait pu atteindre la veste en cuir, une main saisit son poignet.

« Ne le touche pas ! »

Jane leva la tête. La grosse femme noire la regardait avec haine et serrait son poignet à lui faire mal. Jane rougit.

« Mais je n'ai pas... »

La femme prit l'enfant dans ses bras et l'emporta en le couvrant de baisers. Son pouce avait laissé une marque rouge sur le poignet de Jane. Un homme assis de l'autre côté de l'allée avec des cheveux blancs bien peignés et une parka en daim vert secoua la tête en levant les yeux au ciel.

« Incroyable. »

Jane esquissa un vague sourire d'acquiescement. Elle ne voulait pas de sa complicité.

Elle pensa à sa mère, qui lui avait rendu visite fin février, quand Jane n'était plus contagieuse — pour ne pas risquer de transmettre le virus au bébé de Susie. Il était bon d'avoir sa mère pour soi, qui lui apportait son dîner au lit, lui prenait la température et lui lisait le journal. D'être une petite fille à nouveau. Mais le matin sa mère n'abordait qu'un sujet : « Fais attention. » Jane avait eu une chance folle, à trente ans, de rencontrer un homme comme Eric. Il ne garderait pas éternellement sa merveilleuse patience. Il était extrêmement beau et charmant, il avait un bon poste. « Tous les hommes sont pareils, ma chérie. Qu'est-ce que tu crois qu'ils veulent ? Une femme dans leur lit, qui leur donne des enfants et qui cuisine pour eux. Tu vas avoir trente-six ans, l'horloge tourne. Dans un couple, il faut parfois que l'un des deux sache sacrifier à l'autre son intérêt professionnel. » Inutile de demander lequel. Sa mère, qui n'avait jamais travaillé que comme assistante de son mari, ne voyait pas de meilleur destin pour la femme que celui d'une planète tournant sur orbite autour d'un homme-soleil.

Le lendemain du départ de sa mère Jane avait eu subitement envie d'entendre la voix de Francisco, dont elle était sans nouvelle depuis presque un mois. Elle l'avait appelé à New York. « Allô ? » avait-il dit d'une voix normale qui montrait qu'il avait une vie normale dans laquelle il répondait normalement à des gens normaux lui téléphonant.

« C'est Jane.

— Ah, Jane. » Il y avait eu un silence gêné. « Comment vont tes recherches ?

— Mes recherches ? Elles t'intéressent tant que ça ? Tu veux que je raccroche ?

— Peut-être. Il est encore trop tôt.

— Mais je me moque que tu sortes avec Kathryn ! Si je t'ai conseillé de ne plus la voir, c'était seulement pour toi. Je ne te juge pas. Tu me manques, Francisco. J'ai besoin de te voir. Tu es mon ami, mon seul ami ici.

— Je ne sors pas avec Kathryn. Je ne l'ai pas revue depuis que tu nous as rencontrés. Mais elle est sans cesse avec moi, Jane : à chaque seconde du jour et de la nuit, dans mon cœur, dans ma tête, dans ma peau, devant mes yeux. Je dois l'oublier. Ça va prendre du temps. Je ne peux pas te voir parce que tu es associée à elle. »

C'était ce manque de confiance qui attristait Jane. Kathryn avait sans doute demandé à Francisco de mentir et peut-être même de ne plus voir Jane. Francisco avait un jour dit à Jane que Kathryn avait peur d'elle. S'il avait vraiment rompu avec Kathryn, pourquoi se serait-il privé de la seule douceur qui lui restait, l'amitié ? Si Jane était associée à Kathryn, alors tout le reste de Devayne l'était, et pour commencer l'immeuble où il avait son bureau. Leur amitié ne pouvait pas être détruite simplement parce qu'elle lui avait, par hasard, présenté Kathryn. Francisco était plus intelligent, plus subtil, plus juste que ça.

Malgré sa promesse d'être aussi silencieuse qu'une tombe, elle avait tout raconté à Lynn — sauf l'épisode avec l'écrivain danois. Lynn, de toute façon, ne connaissait personne d'impliqué dans l'histoire. Elle était entièrement d'accord avec Jane : il y avait une liaison. Elle se montrait peu optimiste quant au dénouement. Malgré le portrait enthousiaste que Jane lui avait tracé de Francisco, Lynn avait de lui une piètre opinion : un homme qui faisait un bébé à sa femme et tombait aussitôt amoureux d'une autre ne pouvait être qu'un salaud. Un comportement masculin typique. Typique, aussi, le transfert de culpabilité sur Jane.

Pendant les deux mois étranges et confus qu'avait duré sa maladie, Jane avait passivement laissé Lynn entrer dans sa vie, malgré le manque d'affinités entre elles. Lynn avait sa clef et venait chaque soir lui préparer un repas léger. Originaire du Texas, elle était assistante sociale. Jane craignait de la vexer en lui demandant de parler moins fort. Lynn était petite et avait de gros seins, un gros derrière et de grosses cuisses, un cou épais et court, des cheveux blonds courts mal coupés, et un grand nez qui lui donnait l'air anglais. Elle portait toujours le même jean trop tiré sur les bourrelets de son ventre et ses fesses, et le même pull synthétique à encolure ronde et motifs géométriques bleus et noirs, comme si elle ne possédait pas d'autres vêtements. Les amis de Jane avaient toujours été beaux : aussi superficiel que cela parût, la beauté était une composante déterminante de son attirance pour quelqu'un. Mais Lynn habitait la maison, elle avait une voiture, elle était heureuse de se rendre utile, flattée d'être l'amie d'une prof de Devayne. Elle était devenue la personne la plus présente dans l'existence quotidienne de Jane. Plus de Francisco. Pas d'Eric, sauf au téléphone.

Pendant toutes ces semaines au lit, elle avait souvent pensé à Eric, avec beaucoup de tendresse. Elle se réveillait parfois avec la sensation de la main d'Eric sur sa cuisse ou son sein. Elle rêvait de son sexe et de la peau douce et brune qu'elle effleurait du bout des doigts. Elle se rappelait ses mains, ses longs orteils aux ongles toujours propres. Elle avait envie de quelque chose de très doux, très facile, très tendre et très sensuel, un amour chaud à la fois maternel et érotique.

Il l'appelait presque tous les jours. Au téléphone, elle passait son temps à se plaindre et à lui faire des reproches. Il prétendait ne pas remarquer son agressivité. « Mumm », disait-il, comme s'il n'écoutait pas. Même pas la peine de se disputer avec elle : une enfant malade.

Le train s'arrêta. La Cent Vingt-Cinquième Rue. Des cris et des exclamations bruyantes à l'autre bout du wagon : les deux femmes et le gamin descendaient. Jane regarda par les vitres, soudain excitée. La nuit tombait. Le train repartit, longeant les hautes tours en briques sombres aux fenêtres illuminées comme de petites étoiles. Puis il rentra dans un tunnel et Manhattan disparut. Elle ouvrit son sac et en sortit son tube de rouge à lèvres brun qu'elle passa sur ses lèvres. Elle resserra l'écharpe autour de son cou.

Le train entra en gare de Grand Central. Tous les passagers se levèrent et se bousculèrent vers la sortie. Elle descendit dans la foule. Un homme marcha vers elle avec un sourire. Elle haussa les sourcils. Il s'écarta pour embrasser une femme qui marchait juste derrière Jane. Elle regarda tout autour d'elle, comme s'il était possible qu'Eric se trouvât là et l'attendît pour qu'ils rentrent ensemble chez eux, à Manhattan, à la fin d'une journée de travail.

Elle traversa le vaste hall de marbre blanc couvert d'échafaudages, à la voûte peinte d'un ciel étoilé. Il fallait presque effectuer des pas de danse pour éviter de se cogner dans les gens sillonnant le hall à toute allure et dans tous les sens. Elle rit : on aurait dit un film de Charlie Chaplin. Elle passa devant le kiosque aux informations où elle avait croisé Duportoy en décembre. Près de l'escalateur conduisant au métro, une grosse femme noire chantait dans un micro avec des gestes de star, sous une bannière orange et noir indiquant qu'il s'agissait d'un programme de musique sponsorisé par la ville de New York. Une vingtaine de gens l'écoutaient, bloquant l'accès à l'escalateur. Pour la plupart des hommes en costumes et imperméables beiges à épaulettes, portant des attachés-cases, avec des visages aux traits tirés après une longue journée au bureau et une heure ou plus dans le train. Jane s'arrêta. La femme chantait un blues. Elle n'avait pas peur de donner de la voix — une voix profonde aux accents rauques. Jane resta dix minutes appuyée contre le mur et déposa un dollar dans la corbeille pleine de billets et de pièces. La femme lui fit un clin d'œil tout en chantant qu'elle était so lonely.

Le serveur automatique était cassé : une longue file de gens faisait la queue devant le guichet. Jane fut fière de tirer de son portefeuille la métrocarte jaune qu'elle avait achetée en décembre et qui lui donnait l'air d'une vraie New-Yorkaise : l'unique trace de son mardi à Manhattan il y avait trois mois. Elle ne pouvait même pas se rappeler le visage de Torben : juste un vague souvenir des dents petites sous la lèvre supérieure rose et la moustache blonde, mais aucun des baisers et de ses mains sur elle, dont la sensation avait été balayée par le temps. De l'autre côté du portillon, une foule de gens encore plus compacte que dans la gare courait dans tous les sens. Elle descendit sur le quai et plaqua ses mains sur ses oreilles quand un métro express entra en gare dans un vacarme épouvantable de métal frottant le métal. En y pensant, le concept même d'une ville tenait du délire.

Elle descendit à Union Square deux minutes plus tard et traversa Broadway avec la foule, étourdie par la cohue, le flot de voitures et les coups de klaxon. Un colosse effleuré par un taxi pour être descendu trop tôt du trottoir frappa le coffre d'un coup de poing et traita le conducteur de fils de pute sans que personne autour semble remarquer l'incident. On avait besoin d'un entraînement spécial pour vivre à New York. Après deux mois au lit elle avait perdu ses défenses. À peine eut-elle tourné à gauche sur University Place qu'elle se retrouva chez elle. Une foule de jeunes gens en tenues fantaisistes descendait l'avenue ; beaucoup portaient des pantalons à pattes d'éléphant redevenus à la mode. Elle passa le News Bar, le restaurant Japonica plein de monde, le supermarché, le café Dean et Delucca, s'arrêta pour acheter un bouquet de jonquilles jaune vif et tourna à droite dans la rue privée bordée de petites maisons dont elle ressortit sur la Cinquième Avenue. Une joie folle, contenue pendant des mois, montait en elle. Elle ne pouvait réprimer un sourire. Un homme qu'elle croisa la regarda avec étonnement. Dans trois minutes elle allait voir Francisco.

Quand elle l'avait appelé cinq jours plus tôt, le 22 mars, ce n'était pas seulement parce qu'il lui manquait, mais pour le surprendre en flagrant délit de mensonge. On était en pleines vacances de printemps : s'il décrochait — si, donc, il ne se trouvait pas en Espagne — tout était clair. Au cas improbable où Kathryn elle-même répondrait, Jane aurait immédiatement raccroché. Francisco avait décroché après deux sonneries. Jane avait souri. Jusqu'à ce qu'il lui dise, après avoir répondu d'une voix sans vie que tout allait bien :

« Teresa est là.

— Teresa ? à New York ?

— Elle accouche dans moins d'un mois et les compagnies aériennes ne laissent pas les femmes enceintes embarquer après le huitième mois. »

Ce n'était pas ce qui était prévu. Teresa avait toujours refusé d'accoucher à New York même si cela donnait droit au bébé à un passeport américain : elle ne faisait pas confiance aux hôpitaux américains.

« Elle est avec toi dans l'appartement maintenant ?

— Non, elle fait des courses.

— Mais comment vas-*tu* ?

— J'ai traversé une passe difficile. Vraiment difficile. Mais je vais l'oublier. »

Jane rougit. Il ne pouvait même pas *la* nommer. Alors qu'elle l'imaginait en train de prendre du bon temps — avec Kathryn.

« Qu'est-ce que tu as fait pendant toutes ces semaines ?

— Rien d'autre que travailler. Je n'ai vu personne. J'avais besoin d'être complètement seul. C'était déjà assez dur d'arriver à me supporter. »

Elle perçut, dans sa voix triste, la pointe de dérision de son demi-sourire.

« Et avec Teresa, comment ça se passe ?

— Difficile. Mais mieux qu'à Noël. On a beaucoup parlé.

— Tu lui as dit pour Kathryn ? »

Quand elle prononça le nom, elle eut l'impression que Francisco sursautait de l'autre côté du fil comme sous l'effet d'une décharge électrique.

« Non, bien sûr. Elle me tuerait. J'ai parlé d'une crise : de ma peur de devenir père, de la différence entre une carrière ici et le monde universitaire espagnol vieux et poussiéreux. Elle a compris. Mais elle est encore en colère. Elle me fait payer, littéralement : je dois l'emmener chaque soir dans des restaurants horriblement chers et elle achète toutes les layettes de luxe qu'elle trouve sur Madison Avenue ou chez Bloomingdale. Baby Gap n'est pas assez bien pour elle. Je n'ai plus un rond mais si je fais une remarque c'est la guerre : je préfère les dettes.

— Je pourrais te voir ? »

Il avait répondu après une hésitation :

« Peut-être. Mais avec Teresa.

— Bien sûr !

— Laisse-moi lui demander. »

Il l'avait rappelée le même soir : Teresa n'avait rien contre un dîner avec Jane.

Elle s'était trompée sur son compte, et Lynn aussi. C'était quelqu'un de bien. Plus que ça : il s'était tranché son propre bras pour faire face à ses responsabilités. Un jour le secret de son amour réprimé ne serait plus qu'un doux souvenir entre Jane et lui. Le jour où elle rendrait visite, avec Eric et les enfants, à Francisco et Teresa, et leurs enfants, dans la belle villa andalouse avec une piscine sous les oliviers.

Elle entra dans l'immeuble de Francisco et donna son nom au vieux gardien à lunettes épaisses. Il eut un large sourire et lui dit avec un accent portoricain renforcé par son bégaiement :

« Longtemps pas vu vous ! »

Elle prit l'ascenseur familier, descendit au sixième étage et longea le couloir aux murs nus aussi gai qu'un couloir d'hôpital. Elle sonna.

Francisco lui ouvrit. Elle sut aussitôt que c'était terrible. Il y avait sur son visage une expression qu'elle n'avait jamais vue, même en janvier. Ses yeux ne se posaient pas sur elle. Teresa s'avança. Énorme et fumante de colère. Jane lui tendit les fleurs. Teresa les prit sans la remercier et les abandonna sur une table.

« Assieds-toi donc, dit Jane.

— Je suis mieux debout.

— C'est pour bientôt ? »

Il n'y eut pas de réponse. Peut-être avaient-ils pris la question pour une constatation.

Jane n'aurait jamais cru qu'il pût y avoir tant d'amertume chez une femme enceinte de huit mois. Allison et Susie lui avaient dit que les hormones vous rendaient heureuse comme un légume : la meilleure période dans la vie d'une femme. Chez Teresa, pas un gramme de joie : seulement de la colère dirigée contre Francisco.

Ils s'assirent dans le salon, sur le canapé-futon où Jane avait souvent dormi.

« Le porto », dit agressivement Teresa.

Francisco se leva et alla chercher la bouteille.

« Tu es là depuis combien de temps ? demanda Jane à Teresa.

— Trois semaines. Je ne dors pas bien. Il y a trop de bruit.

— New York est tellement bruyant. Et en plus vous avez les flics qui crient tous les soirs : "Le parc est maintenant fermé." »

Le regard de Francisco s'appesantit sur Jane, qui rougit. Teresa ne savait évidemment pas que Jane avait dormi ici.

« Francisco m'a dit qu'il n'en pouvait plus d'entendre les flics répéter ça tous les soirs.

— De toute façon tout est horrible dans cet appartement. » Teresa ajouta abruptement : « Il paraît que tu as été malade ?

— J'ai eu une pneumonie.

— Une pneumonie ! »

Teresa eut un mouvement de recul et jeta à Francisco un regard accusateur, comme s'il cherchait à l'assassiner avec son enfant en faisant rentrer chez eux des germes mortels.

« Oh, mais c'est complètement fini. D'ailleurs la pneumonie même, c'est fini depuis longtemps. Ce qui s'est passé, c'est que quand je suis allée à l'hôpital début février parce que j'avais un mal de gorge qui ne passait pas, on n'a pas diagnostiqué la pneumonie et on m'a donné un antibiotique pas assez fort. La fièvre n'a fait qu'augmenter. J'y suis retournée une semaine plus tard et on m'a fait une radio. Ce n'était pas joli : une grosse tache noire sur mon poumon droit. L'infection avait eu le temps de se répandre... »

Teresa huma l'air et crispa ses narines.

« Les pizzettas ! Tu les as laissées dans le four ? »

Francisco se leva à nouveau. L'air impatient, Teresa se tourna vers Jane, qui se crut obligée de poursuivre son explication pour ne pas avoir l'air de remarquer la tension.

« Le docteur a dit qu'il fallait que je crache. J'ai dû apprendre à cracher. Excuse-moi, ce n'est pas très ragoûtant : c'était la seule manière d'expulser le pus à l'intérieur... »

Teresa fit une grimace dont Jane ne sut si c'était à elle qu'elle s'adressait ou à Francisco qui revenait de la cuisine avec une assiette pleine de mini-pizzas brûlées sur les bords. Jane tendit la main.

« Elles sentent délicieusement bon. Je peux ? »

Teresa eut un rictus dégoûté.

« Elles sont brûlées. Ça donne le cancer.

— Enfin bref, au bout d'un mois je n'avais plus de fièvre et quand je crachais ce n'était plus jaune, mais j'avais horriblement mal, je pouvais à peine bouger. Je suis retournée à l'hôpital : l'infection avait disparu, mais à force de cracher j'avais provoqué une inflammation du muscle autour du poumon : ça s'appelle une pleurésie. J'ai dû passer trois semaines au lit à faire tout mon possible pour me retenir de cracher.

— Tu as éteint le four ? » demanda sèchement Teresa.

Francisco fit oui de la tête. Aucun des deux n'avait l'air intéressé par sa maladie. Il est vrai que les maux des autres sont comme leurs rêves : rien dont le détail fût plus ennuyeux.

« Donc voilà : en tout j'ai été malade plus de deux mois. C'est étrange quand on est malade longtemps comme ça : on entre dans un autre temps, une autre réalité... »

Teresa eut une moue sarcastique.

« Ce n'est pas si long que ça. Ma cousine a eu une leucémie contre laquelle elle s'est battue deux ans.

— Deux ans ! Elle s'en est sortie ? »

Teresa fit oui de la tête. Jane se resservit une pizzetta et but un peu de porto. Elle serait bien repartie pour Old Newport à l'instant. Il y eut une discussion entre Francisco et Teresa sur le choix du restaurant. Il aurait fallu réserver plus tôt : tous les restaurants bien à New York étaient pleins, même en semaine. Teresa demanda à Jane :

« Tu aimes le japonais ?

225

— Beaucoup. »

Elle avait craint qu'ils ne choisissent un restaurant élégant français ou italien où l'on ne s'en sortait pas à moins de quatre-vingts dollars par personne. Un restaurant japonais ne pouvait pas être si cher. Mais il s'agissait du restaurant japonais le plus chic de New York. Ils eurent la chance d'obtenir la dernière table. À peine étaient-ils installés qu'une queue se formait déjà à l'entrée. Jane ne reconnut presque aucun nom sur le menu. Pas un endroit à nouilles ou à sushis. Le plat le moins cher coûtait trente-neuf dollars. Un serveur apporta leurs assiettes, ou plutôt leurs planches, au couple assis juste à côté d'eux : d'énormes morceaux de poisson cru sans riz et une salade d'algues. Le couple regardait la nourriture d'un air désorienté. Il y avait un guide sur la table. Des touristes. La femme déchiqueta un morceau de poisson avec ses baguettes, le porta à sa bouche et fit la grimace. Elle le recracha discrètement dans un mouchoir en papier et le posa sur la table. Il y eut une brève discussion entre eux. Des Italiens. L'homme sortit son portefeuille et déposa sur la table un billet de cent dollars. Ils se levèrent. C'était plutôt drôle, mais Francisco et Teresa étaient trop tendus et trop absorbés par le menu pour remarquer la scène. Un serveur emporta rapidement les assiettes non touchées et nettoya la table où un autre couple s'assit aussitôt. Jane prit un saumon Teriyaki, le moins cher et le seul plat familier du menu. Teresa choisit les mets les plus chers, puis commanda le saké le plus cher, et une bouteille de vin à quatre-vingt-dix dollars. Francisco haussa nerveusement les sourcils. Teresa lui jeta un regard furieux.

« C'est le seul vin qui aille avec l'anguille. »

Le serveur approuva d'un hochement de tête poli et s'éloigna. Teresa regarda Jane comme si elle remarquait soudain sa présence.

« Il me dit qu'il n'a pas un rond. J'aimerais bien savoir à quoi ça sert de travailler autant si ce n'est pas pour gagner de l'argent. Tu comprends, toi ? »

Jane rit comme s'il s'agissait d'une bonne blague. Ils ne pouvaient pas se taire pendant tout le dîner. Francisco ne semblait pas prêt à entamer la conversation. Teresa ne cherchait que les occasions de l'agresser. Jane tenta de détendre l'atmosphère en décrivant la pression épouvantable qui pesait sur tout le monde à Devayne et les difficultés qui en étaient résultées pour elle avec Eric : il avait déjà oublié comment était Devayne et il attribuait à la mauvaise volonté de Jane des oublis ou des lenteurs dus seulement à la pression. Francisco et elle avaient une expérience similaire, parce qu'ils étaient tous deux Directeurs du Programme de Licence en plus de leur enseignement et de leur recherche :

« Ma première année comme DPL, c'était l'enfer. J'avais tout le temps Devayne dans la tête et sans cesse la terreur d'oublier quelque chose d'essentiel. Les étudiants paient vingt mille dollars par an pour venir à Devayne : on n'a pas le droit à l'erreur. Je n'ai jamais fait autant de cauchemars que cette année-là. »

Teresa écoutait. Jane avait trouvé un bon sujet.

« C'est pour ça qu'avec Francisco on s'est si bien compris. »

C'était le moment ou jamais d'éclaircir les doutes que Teresa avait pu se former sur la nature de leur relation. Elle continua avec un sourire :

« Ça nous a tellement rapprochés que tout le monde dans nos départements a cru qu'on avait une liaison. »

Le mot fit sursauter Teresa et Francisco comme si Jane venait de les atteindre en même temps d'une balle de fusil en caoutchouc. Teresa pâlit. Francisco jeta à Jane un regard intensément noir. Jane rougit. Pas un mot à pro-

227

noncer devant eux, c'était clair. Mieux valait changer de sujet tout de suite.

« Vous avez vu le dernier Woody Allen ? »

Ils l'avaient vu. Sur ce point ils étaient d'accord : pas bon.

« Ça ne m'étonne pas. Je ne suis pas sûre qu'il puisse encore faire un bon film maintenant qu'il n'est plus avec Mia Farrow. En décembre j'ai revu *Crimes et délits.* Ça c'est un excellent film. Son meilleur, à mon avis. Vous vous en souvenez ? »

Ils ne l'avaient pas vu.

« C'est l'histoire d'un médecin, marié, deux enfants, qui a une liaison avec... »

Elle s'arrêta brusquement. Les deux personnes assises sur la banquette en face d'elle semblaient sur le point d'exploser. Francisco baissa les yeux. Teresa demanda sèchement :

« Avec qui ?

— Une hôtesse de l'air jouée par Angelica Houston. Il veut rompre avec elle, elle menace de tout dire à sa femme, et avant qu'il ait eu le temps de se rendre compte de ce qui se passait, son frère, qui a des liens avec la mafia, fait assassiner Angelica Houston par un tueur professionnel. Toute la question est de savoir si le docteur va céder à la culpabilité et se trahir ou non. En même temps il y a une autre intrigue avec Woody Allen qui joue un scénariste sans aucun succès tournant un documentaire sur Primo Levi et amoureux de la belle Mia Farrow, qui est aussi courtisée par un metteur en scène hollywoodien célèbre, que Woody Allen déteste et dont il se moque avec Mia Farrow en pensant qu'elle est de son côté. Pour finir... »

Le serveur apporta les plats. Quand il s'éloigna, Francisco et Teresa prirent leurs baguettes et commencèrent à manger d'un air concentré sans demander à Jane la suite de l'histoire. De toute façon mieux valait ne pas raconter le film s'ils devaient le voir un jour. Et un film traduit en mots avait toujours l'air ennuyeux, surtout quand il était décrit par quelqu'un d'enthousiaste. Elle suivit leur exemple et se mit à manger en silence.

Teresa se plaignit aussitôt. C'était ça, le meilleur restaurant japonais de Manhattan ? Le poisson n'avait aucun goût et il n'avait pas l'air si frais que ça. Un vin de table espagnol aurait été meilleur que cette bouteille à quatre-vingt-dix dollars.

Ses récriminations fournirent à Jane un nouveau sujet de conversation : la croisière avec les anciens élèves de Devayne six ans plus tôt. Elle décrivit leur surprise quand ils avaient embarqué, en pleine campagne française, sur un bateau allemand. Teresa sourit. Enfin un terrain non miné. « Le chef aussi était allemand. »

Elle raconta avec humour les vacances d'une célibataire de trente ans parmi des vieillards de quatre-vingt-dix ans qui salivaient en regardant Jane et qui avaient tous pris le Concorde de New York à Paris parce que c'était à peine plus cher et tellement plus pratique qu'un billet première classe. Des déjeuners et des dîners de deux heures auxquels il n'y avait pas moyen d'échapper. Totalement déprimant. Un vrai film de Fellini. Et puis le docteur, un jeune Allemand blond, très beau, sorti droit d'un roman de Thomas Mann. Mais le plaisir simple et innocent de causer avec lui s'était gâté quand la femme du docteur, qui était enceinte...

Femme. Elle sut tout de suite que c'était un mot qu'il ne fallait pas prononcer. Il portait une grosse lumière rouge clignotante. Enceinte : la sirène se mit en marche. Francisco regardait obstinément sa planche et jouait avec ses baguettes. Teresa était blanche. Jane eut l'impression de conduire une voiture de course sur une route de montagne et de brusquement perdre le contrôle après un tournant. La voiture dégringola dans l'abîme quand elle finit courageusement sa phrase : « ...était devenue jalouse. »

Après cela, rien n'eût été pire que le silence. Elle continua et raconta la scène : la guêpe prise dans ses cheveux, le docteur l'aidant à se dégager et se faisant piquer, leur arrivée en retard dans la salle de conférence, la femme du docteur la regardant, et, ce soir-là, la crise de nerfs de l'Allemande.

« J'étais vraiment désolée pour elle. Alors qu'il ne s'était rien passé. »

On aurait dit un déni. Peu importait, de toute façon. Francisco et Teresa ne semblaient même pas l'écouter. Le malaise à la table était extrême. Jane se tut, elle transpirait. Le serveur s'approcha et remplit avec un geste élégant les verres de Francisco et de Teresa. Jane n'avait même pas entamé le sien. Ivre, elle n'aurait pu faire pire. Le serveur demanda si tout allait bien. Dès qu'il se fut éloigné Teresa maugréa :

« Même la salade est dégueulasse. Beaucoup trop salée. »

Ils finirent le dîner dans un silence presque total. Teresa était la seule à parler, et seulement pour s'exclamer sur tout ce qui n'allait pas. Jane n'osait plus ouvrir la bouche ni même lever la tête. Elle avait croisé le regard de Francisco une seconde : glacé, sans vie, sans amitié. Dès que Teresa eut avalé sa dernière bouchée, il demanda l'addition. Quand le serveur l'apporta, il jeta un coup d'œil inexpressif au total et sortit sa carte de crédit. Teresa le regardait fixement. Jane vit, à l'envers, que l'addition se montait à près de trois cents dollars — trois cent cinquante, donc, avec le service. Elle ouvrit de grands yeux. Elle n'avait jamais dépensé autant dans un restaurant.

« Je te dois combien ?

— Donne-moi cinquante dollars, ça ira. Tu n'as pas pris d'entrée et pratiquement pas de vin.

— Tu pourrais l'inviter, s'exclama Teresa d'un ton méprisant : qu'est-ce que c'est radin, les profs ! »

Francisco frotta ses mains contre la serviette blanche. Jane regarda ses veines bleues et gonflées.

Tandis qu'ils attendaient, debout dans l'entrée, Teresa qui était allée aux toilettes, Jane s'excusa pour ses gaffes.

« En effet, tu as bien choisi tes histoires », dit Francisco avec un rictus tendu.

Dès qu'ils sortirent du restaurant, elle prit un taxi pour Grand Central. Elle attrapa de justesse le train de neuf heures cinquante-cinq pour Old Newport. Elle lut le journal à sensation, sans en sauter une ligne, pendant tout le trajet de retour.

Jane gardait les dents serrées. Elle avait les yeux fixés sur la dernière ligne. Comment entrer en contact avec Francisco dès ce soir ? C'était le milieu de la nuit à Séville mais elle n'allait pas se gêner. Le département d'espagnol aurait sans doute ses coordonnées. L'horloge sur la cuisinière indiquait dix-sept heures cinquante-cinq : trop tard pour appeler la secrétaire. Qui d'autre ? Elle connaissait vaguement le directeur du département à qui Francisco l'avait présentée trois ans plus tôt. Elle trouverait son numéro personnel dans l'annuaire des professeurs de Devayne, tout à l'heure, quand elle irait au bureau vérifier son courrier électronique. Ou devait-elle y aller maintenant ? Le téléphone sonna. Elle sursauta, se leva et décrocha le téléphone.

« Allô ?

— Pourrais-je parler au professeur Jane Cook, s'il vous plaît ?

— C'est moi-même.

— Jane, bonjour ! David Clark.

— Qui ?

— David Clark, du département de français et d'italien de l'université d'Iowa à Iowa City.

— Ah, bonjour. Comment ça va ?

— Bien, merci. Excuse-moi de t'appeler à la maison. Je me suis permis de demander ton numéro à Eric parce que j'avais quelque chose d'urgent à te dire. »

Jane regardait par la fenêtre. Le soleil perçait l'épaisse couche de nuages noirs et projetait à l'horizon un faisceau de rayons verticaux, comme dans ces tableaux de Claude Gellée, dit Le Lorrain, qu'Eric lui avait montrés au Louvre. Eric aimait les ciels déchirés de lumière après une tempête.

« On serait ravis que tu viennes faire une conférence chez nous l'automne prochain. J'ai besoin de ta réponse le plus tôt possible : le directeur voit le doyen demain matin pour obtenir l'accord budgétaire et je dois lui remettre la liste des conférenciers. On n'est pas très riches : on peut te donner trois cents dollars et on rembourse tous les frais de transport, bien sûr. En général on dîne après, à six heures et demie. Comme il sera trop tard, ensuite, pour que tu rentres chez toi, je te propose, si ça ne t'ennuie pas, de dormir chez moi : j'ai une chambre d'amis avec une salle de bains privée, et je promets un délicieux pain perdu pour le petit dejeuner. Ce sera plus sympathique que le Faculty Club. »

Jane frissonna. Elle avait froid. Ou faim.

« Ce serait quand ?

— Je pensais au 12 octobre. »

Elle servait évidemment de bouche-trou pour quelqu'un qui venait d'annuler.

« Je dois réfléchir. Je peux te rappeler ce soir ?

— Bien sûr. Même très tard, n'hésite pas. Je ne me couche pas avant deux heures. »

Elle eut soudain la vision du perron glacé et de l'ombre noire sous le réverbère.

« Et avant de dormir tu vas promener le chien qui est en toi.

— Pardon ? » Il rit. « Tu as bonne mémoire.

— Où en est le patchwork ?

— Mon livre, tu veux dire ? J'ai complètement changé mon plan initial. Plus de patchwork.

— Pourquoi ?

— Trop banal. C'est la nouvelle mode chez les universitaires, ce mélange de fragments autobiographiques et de réflexions critiques.

Je trouve ça bâtard. Je suis revenu à une structure plus traditionnelle : une histoire, la vie d'une prof. Une femme plutôt qu'un homme, pour qu'on ne me reconnaisse pas. Un vrai roman avec une dimension philosophique, une vision de la vie, tu sais, ce que les Allemands appellent une "Weltanschauung". Tu voudras y jeter un coup d'œil ? Tu dois être bonne lectrice. »

Elle l'écoutait distraitement. Il y avait une question sur le bout de sa langue. Elle compta les mois : seulement quatre depuis la dernière fois qu'elle avait vu David Clark, donc il n'y avait sans doute rien de nouveau. Elle ne lui poserait pas la question. Il l'attendait évidemment. C'était peut-être même la vraie raison de son appel. Ce type avait une curiosité malsaine.

« À propos, tu ne dois pas t'inquiéter dit soudain David. Cet automne Eric a un congé sabbatique : il ne sera pas à Iowa City. »

Jane pâlit. Il lisait en elle. Elle demanda du ton le plus indifférent possible :

« Il va où ?

— En Italie. Il travaille sur un projet complètement différent, une commande : une biographie de Bronzino.

— De Bronzino ! »

Il rit.

« Pas le vôtre. Le peintre italien du seizième siècle.

— David, je te remercie pour ton invitation mais je crains de ne pas pouvoir venir. Entre le nouveau poste et mon travail personnel, je vais être débordée.

— Tu es sûre ? » Il semblait déçu. « Réfléchis. Tu peux même me rappeler demain matin si tu veux. Ce n'est pas loin, ça ne te prendra qu'un après-midi. J'adore ton travail, j'aimerais vraiment que tu viennes. Au printemps, si tu préfères. »

Quand elle raccrocha, ses mains tremblaient. Elle marcha jusqu'au salon et tourna le thermostat à vingt-deux degrés. Dans la cuisine, elle ouvrit le frigidaire. Elle n'avait pas le courage de cuisiner, même des œufs.

La vie d'une universitaire. Elle était une bonne lectrice. Il l'appelait comme par hasard au milieu de sa lecture. Il mentionnait Eric avec une curiosité sadique. Puis Bronzino. Il l'invitait à téléphoner au milieu de la nuit, à n'importe quelle heure. Simple coïncidence ?

Elle prit le carton de lait dans le frigidaire et la boîte de céréales au blé entier Kellogg's dans le placard. Elle se servit un grand bol dont elle avala vite quatre larges bouchées coup sur coup, et se rassit en posant le bol à la droite des pages qu'elle n'avait pas encore lues. Elle continua à manger en tournant les pages.

4

Avec la pluie qui battait les vitres, on était mieux chez soi que dehors. Pour l'instant sa pensée la plus positive. Elle était assise sur le canapé et lisait, ou plutôt repassait dans son esprit la conversation d'hier soir, non sans un certain plaisir masochiste. Le téléphone sonna.

Elle courut à la cuisine et décrocha.

« Je te réveille ?

— Non. Je lisais. »

Eric. Elle sourit. Il n'y avait personne, ce soir, qu'elle désirait plus entendre. Elle lui avait laissé un message dans l'après-midi. Il était déjà minuit.

« Excuse-moi de rappeler si tard. Je dînais avec David. Ça va ?

— Oui. Il pleut encore. Des trombes.

— Tu n'as pas pris ton vélo, j'espère.

— Aujourd'hui non, les routes sont trop trempées. Hier oui, mais j'étais habillée chaudement.

— Tu n'es pas raisonnable. »

Elle soupira. C'était vrai qu'avec ce temps ses poumons faisaient un drôle de sifflement quand elle respirait. Elle n'allait pas le dire à Eric. À vélo elle allait plus vite, voilà tout.

« J'ai reçu la lettre des Presses universitaires du Minnesota.

— Quand ? »

Il ne lui demandait même pas ce que disait la lettre. Une évidence. Il avait épuisé sa réserve de mots consolateurs. Elle ne cherchait pas à se faire consoler. Mais la lettre, aujourd'hui, avait eu sur elle un effet oublié et désagréablement familier. Un pincement qui avait tout à coup assombri son humeur. Elle avait su dès qu'elle avait vu l'enveloppe en papier velin blanc crème, avant même de déchiffrer le nom de l'éditeur. Son dernier espoir. Il y avait, bien sûr, des choses plus importantes. La santé, pour commencer. Mais quand même. Et la conversation d'hier soir avec Francisco avait laissé un goût amer que tout aujourd'hui, la pluie, la lettre, l'attente du coup de fil d'Eric, avait renforcé.

« Cet après-midi.

— Qu'est-ce qu'ils disent ?

— Pas grand-chose. » Elle rit. « Ils doivent économiser l'encre, rigueur budgétaire oblige : pas même de rapport de lecture alors qu'ils ont gardé le manuscrit cinq mois. Juste la lettre standard : mon livre, malgré toutes ses qualités, ne correspond pas à leurs besoins éditoriaux en ce moment et ils en sont vraiment, vraiment désolés.

— Tu devrais les appeler et leur demander pourquoi.

— Je sais pourquoi.

— Alors ?

— Ils ont publié un livre de Jeffrey Woodrow il y a un an sur un sujet proche. C'est la raison pour laquelle je leur ai écrit au départ : je savais que le sujet les intéressait.

— Tu as lu le bouquin de Woodrow ?

— Pas encore.

— Jane. »

Elle pouvait le voir secouer la tête : pas professionnelle. Un livre sorti il y a un an déjà : elle ne l'avait même pas emprunté à la bibliothèque. Elle oubliait systématiquement, comme par hasard. Quand la première chose qu'elle aurait dû faire, en universitaire intelligente et responsable, eût été de prendre position par rapport au dernier livre paru sur son sujet. Elle connaissait l'opinion d'Eric là-dessus : on n'avait de valeur que celle qu'on se donnait à soi-même.

« Je vais le prendre à la bibliothèque. Je n'ai pas eu le temps cet automne. »

La phrase sonna une cloche familière.

« Tu as fini tes préparatifs ? »

Deux jours plus tôt elle avait enfin appelé l'agence et fait la réservation. Elle l'avait annoncé le même soir à Eric. C'était le prétexte qu'elle avait utilisé hier soir pour appeler Francisco. Si seulement elle avait pu raconter à Eric cette conversation. Mais il ne savait pas qu'elle était allée à New York et qu'elle avait revu Francisco. Et peut-être aurait-il donné raison à Francisco.

« Je n'ai plus qu'à boucler les valises. »

Elle rougit : elle avait oublié de rappeler l'agence cet après-midi pour payer son billet par carte de crédit. La réservation s'était donc automatiquement annulée. Pourvu qu'Eric ne pense pas à lui poser la question. Il y eut un déclic contre son oreille.

« Tu peux attendre une seconde ? dit Eric. J'ai un autre appel. »

Elle tira une chaise derrière elle et s'assit face à la cuisinière et la fenêtre. Il pleuvait toujours à verse. Elle entendait le bruit de la pluie qu'elle ne pouvait pas voir dans la nuit. Aussi sinistre que la voix de Francisco hier soir quand il avait décroché et l'avait reconnue : si distante, si sombre, si peu contente de l'entendre. Ils ne s'étaient pas parlé depuis le dîner à New York cinq jours plus tôt. Hier, c'était le 1ᵉʳ avril. En composant son numéro, Jane, qui se doutait qu'il était fâché, avait pensé à lui faire une blague pour détendre l'atmosphère : lui dire qu'elle était enceinte, par exemple. Mais la voix de Francisco avait tout de suite dissipé l'idée d'une plaisanterie. Elle avait demandé presque timidement :

« Ça va ?

— Ça va.

— Tu viens à Old Newport demain ?

— Oui.

— Tu veux boire un café ?

— Non. »

Une réponse plutôt sèche, mais Francisco était sans doute débordé entre son travail et Teresa qui l'attendait à New York.

« La semaine prochaine ? N'importe quand avant vendredi : je pars en Iowa vendredi et je voudrais te dire au revoir.

— Je ne veux pas te voir. »

Le cœur de Jane avait accéléré ses battements.

« À cause de jeudi soir ?

— Je ne te pardonnerai jamais d'avoir parlé de Kathryn devant Teresa. Tu es méchante.

— De Kathryn ? Je n'ai pas parlé d'elle !

— Tu as mentionné ton excellente assistante et tu m'as même demandé si je me souvenais d'elle, en me disant que tu me l'avais présentée une fois au Café Romulus. Je souhaiterais ne t'avoir jamais rencontrée. »

Jane avait complètement oublié. Elle avait prononcé le nom de Kathryn par hasard alors qu'ils parlaient des ressources offertes par Devayne pour aider à la recherche. Elle avait rougi et tenté de dissimuler son malaise par une question apparemment anodine, justement parce qu'elle avait l'impression de marcher sur une corde au-dessus d'un abîme.

« Mais ce n'était pas délibéré, Francisco ! C'est comme pour les histoires que j'ai racontées à dîner. La tension était si grande et j'avais tellement peur pour vous deux, j'étais si mal à l'aise ! »

Il avait ricané.

« Donc tu as fait ton possible pour rendre les choses pires.

— Non : c'était complètement inconscient ! Tu sais bien comment ça se passe quand on sait qu'on ne doit surtout pas aborder un sujet : on finit toujours par y revenir d'une manière ou d'une autre, inconsciemment.

— Exactement. Le problème avec toi, c'est ton inconscient : c'est là qu'est ta méchanceté. Tu ne peux rien y faire. Il y a un autre trait de ton caractère qui m'a frappé depuis longtemps : tu es tellement compétitive que si tes amis sont dans la poisse, tu te sens mieux par comparaison. »

La fin de la conversation. Un jugement sans appel. Elle avait montré, en un soir, ce qu'elle valait. Il y eut un déclic contre son oreille gauche. Eric avait repris la ligne :

« Ça y est. Excuse-moi. Un collègue avait besoin d'un renseignement sur l'examen final et il m'a raconté que notre directeur, hier, avait marché toute la journée avec un gros poisson en papier collé dans son dos qui disait : « Embrasse-moi. » Ces étudiants ! Je n'aurais pas aimé que ça m'arrive. De quoi on parlait ? Ah oui, de ton arrivée. Vendredi prochain à cinq heures, c'est ça ? J'ai un rendez-vous chez le dentiste à quatre heures mais je vais l'annuler. J'espère qu'il pourra me prendre bientôt : j'ai une carie qui me fait mal.

— Ne l'annule pas.

— Pourquoi ? »

Il y eut aussitôt une tension dans la voix d'Eric.

« J'ai oublié de rappeler l'agence aujourd'hui. En refaisant la réservation demain, je peux la changer pour samedi, si c'est plus pratique pour toi.

— Tu veux dire que tu n'as pas encore acheté ton billet ? demanda lentement Eric.

— J'ai oublié. Sans doute à cause de cette lettre.

— Tu as oublié. Je vois. » Il y eut un silence. « Entre nous, reprit Eric d'une voix glacée, je ne trouve pas ton petit jeu particulièrement drôle. Soit tu achètes ton billet demain, soit...

— Pourquoi tu me parles comme ça ? J'ai oublié, je t'ai dit.

— Tu es un peu trop oublieuse à mon goût. Tu sais très bien pourquoi je te parle comme ça. On est le 2 avril, Jane. Ça dure depuis décembre. Je vais finir par perdre patience.

— Ne me parle pas sur ce ton. C'est ça le problème. C'est peut-être même pour ça que j'ai oublié d'appeler l'agence.

— Quoi ?

— Parce que je savais que tu réagirais comme ça, et que ça me stresse. Si seulement tu pouvais être gentil.

— Je ne suis pas gentil ? »

Il ricana.

« Quand tu me parles comme ça, tu n'es pas gentil. Tu me fais peur.

— Je te fais peur.

— Oui. Parce que je sais que tu ne céderas jamais.

— Je ne céderai jamais.

— Arrête de répéter ce que je dis. »

Elle avait envie de pleurer. Mais ce n'était pas le moment d'être faible. Ils étaient en train de toucher le cœur du problème. Il fallait le régler maintenant et se débarrasser de ce silence entre eux avant qu'elle n'arrive en Iowa et qu'Eric

241

ne considère sa présence près de lui plus significative que les mots.

« Quand tu me parles comme ça, c'est comme... comme si tu me voyais tomber dans un abîme et que tu refusais de me tendre la main, juste pour me prouver que j'avais tort de marcher tout au bord quand tu m'avais prévenue que c'était glissant. »

Il ricana à nouveau.

« Lumineux. J'essaierai de m'en souvenir la prochaine fois que je te verrai tomber dans un abîme.

— Arrête. Tu ne vois pas que je te parle sérieusement ? Tu ne peux pas être gentil ?

— Je suis gentil. Je suis très gentil. Je suis extrêmement gentil. Je suis beaucoup trop gentil. J'aurais dû être beaucoup moins gentil beaucoup plus tôt !

— Je ne peux pas venir tant que tu me parles comme ça. Je ne peux pas venir si tu ne peux pas céder, Eric.

— Bienvenue chez les dingues. Céder, gentil. C'est quoi ? Une secte où cette bonne femme Lynn t'a enrôlée, ou quoi ? Ma petite chérie je te supplie de venir ici le plus tôt possible. Ça va ? C'est assez gentil ? »

Elle avala sa salive. Il y avait, dans sa poitrine, une constriction douloureuse.

« Je suis triste.

— Tu as jusqu'à demain midi pour acheter ton billet.

— C'est du chantage.

— Je ne suis pas sûr qui de nous deux fait du chantage à l'autre. Cède ou je ne viendrai pas : je ne comprends pas un traître mot. Au moins moi, je suis clair.

— Ce n'est pas un bras de fer, Eric. C'est de nous qu'il s'agit. Si seulement tu pouvais céder...

— Aaah ! » Le hurlement la fit sursauter. « Ne prononce plus ce mot ! Tu me rends dingue.

— Ne crie pas. Sois gentil, je t'en supplie... »

À l'autre bout du fil il y eut un fracas, comme si Eric venait de projeter contre le mur le téléphone sans fil. Puis elle n'entendit plus que la tonalité.

Elle composa son numéro immédiatement. Il décrocha dès la première sonnerie.

« Comment oses-tu me raccrocher au nez ? C'est toi qui devrais aller voir un psy, pas moi ! Celui que je suis allée voir, à propos, c'est ce qu'il m'a dit : pas mon problème mais un problème de couple, un problème de communication. Le problème, c'est que tu es complètement incapable de communiquer. Comme ta mère ! Ce n'est pas difficile de comprendre pourquoi Sonia t'a quitté ! Ni pourquoi ton père s'est barré ! »

Eric eut un rire jaune.

« Bien sûr.

— Ça fait des mois que j'essaie de te parler. Tu ne m'écoutes pas. Ça ne t'intéresse pas. Tu n'es même pas venu me voir quand j'avais une pneumonie.

— J'enseignais : je ne pouvais pas partir. Je t'ai appelée tous les jours.

— Et tes vacances il y a quinze jours ?

— J'avais un colloque. Il faut un motif sérieux pour annuler à la dernière minute. »

Ce fut au tour de Jane de rire.

« Un motif sérieux ? Tu veux dire si j'étais morte ? Peut-être que tu serais venu à l'enterrement ?

— Tu es ridicule.

— Tais-toi. Je ne te permets pas de prononcer ce mot. Je ne suis pas ridicule. On peut mourir d'une pneumonie. Tu sais à quel point j'ai été malade ? Tu sais ce que c'est, une fièvre de quarante-deux degrés ? Tu crois qu'on peut se lever et se faire à manger ?

— J'ai appelé ta mère et elle est venue te voir.

— Elle a bien rempli sa mission, rassure-toi. Mais avant, pendant toutes les semaines où j'ai eu cette fièvre de cheval, qui était supposé s'occuper de moi ? Qui, s'il n'y avait pas eu cette "bonne femme Lynn" ?

— Ton copain espagnol, j'imagine. »

Jane se mit à pleurer. Ils restèrent silencieux quelque secondes.

« Eric, dit-elle lentement, est-ce qu'il faut que je te dise que j'ai couché avec quelqu'un pour que tu m'écoutes ?

— Ah ? Tu as couché avec quelqu'un ?

— Oh, mon Dieu ! mon Dieu ! Tu n'écoutes rien de ce que je dis, rien !

— J'écoute et j'entends très bien. Tu cries. J'en ai même entendu assez.

— Oui, j'ai couché avec quelqu'un.

— L'abruti hispanique ?

— Duportoy, si tu veux savoir. Et c'était bien, oui. »

Elle ne pleurait plus. Elle avait l'expression étonnée d'un enfant qui tire sur ses camarades de classe avec un fusil automatique et qui les voit tomber dans des flaques de sang. Un de ces enfants qui ne prend conscience de la réalité de son acte que lorsqu'on lui dit, le soir, qu'il n'aura pas la pizza qu'il réclame au lieu du poulet qu'on lui a servi pour son premier dîner en prison. Duportoy. Le nom lui était venu aux lèvres au moment même où elle l'avait prononcé — elle se rappela soudain l'avoir croisé le matin sur Garden Street quand elle était allée chercher son courrier. Elle n'aurait pu choisir de nom plus approprié. Eric l'avait rencontré une fois. Il savait que Duportoy était un homme à femmes. Et que Jane l'aimait bien.

Il ne répondit pas. Ce fut Jane qui reprit, d'une voix tremblante :

« Si c'est tout ce qu'on a à se dire, on dirait que ce qu'il y avait entre nous est mort. On ferait aussi bien de divorcer. »

Elle avait l'impression d'enfoncer un poignard dans son propre ventre — ou dans celui d'Eric.

« C'est ce que tu veux ? »

Sa voix glacée. Pas un gramme d'émotion, de douleur. Incapable de céder.

« Ce serait plus honnête, non ? »

Il raccrocha. Jane avait le vertige. À son tour elle reposa le récepteur. Sa paume était couverte de sueur. La douleur dans sa poitrine était beaucoup plus forte que tout à l'heure. Elle avait sans doute de la fièvre. Elle mit de l'eau à chauffer pour une tisane, puis alla dans la salle de bains se passer de l'eau sur le visage. Sa respiration produisait un sifflement de mauvais augure. Le thé très chaud lui fit du bien. Elle était plus calme quand elle composa le numéro d'Eric à nouveau. Il ne décrocha pas. Il n'y avait pas de répondeur. Il avait dû débrancher le téléphone. Sage. Mieux valait se parler demain.

Elle se réveilla à six heures et attendit une heure décente pour appeler Eric. À neuf heures, huit heures pour lui, elle composa son numéro. Personne ne répondit. Elle laissa sonner au moins quinze fois. Elle essaya toutes les dix minutes en appuyant sur la touche qui refaisait automatiquement le dernier numéro appelé. À dix heures vingt, le répondeur se mit en marche. Il venait sans doute de sortir et de rebrancher l'appareil juste avant. Elle appela le bureau sans succès, puis refit le numéro de la maison et lui laissa un message en s'excusant : la lettre des Presses universitaires du Minnesota l'avait déprimée même si elle avait pris l'habitude de se voir ainsi rejeter. Elle achèterait son billet aujourd'hui. Pouvait-il la rappeler ?

Dans l'après-midi elle réessaya son bureau, puis chez lui. Et le soir à nouveau. Pas de répondeur à la maison : il avait débranché le téléphone. Elle était trop nerveuse pour lire et regardait la télévision. À minuit elle composa le numéro d'Allison à Seattle. John répondit.

« C'est Jane. Allison est là ?

— Elle couche Jeremy. Elle peut te rappeler dans dix minutes ?

— Bien sûr. Dis-lui de me rappeler ce soir si elle peut.

— Quelque chose ne va pas ?

— Non, tout va bien. »

Une demi-heure plus tard Allison n'avait pas rappelé. Jane était sûre que John avait transmis le message. Elle se servit un verre de whisky et s'assit sur le canapé. « Méchante. » La valeur d'une personne se manifestait dans les actes non délibérés. Des détails hors focus qui révélaient l'essentiel. Elle était d'accord. On ne pouvait pas être toujours sur ses gardes : on se trahissait à un moment ou un autre ; on trahissait le vrai moi, le moi au-delà du contrôle. « Compétitive. » Elle se comparait sans cesse aux autres, c'était tellement vrai. Depuis qu'elle était toute petite, elle avait toujours regardé l'assiette ou les présents de Susie avant les siens. Francisco avait commis l'acte le plus difficile qui soit : renoncer à son amour pour rester fidèle à sa parole. Il avait eu confiance en Jane. « Liaison », « liaison », « liaison » : elle avait sadiquement enfoncé le clou dans son cœur.

Elle somnolait, un peu ivre, quand le téléphone sonna. Elle courut à la cuisine et regarda l'horloge sur la cuisinière : une heure cinq. Ce ne pouvait être qu'Eric. Elle soupira de soulagement.

« Allô ?

— Salut. J'espère que je ne te réveille pas. »

Son cœur s'effondra.

« Non.

— John m'a dit que tu n'avais pas l'air très gaie et que tu avais insisté pour que je te rappelle ce soir. Je suis désolée d'appeler si tard. Jeremy ne s'endormait pas. Il est tellement sensible qu'il a sans doute senti que tu attendais mon appel et que je devais y aller. Une histoire, et à peine j'ai lu le dernier mot qu'il dit déjà : une autre ! Trois histoires, ce soir, et des longues. Je n'ai plus de voix. Et pas moyen de sauter un mot : il les connaît par cœur. Surtout les mots qu'il ne comprend pas : c'est ceux qu'il préfère. Qu'est-ce qu'il est mignon. Il a fini par s'endormir il y a vingt minutes, mais ensuite on a dû se mettre au travail.

— Au travail ? »

Allison rit.

« C'est le jour de la montée de LH. Je ne peux pas te dire comme c'est sexy. John doit d'abord me faire une piqûre dans la fesse, puis agir.

— Hein ?

— Eh oui. J'ai quarante et un ans, c'est encore plus difficile que pour Jeremy. Mais j'imagine que tu ne m'as pas appelée pour entendre ces détails croustillants. Qu'est-ce qui se passe ? »

Jane fondit en larmes et lui raconta la dispute de la veille au téléphone à cause du billet d'avion. Maintenant Eric ne la rappelait pas.

« Il est vraiment temps que vous vous retrouviez ensemble et que vous fassiez un bébé », dit Allison d'une voix tranquille et distraite, comme si elle était en train de faire autre chose tout en parlant à Jane, comme de sortir le linge d'une machine ou de classer des papiers, ce qui était bien possible étant donné qu'elle profitait de chaque instant chez elle où elle n'avait pas Jeremy dans les pattes. « Crois-moi, avec un mioche vous n'aurez plus un instant pour ce genre de bêtise. Vous vous triturerez un peu moins le nombril. » Jane rougit. « Achète ton billet demain matin et vas-y, conclut Allison avec un bâillement.

— Ça revient à lui dire qu'il a raison de me faire du chantage avec du silence.

— Tu n'as pas dit qu'il fallait céder parfois ? Cède. Tu discuteras quand tu seras là-bas. D'ailleurs je parie qu'il n'y aura plus rien à discuter. »

Le lendemain matin Jane acheta son billet pour le même vendredi, le 11, et se sentit déjà mieux. Elle avait une semaine pour rassembler ses livres, ses dossiers, ses papiers, nettoyer son appartement et boucler ses valises. Elle laissa un message sur le répondeur d'Eric, d'une voix tendre, pour annoncer son arrivée. Elle appela la secrétaire de son département : pouvait-elle demander à Eric de la rappeler après son cours ? C'était urgent. À quatre heures et demie elle joignit à nouveau la secrétaire, qui eut l'air surpris.

« Il ne vous a pas rappelée ? Je l'ai vu après son cours ce matin et j'ai transmis le message.

— Il a dû m'appeler à la maison et me laisser un message », dit rapidement Jane pour que la secrétaire ne soupçonne pas quelque chose de bizarre et ne commence pas à répandre des potins. Eric eût été furieux. Mais c'était sa faute : il aurait pu rappeler.

Cette nuit-là, incapable de s'endormir, elle se versa un grand verre de whisky. Avait-il parlé d'un colloque ? Il dirait encore qu'elle ne l'écoutait pas. Mais, même s'il était en voyage, ça ne l'empêchait pas de vérifier ses messages et d'appeler Jane. Elle essaya au milieu de la nuit : personne et pas de répondeur. Il était donc là et avait débranché.

À sept heures du matin, elle ressaya. Puis toute la matinée jusqu'à ce que le répondeur se déclenche vers onze heures : il venait sans doute de sortir. Il était presque réconfortant de pouvoir suivre ses allées et venues par le branchement du répondeur. Elle laissa un message humble : il avait raison d'être en colère. Elle avait dépassé les limites. Bien sûr qu'elle n'avait jamais couché avec Duportoy ni avec personne d'autre. Elle l'aimait. S'il te plaît, rappelle-moi. S'il te plaît.

Un peu plus tard elle appela Nancy dont elle avait recopié le numéro dans son carnet d'adresses. Le téléphone sonna douze fois : pas de répondeur. La mère d'Eric ne débranchait son répondeur que lorsqu'elle partait en voyage. En janvier elle était allée en Floride. En avril elle n'avait aucun voyage prévu. Jane devina que Nancy se trouvait là-bas, en Iowa, aux côtés d'Eric qui l'avait sans doute appelée à la rescousse.

Dimanche fut horrible. Lynn était partie voir sa mère qui louait un mobile home en Floride. Allison aussi s'était absentée pour le week-end. Jane passa la journée à se ronger les ongles et à appeler Eric toutes les demi-heures.

Lundi matin elle essaya de nouveau chez lui et à son bureau.

Elle savait ce qui se passait. Elle avait vraiment provoqué sa colère. Pas en parlant de Duportoy : en mentionnant son père et Sonia. Un inconscient qui ne s'y trompait pas quand il s'agissait de décocher une flèche venimeuse : méchante, oui. Eric la punissait par le silence, à la façon d'Eric. Il avait dû se jurer qu'il ne lui reparlerait pas tant qu'elle n'aurait pas débarqué avec armes et bagages. Elle avait trop souvent retardé son arrivée. Pour de bonnes raisons, soit. Mais Eric croyait aux actes, pas aux mots.

L'après-midi elle trouva son billet dans sa boîte aux lettres à l'université. Elle envoya à Eric un e-mail : elle avait besoin de savoir s'il avait un bon dictionnaire anglais-français. Elle appela la compagnie de bus et réserva une place pour l'aéroport. À la bibliothèque, elle photocopia quelques articles et emprunta des livres, parmi lesquels celui de Woodrow, qu'elle photocopierait le lendemain au département. Quand elle sortit de la bibliothèque, la nuit était tombée. Elle reprit son vélo et glissa le long de Central Square en pensant à Eric. Le silence n'était quand même pas une bonne méthode. Lynn avait raison de dire que le silence n'était pas neutre, mais agressif. Il fallait qu'elle arrive à le faire comprendre à Eric sans le mettre en colère. De loin, elle vit que le feu au croisement de Market Street était vert et pédala le plus vite possible pour franchir la rue juste avant que les voitures démarrent. Après avoir traversé le pont par-dessus les voies ferrées, elle tourna à droite le long des cubes en béton gris avec de toutes petites fenêtres où ne vivaient que des Noirs. Le trottoir à ce niveau-là était à peine éclairé. Elle se vit soudain tomber. Ce fut une sensation étrange, presque comme dans un film dont elle était la spectatrice : elle se vit voler vers le sol, les mains en avant, et sentit l'arrière de son vélo, comme celui d'un cheval hennissant, se hisser dans les airs. Elle eut le temps de penser que s'élever dans le ciel et atterrir sur le nez était le fait d'un avion, pas d'un vélo, avant que son corps entre brutalement en contact avec le sol. Elle roula sur le béton et s'arrêta sur le côté gauche, avec le vélo sur elle. Les larmes jaillirent de ses yeux. Une voiture s'arrêta et une portière s'ouvrit. Une radio bruyante jouait de la musique rap. Un jeune Noir en sortit et s'avança vers elle.

« Ça va ?

— Je crois. »

Deux hommes qui venaient de l'autre bout de la rue arrivèrent à sa hauteur. Le plus jeune ramassa le vélo et l'autre, un petit homme aux cheveux gris, lui tendit la main pour l'aider à se relever après s'être assuré qu'elle pouvait le faire. Le conducteur remonta dans sa voiture et repartit. La morve coulait du nez de Jane et elle essuya d'une main sale ses joues couvertes de larmes.

« Ça va ?

— Oui.

— Vous habitez où ? » lui demanda l'homme aux cheveux gris.

« Tout près, sur Main Street. »

Elle pointa du doigt la direction d'où ils venaient.

« On va vous raccompagner.

— Vous êtes gentils mais ça va, je vais me débrouiller. »

Ils ne l'écoutèrent pas. Le plus jeune poussa le vélo et l'autre prit le bras de Jane.

« Vous vous sentez comment ?

— Ça va, vraiment. S'il y avait quelque chose de cassé je ne pourrais pas marcher. Juste des bleus.

— Vous avez de la chance. Vous auriez pu vous tuer. Vous devriez porter un casque.

— Je sais. C'est ce que mon mari me répète tout le temps. »

Elle avait eu envie de mentionner son mari.

« Vous êtes mariée ?

— Oui.

— Où est votre mari maintenant ? Chez vous ? »

Elle n'était pas capable de mentir.

« En Iowa.

— C'est loin !

— Oui. »

Elle se remit à pleurer.

« Eh bien, vous pourrez dire à votre mari que vous avez eu une fière chance ce soir. Vous auriez pu vous fracturer le crâne, ou le genou, ou le coude, ou la colonne vertébrale ! Et vous marchez ! Vous êtes sûre que vous vous sentez bien ?

— Oui, sûre.

— Vous avez une chance incroyable que mon ami et moi soyons passés par là. Ce jeune homme avait l'air tout à fait

251

louche. Tom, tu as remarqué comme il s'est éclipsé dès qu'on est arrivés ? »

Le dénommé Tom qui poussait le vélo sur le trottoir en marchant sur la route approuva en hochant la tête. Il était aussi grand et maigre que son compagnon était petit et rond. On aurait dit Laurel et Hardy. Jane esquissa un sourire à travers ses larmes.

« Ses intentions se lisaient sur son visage : il comptait profiter de votre faiblesse. Il n'avait pas l'air heureux de nous voir. Madame... ?

— Madame Blackwood. »

Elle utilisait rarement ce nom. À Devayne elle était Jane Cook et publiait sous ce nom.

« Madame Blackwood, vous pouvez vous considérer, ce soir, comme rescapée miraculeusement de deux graves dangers : la fracture du crâne et le viol. »

Le grand maigre hocha la tête en signe d'approbation. Jane ne se rappelait pas que le conducteur eût l'air louche. Il était reparti simplement parce que les deux autres hommes s'étaient arrêtés pour l'aider. Ces deux-là avaient une drôle d'imagination. Jane les trouvait bizarres. Mais ils étaient habillés de costumes noirs comme des gens tout à fait respectables et semblaient vraiment se soucier d'elle. Elle hocha la tête.

« Oui, j'ai eu de la chance. J'ai eu tellement peur quand je suis tombée. Je me suis vue tomber. C'est ici. J'habite là. »

Les deux hommes s'arrêtèrent avec elle devant la grille du jardin en fer forgé et regardèrent la belle maison de pierre avec ses détails architecturaux raffinés.

« Vous habitez ici seule ?

— Seule chez moi, oui, mais pas dans la maison : il y a sept appartements. »

Ils posaient des questions bizarres.

« Vous êtes sûre que vous allez bien et que vous ne voulez pas qu'on appelle un docteur ?

— Non, vraiment, ne vous inquiétez pas. J'ai une voisine qui est une amie et elle sera là d'un moment à l'autre.

— Peut-être qu'on devrait l'attendre avec vous. »

Elle fronça les sourcils. Attendaient-ils un pourboire ? Ou qu'elle les invite à boire un verre ?

« Non, vraiment. Je me sens très bien. Je vous remercie. Vous m'avez bien aidée.

— Bon, alors on va vous laisser. Mais prenez ça. »

Le petit gros aux cheveux gris lui tendit des papiers.

« Lisez-les dès que vous serez chez vous.

— Merci.

— Vous avez eu une chance folle, ne l'oubliez pas. »

Elle attacha son vélo contre la grille à l'intérieur du jardin. Elle n'avait pas la force de le porter dans la maison où elle le laissait d'habitude pendant la nuit et ne voulait pas demander à ces hommes de l'aider. Ils la regardèrent monter les marches du perron et pousser la porte d'entrée. Ils lui firent un signe d'adieu.

« N'oubliez pas de répondre ! » s'écria l'homme aux cheveux gris avant que la porte se referme sur elle.

En haut, son premier regard fut pour le répondeur : pas de lumière clignotante. La pensée sombre et lourde dont la chute de vélo et Laurel et Hardy l'avaient distraite un instant remplit à nouveau son esprit. Elle regarda les papiers qu'elle tenait toujours dans sa main gauche. Une enveloppe au port déjà payé avec une adresse tapée. Elle déplia la feuille blanche : une longue liste avec, à côté, deux colonnes de prix, dont l'une, barrée, indiquait un rabais. « Accident de voiture, accident de ski, accident de moto, accident de cheval, accident de tracteur, accident de vélo, accident de travail, noyade... » Des vendeurs d'assurances, bien sûr. Elle haussa les sourcils en lisant le pro-

chain article : « Dispute conjugale. » On trouvait aujour-
d'hui des assurances pour tout et n'importe quoi. Elle
écarquilla les yeux quand elle vit la suite : « Divorce, viol,
violence domestique, abus sexuel par une personne de la
famille, mort accidentelle du partenaire, de la femme ou
de l'époux, mort de la mère, mort du père, mort de
l'enfant », et ensuite, après un espace blanc : « Fiançailles, mariage, premier enfant, enfant miraculeusement
obtenu après une longue attente, adoption, promotion
professionnelle, nouvelle amitié, ami retrouvé, etc. » Les
prix allaient de neuf dollars quatre-vingt-dix-neuf à
quatre-vingt-dix-neuf dollars quatre-vingt-dix-neuf. De
quoi s'agissait-il ? Elle retourna l'enveloppe et regarda le
nom : Père Nathan G. Allgreen. Un prêtre d'affaires !
Elle éclata de rire. Prières en solde : voilà qui plairait à
Eric.
    Elle riait encore en marchant jusqu'à la salle de bains.
Elle se regarda dans le miroir du placard. Il y avait des
marques rouges au-dessus et au-dessous de son œil droit :
d'ici demain matin, quand le rouge passerait au noir et au
bleu, elle aurait l'air d'une femme battue, comme Nicole
Brown Simpson dont elle avait vu les photos à la télé et
dans tous les journaux l'an dernier. Le curé avait raison :
elle avait eu de la chance. Son genou gauche lui faisait mal.
Sa paume droite saignait. La sonnerie de la porte la fit sursauter. Sans doute Lynn. Jane sortit de la salle de bains et
s'arrêta devant sa porte, la main sur la poignée.
    « C'est qui ? »
    Personne ne répondit. Elle regarda par le judas. Per-
sonne sur le palier. C'était l'interphone : quelqu'un avait
sonné en bas. Le curé ? Elle ouvrit sa porte et descendit en
courant les escaliers couverts de moquette sans sentir la
douleur au genou.

    254

C'était un espoir fou mais elle avait été convaincue, le temps de dévaler les étages, de voir Eric de l'autre côté de la porte vitrée, la surprenant à la façon d'Eric. Ce soir elle était prête à croire aux miracles. Quelqu'un se tenait debout dans la petite entrée. Un homme de grande taille portant un imperméable beige à épaulettes. Elle ouvrit avec hésitation.

« Madame Cook-Blackwood ?

— Oui ?

— Shérif Adam Brownswille, du tribunal d'Old Newport. »

Il lui tendit un badge. Il y avait écrit « Shérif » dessus. Il avait l'air vrai, même si l'homme était habillé comme tout le monde. Elle eut une intuition et poussa un cri.

« Eric ! »

Comment n'y avait-elle pas pensé plus tôt ? Quel égocentrisme ! Quelque chose était arrivé. Quelque chose de grave pour qu'on lui envoie un shérif. Les larmes jaillirent de ses yeux. L'homme avait l'air surpris.

« J'apporte les papiers.

— Qu'est-ce qui est arrivé à Eric ? »

Il entra dans le hall. La lourde porte se referma derrière lui. C'était un homme massif avec un gros ventre de buveur de bière, une moustache et un nez rouge bouffi. Il sentait la transpiration.

« Eric ? Je ne sais pas. J'apporte juste les papiers de divorce. »

Il lui tendit une enveloppe qu'elle prit mécaniquement.

« Le divorce ? Quel divorce ? Je n'ai pas demandé de divorce. C'est une erreur ! J'essaie de le joindre depuis cinq jours ! J'ai juste...

— Vous êtes sûre que tout va bien, madame ? »

Il scrutait son visage dans la lumière du hall. Elle rougit.

« Je suis tombée de vélo.

— Vous devez voir avec le plaignant et votre avocat. Je ne peux pas répondre à vos questions. J'apporte les papiers et je dois vous les remettre en mains propres, c'est tout.

— Le plaignant ? »

Il jeta un coup d'œil à l'enveloppe.

« Monsieur Eric Blackwood, votre mari. Il a demandé le divorce en Iowa. Si vous voulez contester, vous ou votre avocat devez remplir le formulaire et le renvoyer avant la date indiquée à l'intérieur. Vous avez quinze jours. C'est clair ? Tout est écrit là. »

Jane avait le vertige. Elle ne comprenait rien. Il se retourna et ouvrit la lourde porte.

« C'est à vous le vélo attaché à la grille ?

— Oui.

— Je serais vous, je ne le laisserais pas dehors toute la nuit. Pas dans ce quartier. Bonne nuit, m'dame. »

Elle remonta lentement les étages. En haut, elle posa l'enveloppe sur la table de la salle à manger sans l'ouvrir. Elle eut un hoquet, courut à la salle de bains et vomit, agenouillée au bord de la cuvette. Peut-être après tout devrait-elle appeler un taxi et aller aux urgences. Quand elle était petite, une fille de sa classe était tombée à la patinoire, s'était relevée en croyant que tout allait bien, et s'était effondrée deux jours plus tard pour mourir en une heure d'une hémorragie cérébrale : fracture du crâne. Jane tira la chasse, rinça sa bouche et se brossa les dents. Sa poitrine la brûlait. Elle marcha jusqu'à la cuisine et se servit un verre d'eau. L'enveloppe était toujours sur la table. Réelle. Appeler qui ? Sa mère ? Allison ? Eric ?

On frappa à la porte. Elle marcha dans le couloir comme un automate et ouvrit sans même regarder par le judas. Lynn, sur le palier, lui souriait, les joues et le nez rouges de coups de soleil. Elle portait une chemise bleu ciel à pois blancs et tenait un filet plein d'énormes pamplemousses.

« Tout frais, cueillis hier en Floride. Qu'est-ce qui t'est arrivé ?

— J'ai fait une chute de vélo et Eric divorce. »

Lynn laissa tomber les pamplemousses et la prit dans ses bras.

Du chantage, lui dit Lynn. Un pur enfantillage pour lui faire peur. On ne divorçait pas parce qu'on s'était disputés au téléphone. Même si Jane avait été vraiment méchante. Dans un couple, on utilisait toujours sa connaissance des points faibles de l'autre pour faire le plus mal possible. Si c'était un motif de divorce, il n'y aurait plus un seul couple marié sur la surface de la terre. C'était au contraire une preuve de bonne santé conjugale : pour se déchirer par des mots, il fallait s'aimer. Jane buvait les paroles de Lynn, plus vraisemblables et plus sensées que tout ce qui s'était passé ce soir. Mais Lynn ne connaissait pas Eric — sa fierté, la force de son silence. Lynn haussa les épaules : tous les hommes étaient comme ça. Elle tenait la main de Jane, lui caressait les cheveux, lui promettait que tout irait bien, qu'elle ne devait pas se faire de souci. Jane se demandait ce que Lynn connaissait aux hommes et à l'amour.

Au matin la douleur était là. Un bloc de béton dans le ventre. Impossible de rien avaler et de rien boire. Elle ne pouvait même pas pleurer. Elle avait envie de vomir. Tout le corps lui faisait mal. Ce n'était pas la chute, elle en était sûre. Elle n'avait connu qu'une douleur semblable : celle qui avait suivi l'avortement. Mais il y avait une cause physique, alors.

Les jours suivants, elle tenta de joindre Eric un nombre incalculable de fois. Elle appuyait mécaniquement sur la touche « bis » et attendait la tonalité, sachant qu'il ne répondrait pas. Elle composa le numéro de Nancy dans le Maine. Personne. Juste une vérification. L'ennemi était évidemment dans la place et faisait subir à Eric un lavage de cerveau en lui répétant jour et nuit qu'il était le cocu d'Old Newport.

Elle aurait pu partir pour Iowa City. Le billet se trouvait sur son bureau. Elle débarquerait chez Eric, le verrait, le forcerait à l'entendre. Elle lui parlerait en adulte et non en hystérique. Elle reconnaîtrait, de cette voix contrôlée et raisonnable qu'il aimait, qu'elle avait été infantile, égoïste et cruelle. Elle promettrait de changer, de ne plus jamais se plaindre. Ils avaient besoin d'être ensemble. Elle l'aimait. Il l'aimait. Ce n'était pas la sorte d'amour qu'on trouvait deux fois dans une vie. Ou il n'y aurait pas cette pierre dans son ventre maintenant. Elle en était sûre. Même si Eric, un jour, lui avait dit que la douleur insupportable qu'elle sentait après une dispute n'était pas un signe d'amour. Il l'écouterait. Elle gagnerait contre sa mère.

Mais Eric lui avait envoyé un shérif. Pour ce qu'il s'en souciait, elle aurait aussi bien pu se tuer ce soir-là.

Le 11 avril passa. Elle jeta le billet. Elle ne consulta pas d'avocat. Elle attendit encore cinq jours avant d'ouvrir l'enveloppe et de regarder les papiers. Le plaignant, l'accusé, tout était là, tapé. L'écriture manuscrite d'Eric n'apparaissait que dans sa signature au bas de chaque feuille. Si elle voulait protester, elle devait remplir ce formulaire. Elle avait encore quatre jours pour le faire. Mais il n'y avait rien à objecter. C'était le cas le plus simple de divorce : pas d'enfants. Dans la liste des choses dont devait décider le juge, Eric avait coché seulement « Divorce (dissolution du mariage) », et pas « Juste répartition des propriétés et des dettes ». Il avait eu cette décence. Ils régleraient les choses entre eux, ce serait moins laid.

Eric lui téléphona le 22 avril après avoir appris qu'elle n'avait pas rempli le formulaire de protestation et par conséquent acceptait le divorce. Quand elle reconnut sa voix, tout son corps se mit à trembler. Elle eut assez de dignité pour ne pas fondre en larmes. Eric n'était ni hostile ni même froid. Sa voix triste et douce montrait qu'il avait souffert.

« Je suis désolé de ne pas t'avoir rappelée. C'était une décision que seul l'un de nous pouvait prendre, parce qu'elle allait contre l'autre. On ne pouvait pas en discuter.

— Mais je t'aime, protesta Jane d'une voix faible, tandis que des larmes silencieuses coulaient sur ses joues.

— Moi aussi je t'aime », répondit gravement Eric de cette voix aux inflexions douces et chaudes qui semblait constater, sans pouvoir l'empêcher, une très triste réalité. « Malheureusement il y a des choses plus fortes que l'amour : je ne peux pas te donner ce que tu me demandes, Jane. »

Sa douceur était plus terrible que l'agressivité. Elle montrait une détermination calme et irréversible. Après avoir raccroché Jane ne pleura pas. Elle resta longtemps assise près du téléphone. Elle pouvait à peine respirer ! Pendant les jours qui suivirent elle eut la nausée. Eric avait confirmé que sa mère se trouvait là-bas.

Ce fut seulement après avoir parlé à Eric qu'elle trouva la force d'appeler Allison et ses parents. Allison fut horrifiée. D'abord elle ne put pas le croire. Mais elle ne pleura pas comme le jour de l'avortement.

« Après tout c'est peut-être ce que tu voulais. Ou tu serais déjà là-bas. Aucun mariage ne résiste à la distance géographique. Au bout d'un certain temps ça veut simplement dire que deux personnes peuvent vivre l'une sans l'autre. Je n'ai jamais compris comment tu faisais. Je n'arrive pas à être séparée de John plus d'une semaine. »

Ses parents étaient déjà au courant. En vrai gentleman, leur gendre les avait avertis dix jours plus tôt.

« Ton père m'avait interdit de t'appeler, lui dit sa mère d'un ton d'excuse. Il est furieux. Il dit que tu as un comportement autodestructeur. »

Il restait Lynn.

« Si tes parents l'aimaient tant, ce n'était pas le bon mec pour toi. Ne t'inquiète pas. Les parents sont des machines à culpabiliser. Tu aurais dû entendre les miens quand j'ai divorcé, et ensuite, quand...

— Tu étais mariée ?

— Je ne t'avais pas dit ? »

Convaincue que la vie affective de Lynn s'était toujours limitée à ses deux chats, Jane ne lui avait jamais posé aucune question. Elle apprit que Lynn avait épousé à dix-neuf ans son premier petit ami, dont elle avait divorcé à vingt-sept. Il buvait et la battait. Elle avait déménagé à Old Newport et, quatre ans plus tard, y avait rencontré Jeaudine, une étudiante en thèse au département d'études afro-américaines de Devayne venue l'interviewer pour une étude sociologique des ghettos noirs d'Old Newport. Lynn avait attendu cinq ans avant d'annoncer à ses parents qu'elle était lesbienne. Elle avait trente-sept ans et elle était engagée dans une relation solide avec Jeaudine. Ils avaient décrété qu'ils ne reverraient jamais leur fille unique.

« Et encore je les ai épargnés : je ne leur ai pas dit que Jeaudine était noire ! Mon père aurait eu une crise cardiaque. »

Jane écoutait, les yeux écarquillés. Lynn sourit.

« Tu ne savais pas que j'étais lesbienne ?

— Non.

— Ça te gêne ?

— Mais pas du tout, pourquoi ? Tous les grands écrivains français de Marcel Proust à Marguerite Yourcenar sont homosexuels ! Et la moitié de mon département. »

Jane rougit. Elle avait parlé trop vite, avec trop de chaleur, comme les racistes et les antisémites qui protestent qu'ils ont des amis noirs ou juifs. Qu'est-ce qui la gênait ? Le cliché de la lesbienne-camionneur que le physique de Lynn et sa voix forte évoquaient ? Le fait que Natalie Hotchkiss aussi était lesbienne ? Mais il y avait Theodora Theopopoulos, si belle que Jane aurait pu tomber amoureuse d'elle.

« Ton amie a quitté Old Newport ?

— Jeaudine ? Elle est morte.

— Oh, excuse-moi. » Jane hésita. « Un accident ?

— Le sida.

— Le sida ! »

Il y avait tant d'étonnement horrifié dans la voix de Jane que Lynn haussa les sourcils et la considéra.

« Tu n'as pas d'ami mort du sida ? »

Jane fit non de la tête.

« Eh bien, tu as de la chance. »

Lynn se mordit l'intérieur de la joue et resta silencieuse quelques secondes avant de reprendre la parole. Jeaudine avait grandi à Bedford Stuyvesant, une des sections les plus pauvres de Brooklyn ; à seize ans elle se droguait et travaillait pour son oncle, un petit dealer qui lui avait fait un enfant avant de se retrouver en prison. L'assistance sociale avait confié le bébé à une famille adoptive. Jeaudine, à vingt-deux ans, avait décidé de reprendre sa vie en main : arrêter la drogue, retourner à l'école, trouver du boulot, devenir la mère de son enfant. Elle avait obtenu un diplôme de licence du City College à Brooklyn. La petite était morte du sida avant que Jeaudine ait pu la récupérer.

« Elle aurait pu retomber, recommencer à se droguer. Mais elle est entrée à Devayne. Je ne sais pas si tu te rends compte de ce que ça veut dire pour une fille de Bedford Stuyvesant. »

La vie avait rattrapé Jeaudine au tournant. Elle était en train de finir sa thèse quand elle était morte du sida, à trente-six ans. Lynn parlait simplement, sans émotion apparente, tout en mâchant des morceaux de poulet. Jane n'avait pas commencé à manger.

« Je suis désolée. Je n'avais aucune idée.

— Mange. Ne sois pas désolée. Plains plutôt les cadavres ambulants que sont la plupart des vivants. Avec Jeaudine on a eu quelques années qui valent mille fois bien des vies de quatre-vingt-dix ans. Et elle vit encore, là. »

Elle fit toc-toc-toc sur sa poitrine à l'endroit du cœur.

C'était mai, un mai ensoleillé. Jane ne remarqua pas le changement de temps. Elle était vivante. Elle se réveillait le matin, buvait son thé, lisait, prenait des notes, réfléchissait à son second projet. Les romans qu'elle lisait lui semblaient artificiels mais le travail était une bouée de sauvetage. Une nuit, elle tomba sur un passage dans *La Duchesse de Langeais* de Balzac sur la différence entre amour et passion : on avait plusieurs passions au cours de sa vie, que la jalousie ou le manque d'espoir pouvait éteindre ; mais on n'avait qu'un amour, serein, sans fin. Les larmes coulaient sur ses joues. Elle avait craint qu'Eric ne l'aime pas de passion mais seulement d'un calme et tendre amour. C'était le contraire. Il avait une passion pour elle, pas de l'amour : or la passion pouvait mourir.

Non. Il n'était pas question qu'elle se mette à penser à Eric dès qu'elle voyait écrit « amour » quelque part. Pas question qu'elle se laisse emporter par une vague d'émotion alors qu'elle était en train de travailler. Pas question qu'elle trouve superstitieusement sa vérité dans un roman. Pas question qu'elle se laisse détruire. Si les romans la faisaient pleurer, elle ne lirait plus de roman. Elle n'ouvrirait plus que des livres de critique littéraire où elle ne risquait pas de se reconnaître. Elle se rappela soudain le Woodrow qu'elle avait abandonné sur une étagère de sa chambre après l'avoir emprunté à la bibliothèque le jour terrible, il y avait un mois. Elle allait lire ce bouquin qui ne voulait pas se laisser lire par elle. Reprendre son destin en main. Elle se leva, les dents serrées, alla chercher le livre à la jaquette bleu ciel. Elle s'assit sur le canapé avec un verre de whisky, les pieds confortablement appuyés sur un tabouret tapissé, devant son tapis aux couleurs chaudes, la commode antique et, dessus, le beau bouquet d'iris et de roses que Lynn lui avait apporté hier. Le lampadaire en métal doré, dont Jane avait fabriqué l'abat-jour en enroulant un large ruban de satin blanc autour d'une structure métallique, projetait sur elle une lumière douce.

Elle regarda la table des matières. Il n'y avait qu'un chapitre sur Flaubert. Elle avait déjà lu des tonnes de livres sur Flaubert, jusqu'à l'écœurement. Elle savait tout ce qu'on pouvait dire sur Flaubert. Elle parcourut rapidement les premières pages. Son intérêt s'éveilla quand elle s'aperçut que Jeffrey Woodrow, un professeur connu de l'université Duke, défendait des idées proches des siennes. Cela pouvait expliquer pourquoi elle avait du mal à trouver un éditeur : comme Eric le lui avait dit, elle aurait dû commencer par prendre position par rapport à Woodrow, sinon son livre avait juste l'air de répéter des idées déjà publiées. Mais la similitude de leurs vues était plaisante : à force de lire des rapports de lecteurs, Jane avait fini par mettre en doute la validité de ses analyses. Woodrow avait choisi pratiquement les mêmes citations qu'elle dans la *Correspondance* de Flaubert et dans *Madame Bovary*, pour défendre la même idée sur l'artiste et la répression du féminin — du mou, du sentimental, du personnel. Jane lisait maintenant très attentivement, avec un sentiment étrange. Elle passa à la section des notes à la fin du livre : Woodrow et elle avaient les mêmes références. Elle n'était pas citée, bien sûr, puisque ses deux ou trois articles sur le sujet avaient été publiés au moment de la sortie du livre de Woodrow ou après, même s'ils avaient été écrits bien plus tôt. Jane lut une longue note d'une quarantaine de lignes et pâlit.

La note racontait un malentendu entre Louise Colet et Gustave Flaubert. Un jour, alors qu'ils passaient devant une statue de Corneille à Paris, Louise avait dit à Flaubert qu'elle sacrifierait toute la gloire de Corneille pour l'amour de lui. Au lieu de s'émouvoir de cette tendre déclaration, Flaubert s'était mis en colère : comment Louise pouvait-elle dire quelque chose d'aussi stupide ? Louise avait été tellement blessée par cette rebuffade qu'elle avait transposé la scène dans son roman *Lui* : comme il avait l'âme petite, l'homme incapable de comprendre qu'une femme préférât l'amour à la gloire de Corneille ! L'homme ambitieux et froid qui préférait la gloire à l'amour d'une femme !

Mais si Flaubert s'était mis en colère, c'était seulement parce que la déclaration de Louise révélait une confusion entre la gloire et l'art insupportable pour un puriste comme lui qui croyait à l'art et au style. C'était justement parce qu'il aimait Louise qu'il avait réagi vivement : comment une artiste pouvait-elle confondre l'art avec la face extérieure de l'art, et adopter le point de vue des dilettantes qui ignoraient que l'art n'était rien d'autre qu'un progrès patient vers une perfection produite par le travail ? La gloire n'avait aucune importance.

C'était l'analyse que Jane avait faite d'un incident qui l'avait frappée. Personne n'avait jamais rapporté cette scène en ces termes. Elle en était sûre. Elle avait ajouté cette analyse à la seconde version de son manuscrit après avoir lu le roman de Colet. L'article qui contenait l'analyse de cet incident était sorti plusieurs mois après le livre de

Woodrow. Maintenant elle avait l'air d'avoir plagié Woodrow sans même le citer.

Comment une telle coïncidence était-elle possible ? Il n'y avait qu'une explication : Woodrow connaissait le travail de Jane parce qu'il avait lu son manuscrit en circulation. C'était logique puisqu'il travaillait dans le même domaine. Voilà donc comment fonctionnait le système : un professeur de cinquante ans titularisé dans une grande université « empruntait » le travail d'une jeune collègue non titularisée, qui demeurait inédit grâce au rapport qu'il avait écrit. Pas tout, bien sûr : les idées, les références, les interprétations, les citations, et quelques phrases. Dix ans de travail.

Elle referma le livre et but quelques gorgées de whisky. C'était donc par une sorte de pressentiment qu'elle avait évité pendant un an de regarder ce livre. Elle se leva et regarda l'horloge sur la cuisinière. Neuf heures moins le quart. Impulsivement, elle prit dans le tiroir de la petite table la feuille portant les numéros de ses collègues et composa le numéro de Bronzino. Il était lui aussi en congé sabbatique ce semestre et peut-être en voyage. Il décrocha après deux sonneries.

« C'est Jane. Je ne te dérange pas ?

— Non, ça va. De quoi s'agit-il ? » répondit-il d'une voix légèrement ennuyée, sans demander à Jane comment elle allait. Il n'était au courant ni de la maladie, ni du divorce.

Elle lui raconta sa découverte avec émotion : Jeffrey Woodrow lui avait volé son travail.

« Pourquoi est-ce que tu m'appelles ? reprit Norman de la même voix distante.

— J'ai pensé que tu aurais sans doute son numéro. Je voudrais lui téléphoner.

— Tu es sûre ? Jeffrey niera et sera sûrement de bonne foi. Tu as retrouvé tes phrases mot à mot ?

— Quand même pas.

— Tu vois. Vous avez peut-être des idées semblables, voilà tout. D'ailleurs, il n'y a pas d'idées : il n'y a que du style. Je connais Jeffrey depuis longtemps : il est intelligent et très intègre. Et n'oublie pas que c'est le président de la Société d'études françaises du dix-neuvième siècle. Il pourra t'être utile, un jour. »

Elle raccrocha sans noter le numéro de Woodrow. Ses paumes transpiraient. Attendait-elle que Bronzino prenne sa défense contre son ami ? Il devait la considérer comme une hystérique. Lui aussi avait sûrement déjà emprunté le travail inédit d'un élève ou d'un collègue plus jeune. C'était la règle du jeu. Il fallait soit se taire, soit entrer dans le camp des Hotchkiss : faire un scandale, intenter un procès. Jane n'avait aucun désir de se battre. Pas pour ça. Tout cela n'avait fondamentalement aucune importance.

Elle se rassit sur le canapé et finit le verre de whisky. Son indignation était déjà retombée et faisait place à un sentiment de nausée générale — à l'égard des universitaires, des livres, du travail, de Woodrow, de Bronzino, d'Eric, de Flaubert. Oui, de Flaubert. Il ne pouvait pas simplement dire à Louise qu'il l'aimait au lieu de lui montrer immédiatement qu'elle ne comprenait rien à l'art ? Il ne pouvait pas être gentil ? Céder ?

Fin mai, Eric vint à Old Newport. Elle le vit : un homme grand et svelte, avec une bouche admirablement dessinée, un homme de quarante ans extrêmement beau qui, un jour, la laisserait de glace. Ils ne s'embrassèrent pas, ne se serrèrent pas la main, comme la première nuit où Eric l'avait raccompagnée chez elle six ans plus tôt, et où elle avait su que quelque chose se passerait précisément parce qu'il n'y avait eu entre eux aucun contact physique — comme si le frôlement de leurs peaux aurait été l'étincelle mettant le feu aux poudres. Ce n'était plus pareil. Elle n'avait plus le droit de toucher ses lèvres ou ses joues douces. Ils étaient divorcés. Il ne portait plus son alliance. Elle rougit quand les yeux d'Eric se posèrent une seconde distraitement sur la sienne. Elle se demanda si elle devait la lui rendre, puisqu'il avait acheté les anneaux. Cette nuit-là, après une longue hésitation, elle jeta dans une poubelle dehors son alliance et sa bague de fiançailles au lieu de les garder au fond d'un tiroir : une coupure plus nette avec le passé. Les bagues qu'Eric avait choisies pour elle feraient la joie d'un clochard.

Ils vidèrent le garde-meubles et répartirent leurs biens sans dispute. En vrai gentleman, Eric ne prit que ce que Jane ne réclamait pas, loua un camion et porta chez elle ce qui lui appartenait. Lynn le rencontra. Elle dit à Jane le même soir :

« Pas si beau que ça. Trop aryen, trop symétrique, trop froid. On dirait un modèle de publicité Calvin Klein. Tu peux faire mieux. »

Ils vendirent leur maison à leurs locataires pour le prix auquel ils l'avaient payée, alors que le marché de l'immobilier était encore plus bas que trois ans plus tôt. En cinq jours, grâce à l'efficacité d'Eric, il ne restait plus aucun lien matériel entre eux.

Elle ne vit jamais Eric seul. Sa mère les suivait partout et se tenait à tout moment à ses côtés entre lui et Jane. Un matin, Jane appela Eric à son hôtel et sa mère répondit : ils partageaient la même chambre.

« Avec sa môman », dit Jane avec un ricanement.

Lynn rit.

« Qu'est-ce que tu dois lui faire peur. »

Jane posa lentement la page en haut de la pile sur sa gauche. Sa main tremblait. Elle essuya rageusement quelques larmes sur ses joues. L'assiette à côté du manuscrit était pleine de corn flakes ramollis dans le lait. Elle ne pouvait plus manger.

Alex se trompait : elle n'était pas si forte que ça. Elle avait commis une erreur terrible. À cause d'Alex sur qui elle ne pouvait même pas compter !

Elle se leva brusquement et marcha jusqu'à sa chambre. Sur l'étagère encastrée dans le mur se trouvait la petite boîte à bijoux florentine en cuir rouge achetée en Italie six ans plus tôt. Elle attrapa au fond, sous les bijoux qu'elle ne mettait plus guère, le bout de papier blanc dont elle déchira le scotch et qu'elle déplia : elle revit, pour la première fois en deux ans, l'anneau d'or en forme d'accent circonflexe incrusté de tout petits diamants, et aussitôt après, telle une vision sortie de la lampe d'Aladin, Eric lui tendant l'écrin bleu ciel dans le restaurant de langoustes de Fort Hale, à leur retour de Grèce : ils portaient nouées autour de leur cou, comme des bébés, des serviettes en plastique avec de grosses langoustes rouges qui donnaient à la scène un aspect grotesque ; devant l'air ému d'Eric, elle avait dû réprimer une nerveuse envie de rire. Elle chiffonna le papier autour de l'anneau, le reposa dans la boîte qu'elle referma d'un coup sec et sortit de la chambre. Dans la salle de bains elle s'aspergea le visage d'eau froide.

À Lynn et Allison, Jane avait déclaré avoir jeté ses deux bagues.
À Jamaica, moins proche et par conséquent moins prompte à la
blâmer, Jane avait confié avoir jeté l'alliance mais gardé la bague
de fiançailles parce que la forme originale lui plaisait et qu'elle
espérait pouvoir la porter un jour sans aucune émotion. Francisco
n'avait pu recueillir que de Jamaica, via Duportoy, les informations concernant Jane après son départ pour l'Espagne : il ne se
serait pas privé d'un détail si particulier révélant l'exactitude de
ses connaissances.

Alors qui ?

Il y avait quelqu'un d'autre à qui Jane avait beaucoup parlé
sans se censurer parce que c'était quelqu'un qui ne comptait guère :
Lynn.

Lynn était assistante sociale : son métier, comme celui d'une psychologue, consistait à écouter les autres. Si Lynn écrivait, son style
serait certainement sec, direct comme un coup de poing, « viril ».
Pourquoi avoir pensé jusque-là que l'auteur était forcément un
homme ?

Jane s'exclama, de plus en plus excitée : le paquet avait été posté
à New York cinq jours plus tôt, et Lynn était justement allée à New
York la semaine précédente pour une marche de protestation contre
la violence policière.

Elle ne devait pas sauter trop vite à la conclusion. De chapitre
en chapitre elle changeait de suspect. Elle se rassit. Une nouvelle
partie commençait. « Guérir. » Un mot qui, certes, ressemblait à
Lynn.

QUATRIÈME PARTIE

Guérir

1

Le flic sonnerait à la porte vers huit heures. On entendrait à l'intérieur la musique et les conversations. Eric descendrait vite l'escalier, un verre dans la main gauche et un sourire aux lèvres, en préparant une phrase de bienvenue. Au lieu de la femme attendue, il y aurait ce gros flic sur le seuil. « Monsieur Blackwood ? » Eric jetterait un coup d'œil dans la rue : sa voiture mal garée ? « C'est à propos de votre femme... — Ma femme ? Je suis divorcé. — Excusez-moi, votre ex-femme. Elle est morte. — Jane ? Morte ? Comment ça ? — Elle a été tuée. — Tuée ? Un accident ? — Un meurtre. — Un meurtre ! Où ? — À Old Newport, hier à trois heures de l'après-midi. Violée et égorgée. »

Il n'y avait pas de mot pour décrire ce qui se passait alors dans le cœur d'Eric, la douleur atroce qui le faisait devenir blanc comme linge, jeter le verre contre le mur et s'enfuir comme un fou sans même voir arriver la dernière invitée, la femme qu'il attendait. Jane pleurait silencieusement. Les larmes coulaient du coin de l'œil le long de sa tempe en une fine rigole et mouillaient l'oreiller. Elle le mordit rageusement et ouvrit les yeux. Les aiguilles fluorescentes du réveil indiquaient six heures moins vingt. Elle avait lu jusqu'à une heure et demie du matin. Quatre heures, c'était trop peu. Elle ne tiendrait pas le coup ce soir avec Jamaica. Inutile de refermer les yeux : elle verrait immédiatement Eric et le flic. C'était comme ça tous les matins depuis l'agression.

Un mois entier s'était pourtant écoulé depuis que Jane, se baladant dans les rues ensoleillées de son quartier, fin septembre, avait soudain senti une main plaquée sur son visage, l'étouffant à moitié, tandis qu'un bras l'étranglait. Une voix avait aboyé un ordre inarticulé facile à deviner. Elle n'avait pas résisté ni crié. Avec un calme dont elle se dirait ensuite la première surprise, elle avait extrait son portefeuille de la poche de sa veste. On entendait des bruits de voix proches : des adolescents ponctuant leurs interjections de « merde » et de « putain ». L'homme avait attrapé le portefeuille et disparu. Jane était restée immobile quelques secondes avant d'émerger de sa torpeur et de courir jusqu'à Columbus Square à moins de cinquante mètres. Elle s'était laissée tomber sur un banc, les jambes molles, au milieu de la foule profitant joyeusement du dernier samedi d'été. Tout son corps s'était mis à trembler. Elle avait mis sa main dans son cou, là où ça faisait mal, et vu du sang sur ses doigts. Juste quelques gouttes : une éraflure. Il n'avait peut-être pas fait exprès, il avait peur lui aussi. Elle n'avait même pas remarqué le couteau. Elle avait soudain compris ce qui venait d'arriver — et ce qui aurait pu arriver si des gosses n'étaient pas passés par là, si elle avait essayé de s'enfuir, si l'homme l'avait entraînée dans les buissons, si... Elle avait éclaté en sanglots.

Elle n'alla pas porter plainte : elle n'avait pas vu l'homme et ne voulait pas qu'on accuse un innocent ou relâche un coupable à cause d'elle. Surtout elle ne voulait pas voir, sur le visage des flics, l'expression d'intérêt et presque le regret que les choses ne soient pas allées plus loin. Histoires de viol : celles dont elle se délectait dans le journal au petit déjeuner, avant.

Elle pleurait souvent pendant la journée, alors qu'elle lisait à la maison ou pédalait vers l'université, sans raison. Dès qu'elle entendait une sirène ou un bruit fort. Elle avait toujours pleuré facilement, mais jamais à ce point. Un jour un conducteur de camion la klaxonna parce qu'elle roulait trop à gauche : elle dut s'arrêter aussitôt et s'assit sur le trottoir, en larmes. Elle avait raconté l'agression de nombreuses fois, à Lynn, à Jamaica, aux secrétaires, à ses collègues, à sa mère, à Allison. Lynn était folle de rage : juste quand Jane commençait à aller mieux. Tous se montraient horrifiés. En plein jour ! Ils lui recommandaient de déménager du bon côté de la voie ferrée.

Mais le pire, c'était ce dont elle ne pouvait parler à personne et surtout pas à Lynn : le réveil chaque matin à l'aube avec le même feuilleton dans la tête, Eric apprenant que son ex-femme était morte égorgée et se rendant compte, trop tard, de sa perte. Jane se retournait dans son lit en grognant de colère et cherchait vainement à chasser les images.

Malgré le manque de sommeil, elle était en forme quand elle sortit du gymnase à neuf heures et demie ce soir-là : le cours de danse africaine la regonflait d'énergie. Elle traversa un carrefour animé avec un garage, un magasin ouvert vingt-quatre heures sur vingt-quatre, un McDonald, un Dunkin Donuts, une banque et un café devant lequel traînaient des punks aux narines, aux lèvres et aux sourcils percés de petits anneaux. Elle pressa le pas. Elle n'avait pas pris son vélo parce qu'elle portait une longue jupe en lin grège pour son rendez-vous avec Jamaica. Casa Blue se trouvait trois cents mètres plus bas, vers le campus. C'était la première fois qu'elle y allait. Elle entra dans une pièce à l'atmosphère chaleureuse, pleine de gens installés dans des vieux canapés et des fauteuils confortables qui semblaient avoir été récupérés dans un grenier de grand-mère. Jane vit Jamaica dans la pièce voisine, près de l'estrade où jouaient les musiciens, un saxophoniste noir aux cheveux gris et deux grands Blancs se contorsionnant sur leurs guitares électriques. Sa tête aux yeux mi-clos reposait contre le dossier du fauteuil. Elle portait un tee-shirt noir moulant qui découvrait son nombril, une minijupe à petits carreaux et des bottes en cuir noir à semelles épaisses moulant ses mollets. Pas de bijoux ni de maquillage. Elle changeait vraiment des Ashley, Pratterman, Lehman et Hotchkiss, et même du froid Duportoy, si jolie avec sa chevelure frisée tombant sur ses épaules et encadrant un visage plat comme un masque antique, avec de grands yeux en amande écartés à l'iris mêlant le brun et l'or, et une bouche au dessin oriental. Jane posa sa main sur l'épaule de Jamaica et s'assit sur une chaise à côté.

« Salut ! lui dit Jamaica. Comment était le cours ?

— Génial. Tu devrais vraiment venir.

— Je n'aime pas les cours. Même les cours de danse.

— Mais ça n'a rien à voir avec un cours. On est là pour s'amuser. Et puis c'est très sensuel. Tu sais ce qu'on fait à la fin ? On se prosterne toutes à genoux et on baise le plancher devant les joueurs de tambour. Symbolique, non ?

— Mmumm. Comment vont Koukou et Lili ?

— Elles n'étaient pas là. Quelque chose de terrible est arrivé la semaine dernière : les flics ont fait une descente chez eux en pleine nuit et ils ont tabassé Ousmane. Koukou a cru qu'ils allaient le tuer. Une erreur d'étage ! Ils sont repartis en laissant Ousmane avec un visage tuméfié et deux côtes cassées, sans une excuse, sans un dédommagement, rien. »

Jamaica éclata d'un rire clair.

« Tu me fais marrer. Il a de la chance que les flics ne l'aient pas zigouillé. C'est quelque chose que tu ne peux pas comprendre. Quand j'entre dans un magasin, je sens tout de suite le regard du proprio qui me surveille. Si je vais dans un restau un peu chic, il faut que je m'habille deux fois mieux qu'une fille blanche. »

Jane rougit. Une serveuse s'approcha. Jane commanda un Bailey's et Jamaica une autre bière.

« J'ai quelque chose à te raconter », reprit Jamaica avec un sourire coquin.

Jane se pencha vers elle.

« Hier soir j'étais à une fête à l'école de théâtre. Un mec me regardait. Il commence à danser avec moi — ou plutôt contre moi, et il bandait : je sentais sa bite, derrière le jean, juste contre ma peau. » Elle montra son ventre nu. « On a dansé comme ça sans s'arrêter jusqu'à ce qu'on s'aperçoive qu'il n'y avait plus personne et plus de musique, juste deux types en train de ranger la stéréo. Ça faisait trois heures qu'on était au bord de l'orgasme. Sa bite était du vrai béton. Moi j'étais complètement mouillée. On ne s'était pas dit un mot, on ne s'était jamais vus avant, et tu sais quoi ? Je savais qui c'était, et lui aussi il savait qui j'étais. Pour lui c'était plus facile parce que je suis noire, mais quand même je ne suis pas la seule Noire à Devayne.

— C'était qui ?

— Duportoy.

— Duportoy ? Mais tu le connais : vous êtes collègues !

— Oui, mais je ne l'avais jamais vu : on n'enseigne pas les mêmes jours, il habite à New York et il n'est pas venu aux deux premières réunions du département. Depuis que je suis arrivée ici en août, tout le monde me dit que je devrais le rencontrer comme si quelque chose de spécial devait arriver entre nous. Et tu sais quoi ? Pareil pour lui.

On se retrouve dehors et il me dit : Jamaica ? Et moi :
Xavier ? *La Princesse de Clèves*, quoi. »

Elles faisaient cours sur le roman du dix-septième siècle
dans le cursus que Jane dirigeait. Jamaica venait d'évoquer
la scène du bal où la princesse de Clèves dansait avec le duc
de Nemours à la demande du roi avant même de lui avoir
été présentée. Le duc, après la danse, disait au roi et à la
reine avoir reconnu la princesse de Clèves, la personne la
plus parfaite de la cour ; la princesse niait en rougissant
avoir deviné l'identité du duc. La reine concluait en riant
qu'il y avait, dans le déni de la princesse, quelque chose
d'« obligeant » pour le duc de Nemours. Jane aimait le mot
« obligeant ».

« D'accord pour toi et la princesse, mais Duportoy et
Nemours, je suis moins sûre. Et ensuite ?

— Curieuse. D'abord on s'est baladés ou plutôt on a à
moitié fait l'amour dans la rue. On a fini chez moi à cinq
heures. On a fait l'amour sans s'arrêter jusqu'à ce que je
parte en cours à neuf heures moins cinq. Je puais le sexe !
Je suis rentrée à onze heures et demie et on a recommencé. D'après Duportoy il n'y a pas de limite au nombre
d'orgasmes pour une femme : il faut juste arriver à se
détendre complètement. On a essayé de mettre cette
théorie en pratique : ce matin j'ai eu neuf orgasmes de
suite.

— Neuf ! Et lui ?

— Trois ou quatre. Il s'est fait durer. »

Elles rirent.

« Et il est où, maintenant, ton Nemours ?

— À New York. En train de rompre avec sa copine.

— Après une nuit ?

— Ce n'était pas juste une nuit. »

Jane finit son Bailey's. Jamaica ferma les yeux. Elle avait
de longs cils et quelque chose d'extrêmement délicat dans

son visage d'enfant. Vingt-six ans : encore plus jeune que Jane quand elle était arrivée à Devayne. On lui en donnait dix-huit : elle devait toujours montrer son permis à l'entrée des bars. Elle venait de Philadelphie. Son père était avocat et sa mère professeur d'anglais. Elle était l'aînée d'une famille de sept enfants. Ils allaient à l'église tous les dimanches. Encore récemment elle composait des gospels. Il y avait dix ans de différence entre elles, mais Jane se sentait comme une grand-mère face à cette représentante du « New Age » qui ne fumait pas, ne buvait guère, mangeait macrobiotique, faisait du yoga, baisait avec des capotes, parlait de sexe crûment et croyait à l'amour romantique. Duportoy. D'une certaine manière ils semblaient prédestinés à se rencontrer : deux étoiles dans le ciel de Devayne. Jane avait trop de bienveillance maternelle pour Jamaica, trop de plaisir à la regarder et à l'écouter, pour se sentir jalouse ou voir dans sa rencontre-coup de foudre avec Duportoy un écho de sa propre histoire avec Eric, dont Jamaica ne savait rien sinon que Jane était divorcée.

Elles se séparèrent dans la rue un peu après minuit. Jamaica n'habitait pas loin.

« Tu n'as pas ton vélo ? Tu veux que je te raccompagne ?

— Non, après il faudrait que tu reviennes toute seule. Je vais prendre le minibus. »

Jane longea le théâtre de Devayne et les restaurants déjà tous fermés jusqu'à l'arrêt du minibus près du vieux campus. Jamaica et Xavier Duportoy. Elle sourit. Voilà qui mettait fin au prosélytisme de Lynn, qui cherchait à convaincre Jane qu'il n'y avait pas deux sortes d'attirance et qu'elle devait tenter sa chance auprès de Jamaica. D'après Lynn, ce que Jane prenait pour une absence de désir sexuel n'était qu'une barrière culturelle qui tomberait dès la première expérience, quand elle découvrirait que l'amour avec une femme était plus délicat, plus généreux, plus doux, plus ludique et sans risque d'impuissance. Jane attendit plus de dix minutes avant de se rappeler qu'après minuit il fallait appeler le service de minibus. Il y avait un téléphone du campus pas loin mais elle ne connaissait pas le numéro par cœur. Elle fouilla dans ses poches : pas de monnaie pour téléphoner à Jamaica. À cette heure-ci il serait difficile d'en trouver à moins de remonter vers les bars près de chez Jamaica : autant aller chez Jamaica. D'ici, Jane serait même plus vite arrivée chez elle. Mais elle devrait traverser quelques rues peu sûres autour de la voie ferrée. Il était irritant d'être une femme, surtout par une nuit si douce où il aurait fait bon se promener. Après tout, l'agression de septembre avait eu lieu en plein jour et près d'un square plein de monde : le risque était aussi grand au centre d'Old Newport. En toute probabilité, rien n'arriverait : ce genre de chose ne se produisait qu'à l'improviste. Elle décida de vaincre sa peur et se dirigea d'un bon pas vers la voie ferrée. L'ancien « Quartier du Crime », comme on l'appelait quand Jane était arrivée à Old Newport, avait reçu un lifting ces deux dernières années : Devayne essayait de nettoyer les rues entre la gare et l'université afin de faciliter l'accès au campus. De larges vitrines vides au rez-de-chaussée d'immeubles en brique tout neufs arboraient des panneaux « À louer » qui ne semblaient pas près d'être ôtés. Jane traversa Market Street sans attendre le feu rouge : il n'y avait pas une seule voiture. Même les parkings le long de la voie ferrée, autrefois de simples terrains vagues pleins de détritus, s'étaient métamorphosés : asphaltés et striés de larges bandes blanches qui délimitaient nettement les places, entourés d'une grille en fer forgé surmontée de réverbères de facture ancienne, ils avaient presque l'air élégants. Elle parvint au pont piétonnier, couvert et éclairé au néon. Un sifflement déchirant la fit sursauter : les planches vibrèrent sous ses pieds quand le train passa à toute allure. Le pont menait à une rue que les travaux de construction d'un nouveau pont par-dessus la voie ferrée avaient transformée en voie sans issue. Les maisons délabrées aux fenêtres barrées par des planches, et la route mal éclairée n'étaient guère rassurantes. Par terre, près de la grille déchirée donnant sur la voie, traînaient des canettes de bière, des bouteilles cassées, des capotes et des seringues. Elle n'était plus très loin de chez elle. Ce serait mieux éclairé dès qu'elle aurait traversé Union Street. Elle passa devant un garage fermé depuis longtemps et couvert de graffitis. Il y eut un mouvement dans les buissons sur sa droite. Son cœur se mit à battre à toute allure. Elle entendit un grognement d'animal. Sans doute un raton-laveur. Dans le noir on ne voyait rien. Une fois, elle avait surpris un raton-laveur près de chez elle ; on aurait dit un énorme rat avec une longue queue mince. Les ratons-laveurs pouvaient transmettre la rage. Si elle criait, il s'enfuirait sans doute. Soudain elle vit l'homme. Il grimpait la butte à quatre pattes en venant de la voie ferrée. Elle eut un souvenir éclair des terreurs de son adolescence, quand elle rentrait de chez Lisa tard le soir et se mettait à courir comme une dératée, convaincue d'être suivie par un tueur en série.

L'homme se trouvait à dix mètres d'elle et ne l'avait pas encore remarquée. Si elle essayait de passer, il l'arrêterait facilement, d'autant plus qu'elle ne pouvait pas courir avec la jupe longue et étroite. Il se redressa. Il était grand. Derrière elle se trouvait la palissade bloquant Orchard Street, les maisons en ruine et le pont couvert, parfait pour un meurtre. La chemise de l'homme sortait de son pantalon. Il avait les cheveux en broussaille. Il jeta des regards tout autour de lui comme s'il venait de commettre un crime. Jane était paralysée par la peur. Elle pensa à tout ce qu'elle aurait pu faire ; appeler un taxi de chez Casa Blue ; mar-

279

cher jusqu'à chez Jamaica ou se débrouiller pour lui téléphoner ; aller au poste de police de Devayne et demander le numéro du minibus ; ou, tout simplement, avoir le numéro sur elle. Trop tard. Elle avait choisi de se jeter dans la gueule du loup. Elle ne pouvait pas dire qu'elle n'était pas avertie : depuis septembre, elle savait dans son corps que la violence existait. Eric apprendrait sa mort près de la voie ferrée : elle ne serait pas là pour découvrir l'effet que la nouvelle avait eu sur lui. Elle mit les mains dans ses poches : quelques dollars, sa carte de Devayne, les clefs. Elle agrippa son trousseau de clefs et prit la plus grande entre le pouce et l'index. Il fallait viser l'œil et, d'un coup de genou, frapper les couilles en même temps. Surtout ne pas le rater. Enragé, il ne la raterait pas. Il se tourna vers elle et se raidit soudain en remarquant l'ombre dans l'obscurité. Elle discerna son visage.

« Chip ! »

Il sursauta. Elle marcha vers lui rapidement.

« Qu'est-ce que tu m'as fait peur !

— Jane ! »

Il avait l'air bien plus étonné qu'elle. Il y avait de la terre sur sa joue droite et des brindilles dans ses cheveux et sur ses épaules. Il cligna des yeux.

« Mais qu'est-ce que tu faisais là-bas ? Tu as perdu quelque chose ? »

Elle s'aperçut soudain que la braguette de Chip était ouverte et rougit. Ce devait être un de ces endroits de rencontre pour gays dont Chip lui avait parlé. Il rit et lui adressa un clin d'œil.

« Je faisais une petite promenade, par cette belle nuit. Et toi donc ?

— J'ai bu un verre avec Jamaica. Tu veux bien me raccompagner ? »

Elle riait en montant l'escalier et en entrant dans son appartement. Drôle de rencontre.

De tous les amis de Lynn, Chip était celui qu'elle préférait. Elle l'avait rencontré en juin à un pique-nique de l'association Gay and Lesbian. Charles Trowbridge, « Chipie pour les intimes », avait-il dit en français avec un geste coquet de vieille tante. Il était grand et maigre, avec de grandes dents en avant et l'œil vif sous ses sourcils épais et ses cheveux blancs. Il connaissait Proust par cœur. Il avait invité Lynn et Jane à dîner chez lui une semaine plus tard. Jane avait été stupéfaite de découvrir que Chip habitait une superbe demeure ancienne juste à côté de celle du président de Devayne. Encore plus surprise d'apprendre que la moitié des bâtiments de l'université et la maison du président avaient un jour appartenu à la famille de Chip. Ses ancêtres s'étaient installés à Old Newport au seizième siècle et y avaient prospéré comme marchands. La plupart d'entre eux étaient enterrés dans la crypte de l'église la plus ancienne sur Central Square. De mombreux bâtiments de l'université, des salles, et des bourses portaient le nom de Trowbridge. À commencer par le collège George-Trowbridge auquel Jane était affiliée. La maison sur Green Avenue, pleine de portraits et d'antiquités, ressemblait à un musée : les plus belles pièces se trouvaient d'ailleurs au musée historique d'Old Newport, fondé par un Trowbridge.

Sur le chemin du retour, Jane, à moitié ivre, avait fait part à Lynn d'une idée géniale : contracter avec Chip un mariage à la mode du dix-huitième siècle — l'union idéale : sociale, affective et intellectuelle, et libre sur le plan sexuel. Elle adorait Chip, elle adorait sa maison, elle avait adoré le dîner et ne déplorait qu'une fausse note : la présence du vieil Hugh Carrington que Chip avait sans doute convié en l'honneur de Jane. Quand ils seraient mariés, elle n'inviterait pas ses collègues chez eux.

Craignant que Jane ne donne suite à sa plaisanterie et que Chip n'accepte, Lynn avait révélé quelques faits ; Chip était couvert de dettes ; les banques attendaient à sa porte comme des requins. Le dernier descendant des Trowbridge n'avait pas une vie de rentier oisif comme le croyait Jane, mais travaillait huit heures par jour dans un parking d'Old Newport. Jane riait. Lynn lui conseilla aussi de s'abstenir de tout commentaire sur Hugh Carrington. « Pourquoi ? Chip a trop d'esprit pour ne pas le trouver chiant. — Ils sont amants. — Chip et Carrington ? Impossible ! »

Jane s'endormit en se demandant si Hugh était au courant des petites promenades nocturnes de Chip. Malgré ses nombreuses discussions avec Chip sur le sujet, elle n'arrivait toujours pas à comprendre la liberté sexuelle que se laissaient les partenaires gays. Comment parvenaient-ils à évacuer la jalousie ?

Elle ouvrit les yeux. Il faisait nuit noire. Elle avait mal à la tête : le résultat d'un cauchemar qu'elle ne se rappelait pas. Quatre heures et demie, indiquaient les aiguilles fluorescentes. Elle soupira. Elle resterait au lit même sans dormir.

Quand elle rouvrit les yeux, le soleil striait d'ombre et de lumière les murs blancs à travers les stores. Elle regarda son réveil et s'exclama joyeusement : onze heures moins le quart. Si elle enseignait aujourd'hui, elle aurait raté son cours. Une brise passant par la fenêtre ouverte lui caressait les joues. Le matelas ferme sous son dos et la couette en duvet légère et chaude qui la couvrait jusqu'au menton la remplissaient d'un délicieux bien-être. Elle crut, soudain, à la possibilité d'un futur. « Fais confiance au temps », ne cessait de dire Lynn. Lynn, Chip, Jamaica, le cours de danse africaine ; la vie lui faisait des cadeaux.

Elle croisa Lynn dans l'entrée de la maison vers midi et lui raconta en riant sa rencontre nocturne avec Chip. Lynn lui dit sévèrement :

« Qu'est-ce que tu faisais dehors à cette heure-là ? Tu es folle ou quoi ?

— Je sais. Crois-moi, j'ai eu peur. Je n'avais pas sur moi le numéro du minibus. »

Lynn secoua la tête.

« Mais Jane ! Tu n'es vraiment pas,,,

— Francisco ! »

Lynn se tourna vers la porte, surprise.

« Mon rêve ! Je me rappelle ! Cette nuit j'ai fait un rêve, écoute : j'étais dans une grande pièce nue avec Francisco à l'autre bout et sa mère entre nous deux. Je lui disais que son fils était une ordure, un salaud, je disais même "una mierda", alors que je ne connais pas l'espagnol ! Sa mère avait l'air convaincu, et Francisco me regardait d'un air furieux sans oser m'interrompre. Quel rêve bizarre ! Alors que je n'ai pas vu Francisco depuis mars dernier, que je ne pense plus à lui et que je ne le verrai plus jamais ! »

Lynn s'avança et embrassa Jane.

« Félicitations.

— Quoi ?

— Una mierda ! J'adore. C'est la guérison, Jane. Je suis ravie. J'ai toujours pensé que tu n'étais pas assez en colère. C'est d'Eric aussi qu'il s'agit, bien sûr : deux ordures. »

En roulant vers le campus, Jane revit le Francisco de son rêve et identifia soudain son expression tendue, hostile et malheureuse : c'était ainsi qu'il l'avait regardée après le dîner au restaurant japonais. Sept mois plus tard elle se réveillait en colère : la guérison, vraiment ? Elle prit son courrier. Une enveloppe jaune avec l'en-tête des Presses universitaires de North Carolina la fit sourire en lui rappelant un passé oublié. Il y avait sept mois, ce genre de lettre avait encore le pouvoir de gâter son humeur. De l'eau était passée sous les ponts. Son livre ne serait jamais publié, et alors. Quand son contrat avec Devayne s'achèverait, elle enseignerait dans un lycée ou changerait de profession. En tout cas, ces gens ne s'étaient pas pressés pour répondre. Elle ouvrit machinalement l'enveloppe tout en marchant vers l'ascenseur et jeta un coup d'œil à la lettre standard : une seule feuille, pas de rapport de lecture. Au lieu de la phrase « je suis désolé de, etc. », un mot inattendu, étrange écho du cri de Lynn tout à l'heure, accrocha son regard distrait et lui fit hausser les sourcils : « Félicitations ! » Félicitations ? Elle déplia rapidement la lettre.

« Chère Professeur Cook,
Félicitations ! J'ai le plaisir de vous annoncer que vous avez gagné le prix Percy K. Delaware 1997 du meilleur manuscrit d'études du dix-neuvième siècle pour votre livre " 'Madame Bovary, c'est moi' : L'écriture et la différence sexuelle chez Flaubert."
Veuillez m'excuser de vous écrire si tard. Des complications administratives ont retardé l'annonce de ce prix décerné pour la première fois.
Aux Presses universitaires de North Carolina, nous espérons vivement que votre manuscrit est encore disponible. Si votre réponse est positive, dès que nous l'aurons reçue, je vous enverrai le contrat standard. Vous recevrez le chèque de cinq mille dollars à la signature. Je vous prie de bien vouloir croire », etc.

Un canular ? La lettre avait été postée en Caroline du Nord. Jane la relut dans l'ascenseur. « Félicitations ! » Son rire hystérique quand elle entra dans son bureau au qua-

trième étage provoqua les aboiements tout aussi hystériques des quatre chiens de Begolu dans la pièce à côté.
Elle se laissa tomber sur son fauteuil de bureau et rit tant,
la tête renversée en arrière, que les larmes jaillirent de ses
yeux. Elle composa le numéro indiqué au bas de la lettre.
« Pourrais-je parler à Virginia Prescott, s'il vous plaît ? »
Lynn hurla de joie.

« Je le savais. J'aurais dû parier mille dollars comme
cette mierda de Francisco. Tu as de la chance qu'il ne fasse
plus partie du décor, celui-là !

— Quand tu penses que c'est Kathryn Johns qui m'a
parlé de ce prix. Quelle ironie : elle m'a pris un ami et me
donne un éditeur.

— Et cinq mille dollars. Tu n'as rien perdu au change.

— Je devais être la seule au courant. C'est sans doute
pour ça qu'ils parlent de "complications administratives" :
un candidat, ça ne fait pas sérieux !

— Tu plaisantes ? Tu dois être la seule prof en Amérique
à ne pas lire *Lingua Franca*. Une publication et cinq mille
dollars quand plus personne n'arrive à trouver d'éditeur
pour sa thèse ? Ils ont dû recevoir des centaines de manuscrits, en lettres, en histoire, en histoire de l'art. C'est sûrement ça qui les a retardés. Tu es la meilleure, Jane, c'est
tout. »

Lynn organisa un dîner pour fêter l'événement, chez
Jane à cause des chats auxquels Jane était allergique. Elles
passèrent l'après-midi à cuisiner et à rire. Au dîner, Jane rit
tant qu'elle s'en étrangla et que du vin rouge lui sortit par
le nez à la grande joie des convives. Les histoires s'enchaî-
naient les unes aux autres : ils avaient tous été l'invité indé-
sirable quelque part, tous vomi sur un bateau ou dans un
avion. Rien à voir avec Devayne. Jane les regardait : Lynn,
Jamaica, Becky et Amy, les lesbiennes dont le mariage reli-
gieux, en août, avait été l'occasion d'une fête merveilleuse,

285

Chip et Hugh, Karl, Susan. Ses amis. Ils n'avaient en commun que la gentillesse. Et aucun d'eux n'avait connu Eric — sept mois déjà. La vie sans Eric était possible, donc — puisqu'elle était réelle.

Quand ils levèrent tous leurs verres à la glorieuse gagnante du prix Percy K. Delaware pour le meilleur manuscrit d'études du dix-neuvième siècle, Jane sourit fièrement. Il y avait de l'humilité à se réjouir d'un si petit succès. Elle était une pâle professeur associée non titularisée en début de neuvième année, une de ces condamnées à mort que tout le monde à Devayne entourait d'un discret mur de silence. Norman Bronzino, qui venait d'épouser une jeune professeur de physique, avait conseillé à Jane de commencer à chercher un poste ailleurs et de ne pas attendre la fin. La fin. Elle sourit. Ils ne pouvaient plus lui faire peur. Elle n'était pas pressée de quitter Lynn et Jamaica.

Tard dans la soirée, Chip lut les cartes aux quelques invités qui restaient. Il commença par Lynn et Jamaica. Il connaissait bien Lynn mais pas Jamaica : ce qu'il lui dit était d'une surprenante véracité. Il réussit même à l'effrayer en lui annonçant la mort d'un proche d'ici deux ans. Jane s'assit enfin près de lui sur le canapé.

« Tu peux poser aux cartes une question secrète », dit Chip.

Jane formula silencieusement sa question : réussirait-elle à oublier Eric ?

La première carte qu'elle tira voulait dire : « Ne retiens pas. »

« Ne retiens pas quoi ?

— La carte ne le dit pas. »

Jane fit la moue. La seconde carte fut un peu plus parlante : un grand amour. Aussitôt elle pensa à Eric : irritant. Puis il y eut une carte sur une femme qui jouait un rôle

286

important dans sa vie : Lynn, Jamaica ? La prochaine carte annonça un événement proche dont elle serait la seule à reconnaître le signe. Jane se dit qu'elle était trop rationnelle pour ce genre de prédiction obscure. Elle tira une autre carte qui signifiait encore l'énergie mâle, mais qui n'était pas la même que tout à l'heure : un autre amour. Elle sourit, déjà plus satisfaite. Hugh s'approcha d'eux.

« On y va ? Il est tard. Je suis fatigué. »

Jane supplia comme une petite fille :

« Juste une dernière. »

Elle tira vite la carte qui devait décider de son sort.

« Ne protège pas, dit Chip.

— Ne protège pas quoi ?

— Il n'y a pas d'objet, seulement un verbe. Cette carte est étonnamment proche de la première que tu as tirée. C'est le cœur du problème, évidemment : sans doute la réponse à la question que tu poses aux cartes.

— C'est-à-dire ?

— Le problème avec toi, je suppose, c'est que tu protèges et que tu retiens.

— C'est tellement vrai », intervint Lynn qui s'était approchée.

Jane leva les yeux au ciel en riant.

« Merci. Lumineux. »

Jane se mordillait l'intérieur de la joue. Pas un chapitre très révélateur. Elle se leva et fit des moulinets avec les bras puis quelques mouvements de gymnastique. Elle était fatiguée de lire depuis six heures et de ne lire que sa propre histoire. Il aurait été plus amusant de savoir ce qui était arrivé à Francisco en Espagne. Elle sourit. En un sens elle avait guéri, Lynn avait raison. La « rupture » avec Francisco lui paraissait aujourd'hui un enfantillage : elle ne se laisserait plus humilier ainsi. D'ailleurs elle n'avait jamais parlé de Francisco à Alex : elle n'y avait même pas pensé.

Francisco, en tout cas, ne pouvait être l'auteur : on était trop loin de l'Espagne. Jamaica non plus : elle ne s'intéressait pas assez au passé de Jane. Lynn restait la piste la plus convaincante, même si l'idée d'un roman anonyme ne lui ressemblait guère. Ou Chip ?

Il avait des ambitions littéraires et tout le temps d'écrire, dans son parking. L'envoi d'un manuscrit anonyme n'était pas incompatible avec son caractère. Chip était curieux et lui avait posé de nombreuses questions. Mais de là à connaître si bien Jane ?

Ou bien Lynn et Chip ? Un roman à quatre mains ? Chip pour s'amuser et Lynn dans un but thérapeutique : prouver à Jane que son grand amour n'était plus qu'un roman ?

Dehors, un homme et une femme parlaient. Un chien aboya. Elle avait froid et alla chercher un pull dans sa chambre avant de se rasseoir à la table de la salle à manger. Elle bâilla. La faim, peut-être. Le paquet de feuilles sur sa gauche était maintenant deux fois plus épais. Ses yeux étaient fatigués. Elle entendit soudain le silence.

2

Jane sortit de la voiture et Lynn redémarra. Il faisait frais mais le ciel était clair, un bleu vif sans nuage rare pour un matin de début avril. Elle portait un blazer en laine et une jupe courte en daim bleu marine pour laquelle Jamaica et Lynn l'avaient complimentée, confirmant l'opinion d'Eric que le bleu foncé n'était pas une couleur réservée aux blondes. Elle aurait mieux fait de prendre un imperméable au lieu de s'habiller comme une petite fille pour sa photo de classe. Sous l'arche, il y avait deux portes sur lesquelles était écrit « Police ». Elle hésita et poussa la porte qui indiquait « Services de Communication ». Elle se trouva dans une toute petite pièce avec un guichet et personne derrière. Un homme apparut.

« Oui ?

— Il m'est arrivé quelque chose, dit Jane d'une voix hésitante.

— Vous venez pour déposer une plainte ?

— Peut-être.

— J'appelle un inspecteur. Il sera là dans cinq minutes. » Une affiche en gros caractères sous le guichet avertissait les étudiants qu'ils paieraient vingt-cinq dollars d'amende s'ils ne rapportaient pas la clef de leur chambre avant de partir. La fin de l'année universitaire approchait. Sur le mur d'en face une annonce recommandait de ne jamais laisser son vélo attaché à un parcmètre ou un poteau de signalisation, car le haut en était dévissable. Elle se mordilla l'ongle du petit doigt de la main gauche. Dix minutes déjà. L'homme du guichet avait disparu. Les sons d'une radio ou d'une télévision parvenaient d'une pièce proche. Quelqu'un poussa la porte.

« Vous m'attendez ?

— Vous êtes l'inspecteur ? »

Elle s'était attendue à voir débarquer un petit homme avec un vieil imperméable et un air malin, pas un flic à cheveux blancs habillé comme ceux qui réglaient la circulation. Elle sortit derrière lui. Il avait une large carrure, un derrière proéminent et, sur le côté droit, un revolver dans une pochette en cuir noir accrochée à sa ceinture. Lui aussi devait croire au printemps : il portait une chemisette bleue à manches courtes. Il se tourna vers elle.

« C'est pour quoi ?

— Ici ? »

Il hocha la tête. Ils se trouvaient au milieu du passage conduisant de la rue au vieux campus.

« J'ai reçu des billets anonymes.

— Vous les avez ?

— Je les ai oubliés chez moi. »

Il secoua la tête, les bras croisés sur sa large poitrine.

« Vous auriez dû les apporter. Combien ?

— Trois.

— Vous devez les garder et noter le jour et l'heure exacts où vous les avez reçus. Ils disent quoi ?

— Le premier était une carte de Saint-Valentin où il y avait écrit : "Tu es tellement jolie." Ce n'était pas signé. »

291

Il la regarda comme s'il venait seulement de remarquer qu'elle n'était pas vilaine. Des centaines de filles à Devayne recevaient sûrement des cartes anonymes le jour de la Saint-Valentin. Il sourit.

« Vous devez avoir un admirateur.

— Je sais. Ça ne m'a pas inquiétée jusqu'à ce que je reçoive le deuxième billet anonyme.

— Quand ?

— Je ne me rappelle pas précisément, fin février ou début mars. Les deux autres, c'est facile, parce que c'était la Saint-Valentin, et hier le 1er avril. Étant donné le choix des dates, on dirait une farce.

— Ça en a l'air. Les billets contenaient des menaces ?

— Non. »

Il lui jeta un regard en coin.

« Ils étaient... explicites ?

— Explicites ?

— Sexuels ?

— Oh non. Plutôt infantiles. Vous pensez que quelqu'un me joue un tour et qu'il n'y a aucune raison de s'inquiéter ?

— Il faudrait que je les voie. »

Il n'avait pas du tout l'air inquiet. Lynn et elle avaient visiblement réagi de manière disproportionnée à un incident qui, pour un flic, était simple routine.

« Vous êtes étudiante ici ?

— J'enseigne.

— Vous enseignez ! Comme assistante ou comme lectrice ?

— Comme professeur.

— Professeur. »

Il se redressa et la regarda de manière plus respectueuse.

« Vous avez reçu les billets à l'université ?

— Deux d'entre eux.

— Vous enseignez quoi ?

— La littérature française. »

Il eut un grand sourire.

« Paalez-vous fouançais ? C'est tout ce que je sais. Belle langue. Où est le département de français ? Sur Garden Street ?

— Oui, juste à côté de Bruno's Pizza. Je peux vous poser une question ?

— Bien sûr.

— Il y a beaucoup de gens qui reçoivent des billets anonymes ?

— Ça arrive. Surtout des coups de fil anonymes. Les numéros des chambres sont les mêmes que les quatre derniers chiffres des numéros de téléphone, les seuls qui varient, alors vous pensez : on a sans cesse des plaintes sur des appels anonymes. Et puis il y a Monsieur Frotti-Frotta.

— Qui ça ?

— C'est un type qui appelle la nuit et qui dit : "Bonsoir, je suis Monsieur Frotti-Frotta, voulez-vous vous frotter contre moi ?" » Il éclata de rire. « On ne l'a toujours pas attrapé mais rien n'est jamais arrivé. Il fait partie du folklore. De temps en temps il fiche encore la trouille à une petite nouvelle.

— Ça me rassure de vous entendre dire ça. Je ne regrette pas d'être venue. » Elle sourit. « Vous auriez dû me voir hier soir : j'ai paniqué. Peut-être parce que le contenu des billets était scatologique, je ne sais pas.

— Scatologique ? Comme quoi ?

— Celui d'hier disait... » Elle hésita puis dit vite : « "Allons faire ensemble la grosse commission."

— La grosse commission ? » Il rit. « Vous voulez dire : aller à la selle ? »

Elle s'empourpra.

« Vous trouvez que c'est drôle ?

— On dirait bien que quelqu'un se moque de vous. Et l'autre ? »

Elle jeta un coup d'œil autour d'elle.

« "Fais-moi voir ta zézette", dit-elle rapidement en baissant la voix, "et je te montrerai ma quéquette." Vous voyez : juste ce que dirait un enfant.

— Un enfant ? » Il fronça les sourcils. « Hum. » Il répéta d'une voix retentissante : « Fais-moi voir ta zézette et je te montrerai ma quéquette ? »

Deux étudiants qui passaient sous l'arche tournèrent vivement la tête et leur jetèrent un coup d'œil étonné. Jane ne pouvait plus le regarder en face. Si seulement elle avait mis un pantalon.

« Je n'aurais pas dû vous déranger pour rien.

— Pour rien ? Ce n'est pas ce que je dirais. Je n'aime pas le contenu de ce billet, pas du tout. Et l'autre, là, celui sur la grosse commission, revu dans ce contexte, ne me plaît pas non plus. Je ne sais pas encore si c'est menaçant, mais en tout cas c'est explicite. Je suis d'avis que vous déposiez une plainte.

— Vous pensez ?

— Tout à fait. Ce n'est peut-être rien du tout, juste une plaisanterie de mauvais goût. Mais il vaut mieux porter plainte : c'est la seule façon de vérifier si d'autres gens ont reçu des billets du même genre. »

Elle respira profondément et sentit un soulagement immense, comme un hypocondriaque qui a fait tous les examens possibles, que personne n'écoute plus, et à qui un spécialiste trouve soudain une maladie rare qui peut être soignée. Si ce flic, qui ne semblait pas de tempérament anxieux, jugeait qu'il y avait matière à déposer une plainte, sa peur d'hier ne relevait pas du délire. Il lui tendit la main :

« Inspecteur Richard Merriman. Vous vous appelez ? »

Elle le suivit dans un bureau de l'autre côté de l'arche, où se trouvait une femme d'une quarantaine d'années aux cheveux noirs courts qui se présenta comme l'inspecteur Hilari Tait et qui tapa sur un ordinateur les réponses de Jane aux questions de l'inspecteur Merriman. Comment elle avait trouvé la carte en forme de cœur, le 14 février, avec les mots « Tu es tellement jolie » tracés d'une écriture enfantine, et tout de suite pensé à sa jeune collègue Jamaica Locke. Elle l'avait appelée ce soir-là à New York. Jamaica lui avait raconté une dispute avec son petit ami la nuit d'avant et, quand Jane avait mentionné la carte, s'était contentée de constater avec amertume que Jane avait de la chance que quelqu'un pense à elle pour la Saint-Valentin. Après avoir raccroché, Jane s'était demandé si la carte pouvait venir de son mari.

« Vous êtes mariée ?

— Divorcée. »

Les deux inspecteurs échangèrent un regard.

« Depuis combien de temps ?

— Presque un an.

— Vous êtes en quels termes avec votre ex-mari ?

— Oh, très bons. On ne s'est pas parlé depuis le divorce, mais c'était un divorce par consentement mutuel, il n'y a eu aucun problème. De toute façon mon mari habite Iowa City : il n'aurait pas pu déposer cette carte dans ma boîte.

— Il aurait pu la faire déposer.

— Non, je ne vois pas par qui, et vraiment ça n'aurait aucun sens. J'ai pensé à lui parce que j'aurais souhaité que la carte vienne de lui, je suppose. C'est tout. »

En décembre, elle avait décidé d'envoyer une carte de vœux à Eric, amicale, neutre et gaie. Elle avait écrit des dizaines de brouillons avant de renoncer. Pendant des semaines elle n'avait pas ouvert sa boîte aux lettres sans espérer y trouver une carte d'Eric.

« Mais ce n'est pas la carte de la Saint-Valentin qui m'a inquiétée », reprit-elle.

Elle s'était dit la même chose que l'inspecteur tout à l'heure : qu'elle avait un secret admirateur, sans doute un étudiant timide. Il y avait une alternative moins flatteuse : un étudiant malicieux répondant à un pari. Auquel cas les étudiants observeraient son comportement. Elle avait donc décidé de ne parler de la carte à personne, pas même aux secrétaires. L'inspecteur hocha la tête en signe d'approbation.

Elle n'avait pas eu peur du tout jusqu'à ce jour de fin février ou de début mars où elle avait trouvé le petit morceau de papier plié en quatre dans sa boîte aux lettres au département, une demi-feuille de papier à lignes arrachée à un cahier à spirale. C'était le billet qui disait : *Fais-moi voir ta zézette et je te montrerai ma quéquette*. La même écriture enfantine et déguisée que sur la carte de la Saint-Valentin, maladroite, avec des lettres irrégulières et mal contrôlées, comme si un droitier avait écrit de la main gauche. Arrivée chez elle, elle avait verrouillé sa porte et mis la chaîne de sécurité : c'était comme ça qu'elle s'était rendu compte qu'elle avait peur. Elle avait pleuré. Sa réaction pouvait sembler excessive par rapport à un petit billet anonyme, mais en septembre elle s'était fait agresser près de chez elle : on lui avait volé son portefeuille, et il aurait pu lui arriver pire si des gens n'étaient pas passés par là.

« Où est-ce que vous avez déposé votre plainte ?

— Je n'ai pas déposé de plainte. »

Les deux inspecteurs se regardèrent. Si elle n'était pas professeur à Devayne, ils ne l'auraient pas prise au sérieux. Elle s'expliqua : elle n'avait pas vu son agresseur.

« Vous ne nous facilitez pas le travail. C'est plus sérieux qu'un billet anonyme, ça. Le lieu, l'heure, tout compte, et c'est important pour les statistiques. »

Elle n'avait pas jeté le deuxième billet mais l'avait mis de côté et ne le trouvait plus. Malgré sa peur, elle n'en avait parlé à personne. Elle ne voyait qu'une explication rationnelle : une blague ou une vengeance d'étudiant. La personne qui avait écrit « Tu es tellement jolie », déçue par son absence de réaction, essayait quelque chose de plus fort. Le mieux, c'était donc de ne pas réagir. Elle avait passé en revue tous ses étudiants à qui elle avait mis de mauvaises notes. Mais ce pouvait être un étudiant d'une autre année. Elle avait aussi envisagé les étudiants de huitième ou neuvième année sans travail. Mais les étudiants de doctorat étaient trop mûrs pour ce genre de petit jeu. Et l'an dernier ce n'était pas elle qui avait signé la version finale du programme de cours.

« En dehors des étudiants, vous ne voyez personne qui ait une raison de vouloir se venger de vous ? Un amoureux ?

— Non, vraiment. »

Elle ne pouvait plus voir ses étudiants sans se demander si celui-ci ou celui-là pouvait en être l'auteur, ce qui avait rendu l'enseignement pénible. Elle était certaine qu'il y aurait un autre billet bientôt et n'arrivait pas à cacher sa nervosité quand elle prenait son courrier à l'université. Elle en était venue à souhaiter de trouver un bout de papier plié dans sa boîte aux lettres : le pire, c'était l'attente.

« Ça me fait penser, dit l'inspecteur, à l'histoire du type que son voisin réveille toutes les nuits quand il rentre chez lui ivre et laisse tomber ses chaussures sur le plancher au pied de son lit. Vous la connaissez ? »

L'inspecteur Tait s'appuya contre le dossier de sa chaise en étirant ses doigts.

« Il finit par se plaindre au voisin qui promet de faire attention. La nuit suivante, l'alcoolo rentre chez lui, laisse tomber une chaussure, vlan ! se rappelle son voisin endormi, et ôte délicatement l'autre qu'il pose sans un bruit à côté de la première. Une heure plus tard on sonne chez lui. Il se réveille et va ouvrir. C'est son voisin de dessous, épuisé, qui le supplie de laisser tomber la deuxième chaussure ! »

L'inspecteur éclata de rire. Jane sourit poliment.

« Oui, c'est à peu près ça. Les vacances sont arrivées et il n'y avait pas de billet, ce qui a confirmé mon soupçon qu'il s'agissait d'un étudiant rentré chez lui pour les vacances. J'ai recommencé à me détendre. Je me suis dit que c'était une bonne idée de n'en avoir parlé à personne et de ne pas avoir réagi. Jusqu'à hier.

— Hier c'était le billet sur la grosse commission ?

— Oui. »

L'inspecteur Tait ouvrit de grands yeux. Jane lui dicta le contenu du billet.

« À quelle heure vous avez pris votre courrier ? demanda Merriman.

— Je suis arrivée chez moi vers six heures. Je ne sais pas si je vous ai dit que j'ai trouvé ce billet chez moi, pas à l'université.

— Ah bon ! Vous habitez où ?

— 582 Main Street, près de Columbus Square.

— C'est en dehors du campus. Il va falloir que vous déposiez deux plaintes au commissariat de Market Street ; une pour l'agression et l'autre pour ce billet anonyme. Mais comme vous en avez reçu deux à l'université, je vais quand même prendre tous les renseignements.

— Le papier venait du même cahier à spirale et c'était la même écriture. Je ne l'ai pas vu tout de suite ; il s'était glissé entre deux factures. Si je l'avais découvert en bas, je crois que j'aurais eu trop peur pour rentrer chez moi. J'ai été complètement terrorisée après avoir trouvé ce billet.

J'étais convaincue qu'il y avait quelqu'un dans la salle de bains. Je ne peux pas vous dire à quel point j'ai eu peur quand j'ai ouvert la porte de la salle de bains et tiré le rideau de douche. J'avais même pris un couteau dans la cuisine. »

Elle sourit. Mais ça n'avait pas été drôle du tout. Elle avait regardé partout, même sous son lit, le cœur battant à toute allure, et tout raconté à Lynn dès qu'elle était rentrée : Lynn ne pensait pas que c'était une blague de 1er avril. Elle avait passé la nuit chez Jane et l'avait accompagnée à la police le matin.

« C'est qui, Lynn ?

— Ma voisine et amie.

— Elle a eu raison. Elle s'appelle comment ?

— Lynn Oberfield. »

Jane vit l'horloge qui marquait dix heures trente.

« Mon cours ! Il faut que j'y aille. »

Ils fixèrent un rendez-vous à trois heures, après ses cours. L'inspecteur Tait dit à Jane de ne pas oublier les listes de ses étudiants des trois dernières années. Elle lui tendit une carte de visite.

« Cet après-midi je vous donnerai les numéros des centres pour les traumatismes résultant d'agressions. C'est anonyme. »

L'inspecteur Merriman l'accompagna jusqu'à la porte, lui tapota l'épaule et lui dit, avec un bon sourire paternel, de ne pas s'inquiéter. C'était un peu plus sérieux qu'il ne l'avait cru tout d'abord, mais certainement une farce d'étudiant qui n'avait rien à voir avec l'attaque de septembre. Il lui donna également sa carte de visite. Jane se sentait beaucoup plus légère quand elle courut jusqu'à sa salle de cours.

Elle perçut un changement subtil dans le ton de l'inspecteur quand elle revint dans le bureau à trois heures. Il regarda les listes de Jane et posa quelques questions rapides : elles ne semblaient plus l'intéresser. Il avait d'autres listes, qu'il lui montra : Jane les parcourut et reconnut les noms de Lynn et de ses amis membres de l'association Gay and Lesbian. L'inspecteur lui faisait maintenant subir un interrogatoire. Il voulait connaître ses activités extra-curriculaires. La réponse était simple : elle ne faisait rien en dehors de quelques balades au bord de la mer le week-end et du cours de danse africaine deux soirs par semaine. Elle mentionna Toc-Toc, qu'elle voyait toujours dans le bus de Fort Hale : un attardé mental, un doux dingue qui n'était pas dangereux. Le cours de danse africaine intéressait davantage l'inspecteur. Jane s'efforça de garder son calme. Pour montrer l'absurdité des questions, elle décrivit la merveilleuse atmosphère d'un cours où de nombreuses femmes emmenaient leurs enfants, et même le professeur, Sheila, une femme d'une beauté éclatante dont la petite fille de sept ans, Tamara, dansait comme un ange tombé du ciel. L'inspecteur Tait tapait comme si Jane fournissait des renseignements utiles et finit par dire :

« Ça a l'air sympa.

— C'est vraiment sympa. Vous devriez venir. »

L'inspecteur Merriman l'interrogea sur Lynn. Il voulait savoir depuis quand Jane et Lynn étaient amies.

« Un an, un an et demi, à peu près.

— C'est le moment où vous avez commencé vos relations intimes ?

— Pardon ?

— À coucher ensemble ?

— Mais on n'a jamais...

— Vous nous avez dit tout à l'heure que Lynn Oberfield avait couché avec vous la nuit dernière.

— Mais non ! Chez moi. On est amies, c'est tout. »

Jane était toute rouge. L'inspecteur Merriman exposa sa nouvelle théorie : pas un étudiant mais plutôt une attaque anti-lesbienne ou une vengeance de quelqu'un qui était amoureux de Jane ou de Lynn.

« Mais je ne suis pas lesbienne ! »

Elle rougit encore. Elle semblait sur la défensive. Ce matin l'inspecteur Merriman s'était montré galant. Maintenant il avait l'air condescendant.

À cinq heures il la conduisit au commissariat de Market Street, près de la gare. Elle monta l'escalier au côté de Merriman comme si la police venait de l'arrêter, sous les regards des Noirs qui traînaient sur les marches en attendant leurs copains interrogés par la police ou en garde à vue. À l'intérieur il lui fallut tout répéter, l'agression de septembre et l'histoire des billets. Le visage des flics reflétait exactement la sorte d'intérêt grivois que Jane avait anticipée, surtout quand elle prononça le nom de Lynn.

Lynn vint la chercher à sept heures. Jane monta vite dans la voiture. Elle avait peur que les flics voient Lynn et que son physique ne les confirme dans leurs préjugés les plus vulgaires. Elle éclata en sanglots et raconta à Lynn l'humiliation de l'interrogatoire qu'elle avait subi. Lynn sourit.

« Ma pauvre cocotte. J'avais oublié de te prévenir. J'ai tellement l'habitude que je n'y fais plus attention. Les flics me connaissent parce que j'ai fait beaucoup d'activisme après la mort de Jeaudine.

— Mais ils sont dingues ! Ils étaient prêts à accuser Sheila ! Et pourquoi pas Tamara ? Je leur ai parlé de Toc-Toc, ce n'est pas que je pense que c'est lui, pas du tout, mais c'est quand même le type le plus bizarre que je connaisse à Old Newport. Il ne les intéresse pas. Parce qu'il est blanc ? Parce que c'est un homme ?

— Ça les réconforte de penser qu'il s'agit d'un Noir ou d'une lesbienne. Tant qu'ils ne fabriquent pas de preuves, tout va bien. On a besoin d'eux. Ils vont trouver qui c'est, Jane, ils n'ont pas le choix : tu es professeur à Devayne. »

Jane croisa Jamaica dans le couloir de son bureau le lendemain. Elles s'embrassèrent. Elles ne se voyaient presque plus maintenant que Jamaica habitait à New York avec Xavier Duportoy ; elle venait à Old Newport trois fois par semaine mais courait à la gare aussitôt après ses cours. Elle portait une jupe noire courte, ses longues bottes moulantes en cuir noir, et une chemise étroite tigrée blanc et noir, déboutonnée jusqu'à sa poitrine dont apparaissait la ligne profonde entre les seins. Jane aperçut une bretelle en dentelle blanche.

« Joli soutien-gorge.

— Merci. C'est Xavier qui me l'a offert. Il adore la lingerie. J'en ai toute une collection. »

Jane achetait ses slips pour cinq francs pièce ; des culottes en coton confortables qui n'avaient rien de sexy. Personne ne les voyait, de toute façon, sauf Lynn de temps à autre, et Lynn n'avait rien d'une fétichiste avec ses énormes culottes en nylon et ses larges corsets pour sa grosse poitrine. Jane avait même renoncé à une coquetterie qu'elle avait du temps d'Eric ; les soutiens-gorge rembourrés qui donnaient à sa poitrine trop plate une allure plus respectable.

« Tu as l'air fatigué. Mais ce n'est pas de vacances que tu as besoin, lui dit Jamaica avec un sourire coquin : c'est d'un amant. Ce n'est pas parmi les amis de Lynn que tu vas le trouver. Tu ne veux pas venir à New York ce week-end ? On est invités à un cocktail au consulat français vendredi soir. Il y aura tout le gratin français de New York. On irait danser dans un club après. Tu peux dormir chez nous.

— Merci, c'est gentil, mais ce week-end j'ai trop de travail. Une autre fois, promis. Et toi, ça va ?

— Je suis crevée. Ce train trois fois par semaine, ça me tue. Xavier a de la chance : l'an dernier tu lui as fait un horaire avec seulement deux jours par semaine. C'est dommage que tu ne sois plus DPL. Merde, il est trois heures moins vingt-cinq, je vais rater mon train ! Tu m'accompagnes cinq minutes ? »

Jamaica attrapa son sac et sa veste en cuir à col en fausse fourrure pelucheuse dans son bureau. Elles descendirent les escaliers en courant et marchèrent vers Central Square. Jamaica lui demanda :

« Tu crois que deux personnes qui s'aiment doivent tout se dire ?

— Ça dépend. » Jane pensa à Vincent et Torben. « En fait, non, je ne crois pas. L'idéal de transparence ne prend pas en compte la jalousie. Pourquoi ? Tu as quelque chose à cacher à Xavier ?

— Non. C'est Xavier qui insiste pour me dire tout ce qu'il pense, même quand je n'ai pas envie de le savoir. Il trouve que je suis trop prude à cause de mon éducation. On descend Broadway et il commente le cul de la fille qui marche devant nous en me décrivant tout ce qu'il aimerait faire avec. Il voudrait que ça m'excite ou au moins que je l'accepte parce que c'est ce qu'il a envie de me dire à ce moment-là. Moi ça m'horripile. Tu trouves que j'ai tort ?

— Certainement pas !

— Et maintenant sa grande idée c'est de faire l'amour avec moi et une autre femme. Il ne parle plus que de ça. Mais je n'ai pas envie, moi. L'idée de voir Xavier pénétrer une autre femme m'est insupportable.

— C'est qui, l'autre femme ?

— Il n'est pas sûr encore. Il a plusieurs amies à qui il pourrait le proposer. Ça t'intéresse ?

— Moi ? Tu es folle !

— Je plaisantais. C'est dommage : avec toi je crois que je ne serais pas jalouse. En tout cas, s'il ne change pas je ne sais pas si cette relation va durer. Xavier dit qu'une relation où l'on doit réprimer ses désirs ne peut pas durer, de toute façon.

— Ça me semble infantile.

— Si seulement tu pouvais le lui dire ! Il faut que je coure, ou je vais rater mon train. Xavier n'aime pas que je sois en retard. Ciao, Jane ! »

Elle fila vers la gare. Jane revint sur ses pas. Elle avait laissé son vélo devant le département. Jamaica aussi avait l'air fatigué, comme tout le monde en fin d'année universitaire, mais il y avait autre chose : son éclat juvénile avait disparu. À cause de Devayne ou de Duportoy ? Jane s'arrêta pour prendre son courrier. Elle ne se sentait pas nerveuse en ouvrant la boîte : une bonne idée, en fin de compte, d'être allée voir les flics.

Allison appela ce soir-là pour annoncer la nouvelle : elle était enceinte. Des jumelles.

« Quatre mois et demi ! Tu aurais pu me le dire avant !

— Excuse-moi. Je voulais d'abord faire l'amniocentèse. »

Il y aurait presque cinq ans de différence avec Jeremy, qui était ravi d'avoir deux petites sœurs.

« Mais très ambivalent aussi. Ce matin il me demande s'il peut toucher les bébés dans mon ventre et puis tout à coup, avec un sourire adorable, s'il peut écraser mon ventre. J'ai commencé à lire des bouquins de psychologie. Je n'ai pas envie qu'il soit traumatisé. Mais c'est triste d'être enfant unique.

— C'est ce qu'Eric disait. Il voulait qu'on ait au moins deux enfants. »

Il y eut un silence. Jane savait ce que pensait Allison : tant que Jane mentionnait Eric, ça voulait dire qu'elle n'était pas guérie.

« Alors quand est-ce que tu viens nous voir ? demanda Allison. Ton filleul réclame tatie Jane. »

Trois enfants. Quelque part dans le monde la vie continuait normalement. Duportoy perdrait Jamaica et pleurerait. Allison avait raison quand elle disait qu'une relation se construisait par un lent et patient effort. Ce travail consistait à réprimer : un désir passager, un mot de colère, un mouvement d'humeur. Une relation simple et solide comme celle d'Allison et John, sur laquelle il n'y avait rien à dire, impliquait une vigilance de chaque instant. Pour Duportoy, c'était la médiocrité même. Mais la médiocrité était peut-être l'équilibre le plus difficile à atteindre.

En entrant dans l'immeuble de Garden Street, le lendemain, Jane repensait à la proposition finale d'Allison. Elle n'était jamais allée rendre visite à John et Allison depuis qu'ils étaient installés à Seattle comme avocats. Elle ne savait rien de leur vie. Elle avait vu deux fois le deuxième enfant de sa sœur qui habitait New York. Elle n'était pas allée chez ses parents une seule fois depuis le divorce. Ils avaient été horriblement inquiets quand elle s'était fait agresser en septembre : ils l'aimaient. D'année en année, ils vieillissaient. Elle habitait maintenant à cinq heures de train de chez eux. Si son prochain poste se trouvait à l'autre bout des États-Unis il serait moins facile de leur rendre visite.

On perdait ses liens à sa famille et ses amis à force de ne pas les voir. Toute relation, et pas seulement l'amour, demandait du temps et des efforts. C'était cela qu'elle admirait chez Lynn et ses amis : le temps qu'ils se consacraient. Ils formaient une communauté, conscients d'être une minorité et d'avoir besoin les uns des autres dans une société pleine de préjugés. À Devayne, personne n'avait le temps. On économisait chaque minute comme un avare contemplant ses pièces d'or. À quoi servait de stocker tout ce temps ? Pourquoi passer sa vie à un bureau, enfoui dans les livres, barricadé contre les autres et persuadé qu'on n'avait pas le temps ? Alors qu'elle rentrait sa clef dans la serrure de sa boîte aux lettres, elle eut une révélation. « Ne protège pas. » « Ne retiens pas. » Elle sut soudain quel était l'objet de ces verbes : le temps. Donner son temps, c'était se prodiguer soi-même. L'essence de soi, c'était le temps. Voilà quel était le problème avec elle : elle avait toujours eu peur de perdre son temps. Elle savait enfin comment changer les choses, comment se racheter. Pour commencer, elle irait voir ses parents ce week-end, et sa sœur le week-end suivant. Puis elle achèterait un billet d'avion pour rendre visite à John et Allison dès la fin des cours. Comme elle sortait son courrier de la boîte, un petit papier vola sur le sol. Du papier blanc à lignes, plié en quatre, arraché à un cahier à spirale. Elle pâlit. C'était trop tôt après le dernier billet anonyme, ça ne correspondait pas au scénario que l'inspecteur essayait d'établir. Elle le ramassa et le déplia avec quelque difficulté : elle tenait son courrier dans la main gauche et ses clefs dans la main droite. Ses doigts tremblaient ; son cœur frappait des coups de gong.

Papa n'est pas là ce soir : tu veux jouer avec moi ?

Elle avala sa salive et regarda l'écriture enfantine. « Ce soir. » Aujourd'hui, dans la soirée, cette nuit. Il l'attendait chez elle. Elle écouterait ses messages et il y aurait soudain sa voix enregistrée, l'avertissant qu'il se trouvait juste derrière elle et qu'elle allait mourir. Puis, aussitôt après, la main sur sa bouche et le bras autour de son cou. Elle poussa un gémissement de peur. Elle avait vu cette scène dans un feuilleton télévisé, vingt ans plus tôt, et ne l'avait jamais oubliée : la terreur même. Il l'attacherait, la bâillonnerait. Elle pourrait toujours le supplier des yeux ou, si elle avait moyen de parler, lui promettre de ne jamais rien dire.

Il serait plus sûr de la tuer. Et plus excitant. Il la lacérerait de légers coups de couteau atrocement douloureux avant de la poignarder dans l'orgasme.

Elle s'appuya contre le mur. Elle ne pouvait plus bouger. Elle avait le vertige et envie de vomir. Ce n'était pas une plaisanterie. Elle tenait, dans sa main, le petit papier déplié. Le quatrième, trois jours après le précédent, et deux jours après sa visite à la police. Peut-être qu'il l'avait suivie et savait qu'elle avait déposé plainte : il la narguait. Pas un étudiant. Elle en était sûre. Elle ne sentirait pas cette terreur. C'était quelqu'un qui connaissait son adresse et jouissait de sa peur. Quelqu'un qui jouait avec elle. Qui était peut-être en train de l'observer en ce moment même.

Elle se retourna en sursautant et regarda du côté de l'ascenseur, puis, de l'autre côté, par le carreau de la porte donnant sur la rue. Personne. L'immeuble était silencieux, vide en général à cette heure-là. Elle sortit.

Elle avait laissé chez elle, à côté du téléphone, les cartes de visite des deux inspecteurs. Elle courut au poste de police de Devayne. Le bureau de l'inspecteur Tait était déjà fermé. Elle poussa la porte du Service des Communications. Un policier noir apparut au guichet.

« Je voudrais voir l'inspecteur Merriman.

— Revenez demain matin.

— C'est urgent. »

Elle se mit à pleurer.

« Vous vous appelez comment ?

— Jane Cook. Je suis professeur. Il me connaît.

— Attendez ici. »

Il disparut dans l'arrière-bureau et revint deux minutes plus tard avec un chaleureux sourire :

« L'inspecteur Merriman scra là dans cinq-dix minutes. »

Elle fut vraiment contente de le voir. Il regarda le billet et secoua la tête. Il ouvrit le bureau de l'inspecteur Tait avec une des nombreuses clefs attachées à un anneau relié à sa ceinture par une chaîne, et tapa les nouveaux faits. Il la reconduisit chez elle. Une voiture de police de Devayne passerait toutes les demi-heures. Qu'elle n'hésite pas à téléphoner si elle s'inquiétait.

Lynn dormit chez elle. Merriman appela Jane le lendemain matin pour lui demander si elle connaissait un certain Charles Edward Trowbridge.

« C'est un ami. Pourquoi ?

— Juste une vérification. »

L'inspecteur l'informa que la police de Devayne avait installé une caméra microscopique en face des boîtes aux lettres à l'université. Maintenant il suffisait d'attendre le prochain billet et ce serait la fin de la série. En espérant qu'elle le trouve à l'université et pas chez elle, se dit Jane ; en espérant que la police attrape le coupable avant que quelque chose arrive. L'inspecteur Merriman lui avait dit qu'une personne écrivant des billets anonymes n'était pas du genre à agir, mais il devait quand même s'inquiéter pour avoir installé une caméra à l'université.

« Chip : tu vois, ils sont fous », dit Jane à Lynn ce soir-là.

Lynn sourit.

« J'étais étonnée qu'ils ne t'aient pas encore posé la question.

— Pourquoi ? Qu'est-ce qu'il a fait ?

— Il s'est fait arrêter l'an dernier sur Central Square avec un étudiant de Devayne, de ton département d'ailleurs, je crois : David Tin...

— Tinderman ? Je vois très bien ! Un gros bébé ! Oh, je me rappelle : j'étais au département le jour où Tinderman a débarqué d'un air affolé ; il venait de passer la nuit au poste, il a dit que la police l'avait arrêté alors qu'il était simplement en train de donner des renseignements à un type qui l'avait abordé. Il était terrorisé à l'idée que ses parents l'apprennent.

— Il était en train de se faire sucer la bite par Chip. Il a dû passer un mauvais moment au poste, le pauvre. Les flics sont horribles avec les pédés. En plus, ils adorent Chip. Il y a neuf ou dix ans, un étudiant de Devayne s'est fait poignarder en plein campus, un samedi à minuit, tu connais cette histoire ?

— Oui, je me rappelle. Quel rapport avec Chip ?

— On a retrouvé le corps sous ses fenêtres.

— Non !

— L'étudiant a sans doute surpris quelqu'un en train de cambrioler. Chip n'était pas chez lui ce soir-là, mais son alibi était gay. Les flics lui en ont fait baver. »

Une semaine plus tard Jane détachait son vélo au rez-de-chaussée de la maison quand elle entendit du bruit à la cave. Son cœur se mit à battre à toute allure. Elle voulut courir dehors. Ses jambes se dérobèrent sous elle. Elle s'appuya contre le mur. Quelqu'un venait de fermer une porte en bas et montait maintenant l'escalier de bois étroit de la cave. Inutile de crier : la maison était vide. Elle ouvrit la bouche : elle avait perdu sa voix. Elle put juste demander d'une voix faible :

« C'est qui ? »

Personne ne répondit. Les pas se rapprochaient. Elle ferma les yeux. Quand elle les rouvrit, elle vit un pied se poser sur la moquette rouge — dans une grosse charentaise. Il fut suivi d'une corbeille en plastique tenue par deux bras poilus sur lesquels étaient relevées les manches. Karl. Il lui fit un petit signe en passant devant elle, guère loquace à son habitude.

« Tu ne travailles pas aujourd'hui ? demanda Jane d'une voix raffermie.

— J'ai un rhume. J'en profite pour faire ma lessive. Pour une fois que la machine est libre. »

Elle était si nerveuse chaque fois qu'elle introduisait sa clef dans la serrure de sa boîte aux lettres, au département ou à la maison, que les nerfs au bout de ses doigts la chatouillaient. « Vous allez chez qui ? » se surprit-elle à demander d'un ton policier à quelqu'un qui attendait qu'elle ouvre la porte. Toute personne passant de l'autre côté de la grille du jardin alors qu'elle rentrait chez elle la faisait trembler de peur. Jour et nuit elle se posait la question : qui ? Pourquoi ? Qu'avait-elle fait pour inspirer un tel désir de la persécuter ? Lynn était furieuse.

« Ça n'a rien à voir avec toi. Il y a des gens fous, Jane. Tu n'y peux rien. Ce salaud paiera, crois-moi. »

Lynn était sûre qu'il s'agissait d'un homme. Sans Lynn, il y avait des moments où Jane aurait avalé toute une boîte de tranquillisants pour faire cesser la peur.

Le salaud avait disparu. Il se cachait. Savait-il que la police le guettait ? Avait-il vu la microscopique caméra ? Le dernier billet remontait au 5 avril. C'était maintenant le 24. Elle avait perdu le sens du temps. Elle était incapable de faire aucun projet d'avenir, comme d'acheter un billet d'avion pour rendre visite à Allison et John au début de l'été. Jour après jour, elle attendait. Rien. Il attendait sans doute qu'elle ne soit plus sur ses gardes. Elle avait reçu chaque billet à un moment où elle n'y pensait plus. Ce type devait être un excellent psychologue. Il frapperait quand elle aurait oublié. Pendant l'été ? Quand elle rentrerait de voyage ? Elle souhaitait de tout cœur trouver un autre billet. C'était la seule manière de l'attraper. À la radio, un matin, elle entendit qu'une fusillade avait eu lieu la veille devant le tribunal, suivie d'une poursuite effrénée en voiture à travers Old Newport, comme dans un film. C'était à peu près l'heure à laquelle elle était passée devant le tribunal en allant au campus à vélo : elle n'avait rien remarqué et ne se rappelait même pas avoir entendu les sirènes. Le type sur qui on avait tiré allait témoigner dans un procès pour trafic de drogue et portait un gilet pare-balles : il se savait une cible. Les billets pipi-caca de Jane devaient faire rire les flics d'Old Newport.

Quelques jours plus tard, elle entrait dans l'immeuble du département sur Garden Street quand elle se trouva nez à nez avec une jeune normalienne, lectrice pour l'année à Devayne.

« Bonjour, Madame. Vous allez bien ? »

Jane lui avait demandé de l'appeler Jane et de la tutoyer, mais la jeune fille semblait la trouver trop âgée pour se permettre pareille familiarité.

« Avec un soleil pareil on ne peut qu'aller bien. »

Hélène soupira.

« C'est le jour des examens oraux pour les cours de langue : je vais passer toute la journée enfermée dans un bureau. Alors qu'aujourd'hui personne ne travaille en France.

— Ah oui, c'est le 1er mai. Vous rentrez en France bien-tôt ?

— Je vais voyager pendant un mois avec ma sœur sur la côte Ouest et au Canada. Mais d'abord j'essaie de trouver un locataire pour son appartement à Paris cet été. Vous ne connaissez pas quelqu'un que ça intéresserait ?

— Vous en avez parlé à Dawn et à Rose ?

— Oui, et j'ai mis une annonce. C'est un endroit char-mant.

— Le dernier endroit charmant ou j'ai vécu à Paris, il y avait sept étages raides à monter à pied. Votre sœur a l'ascenseur ?

— Non, mais c'est seulement au troisième étage. C'est vraiment joli : un vieil appartement qu'elle a rénové, et le

311

quartier est merveilleux. Vous connaissez Montmartre ?
C'est comme un village : très gai, plein de boutiques et de
bars branchés.

— Ce doit être bruyant.

— Justement, la chambre donne sur une cour très
calme.

— Bonne chance. Je suis sûre que vous trouverez
quelqu'un. »

Elle entra dans le bâtiment d'où Hélène sortit. Montmartre. Elle n'y était jamais allée avec Eric : trop kitsch
pour lui. Paris lui manqua soudain : elle n'y était pas
retournée depuis cinq ans. Elle passa devant les boîtes aux
lettres. Elle avait déjà pris son courrier la veille et il était
trop tôt pour que Dawn ait distribué celui d'aujourd'hui.
Elle fit quand même un pas en arrière et introduisit sa clef
dans la serrure en haussant les épaules : allait-elle vérifier
quatre fois par jour, maintenant ?

Dans la boîte vide en pin se trouvait un petit morceau de
papier plié. Jane s'immobilisa. Un billet, juste au moment
où elle ne l'attendait pas, quand une sorte d'instinct l'avait
quand même poussée à ouvrir sa boîte. Elle prit avec solen-
nité le bout de papier qui allait permettre à la police
d'attraper son persécuteur. C'était presque la fin. Il n'avait
pas vu la caméra, puisqu'il avait laissé le mot à l'université.
Il s'était trahi. Elle le déplia lentement, de plus en plus
excitée. Quelqu'un introduisit une clef dans la serrure de
l'immeuble. Jane referma son poing autour du bout de
papier et le cacha derrière son dos pendant que la porte
s'ouvrait. Elle s'attendait à voir Hélène qui était allée chercher un café à Bruno's Pizza, mais c'était Jamaica, avec un
gobelet de café aussi. Pour la première fois Jane la voyait
sans plaisir.

« Qu'est-ce que tu fais ici si tôt ?

— C'est bien ce que je me demande. » Jamaica soupira. « Je fais un cours de langue, comme tu sais, et on a les examens oraux toute la journée aujourd'hui. »

Son gilet noir était boutonné de travers. Ses longs cheveux frisés tombaient n'importe comment sur ses épaules et elle n'avait pas les yeux bien ouverts. Elle bâilla. « Putain ! Qu'est-ce que c'est chaud ! »

Elle posa le gobelet au bord de la fontaine d'eau potable.

« Comment va Xavier ?

— Bien. Il part en France la semaine prochaine.

— Tu ne pars pas avec lui ?

— Je le rejoindrai en juin si je trouve un billet. Pas évident avec la Coupe du Monde.

— La Coupe du Monde ?

— De football. Hé oh, sors de tes bouquins, Jane. Elle a lieu en France cette année, tu n'es pas au courant ? »

Jamaica ramassa son courrier. Sa boîte aux lettres était pleine : elle n'avait pas dû venir souvent depuis la fin des cours. Elles prirent l'ascenseur ensemble. Jamaica descendit au troisième étage. Dès que la porte se referma, Jane déplia le bout de papier froissé. La même écriture faussement enfantine.

Tu vas aimer ça, je te jure.

Son corps se crispa. En un flash tout revint : la main sur la bouche, le bras dans le cou, l'homme derrière elle, le couteau, le sang, la terreur. Elle le sentit à l'intérieur d'elle. L'ascenseur s'arrêta et la porte s'ouvrit. Elle courut jusqu'à son bureau. La porte du bureau de Begolu était ouverte et Jane la vit, de dos, tapant sur son ordinateur. Pas d'aboiement : les chiens n'étaient pas là. Jane claqua sa porte et composa le numéro de Merriman. Elle parla à voix basse pour que Begolu n'entende pas :

« C'est Jane Cook. Un nouveau billet. Oui, à l'université. »

Il y avait une excitation fébrile dans sa voix. Presque de la joie. Merriman eut l'air satisfait.

« Le contenu est menaçant ?

— Très explicite.

— Vous avez peur ?

— Pas ici en plein jour. Il y a du monde. »

Il lui donna rendez-vous dans une demi-heure.

L'inspecteur Merriman et Jane s'assirent sur des chaises face à la petite télévision dans le bureau de l'inspecteur Tait, qui appuya sur le bouton. Ils fixaient tous les trois l'écran du regard. Dawn distribuant le courrier hier. Jane le prenant un peu plus tard. Puis quelqu'un d'autre : un homme. Elle retint sa respiration. C'était lui. Elle reconnut le profil et les cheveux blancs.

« Hugh Carrington ! »

Merriman arrêta le film et demanda à Jane d'épeler le nom. Elle avait la bouche sèche. Carrington ? Mais pourquoi ? Pouvait-il être jaloux d'elle à cause de Chip ? Savait-il par Chip, qui le savait peut-être de Lynn ou de Jane elle-même, que Jane le trouvait ennuyeux ? Ou le prix pour le manuscrit avait-il éveillé son envie ? Il avait eu l'air impressionné quand il était venu dîner chez elle en novembre dernier. Il n'avait rien publié sauf quelques articles depuis qu'il avait été titularisé à Devayne vingt ans plus tôt. Mais il s'était toujours montré très gentil. Par hypocrisie ? Avait-il besoin d'exprimer une haine pour les femmes réprimée pendant quarante ans ?

L'inspecteur Tait revint en arrière et ils regardèrent à nouveau Carrington. Il levait le bras mais ne touchait pas la boîte aux lettres de Jane : on ne le voyait pas y glisser un papier. Jane s'exclama :

314

« Sa boîte aux lettres est juste au-dessus de la mienne, que je suis bête ! »

Le téléphone sonna. Jane grogna, se leva et décrocha. Allison,
« *Salut, Je viens de rentrer à la maison. J'ai parlé à Josh tout à l'heure.*

— *Lea et Nina vont mieux ?*

— *Elles ont beaucoup de fièvre, les pauvres. Jeremy est insupportable : j'ai peur qu'il soit en train de tomber malade. Et moi aussi je me sens bizarre. J'ai l'impression qu'on va tous se retrouver au lit. Je suis en train de bâiller et de m'endormir en te parlant.*

— *Qu'est-ce que Josh a dit ?*

— *Qu'il serait ravi d'avoir de tes nouvelles. Tu as de quoi noter son numéro ? Le voici.* »

Jane le griffonna sur un bout de papier.

« *Il a eu l'air surpris quand tu lui as dit que je cherchais à le joindre ?*

— *Non. Apparemment il s'en doutait.*

— *C'est ce qu'il a dit ?*

— *Oui. Il semble croire que vous êtes faits pour vous retrouver. Il était de très bonne humeur : son roman vient d'être accepté par un agent important, c'est une garantie de publication chez un bon éditeur*

— *C'est quoi, ce roman ? Sa vie, j'imagine ?*

— *Non, un polar qui se passe dans le monde universitaire. Apparemment c'est sa manière de régler son compte à l'université.*

— *Ça doit être chiant.*

— *Pourquoi ?*

— *Un roman universitaire : tu l'as dit toi-même tout à l'heure.*

— *Oui, mais un polar ça peut être rigolo.*

— Moi, les polars, ça m'ennuie : c'est trop construit. Tu sais si j'y suis, dans son polar ?

— Non, je ne sais pas. Il y a plein de morts à la fin, il en a peut-être profité pour te régler ton compte aussi. Jeremy, non ! Jane, Jeremy vient de faire tomber une lampe et les jumelles hurlent, il faut que j'y aille. »

Jane se rassit en pinçant sa lèvre inférieure entre son pouce et son index gauches. Pas Josh. Il y avait un suspect beaucoup plus évident. D'ailleurs Josh ne pouvait pas connaître l'histoire des billets anonymes puisqu'elle n'en avait pas parlé à Allison. Il est vrai que ce n'était plus un secret.

Ils continuèrent le film. Quelqu'un d'autre. Une veste bleu foncé ou noire vue de derrière. Quelqu'un de très grand dont la tête ne rentrait pas dans le cadre filmé par la caméra. On voyait son dos, ses épaules, son cou. Ils regardaient attentivement, dans un silence intense : ils savaient que, cette fois, c'était le bon. En effet, son bras plié laissa tomber quelque chose à l'intérieur de la boîte de Jane. Ils poussèrent tous les trois un soupir en même temps. Un nom vint spontanément aux lèvres de Jane :

« Duportoy.

— Qui ? »

Tait arrêta le film. Merriman écrivit le nom. Jane secoua la tête.

« Ça ne peut pas être lui. Il est grand, c'est pour ça que j'ai pensé à lui. Et parce que je viens de voir sa copine.

— C'est qui, ce Duportoy ?

— Un de mes collègues.

— Il a une raison de vous en vouloir ?

— Aucune.

« — Vous croyez qu'il est attiré par vous ?

— Oh non. Il a toutes les filles qu'il veut, et il ne m'a pour ainsi dire jamais adressé la parole. »

Tait revint en arrière et ils regardèrent à nouveau la scène. Cette fois-ci, rien ne rappela Duportoy à Jane. Ce bout de veste aurait pu appartenir à n'importe qui. On ne voyait ni ses cheveux, ni son visage, même en partie. De plus, elle savait que Duportoy ne venait jamais à Old Newport le vendredi. Il habitait New York. Il avait d'autant moins de raisons de venir que les cours étaient finis. Voilà qui l'excluait comme suspect.

« Mais la date sur le film est hier, jeudi. Et l'heure, dix-neuf heures vingt-huit, dit Merriman. On saura facilement si ce Duportoy se trouvait à Old Newport hier. »

C'était l'heure à laquelle il aurait quitté le bâtiment pour prendre le train de dix-neuf heures cinquante-quatre. Jane fronça les sourcils.

« Même si c'est lui sur le film, il y a une autre explication très simple : quelqu'un a pu lui demander de déposer ce papier dans la boîte.

— En effet, c'est possible. Dans ce cas ce Duportoy pourra décrire le suspect. Il le connaît peut-être, d'ailleurs. En tout cas vous pouvez dormir sur vos deux oreilles. Le mystère est presque résolu. »

L'inspecteur Merriman appela Duportoy à New York, ce même soir, et lui demanda de venir à Old Newport le lendemain pour une affaire importante dont il ne pouvait pas discuter au téléphone. Au début, Duportoy nia tout et dit aux flics qu'ils regardaient trop de films hollywoodiens. Il connaissait à peine sa collègue Jane Cook. Il savait juste par sa petite amie, Jamaica Locke, et par un autre ami, Francisco Gonzalez, que cette femme avait fait une vraie fixation sur lui.

« Il a dit ça ? »

Son arrogance était tombée quand les flics lui avaient appris qu'il avait été filmé en train de déposer un billet dans la boîte aux lettres de sa collègue, et formellement identifié par elle. Il avait changé de visage. Il ne s'était pas effondré. Il avait souri ; c'était lui, d'accord, mais il ne s'agissait que d'une plaisanterie, Jane Cook ne devait pas prendre tellement au sérieux trois malheureux petits billets. Il avoua tout avant de voir le film et de se rendre compte qu'on ne pouvait pas l'y reconnaître. Il ne lui vint même pas à l'idée d'inventer pour sa défense l'excuse que Jane avait trouvée pour lui.

Jane était stupéfaite, Lynn aussi.

Jamaica appela Jane le dimanche matin. Duportoy lui avait tout dit en rentrant d'Old Newport la veille.

« C'est dingue. Je suis vraiment désolée. Je n'arrive pas à le croire. Maintenant tu comprends à qui j'ai affaire.

— Tu as rompu ? »

Jamaica eut l'air surpris. Non, bien sûr. Il ne fallait pas dramatiser. Xavier devait changer. Il avait parfois un comportement infantile et irresponsable. L'interrogatoire de police l'avait secoué. Il avait besoin de ce genre de confrontation avec le réel. Tout était trop facile pour lui. Il obtenait tout ce qu'il voulait, il s'ennuyait et ne savait plus quoi inventer pour se distraire : faire l'amour avec deux femmes ou laisser des billets anonymes scatologiques à une collègue. Il avait une grande maturité intellectuelle mais, de toute évidence, une aussi grande immaturité affective. Jane se sentit mal à l'aise. La complexité psychologique de Duportoy ne l'intéressait guère.

« Pourquoi tu appelles ?

— Je voulais te parler, savoir comment tu allais. Je pense à toi tout le temps. Je suis furieuse contre lui. Qu'est-ce que tu vas faire maintenant ?

— Qu'est-ce que tu veux dire ?

— Avec la plainte. »

Xavier lui avait sans doute demandé d'appeler.

« Franchement je ne sais pas encore. Je n'ai pas eu le temps d'y penser. Ça va suivre son cours, j'imagine. Ce n'est plus entre mes mains. La police s'en occupe.

— Mais c'est ta plainte.

— Alors quoi ?

— Tu pourrais la retirer. »

Jane ricana et faillit raccrocher.

« Dis-lui de ne pas s'inquiéter. Devayne n'aime pas les scandales. La police m'a déjà dit que l'affaire ne sortirait pas des murs de Devayne.

— Mais regarde comment tu parles ! Jane, tu ne peux pas prendre les choses tellement au sérieux. Je ne t'appelle pas parce que Xavier me l'a demandé, mais parce que je vous connais tous les deux, pour t'expliquer.

— Expliquer quoi ?

— Xavier t'aime bien. Il n'a rien contre toi. »

Jane rit.

« Ça me fait une belle jambe.

— Arrête. Écoute. Il dit que tu as toujours été très gentille avec lui. L'an dernier, tu lui as donné exactement l'horaire de cours qu'il t'avait demandé. Il pense que tu n'es pas comme les autres : tu n'as pas soif de pouvoir, et c'est ce qui fait que tu es gentille.

— Vraiment.

— Il n'a jamais eu l'intention de te terroriser. Il ne savait pas que tu t'étais fait agresser en septembre, ou il n'aurait pas fait ça. Ça a commencé complètement par hasard, le 14 février, quand il a débarqué du train à Old Newport et qu'il a vu la carte en forme de gros cœur rouge au stand à journaux de la gare. Il l'a achetée pour moi parce que j'aime le kitsch et qu'on s'était disputés la veille. Mais il t'a croisée au département ce jour-là et t'a trouvé l'air morose.

Xavier déteste tout le cirque autour de la Saint-Valentin. Le résultat, il dit, c'est que les gens seuls se sentent encore plus seuls ce jour-là. Il a écrit la carte pour toi, pour que tu te dises que quelqu'un avait pensé à toi. Et il te trouve très jolie, tu sais. »

Jane leva les yeux au ciel. Des compliments, maintenant.

« La carte de Saint-Valentin n'est pas vraiment le problème.

— Je sais. Mais c'est juste pour te dire comment tout a commencé. C'est ça qui lui a donné l'idée de continuer. Une plaisanterie stupide, d'accord, mais derrière il y avait une bonne intention : Xavier aussi pense que ta vie à Old Newport est horriblement triste et que tu es en train de perdre tes meilleures années. »

Jane eut un sourire sarcastique en imaginant Xavier et Jamaica discutant ensemble, le soir, le cas de la pauvre Jane.

« On a souvent pensé à des hommes qu'on pourrait te présenter, reprit Jamaica. On t'a invitée à New York mais tu n'es jamais venue : tu disais chaque fois que tu n'avais pas le temps. Xavier pense que Devayne s'est déjà infiltré en toi. Il est convaincu que cet endroit vous dessèche le cœur, l'imagination et les sens, et vous transforme en vieux parchemin. Toi et moi on en a souvent parlé d'ailleurs. Bien sûr tu ne risques pas de devenir comme Begolu parce que tu es beaucoup plus gentille, mais un jour tu finiras par acheter un ou deux chiens et tu ne quitteras plus jamais Old Newport, sauf pour aller au congrès du MLA faire passer des entretiens à des candidats. Comme McGregor et Carrington : morts à l'intérieur. Xavier ne veut pas que ça t'arrive.

— Il faudrait d'abord que je sois titularisée à Devayne.

— Devayne ou ailleurs. C'est pareil. Devayne est un syndrome. J'espère que tu comprends ce que j'essaie de te dire : Xavier a juste souhaité t'ouvrir l'imagination, te faire penser à autre chose que Devayne.

— Pour ça il a réussi.

— Xavier croit au pouvoir des mots : il voulait te secouer, éveiller tes fantasmes, pour que tu te trouves un amant cet été. »

Elles passèrent une heure au téléphone. Lynn était furieuse.

« Tu ne peux pas parler à Jamaica. Tu ne comprends pas ? Elle est dans l'autre camp. »

Que Jamaica défende Xavier semblait naturel. Ce qui attrista Jane était la condescendance méprisante dont Jamaica ne semblait même pas consciente. Elle pensait probablement que les billets anonymes de Duportoy n'avaient pu que faire du bien à une divorcée de bientôt quarante ans, en passe de devenir lesbienne en désespoir de cause. Ce que Duportoy pensait sur le sujet, et la manière dont il devait parler de Lynn, que Jane pouvait facilement deviner, lui inspirait le sentiment le plus proche de la haine qu'elle eût jamais ressenti.

L'audience disciplinaire eut lieu le 25 mai, alors que des bandes de pelouse fraîche étaient déroulées partout en vue de l'imminente cérémonie de remise des diplômes, que des tentes à larges raies blanches et vertes étaient installées au milieu du campus, et que Devayne tout entier prenait un petit air de fête. La vaste salle aux murs couverts de panneaux de chêne et au sol tapissé de moquette vert clair, dans un des plus anciens bâtiments de l'université, était impressionnante. Les juges, sept professeurs venant de divers départements et écoles professionnelles de l'université, siégeaient à un bout de la longue et antique table en bois sombre sur des chaises tapissées avec de hauts dossiers. L'accusé et la plaignante prirent place à l'autre bout avec leurs témoins, Duportoy et Jamaica d'un côté de la table, Jane et Lynn de l'autre. Duportoy portait un costume vert, la couleur de Devayne, une chemise blanche et une cravate classique à raies jaunes et bleues. Habillées toutes deux de longues jupes noires et de chemises blanches, Jamaica et Jane avaient l'air de pensionnaires du même lycée. Elles ne se dirent pas bonjour. Lynn avait mis ses habits du dimanche : une jupe bleu marine plissée et une chemise en soie que Jane venait de lui offrir pour son anniversaire, d'un rouge un peu trop vif pour l'occasion. Jane était la première à parler. Elle le fit calmement, posément, sans agressivité. Elle raconta sa peur croissante, la suspicion permanente qui faisait qu'elle avait perdu son plaisir à enseigner, sa terreur quand elle avait reçu le premier billet chez elle et vécu dorénavant avec la conviction que quelqu'un la guettait, sa panique quand les billets étaient devenus de plus en plus explicites, et le sentiment d'avoir entièrement perdu le contrôle d'une vie qui s'était mise à ressembler à un feuilleton de série B. Puis Duportoy prit la parole. Il parlait anglais avec un mélange d'accent français et britannique raffiné qu'il avait acquis à l'école en France. Il mit en cause son comportement infantile mais insista sur le fait qu'il n'avait rien contre Jane et n'avait jamais voulu lui faire peur ni la persécuter. La réaction violente de Jane et, d'après Duportoy, disproportionnée, était liée à cette agression de septembre dont il n'était pas informé : Jane, sinon, n'aurait jamais cru qu'elle était poursuivie par un tueur en série parce qu'elle avait reçu trois petits billets scatologiques. La plaisanterie de Duportoy — stupide et de mauvais goût, il était le premier à le reconnaître, mais une simple plaisanterie — avait pâti d'un mauvais concours de circonstances. Duportoy était grave et prenait l'air humble, mais les membres du comité ne semblaient guère séduits par son talent rhétorique. Jane jeta un regard de côté à Lynn. Elle avait les dents serrées, la bouche plissée, et la haine étincelait dans ses prunelles. Duportoy pouvait s'estimer heureux de ne pas se retrouver entre ses mains.

L'audience dura plus de trois heures. Les sept professeurs se retirèrent dans une autre pièce d'où ils revinrent après une rapide délibération : ils avaient unanimement décidé, non un simple blâme, mais le licenciement de Duportoy.

« On aurait dû l'expulser, dit Lynn à Jane ce jour-là : quand tu penses au nombre d'immigrants illégaux pour qui l'Amérique est le rêve et qui sont expulsés tous les jours, simplement parce qu'ils n'ont pas d'argent. Ça m'écœure. Et ce jugement ne te rend pas justice non plus. Il t'a gâché des mois de vie. Tu aurais dû obtenir des centaines de milliers de dollars de dommages et intérêts. Je suis sûre que ses parents sont friqués. C'est dégoûtant. »

À l'intérieur de Devayne, il ne pouvait y avoir de sanction plus grave que le renvoi d'un professeur, une procédure tout à fait exceptionnelle. Fin mai, Duportoy n'avait aucune chance de se trouver un poste pour l'année suivante. Jane se demanda ce qu'il allait faire. Elle revoyait les yeux de Jamaica qui s'étaient posés sur elle après le verdict, et se sentait coupable. Peut-être aurait-elle dû retirer sa plainte. Mais l'idée de s'asseoir à côté de Duportoy dans une réunion du département l'an prochain était insupportable.

La nouvelle éclata quelques jours plus tard : Duportoy venait de se faire embaucher par la New School à Manhattan comme professeur d'esthétique et de théorie. Le processus était resté entièrement secret parce qu'il n'était pas certain que l'offre puisse se concrétiser pour des raisons budgétaires. Duportoy venait de signer son contrat : un poste avec titularisation à la clef dans une des universités les plus intéressantes du monde, à New York, au cœur de Manhattan, dans Greenwich Village. Jane était souvent passée devant les bâtiments de la New School sur la Cinquième Avenue et la Treizième Rue.

Lynn était folle de rage. Duportoy avait, à Devayne, un dossier d'accès public indiquant qu'il avait été renvoyé, mais qui s'en souciait. Une punition purement symbolique. Duportoy avait sûrement déjà oublié l'humiliation de l'audience disciplinaire, et il devait être en train de célébrer son nouveau poste en buvant du champagne français. Bientôt il se vanterait d'avoir terrorisé une pauvre prof de Devayne qui avait bien besoin de se faire baiser. C'était trop facile. Jane haussa les épaules.

« Tu sais, ça m'est égal. L'essentiel c'est que je ne le voie plus. »

Trois jours plus tard Lynn frappa à la porte de Jane, les yeux brillant d'excitation.

« Je peux te parler ? »

Jane la suivit dans le salon. Lynn portait la chemise de soie rouge vif qu'elle ne quittait plus et son jean trop serré. Elle s'assit sur le canapé, jambes croisées, confortablement, et Jane au bord du fauteuil de l'autre côté du tapis. Lynn eut un sourire joyeux.

« Tu as été inspirée d'acheter ce tapis. Chaque fois je me dis qu'il donne une âme à cette pièce. Tu me prépares un gin tonic ? »

Elle construisait délibérément le suspense. Jane prit le gin dans le placard, le schweppes et le citron dans le frigidaire. Elle apporta son verre à Lynn.

« Qu'est-ce qui se passe ? »

Elle s'avisa soudain qu'il ne s'agissait pas nécessairement de Duportoy. Il n'y avait pas que lui dans le monde. Hier à dîner, Lynn lui avait parlé d'une femme qu'elle était en train de conseiller, Maureen T., qui avait adopté un bébé d'origine hispanique treize ans plus tôt, après avoir essayé pendant dix ans d'avoir un enfant. Son mari l'avait quittée et elle avait élevé l'enfant seule. Il était tout le temps malade, otites et bronchites à répétition. Deux ans plus tôt, Maureen avait découvert qu'il avait le sida. Elle avait décidé d'intenter un procès à l'agence d'adoption qui le savait et ne l'avait pas informée. C'était une décision extrêmement difficile à prendre, à cause du message qu'elle risquait d'envoyer à son fils malade et adoré : si j'avais su, je ne t'aurais pas adopté. L'enfant, intelligent et courageux, avait compris et voulait se battre aux côtés de sa mère.

« Tu as vu Maureen aujourd'hui ? » demanda Jane. Lynn fit non d'un geste solennel de la tête.

« Je me suis rappelé que tu m'avais dit qu'il avait enseigné à Middlebury College, avant. J'ai une amie dont la partenaire enseigne là-bas au département d'espagnol. »

« Il. » Duportoy, donc. Jane fronça les sourcils.

Lynn continua :

« Je viens d'entendre une histoire intéressante. » Elle but quelques gorgées de gin tonic. « Tu savais que Duportoy avait été licencié là-bas aussi ?

— Licencié ? Mais non : il a accepté une offre de Devayne.

— Oui. Il a été un tout petit peu plus prudent là-bas qu'ici. Il a attendu d'avoir une offre ailleurs avant de faire sa petite blague. »

Jane pâlit.

« Sa petite blague ?

— Coups de fil anonymes, répondit Lynn d'une voix calmement triomphante. À une étudiante de première année, une gamine de dix-huit ans, obèse et boulimique. Elle a été terrifiée. »

Jane s'exclama. Lynn reprit quelques gorgées de gin tonic.

« Elle s'appelle Amber Martin. Elle avait suivi son cours au premier semestre, et figure-toi qu'elle était tombée amoureuse de lui : sa façon à lui de rendre sentiment pour sentiment. La police l'a arrêté après avoir mis sur écoutes le téléphone de la fille. Il n'appelait jamais de chez lui ni de son bureau, mais d'une cabine près de chez lui. »

Jane secoua la tête avec incrédulité.

« Duportoy, à l'époque, avait une petite amie sublime, reprit Lynn, une actrice de New York qui lui rendait souvent visite. Et voilà ce qu'il faisait la nuit pour se distraire : appeler une pauvre gosse obèse et respirer bruyamment dans le téléphone comme un type en train de se masturber et de jouir. Il n'y a pas quelque chose qui te semble familier ? Je ne veux pas dire dans le choix de victime : tu n'as rien de commun avec cette gamine. Mais dans le genre de jeu. Ça c'est quelqu'un qui aime les blagues ! »

Elle rit. Jane la regardait fixement.

« Qu'est-ce que tu vas faire ?

— Le faire savoir.

— À qui ?

— Le doyen de la New School. »

Cela prit moins d'une semaine. Le 8 juin, Lynn entra triomphalement chez Jane. Elle portait toujours le jean et la chemise de soie rouge qu'elle lavait le soir et remettait le matin. Jane regrettait de ne pas avoir choisi une couleur plus discrète.

« Ils ont annulé son contrat.

— Ah bon !

— L'amie d'une amie, qui enseigne au département de Women Studies de New York University, a appelé le professeur de la New School qui a embauché Duportoy, William Townshend. Elle était ravie : son département voulait embaucher une spécialiste en études lesbiennes il y a un an, et un rapport négatif du même Townshend les en a empêchés. Townshend a appelé les doyens à Devayne et à Middlebury. Ensuite il n'avait pas d'autre choix que d'aller parler à son doyen, qui a été catégorique : impossible d'embaucher Duportoy dans le climat actuel. Si quoi que ce soit arrivait, ça coûterait à l'université des millions, car on pourrait prouver leur responsabilité. Townshend a dû donner un coup de fil très triste à notre ami, qui s'est précipité dans son bureau, qui a offert de signer tout ce qu'on voudrait, de réciter cent mea culpa, de traverser Manhattan pieds nus avec une corde au cou et un panneau dans le dos « Honte aux harceleurs sexuels », qui a juré que ce genre de chose ne se produirait jamais à New York, parce qu'il y avait été poussé seulement par l'ennui que lui inspiraient Devayne et Middlebury, qui a promis qu'il irait voir un psy trois fois par semaine, qui a baisé les pieds de Townshend, l'a supplié, et pour finir a éclaté en sanglots. Une tragédie grecque. »

Jane n'avait pas envie de rire. Elle voyait la scène.

« Comment tu sais tout ça ?

— Par une amie de la secrétaire de Townshend. »

Lynn se servit un verre de porto et s'assit à la table de salle à manger. Jane était en train de couper des courgettes.

« Qu'est-ce qu'il va faire maintenant ? »

Lynn sourit.

« Franchement, c'est le cadet de mes soucis.

— Ça doit être terrible pour lui. Ce poste, c'était son rêve. En une semaine il l'a obtenu et perdu. »

Lynn la regarda en fronçant les sourcils.

« Tu vas finir par me faire croire qu'il y a vraiment un problème avec toi. Tu veux dire que tu le plains ? Tu as déjà oublié le moment où tu pétais de trouille qu'il y ait un assassin caché dans ta baignoire ?

— Si j'ai eu tellement peur, ce n'est pas à cause des billets anonymes mais de l'agression de septembre. Duportoy ne pouvait pas savoir. Pour lui ce n'était qu'une plaisanterie. D'ailleurs je n'en subis aucune conséquence. Alors que ce qu'on fait à Duportoy n'est pas une plaisanterie. »

Lynn se leva et marcha de long en large entre la cuisine et le salon, pendant que Jane continuait à couper ses courgettes en tranches. Lynn finit son verre de porto et poussa un soupir. Elle s'arrêta derrière Jane.

— « Jane. »

Jane se retourna. Lynn la regardait sans aménité et sa voix n'était guère amicale.

« Qu'est-ce que tu appelles une plaisanterie, exactement ? demanda Lynn d'une voix calme et sévère. Traumatiser une pauvre gosse obèse pour le reste de sa vie, ça, d'accord, c'est une plaisanterie. Agresser une femme par-derrière avec un couteau, ça aussi c'est une plaisanterie ? Après tout tu en as été quitte pour la peur. Est-ce que ça cesse d'être une plaisanterie quand la gamine se suicide ou qu'on retrouve la femme égorgée ? »

Jane se mordit la lèvre. Lynn avait évidemment raison. Mais elle était tellement sûre d'avoir raison.

« Fais un tout petit effort d'imagination, reprit Lynn. Essaie de te rendre compte comment tu te sentirais maintenant si Duportoy n'avait pas été attrapé, au lieu de me dire que je n'aurais pas dû fouiller son passé, et qu'on devrait laisser le pauvre garçon s'amuser comme il peut.

— Je n'ai pas dit ça. »

Elle prit la poêle, versa un peu d'huile et mit les oignons à cuire. Lynn posa son verre sur la table et marcha vers la porte.

Et voilà. Clôture d'un nouveau chapitre. Lynn et elle étaient trop différentes. Cela devait finir par se savoir. Leur amitié ne pouvait durer qu'aussi longtemps que Jane avait besoin de Lynn. Quelques semaines plus tôt, Lynn l'avait emmenée entendre une célèbre féministe, une activiste et pas une intellectuelle, qui donnait une conférence à la faculté de droit sur le harcèlement sexuel dans les milieux professionnels, un sujet brûlant depuis que les aventures du Président avec une jeune interne de la Maison-Blanche faisaient la une des journaux. Le pouvoir rhétorique de l'oratrice était encore plus fascinant que sa laideur et son obésité monstrueuses, qui faisaient d'elle un cliché vivant. En l'entendant évoquer d'une voix brisée par l'émotion, au bord des larmes, les souffrances des femmes abusées, battues, violées et torturées dans le monde entier, Jane s'était sentie terriblement coupable de ne pas avoir assez d'imagination ou de compassion pour consacrer sa vie à se battre pour les victimes du monde. Mais, en sortant, elle n'avait pu s'empêcher de penser que cette féministe charismatique était aussi une dangereuse fanatique et qu'un monde où il n'y avait plus de place pour les plaisanteries et les couleurs non tranchées était terrifiant. Lynn s'était exclamée avec enthousiasme : « Elle est fantastique, hein ? » Jane mentait de plus en plus à Lynn par omission. Maintenant, grâce à Duportoy, tout était clair. Lynn la mépriserait et ne lui adresserait plus la parole. Elles se croiseraient dans l'entrée et s'ignoreraient, comme Jane et Jamaica dans les couloirs du département. Pourquoi Jane perdait-elle ses amis les uns après les autres ? Le problème était-il elle, ou son choix d'amis ? Lynn posa sa main sur la poignée.

« Tu t'en vas ? demanda Jane avec angoisse en se retournant, le couteau en l'air.

— Les chats attendent leur dîner. »

Pas une trace de colère dans la voix de Lynn. Elle regarda Jane, sourit et retraversa la cuisine pour pincer doucement sa joue en secouant la tête avec un sourire.

« Toi ! »

Lynn appela le lendemain soir :

« J'ai une bonne nouvelle pour toi, ma chérie. Ton petit ami a plus d'un tour dans son sac. Figure-toi qu'il a aussi décroché une bourse du NEH pour l'année prochaine. Plein de fric et aucun fil à la patte. Tu vois : tu n'avais pas lieu de t'inquiéter pour lui. »

Jane posa cette dernière page sur l'épaisse pile de gauche et hocha pensivement la tête.

Elle se leva et se servit un autre verre d'eau. Un bruit la fit sursauter. Un grattement léger comme si quelqu'un essayait d'ouvrir discrètement la porte de son appartement. Elle marcha à pas de loup dans le couloir et regarda par le judas. Elle sentait une présence. Elle avait la bouche sèche. C'était impossible : il était mort.

« Miaou ! »

Elle rit nerveusement.

Son goût des canulars et des lettres anonymes aurait dû faire de Duportoy le suspect numéro un. Elle n'avait pas pensé à lui plus tôt, parce qu'il n'avait jamais été son ami et ne pouvait pas la connaître. Mais si Francisco avait pu obtenir des renseignements sur elle par le canal Jamaica-Duportoy, l'inverse était aussi plausible.

Par Francisco, Duportoy avait rassemblé une mine d'informations sur Bronzino, sur Josh, sur Eric, sur Francisco lui-même. Tout ce qui concernait Allison, Lynn, et Chip, Duportoy l'avait appris de Jamaica. Quant au chapitre qu'elle venait de lire, personne n'était mieux placé que lui pour l'écrire.

Elle avait une sensation bizarre, qui n'était pas de faim, mais comme une envie de pleurer, de crier ou de vomir. Un poids dans sa poitrine oppressait sa respiration. C'était de la peur. Elle lisait depuis sept heures une lettre posthume. Il avait passé son année à écrire ce texte et le lui avait envoyé juste avant de se donner la mort. Pourquoi ?

Pourvu qu'Alex soit rentré. Il fallait tout lui dire : lui seul trouverait les mots justes et rassurants.

3

Il n'y avait pas grand monde sur les escaliers, mais on entendait les cris de joie et le pop sonore des bouchons de champagne par les fenêtres ouvertes. Jane s'arrêta, essoufflée. C'était la cinquième ou sixième fois qu'elle faisait le trajet en rentrant de chez Rosen : chaque fois aussi épuisant. Un escalier semblait seulement conduire à un autre. Quand elle avait débarqué à Paris trois semaines plus tôt, et trouvé le numéro de Rosen dans le Minitel, elle s'était réjouie d'apprendre que l'artiste habitait maintenant un loft à la Goutte d'Or et qu'elles étaient pour ainsi dire voisines : séparées juste par la butte Montmartre. C'est-à-dire par trois cents marches ou même davantage.

En haut venait la récompense : tout Paris à ses pieds. Mais ce soir elle ne put même pas apercevoir les petites lumières de la ville tant la foule était dense sur la place devant la basilique. « On aaaaaaa ga-gné ! » « On eeeeest des cham-pions ! » « Et un ! Et deux ! Et trois ! Zéro ! » Un rire immense et joyeux montait de la masse. On s'enlaçait, s'embrassait. « Zi-zou ! » « Allez Zizou ! » « Zizou président ! » Elle n'avait jamais vu une telle joie dans une si grande foule. Une nuit historique, ici aussi. Il n'y avait pas à regretter de ne pas avoir accompagné Rosen, Vincent et Mylène sur les Champs-Élysées. Un concert de klaxons montait du boulevard Barbès. Les flics chantaient comme tout le monde. Ce n'était pas ce soir qu'elle verrait les vendeurs noirs et arabes de canettes de bière et de Coca, de sifflets ou de chapeaux, remballer leur étalage et s'enfuir en courant une minute avant qu'une voiture de police pile devant le Sacré-Cœur. Ce soir tous les sans-papiers étaient français. Ce soir la France entière aurait élu président le fils d'émigré qui avait marqué deux buts de la tête, et fait des Français les champions du monde.

Jane se fraya difficilement un passage sur la place du Tertre, plus encombrée que jamais. Elle descendit la rue de Ravignan en pente raide. Un bruit fou montait de la rue des Abbesses. Quand elle arriva à l'angle et découvrit le spectacle, elle s'arrêta, le souffle coupé. Sa rue tout entière dansait. Un bal spontané. Quatre Noirs avec des chapeaux sud-africains assis à la terrasse d'un café jouaient du tambour, avec un rythme si entraînant que Jane se dandina d'un pied sur l'autre en tapant les numéros sur son digicode. Avant qu'elle ait pu pousser sa porte, un homme attrapa sa main et l'attira dans la foule. Tous les pas et les mouvements qu'elle avait appris cette année au cours de danse africaine lui revinrent instinctivement. Le buste très droit, elle bougeait ses fesses, ses cuisses, ses genoux, sa tête, les paumes ouvertes et tournées vers l'extérieur. Un grand Noir se mit à danser face à elle, un autre surgit derrière elle et la serra de près. Ils la frôlaient, se frottaient contre elle, touchaient ses seins. Elle ne résistait que si l'on cherchait à l'entraîner hors de la foule ou à remonter sa robe. Jamais elle ne s'était sentie autant en sécurité que dans ce quartier plein de gens dehors toute la nuit. Les serveurs rangeaient les tables et les chaises et balayaient les trottoirs. Il était plus de trois heures. La foule suivit les joueurs de tambour sur la petite place des Abbesses où ils s'assirent sur un banc. Les gens commençaient à se disperser, à pied, en voiture, à vélo, à moto. Jane dansait, comme dans une transe. Un jeune homme appuyé contre un arbre la regardait. Il portait une casquette de base-ball dont la visière cachait son front, et de larges vêtements blancs flottant autour de son corps mince. Il n'était pas grand. Ses cheveux longs dépassaient de la casquette dans son cou. Sans doute un artiste. Son sourire plissait ses grands yeux bruns.

« Vous dansez ? »

Il ne sembla pas comprendre.

« Do you dance ? »

Elle lui prit la main et il céda gracieusement. Le corps désarticulé comme une marionnette, sautant, cabriolant, faisant des moulinets avec ses bras, pointant les doigts vers le haut, vers le bas, tournant sur lui-même comme une toupie, souple comme un élastique, il dansait tel un adolescent noir de Washington Square gagnant sa vie au rythme d'une cassette de rap. Jane sourit. Étourdie et à bout de souffle, elle recula et s'appuya contre l'arbre qu'il venait de quitter. Il dansa pour elle en la regardant, puis reprit sa main et la refit danser avec lui plus lentement. Quand il souriait, ses yeux de velours souriaient aussi. Il mit ses deux bras autour d'elle et l'embrassa très doucement. Ils dansèrent ainsi, corps contre corps et lèvres contre lèvres, jusqu'à ce que les musiciens cessent de jouer. Le ciel s'éclaircissait. Quand il fit jour, il ne restait plus qu'une poignée de gens sur la place, les joues et le front peints en bleu blanc rouge. Ils avaient encore l'énergie de crier : « On aaaaa ga-gné ! » « Et un, et deux, et trois, zéro ! » Jane et le garçon s'assirent sur le banc que les joueurs de tambour venaient de quitter. Il était israélien. « Israélien ! » Il était arrivé d'Irlande la veille pour voir le match à Paris, et repartait ce matin pour Tel-Aviv. Il venait de voyager un mois en Europe avec trois copains qu'il avait perdus plus tôt dans la foule. Quand on voyageait à quatre garçons, avait-on beaucoup d'aventures ? Il n'avait rien contre l'idée mais ce n'était pas arrivé. Quelques semaines avant de partir en voyage, il avait rompu avec sa petite amie, qu'il avait rencontrée trois ans plus tôt à l'armée. Il espérait oublier son chagrin d'amour avec une belle Norvégienne. Mais quand on attendait quelque chose, ça ne se passait pas. Il avait vingt-deux ans. Il faisait des études d'ingénieur. Il ne lui demanda pas son âge. Il s'appelait Ilan. Les baisers interrompaient leur bavardage. Elle lui dit qu'elle louait un appartement tout près. Il regarda sa montre.

« Je dois aller à l'aéroport dans une demi-heure. Tu m'offres un café ? »

Il avait des lèvres pulpeuses d'adolescent. Jane rougit.

« Je ne veux pas faire l'amour. Ça ne te dérange pas ?

— Pas du tout. »

À peine dans l'appartement, ils recommencèrent à s'embrasser et se laissèrent tomber sur le canapé du salon. Jane proposa de s'allonger dans la chambre. Ils se déshabillèrent. Le buste d'Ilan était imberbe comme celui d'un enfant, et ses gestes avaient une délicatesse inattendue chez un danseur de rap. Quand il lécha ses seins et en suça les pointes, elle n'eut pas mal. Elle était tendue vers lui, son dos formant presque un arc de cercle, et elle gémit quand la main d'Ilan approcha du haut de ses cuisses. Elle se pencha sur lui et prit dans sa bouche son sexe dur et circoncis. Une goutte perlait au bout du gland rose. Il la renversa brusquement, presque brutalement, s'allongea sur elle en écartant ses cuisses et la pénétra d'un coup sec. Elle poussa un cri. Après tout ce temps elle était comme vierge. Stupéfiante sensation d'un corps étranger à l'intérieur de soi. Il lui faisait mal. Les yeux de velours étaient fixés sur les siens avec l'intensité presque sadique du désir. Elle se détendit soudain et laissa Ilan l'envahir, l'investir, irradier en elle. Il ferma les yeux une seconde et les rouvrit en bougeant lentement, circulairement, à l'intérieur d'elle. Il demanda dans un souffle :

« Can I come inside you ? »

Non, elle pensa. Il ne pouvait pas jouir en elle. C'était trop dangereux. Le sida. Le risque d'être enceinte. Peut-être juste le moment favorable. Peut-être ce garçon lui avait-il menti avec son histoire de petite amie de trois ans et de voyage sans rencontre. Mais ses yeux, leur gravité, leur douceur. Elle ferma les siens sans répondre. Avec un gémissement rauque, il s'arracha d'elle et cracha sa semence sur son ventre. Elle caressa doucement ses cheveux.

« Tu n'as pas joui, dit-il.

— Je suis bien comme ça. »

Il s'allongea près d'elle et la caressa doucement. Il semblait savoir exactement les gestes et le contact de la paume qu'elle aimait. Elle écarta les jambes davantage. Il se glissa entre ses cuisses. Les cheveux d'Ilan chatouillaient sa peau tandis que sa langue la fouillait. Quand il rentra en elle l'index de la main gauche tout en léchant délicatement ses lèvres écartées, elle jouit instantanément, refermant ses cuisses autour de la tête d'Ilan.

Il n'avait pas le temps de prendre un café. Il avait passé une heure au lieu d'une demi-heure à l'appartement. Il risquait de manquer son avion. Il espérait que ses amis auraient pris son sac à l'auberge de jeunesse. Elle lui montra un plan de métro et lui indiqua précisément comment arriver à Roissy par le RER. Elle l'accompagna à la porte. Il baisa doucement ses lèvres. Des yeux israéliens. Avec sa casquette de base-ball on lui donnait dix-huit ans à peine.

« Merci de m'avoir invité chez toi. C'est le premier appartement parisien que je vois. »

Il descendit l'escalier quatre à quatre. Elle referma la porte et marcha, nue, jusqu'au balconnet du salon. Elle s'appuya contre la barre en fer forgé et le vit courir vers le métro Pigalle. Sur le trottoir d'en face, un chien déchirait de ses aboiements le calme du petit matin. Les cafés n'avaient pas encore ouvert. La plupart des boutiques restaient fermées le lundi. Face au chien menaçant se tenait un jeune homme, qui s'agenouilla sans quitter l'animal des yeux et entreprit, avec des gestes lents, d'ouvrir l'antivol de son vélo appuyé contre le mur. Le chien-loup appartenait au SDF qui dormait devant l'épicier arabe, et que les aboiements furieux de la bête prête à déchirer les couilles du jeune homme ne tiraient pas du sommeil. Le courageux cycliste parvint à se relever lentement, à enfourcher son vélo et à glisser sur le trottoir, suivi sur cent mètres par le chien aboyant. Jane referma la fenêtre et alla se coucher sans même prendre une douche. Quand elle se réveilla vers midi, le sperme sur son ventre avait formé une fine croûte translucide qui tirait son duvet et sa peau. Des couples silencieux, portant des lunettes de soleil, mangeaient des croissants aux terrasses des cafés juste en face. Elle prit son thé et son pain grillé, et s'installa à la fenêtre. Une vieille mendiante chantait d'une voix cassée et déraillante des chansons d'Édith Piaf. Jane pensa à Duportoy. Avec gratitude. Non pour la prescription de se faire baiser, même si le traitement n'avait rien de désagréable, mais plutôt pour la peur qu'il lui avait inspirée : rien de tel qu'une vraie peur pour guérir du hoquet — si l'on pouvait appeler ainsi le souvenir récurrent d'Eric qui l'avait obsédée pendant plus d'un an et empêchée de voir le monde autour d'elle.

Après six semaines à Paris, l'Amérique la surprit comme une étrangère. Il n'y avait plus, partout, qu'un unique sujet de conversation : l'affaire Lewinsky. Le président des États-Unis risquait de tomber pour une pipe. Jamais l'Amérique ne s'était intéressée davantage à la politique. C'était absurde, une folle et dérisoire perte de temps et d'argent. Toutes proportions gardées, Clinton la faisait penser à Duportoy : de brillants hableurs qui commettaient, au faite de leur succès, des actes suicidaires les rendant étrangement sympathiques.

En octobre elle dépouilla la liste des postes et écrivit douze lettres. Mi-décembre, neuf des douze universités l'avaient appelée pour lui fixer un entretien au MLA : elle avait bien ciblé. Le congrès avait lieu à San Francisco. Elle adorait la ville et obtint une chambre dans l'hôtel de son choix, le Marriott près de la Marina. Elle passerait le réveillon à Seattle avec Allison et John, et ferait connaissance de Lea et Nina, les petites sœurs de Jeremy.

Les entretiens se passèrent bien. Elle donna une communication, « Aveuglement et connaissance de soi dans *La Princesse de Clèves* », qui obtint de longs applaudissements et provoqua une tempête de questions. Le lendemain soir, au cocktail organisé par Devayne, elle fut entourée de gens qui la félicitaient. Certains des professeurs qui lui avaient fait passer un entretien la courtisaient professionnellement : une position enviable. Un petit homme mince s'approcha d'elle.

« Magnifique, ta communication, Jane.

— Merci », dit-elle avec un sourire modeste, incapable de mettre un nom sur ce visage pourtant familier. Elle avait vu défiler tant de gens en trois jours. Il avait un front haut, dégagé par un début de calvitie, une mauvaise peau et des lunettes rondes : rien de très caractéristique dans cette profession.

« Malgré le titre, ce n'était évidemment pas dans la lignée de l'École Critique de Devayne. Plutôt du côté d'une herméneutique gadamérienne, non ? »

Irritant de ne pas pouvoir l'identifier. Il approcha son visage d'elle en parlant. Elle sentit son haleine, un mélange de café, de cigarettes, de vieux livres et d'acidité d'estomac, et vit les dents gâtées : le type avec le doctorat de Yale, David.

« Comment va Eric ? lui demanda-t-elle pour montrer qu'elle l'avait reconnu.

— Très bien. Il a le vent en poupe. Son livre sur l'École de Vienne vient de sortir, il a été titularisé, et il attend un bébé. »

Jane répéta sans comprendre :

« Il attend un bébé ?

— Enfin sa copine, Catherine. C'est tout récent.

— Cat... »

Jane était livide. Une boule dans la gorge l'empêcha d'ajouter une syllabe.

« Oh, tu n'étais pas au courant ? Je suis désolé, je suis d'une indiscrétion ! J'avais compris que c'était toi qui avais quitté Eric, c'est ce que m'a dit Catherine, c'est ma collègue. Je suis désolé, Jane, excuse-moi, vraiment... »

Catherine. Il prononçait le nom à la française, avec l'accent sur la dernière syllabe. Il la dévisageait avec cette compassion voyeuriste des badauds assistant à un accident mortel. Elle se mordit l'intérieur de la lèvre et, dans un effort immense, se força à sourire. Elle avait les joues brûlantes.

« Bien sûr que je sais pour Catherine. Qu'elle soit enceinte n'a rien de surprenant : la normalité par excellence ! »

Elle rit trop fort. David la regardait avec le même mélange de pitié et d'intérêt.

« Catherine est française, c'est ça ?

— Oui.

— De Paris ?

— Oui. Tu veux boire quelque chose ? Je suis vraiment confus d'avoir été aussi indiscret...

— Excuse-moi », articula Jane avant de se précipiter hors de la pièce pleine de monde. Elle trouva les toilettes au bout du couloir. Elle s'enferma et éclata en sanglots. Elle ne pouvait pas le croire. Qu'Eric allait avoir un bébé. Qu'elle venait de réagir avec une violence qui révélait son cœur nu à elle-même d'abord, et ensuite à un étranger curieux et malveillant qui n'aurait de cesse d'avoir colporté partout l'effet que cette nouvelle avait eu sur elle. Elle était folle. Il était parfaitement naturel qu'Eric sorte avec une autre femme. Ils avaient divorcé deux ans plus tôt et ne s'étaient pas parlé depuis. C'était fini. Elle le savait. Elle avait passé un merveilleux été à Paris. Elle était retournée à Old Newport avec une énergie fraîche, prête à commencer une vie nouvelle. Comment pouvait-elle se montrer si faible ? Le bébé ? Mais c'était la chose la plus banale du monde, Eric aurait des tonnes de bébés et mènerait une petite vie banale avec sa femme et ses mioches dans ce trou d'ennui qu'était l'Iowa. Elle se gifla. Quatre, cinq, six fois, de plus en plus violemment. Elle réussit à se donner mal à la tête, et même à se faire saigner du nez. Deux femmes entrèrent en bavardant et la forcèrent à interrompre sa séance d'autopunition. Elle se leva, tira la chasse, sortit des toilettes et s'aspergea le visage d'eau froide au lavabo, puis elle sortit du Hilton en courant, renonçant à son intention de rencontrer au cocktail de Devayne les membres des universités dont elle souhaitait recevoir une offre.

Mi-janvier, au bureau, elle dépouillait son courrier électronique quand elle tomba sur un message intitulé « fan » d'un certain Alex Letterman, professeur assistant à l'université de San Diego, qui avait assisté à sa communication au congrès du MLA. Il n'avait rien entendu d'aussi inspirant depuis qu'il avait décidé, neuf ans plus tôt, de se consacrer aux études de lettres. Jane lui avait rappelé les raisons pour lesquelles il avait choisi ce métier. Il avait été particulièrement sensible à son mélange d'engagement personnel et de rigueur linguistique. Avait-elle utilisé le programme ARTFL comme outil de recherche dans sa quête exhaustive des emplois du verbe « connaître » dans *La Princesse de Clèves* ? Pourrait-il bientôt lire ce texte en article ou dans un livre ?

Jane prit sur l'étagère le programme du congrès de décembre et regarda à la fin la liste des participants. Pas de Letterman. Ce qui voulait dire qu'il n'avait pas donné de communication ni dirigé de session, mais ne l'empêchait nullement d'avoir assisté au congrès. Elle descendit au troisième étage.

« Dawn, vous avez le bottin du MLA ? »

La secrétaire fit pivoter sa chaise à roulettes et prit un volume à la couverture bleu clair sur l'étagère derrière elle, qu'elle tendit à Jane en pointant un index menaçant.

« Ça s'appelle Reviens.

— J'ai juste quelque chose à vérifier, je peux le faire ici. »

Letterman, Alex. Son nom se trouvait là, suivi de son affiliation : université de Californie, San Diego. L'adresse de son département, et son adresse électronique. Jane ferma le bottin et le rendit à Dawn.

« Merci. »

Simple prudence. Ce nom de Letterman ressemblait à un calembour. On entendait des histoires horribles sur des hommes qui avaient rencontré des femmes par e-mail avant d'obtenir leur adresse, de les violer et de les tuer. Elle sourit. Bon, légèrement paranoïaque. Mais sa méfiance était compréhensible. De retour dans son bureau elle fit quelque chose de plus, cette fois par simple curiosité. Elle vérifia le nom de Letterman sur le catalogue électronique de la bibliothèque, où elle ne trouva rien, puis sur la bibliographie du MLA. Un seul titre : un article sur l'humour dans le *Lancelot* de Chrétien de Troyes. Un médiéviste, donc, sans doute en début de carrière. Elle répondit à son message en le remerciant ; cette communication faisait en effet partie d'un futur livre, encore à l'état d'ébauche. Elle n'avait pas utilisé ARTFL, préférant la méthode archaïque qui consistait à relire le roman quatre ou cinq fois pour collecter les mots dans leur contexte.

Le lendemain il y avait un nouveau message d'Alex Letterman. Sujet : Flaubert. Il avait trouvé ses articles à la bibliothèque, et lu celui sur le malentendu entre Flaubert et Louise Colet à propos de la statue de Corneille et de l'usage du mot « gloire », qui lui avait beaucoup plu : l'idée que Flaubert se faisait de l'art était certainement juste, mais son attitude envers Louise lui semblait infecte. Il était bien connu que les génies étaient des gens impossibles à vivre. Le travail de Jane sur Flaubert l'intéressait d'autant plus qu'il avait fait sa thèse sur la misogynie au Moyen Age. Jane lui répondit immédiatement et mentionna son livre qui devait bientôt paraître.

Elle aurait été curieuse de lire son article, mais elle n'en avait pas le temps. De toute façon c'était le dernier message qu'ils échangeaient. Le courrier électronique représentait une inestimable perte de temps. Les étudiants de doctorat, qui se plaignaient de ne pouvoir finir leur thèse parce qu'ils étaient surchargés de travail, passaient trois ou quatre heures par jour à correspondre avec leurs amis à travers les États-Unis. Chaque jour, Jane consacrait presque une heure à lire ses messages, la plupart professionnels et venant des secrétaires. On ne se parlait plus. Elle croisait

Rose dans le couloir, échangeait un signe de tête, remontait dans son bureau et trouvait un message de Rose lui rappelant de rendre un formulaire le jour même.

Elle avait reçu six appels des universités qui lui avaient fait passer un entretien au MLA et accepté cinq invitations. Elle préparait ses voyages. Quelques jours plus tard il y eut un nouveau message de Letterman sur un autre de ses articles. Elle fut contente de voir son nom et de lire son message. Elle lui envoya une brève réponse : elle partait maintenant pour une série de visites dans des campus universitaires et elle était débordée — une façon de lui dire, sans l'offenser, qu'elle ne pourrait plus lui répondre. Trois minutes plus tard elle reçut un message de lui : il se trouvait donc, en cet instant même, à l'autre bout des États-Unis, assis comme elle face à son écran. Sept heures et demie du matin à San Diego : Letterman se réveillait tôt. Il avait sans doute l'internet chez lui, contrairement à Jane qui voulait protéger ses matins de l'invasion électronique. Son premier geste au réveil consistait-il à allumer son ordinateur ? Ou le laissait-il allumé toute la nuit ? Vérifiait-il son courrier e-mail avant même d'avoir bu son café ? Son message était bref : puisqu'elle allait passer du temps en avion, il lui recommandait *Paulina 1880* de Pierre Jean Jouve.

Ce soir-là, elle alla à la bibliothèque Goldener et emprunta le roman. Elle le commença le lendemain, pas dans l'avion mais dans sa chambre surchauffée du Faculty Club à Madison, Wisconsin. Elle ne le reposa qu'après avoir lu les derniers mots à cinq heures et demie du matin. Pas raisonnable, quand elle avait besoin de toute son énergie pour faire face à une journée d'entretiens débutant à sept heures du matin. Le soir, à dîner, elle ne put s'empêcher de parler avec enthousiasme de cette histoire d'amour aussi sensuelle que spirituelle qui se passait à Florence au dix-neuvième siècle. Le directeur du départe-

344

ment, qui avait lu le roman, fut charmé de constater que Jane avait des intérêts littéraires en dehors de son champ de recherches. Au retour de ce premier voyage, elle envoya un message à Alex : non seulement elle avait adoré le livre, mais il lui avait même été utile professionnellement. Il lui répondit bientôt :

« Je savais qu'il vous plairait. Avez-vous lu *Enfance* de Nathalie Sarraute ? »

Quelques années plus tôt, elle avait essayé un autre roman de la romancière française et laissé tomber après cinquante pages. Jane, qui avait été victime du terrorisme de la « bonne » littérature du temps où elle sortait avec Josh, n'aimait pas les romans trop intelligents ni les conseils de lecture qui tournaient souvent à la dictature. Cela, elle ne l'écrivit pas à Alex Letterman. Elle n'avait pas l'intention de commencer avec lui une discussion littéraire dans laquelle elle aurait eu l'air bête sans voir son opinion modifiée par une rhétorique convaincante. Elle emprunta *Enfance* à la bibliothèque mais ne le lut pas durant son voyage. Au retour, elle trouva un message d'Alex qui s'informait de la visite dans le campus sans mentionner Nathalie Sarraute. Sa discrétion lui plut. Le soir elle ouvrit le livre.

Ce n'était pas, comme *Paulina 1880,* un livre qu'on dévorait en un soir. *Enfance* se savourait plus lentement. Jane lisait un fragment, s'arrêtait, songeait, puis relisait le même passage, frappée par la justesse et la précision du ciselage : la perfection de Flaubert. Des phrases musclées. Un enfant surgissait, vivant, entre les lignes. Les mots restituant à la vie son souffle au lieu de la trahir. Elle était stupéfaite : pas seulement d'aimer le livre, mais de penser qu'il existait quelqu'un qui semblait savoir exactement le genre de livres qu'elle aimerait. Quelqu'un qui avait la même sensibilité qu'elle — mais le mot était trop vague : la même attente des mots, le même amour pour le vrai, si l'on pouvait appeler « le vrai » ce mouvement de l'esprit si subtil que les mots n'en donnaient qu'une caricature approximative.

La Princesse de Clèves était aussi l'un des livres de chevet d'Alex. Il s'intéressait à la manière dont le désir circulait dans le roman, et pensait que la reine dauphine, amoureuse de Nemours et jalouse de la princesse de Clèves, jouait un rôle pervers entre les deux amants. Jane n'était pas d'accord. Ils eurent une dispute sur plusieurs messages et s'envoyèrent, comme autant de preuves, diverses citations du roman.

« La reine dauphine, écrivit Jane, sait que Nemours n'est pas amoureux d'elle et n'en est pas blessée : elle ne peut pas l'aimer ! »

Il était étrange de débattre ainsi des sentiments de personnages dans un roman du dix-septième siècle. Jane se rappela ce qu'Eric lui avait dit sur la possibilité d'un échange intellectuel ailleurs qu'à Devayne. Elle était si fière et étonnée de sa correspondance qu'elle ne put s'empêcher de la mentionner un soir, après avoir tapé son message quotidien à Alex, alors qu'elle attendait son tour près de Sachs dans la salle de la photocopieuse. Elle s'avisa soudain que Sachs était médiéviste : connaissait-il Alex Letterman ? Oui : un élève d'Howard Bloch ; Sachs l'avait entendu faire une excellente communication sur Lancelot au congrès annuel des médiévistes à Minneapolis au printemps dernier. « Vraiment ? » s'exclama Jane tout excitée, sans oser lui demander à quoi ressemblait Alex.

Mi-février Alex lui demanda si elle avait lu *L'amant* de Marguerite Duras. Elle l'avait lu longtemps auparavant.

« Relisez-le. »

Il avait quelque chose à lui dire à propos de ce livre.

Elle le relut en deux jours : une bonne surprise encore, quand elle se croyait fatiguée de Duras, auteur consacré des campus. Alex venait d'assister à une conférence d'une certaine Natalie Hotchkiss que Jane connaissait sans doute puisqu'elle était sa collègue. Selon Hotchkiss, Marguerite Duras était devenue écrivain pour surmonter le terrible traumatisme qu'elle avait subi enfant quand sa famille l'avait vendue à un riche Chinois qui l'avait violée. Alex n'avait jamais rien entendu d'aussi stupide et s'exclamait, indigné, qu'on devrait interdire aux féministes américaines d'interpréter les romans français. Jane rit, ravie.

« Dès le premier instant c'est Duras qui décide, écrivait Alex. Le Chinois n'a pas le choix. Elle a quinze ans, elle est vierge, mais elle sait "ça". Ce moment où elle sait exactement, sans la connaître, la nature du rapport sexuel, ce moment où la conscience qu'elle a de son pouvoir attire le Chinois vers elle, c'est le moment où elle devient écrivain. Il ne s'agit pas du tout d'un traumatisme. »

Ils ne parlaient que de livres et de films. Elle ne savait rien sur sa vie et n'avait rien demandé. De message en message, ils étaient devenus de plus en plus proches, simplement parce que leur accord constant confirmait leurs affinités. La correspondance structurait le temps : Jane savait que, chaque fin d'après-midi, elle trouverait un message d'Alex et lui répondrait. Dans l'avion qui la ramenait à Old Newport après son voyage de dix jours à New Orleans, Salt Lake City et Tucson, le 3 mars, au lieu de préparer les cours de remplacement qu'elle devait donner le lendemain, elle mordillait son stylo en composant mentalement pour Alex le récit le plus amusant possible des aventures de Jane dans le Midwest et chez les mormons.

Le jeudi matin, elle dut se réveiller tôt pour préparer ses trois cours à la dernière minute. Elle eut à peine le temps d'avaler un bol de corn flakes en cinq minutes avant de descendre l'escalier en courant à une heure moins trois, d'enfourcher son vélo et de pédaler à toute allure vers l'université. Une vieille femme traversait Market Street en progressant à tout petits pas, appuyée sur un Caddy vide qui l'aidait à garder son équilibre chancelant. Le feu passa au vert avant que la petite vieille ait atteint le milieu de la rue. Les conducteurs attendirent, sans klaxonner. Sa perruque châtain était posée de travers. Jane sourit. Si elle avait envie de chanter, ce n'était pas seulement à cause de l'air frais et vif, et du grand ciel bleu dont elle n'avait pas pu profiter ce matin, et certainement pas parce qu'elle avait maintenant cinq heures de cours à donner, ni même parce que ses visites dans les différents campus se solderaient sans doute par une offre, au moins. Mais sa journée, telle cette vieille femme, avançait lentement et sûrement vers le moment où Jane allumerait son ordinateur et verrait apparaître, parmi d'autres, le nom d'Alex.

Quand elle sortit de cours, à six heures et demie, la nuit tombait. Elle était si fatiguée qu'elle décida d'aller nager. Ce fut une torture d'entrer dans l'eau froide mais la piscine était vide : un luxe. Elle nagea longtemps. Quand elle sortit du gymnase, détendue, sèche et réchauffée, il faisait nuit noire. Elle reprit son vélo et roula jusqu'au département où elle prit son courrier. Elle n'était pas pressée, même si sa jubilation croissait au fur et à mesure que se rapprochait le but de sa journée. Elle se rappela une blague de son père quand elle était petite et n'avait plus faim : « Divise ton assiette en deux portions : commence par ce qui est en trop, puis mange le reste. » En attendant l'ascenseur elle parcourut la liasse de courrier qui s'était accumulé pendant ces dix jours. Elle mit de côté trois enveloppes où les timbres postaux et son adresse écrite à la main indiquaient un contenu plus personnel que les messages de l'administration ou les publicités multicolores qu'elle n'ouvrait même pas : une lettre de son éditrice, une autre de l'université de Miami, et la dernière, sans en-tête, postée à New York.

Dans l'ascenseur elle ouvrit la lettre de Floride : une invitation à donner la conférence d'ouverture du colloque annuel de la Société des études francophones qui se tiendrait à Hawaï en mai. La présidente du comité, professeur à Miami, avait entendu la communication de Jane au MLA en décembre. Seuls les professeurs connus étaient invités à donner des conférences d'ouverture, et son unique livre n'était même pas encore sorti : le début de la gloire. Tous les frais de voyage payés et des honoraires de cinq cents dollars. Pas désagréable. Elle ouvrit la lettre qui venait de New York. Une lettre de deux pages, tapée, commençant par les mots « Chère Jane ». Elle regarda la signature au bas de la seconde page et frissonna : Xavier Duportoy. Voilà quelqu'un qu'elle avait complètement oublié. La porte de l'ascenseur s'ouvrit. Elle parcourut la lettre en marchant vers son bureau.

Il s'excusait encore pour le préjudice qu'il lui avait causé. Il en était sincèrement, profondément désolé. C'était vraiment une blague stupide et méchante, et même plus que ça : il voyait un psy deux fois par semaine et il comprenait qu'il y avait quelque chose qui n'allait pas chez lui.

« J'ai perdu le poste que je voulais, à Manhattan. C'est entièrement ma faute et je ne m'en prends qu'à moi. Le jour de l'entretien, il y a un an, je me suis retrouvé avec une fièvre de quarante-deux degrés dont on n'a pas trouvé la cause quand on m'a hospitalisé d'urgence et qu'on m'a mis sur un lit de glace. Je suis sûr que seule ma terreur de ne pas obtenir le poste à la New School a provoqué cette poussée de fièvre. Voilà comment je voulais ce poste. Il n'y en aura pas d'autre comme celui-là. J'ai perdu ma chance de vivre à New York et de faire un travail qui me passionnait. C'est ma faute, je le sais. Je voulais simplement te dire que tu es vengée, Jane. Souvent je me réveille en pleurant. Je n'arrive pas à croire ce qui m'est arrivé. Je me maudis. Je ne maudis que moi, crois-moi.

Maintenant je ne te demande qu'une seule chose : le droit de vivre. Ces mots te semblent sans doute bien dramatiques. Mais si je ne trouve pas de poste d'enseignant, je ne vois pas comment je vais survivre l'an prochain. Je ne sais rien faire d'autre. Je n'ai envie de rien faire d'autre. J'aime ce métier. J'aime lire, enseigner, faire lire. Ce n'est pas l'argent qui m'intéresse, évidemment, ni même la carrière. Je souhaite juste pouvoir faire ce que j'aime.

J'ai envoyé de nombreuses lettres de candidature cette année et j'ai eu plusieurs entretiens au MLA... »

Jane frissonna. Il était au MLA ? Une chance qu'elle ne l'ait pas rencontré.

« ... qui se sont soldés par une série d'invitations dans des campus. Mais, mystérieusement, les secrétaires m'ont téléphoné l'une après l'autre pour annuler l'invitation. Cinq universités. J'ai vainement essayé de joindre le directeur ou la directrice des départements respectifs. Ce qui s'est passé est évident : ils ont reçu des informations sur moi. La rumeur circule vite : bientôt tout le monde saura et je ne pourrai obtenir de poste nulle part.

Tu te dis peut-être que je n'ai qu'à retourner en France. Mais je n'ai jamais passé les concours qui permettent d'intégrer le système de l'Éducation nationale française. Je n'ai pas réussi le concours de l'École normale supérieure et j'ai quitté la France avant même de soutenir ma maîtrise. J'ai publié mon essai sur Sade chez un bon éditeur, mais cela n'aide pas. Je ne serais même pas sûr d'obtenir un poste dans un lycée.

Je t'en supplie, Jane : laisse-moi survivre. Je resterai dans un petit coin des États-Unis et tu n'entendras plus jamais parler de moi, je te le jure. Je t'en prie : fais cesser les coups de fil. »

Ce n'était pas le ton habituel de Duportoy. Il avait l'air sincère. Jane n'était plus d'humeur à vérifier son courrier électronique. Il était huit heures et demie. Elle rentra chez elle à vélo et sonna chez Lynn, qui ouvrit aussitôt.

« Salut ! Le voyage s'est bien passé ? »

Le gros chat gris se frotta contre les jambes de Jane. Elle entra dans le salon encombré que Lynn utilisait comme un bureau et lui tendit la lettre, que Lynn lui rendit après l'avoir parcourue.

« Tu ne crois pas que ça suffit ? » demanda Jane.

Lynn secoua la tête et sourit.

« Retour à la case départ. Il devrait te prendre comme avocate — après avoir commis un crime. »

Le chat sauta sur le dossier du fauteuil pour se rapprocher de Jane.

« Mais quand même, dit Jane, il a été suffisamment puni. Tu ne peux l'empêcher d'obtenir un poste dont il a besoin pour survivre. On ne frappe pas un homme à terre. »

Elle éternua et repoussa le chat.

« C'est drôle comme ce chat se colle toujours à toi, remarqua Lynn. Pourtant il est plus sauvage que Lara et ne veut jamais s'approcher de personne. Il doit sentir ta résistance. Tu veux boire quelque chose ? Un jus d'orange ? Un sherry ?

— Non. »

Jane s'assit sur le vieux canapé recouvert d'une couverture pelucheuse pleine de poils de chat et éternua de nouveau. Earl Grey sauta sur ses genoux. Il s'installa confortablement et ferma les yeux. Il était gras et lourd. Jane le poussa. Lynn s'assit sur le bras du fauteuil, face à Jane qu'elle dominait dans cette position. Elle se gratta la gorge.

« Jane, ma position est simple et inébranlable. L'expérience dont tu manques pour comprendre ce que je dis est celle du deuil. »

Jane aspira l'intérieur de sa lèvre inférieure, sans rien dire, avec une expression sarcastique.

« Un incident isolé, reprit Lynn, aurait été entièrement différent. Mais il s'agit de deux incidents dans un délai de deux ans. Je lis cette lettre et, franchement, je ne crois pas du tout que ce type comprenne le problème. Qu'il soit extrêmement désolé d'avoir perdu le poste à New York, c'est une évidence. J'en suis désolée pour lui, mais il ne peut vraiment s'en prendre qu'à lui, pour ça je suis d'accord. Sans doute pas à son moi conscient, d'ailleurs, mais à ce bizarre quelque chose en lui qui le pousse à faire des blagues de pas très bon goût et à terroriser les filles. Je ne crois pas qu'il puisse s'arrêter. Ça ne me surprendrait pas que quelque chose se soit passé en France aussi : sinon pourquoi aurait-il arrêté ses études là-bas et quitté son pays ? C'est comme pour les pédophiles : ils peuvent être terriblement désolés et conscients d'avoir fait quelque chose de mal, mais ils ne peuvent pas s'en empêcher, c'est plus fort qu'eux, et c'est pour ça que la société se doit de protéger les enfants contre eux.

— Je ne suis pas un enfant, que je sache. Et Duportoy n'a rien *fait* : il n'a touché le corps de personne.

— Ce n'est qu'une question de temps. Je refuse d'en courir le risque. La preuve qu'il y a quelque chose de pas net chez Duportoy, c'est que tu racontes ses petites blagues au directeur d'un département et celui-ci perd aussitôt tout désir de l'embaucher.

352

— Évidemment ! Puisque... »

Lynn interrompit Jane en haussant la voix :

« Pourquoi ? Parce qu'ils voient là un scénario récurrent et qu'ils pensent aux jeunes étudiantes qu'ils doivent protéger. Je n'ai rien contre Duportoy personnellement. Tant qu'il n'enseigne pas à des gosses qui pourraient lui inspirer le désir d'une petite blague, il peut faire ce qu'il veut : étudier le droit, devenir agent littéraire ou livreur de pizzas, travailler sur Wall Street ou gagner des tonnes de fric dans l'immobilier, je m'en fous. À propos, j'allais réchauffer les restes d'une pizza aux quatre fromages : tu en veux ? »

La discussion était close. Jane déclina l'invitation. De retour chez elle, elle mit la lettre de côté. Le lendemain après-midi, au bureau, elle alluma son ordinateur et trouva un long message d'Alex. Drôle, plein d'humour, charmant. Il la fit rire. Elle ne le connaissait pas : il était la personne la plus proche d'elle. Un message d'Alex lui faisait infiniment plus plaisir qu'une conversation avec Lynn, même sur d'autres sujets que Duportoy. Elle ne pouvait plus concevoir sa vie sans cet échange qu'ils avaient construit de message en message depuis sept semaines, et qui reposait sur un terrain fragile. L'écriture cachait plus qu'elle ne révélait : elle ne montrait qu'une face contrôlée de soi. Jane aurait pu voir Alex une seconde et perdre aussitôt le désir de s'adresser à lui. Il suffisait qu'Alex ressemblât à Eari, ou fût chauve et sans menton — ou, tout simplement, ne lui plût pas. Il suffisait pour cela, même s'il avait de beaux cheveux blond foncé, les yeux clairs, le menton juste de la bonne taille, la taille svelte, qu'elle n'aimât pas l'expression de ses yeux ou de son visage, ou son sourire, ou ses gestes, ou les mouvements de son corps : lui. En fait, elle ne s'adressait qu'à un double narcissique. Ce qu'elle aimait en lui, c'était son admiration pour elle. Tôt ou tard, probablement bientôt, dès que se préciserait la forme d'Alex, cette correspondance qui avait illuminé les sept dernières semaines s'arrêterait, Ce n'était pas du pessimisme mais du réalisme, Ce devenir inéluctable la rendait triste,

Voilà ce qu'elle écrivit à Alex le premier jour des vacances de printemps après avoir passé le week-end à rédiger des brouillons, Alex n'avait pas envoyé de nouveau message, selon leur contrat tacite : la correspondance s'arrêterait dès que l'un d'eux ne souhaiterait plus répondre, Pas de dépendance, pas de devoir ; cet échange ne restait plaisant qu'aussi longtemps qu'ils avaient tous deux le désir de s'adresser l'un à l'autre, Il allait sans dire que Jane serait la première à perdre ce désir, La dynamique de l'échange le voulait ; il était celui qui s'intéressait à elle, elle était celle qui répondait,

Elle éprouva un grand soulagement après avoir appuyé sur la touche « Envoi », Elle lui avait dit tout ce qu'elle avait sur le cœur en des termes presque aussi précis et justes que Nathalie Sarraute parlant de son enfance, Ce message était le plus important et le plus personnel de tous ceux qu'elle avait envoyés à Alex, Maintenant tout dépendait de sa réponse, Elle lui faisait confiance, Il comprendrait sa peur de voir la correspondance s'achever et trouverait une manière de la rassurer,

Elle alla au bureau mardi, mercredi et jeudi, juste pour vérifier ses messages. Alex ne se pressait pas pour répondre. Peut-être réfléchissait-il, comme elle la semaine précédente. Ces jours de vacances sans nouvelles de lui étaient tristes. Elle devenait nerveuse. Peut-être qu'il n'avait pas aimé son message alors qu'elle s'y exposait davantage ? Tout serait clair. Le mercredi elle reçut une offre de l'université d'Utah à Salt Lake City. Elle aurait aimé pouvoir le dire à Alex. Il aurait ri. Elle lui avait raconté sa conférence dans la salle pleine d'étudiants blonds de vingt-cinq ans à l'air si sérieux, tous déjà pères et mères de familles nombreuses. Aller s'enterrer chez les mormons, merci. Mais l'offre était utile pour faire bouger les choses : elle avertit les autres universités et, le jeudi, reçut un appel beaucoup plus intéressant de l'université du Wisconsin à Madison. Elle en prévint l'université de Louisiane à Baton Rouge et le directeur la rappela le vendredi ; une troisième offre. Tout se passait vraiment bien. Toujours pas de message d'Alex. Elle ferait mieux de se concentrer sur le choix qui devait décider de sa vie ; la Louisiane ou le Wisconsin ? Elle en discutait avec Lynn. La Louisiane représenterait un plus grand changement. Elle avait été charmée par le Quartier français de La Nouvelle-Orléans, la nourriture cajun, le soleil. Mais les collègues de Madison travaillaient sur des sujets plus proches de ses préoccupations et lui avaient plu davantage.

Le samedi à midi elle alla au bureau. Toutes les portes étaient fermées et les couloirs vides. Même Begolu n'était pas dans son bureau. Le nom d'Alex apparut sur l'écran et le cœur de Jane fit un bond. Elle cliqua immédiatement sur son nom.

Il s'avouait décontenancé par le long message de Jane, au ton si différent des précédents, si mélancolique et plaintif. Que lui était-il arrivé ? Pourquoi pleurer par anticipation sur la tombe de leur correspondance, au lieu d'en jouir tant qu'elle durait ? Cette méditation « sic transit » et « memento mori » sur la fin inéluctable des meilleures choses en ce monde était indigne d'elle. Au risque de lui déplaire, il devait dire qu'il préférait nettement l'autre Jane, celle qui proposait une fascinante lecture de *La Princesse de Clèves*. Si elle n'aimait plus leur correspondance, il n'y avait pas besoin de long gémissement : il suffisait d'arrêter. Puis il passait à un autre sujet : Avait-elle eu des nouvelles des universités qu'elle avait visitées ?

Jane ouvrit le prochain message, d'Allison. Elle était très triste.

Il n'avait rien compris, donc. Elle l'avait cru plus fin qu'il n'était. Il ne l'autorisait à avoir qu'une seule humeur : gaie, positive, pleine d'esprit. Le reste, c'était du « gémissement ». Cela lui rappela Eric disant qu'il n'y avait aucun problème quand elle sentait qu'il y avait un problème, et affirmant que tout se passait dans sa tête. Alex aussi était un homme, avec tous les défauts et les défenses d'un homme. Pour commencer, il n'écoutait pas.

Elle survivrait sans lui. D'ailleurs il avait peut-être raison : cette correspondance commençait à lui peser comme toute dépendance. À cause d'Alex elle négligeait depuis des semaines ses autres correspondants. Elle n'avait même pas répondu à la femme qui l'avait invitée à Hawaï. Il était temps qu'elle reprenne le contrôle de sa vie.

Elle devait faire son choix. Il lui semblait qu'elle aurait préféré Madison. Elle aimait l'hiver et les saisons. L'université était suffisamment riche intellectuellement pour compenser l'absence d'une vraie ville. La Nouvelle-Orléans était le royaume du jazz, mais Jane n'avait pas de passion pour le jazz. Et La Nouvelle-Orléans se trouvait à une heure de Baton Rouge. Elle serait plus isolée en Louisiane, plus loin de la côte Est que dans le Wisconsin.

Mais Madison se trouvait trop près d'Iowa City : quatre heures de route à peine. Le voyage depuis New York durait le même temps que pour aller en Iowa. Elle avait changé d'avion, de même, à Chicago. En débarquant à Madison elle avait eu des crampes au ventre : pas difficile de deviner pourquoi.

« Va en Louisiane, lui dit Lynn sans hésiter. Tu ne veux pas te retrouver trop près d'Eric. Tu es encore fragile. D'ailleurs ta préférence pour Madison est suspecte. »

Allison lui dit, par téléphone et e-mail, exactement la même chose : il n'était pas sain de chercher à se rapprocher géographiquement d'Eric quand elle ne l'avait pas encore oublié.

La date limite pour la réponse qu'elle devait donner à Madison se rapprochait de jour en jour. Elle avait choisi Baton Rouge. Elle se réveillait au milieu de la nuit, en sueur. Un choix, de toute façon, produisait toujours de l'angoisse, surtout un choix aussi important que celui-là, qui devait décider de sa vie pour plusieurs années sinon pour toujours. Elle aurait souhaité pouvoir retourner dans chacun de ces deux endroits. Elle n'y avait passé que deux jours, c'était si court. La piscine, qui l'aurait aidée à y voir plus clair, était fermée pendant les vacances.

Jane devait rappeler Madison vendredi. Le mercredi après-midi elle prit le bus pour Fort Hale. Par ce jour de brouillard où l'eau restait suspendue dans l'air, le ciel et la mer se mélangeaient dans un gris très doux où elle s'enfonça comme on entre au pays d'où l'on ne revient pas. La vue de la mer l'apaisa. Elle marcha deux heures et respira l'air iodé. Elle se dit soudain qu'Alex avait raison : Pourquoi envisager la fin ? Si elle ne pouvait pas s'en empêcher, pourquoi le lui dire ? Alex n'y pouvait rien. Elle s'était vexée comme une petite fille gâtée parce qu'il n'avait pas adulé chaque mot qui sortait d'elle, quand elle croyait l'impressionner par sa lucidité. Il avait exprimé sa surprise avec gentillesse.

Au retour elle alla droit au bureau, alluma son ordinateur et envoya un message à Alex. Pas un mot sur leur précédent échange. Elle lui parla du choix qu'elle avait à faire et de son indécision. Le lendemain elle trouva un message de lui : il lui demandait de décrire aussi précisément que possible le moment où elle était descendue de l'avion et sa première conversation avec la personne venue la chercher à l'aéroport. Elle le fit. Le soir même elle trouva un nouveau message d'Alex :

« Je ne comprends pas : il est évident que vous voulez aller à Madison. »

Le problème, c'était ce dont elle ne lui avait pas parlé. Le prochain message de Jane fut long. Elle lui raconta tout : Eric, ce chapitre de sa vie et la peur qu'il ne soit pas encore clos dans sa tête quand il était fini dans les faits. À Madison, pendant deux jours, elle avait tremblé comme si elle risquait de tomber sur Eric ou sa petite amie enceinte à chaque coin de rue. Elle craignait que sa préférence pour Madison, qu'Alex avait décelée, ne fût inconsciemment motivée par le désir de se rapprocher d'Eric : tout le monde avait toujours dit qu'il y avait chez elle quelque chose de masochiste et d'autodestructeur.

« Vous êtes une grande fille, répondit Alex. L'Iowa est un État voisin du Wisconsin, et alors ? N'écoutez pas votre peur : les fantômes tomberont en poussière. Vous n'allez quand même pas vous enterrer dans les bayous de Louisiane juste pour ne pas risquer d'y croiser votre ancien mari. »

Jane sourit. C'était cela qu'elle voulait entendre. Oui, elle voulait partir pour le Wisconsin. Pas à cause d'Eric mais en dépit de lui. Indépendamment de lui. Se libérer du passé. Elle se sentit soudain légère. Une heure plus tard elle appela le directeur du département de français à Madison : elle n'avait pas l'ombre d'un doute.

Les cours avaient repris, c'était le mois d'avril. Leur correspondance avait radicalement changé. Jane lui parla des hommes qui avaient joué un rôle dans sa vie : Eyal, Josh, Bronzino que, par discrétion professionnelle, elle ne nomma pas, Eric. Elle lui dit comment elle avait été certaine, en rencontrant Eric, que l'amour devait se baser d'abord sur une attirance physique ; et comment l'échec de leur histoire avait ébranlé toutes ses convictions.

De certitudes, Alex n'en avait guère. De femmes non plus, d'ailleurs. Sa première expérience physique remontait à ses vingt-quatre ans. C'était probablement la raison pour laquelle il n'était pas devenu écrivain comme Marguerite Duras : il ne connaissait pas « ça ». Il ne savait même pas s'il était attiré par les femmes ou les hommes. Il avait eu deux brèves aventures coup sur coup, l'une avec un homme, l'autre avec une femme, et dans les deux cas il s'était laissé faire. Quand il avait vingt-six ans, en première année de thèse à Columbia, il avait rencontré à une fête un jeune Italien, Luciano, beau comme un ange avec ses courts cheveux noirs et ses immenses yeux noirs aux longs cils, écartés l'un de l'autre. Un coup de foudre pour la première fois. Il était sorti avec lui cette nuit-là pour découvrir que Luciano était une Luciana : un corps de garçon, sans hanches, sans fesses et sans seins, mais le sexe d'une femme. Ils avaient vécu ensemble cinq ans, jusqu'à ce que Luciana le trahisse avec son meilleur ami. Il l'avait appris de façon pas très agréable en rentrant du congrès du MLA où il venait de passer plusieurs entretiens, quand il avait cherché un coupe-ongles dans la trousse de toilette de Luciana et trouvé vide le tube de crème spermicide qui était plein la dernière fois qu'ils avaient fait l'amour. L'été suivant il avait emménagé à San Diego. Depuis deux ans il n'avait eu aucune aventure : Luciana lui avait laissé un goût amer. Lui aussi était en convalescence. Il vivait dans une petite maison de bois au bord de la mer avec un adorable fox-terrier blanc crème, qu'une amie lui avait demandé de garder une semaine, pendant un voyage au Mexique dont elle avait choisi de ne pas revenir.

« Si un jour j'écris une histoire, ce sera celle d'une vieille fille qui vit seule avec son chien — ou d'un vieux paysan solitaire et silencieux avec sa chatte qui le suit partout. »

Jane pensa à Begolu avec ses quatre chiens, à Lynn et ses chats. L'histoire était déjà écrite, répondit-elle à Alex : Félicité et son perroquet dans *Un cœur simple* de Flaubert.

C'était le printemps. Des oiseaux descendaient en bandes sur la terre mouillée pour picorer des miettes au bord des flaques, l'herbe repoussait et devenait plus verte, de petites feuilles pointaient leur nez sur les branches nues, et bientôt écloraient les premiers boutons roses sur le magnolia juste à l'entrée de sa maison. Les cerisiers en fleur de Columbus Square formaient une magnifique arche de dentelle blanche tout au long de l'allée traversant le parc. Jane se réveillait en souriant et attendait chaque jour son message avec une impatience croissante, le découvrant avec une joie de plus en plus intense. La fièvre printanière ? À San Diego, c'était le printemps tout l'hiver. Il habitait au bord de la mer — sur la plage même. Elle imaginait la vue de ses fenêtres et rêva de son bureau au deuxième étage. Il lui apprit que sa maison n'avait qu'un étage. Il y avait entre eux une grande différence : il détestait l'eau et n'allait jamais nager dans la mer ni dans la piscine.

Il avait trente-trois ans. Elle était vieille par comparaison : presque trente-huit ans. Alex lui rit au nez. Il y avait une autre différence importante entre eux : il l'avait vue. Il était tombé amoureux dès l'instant où il l'avait remarquée derrière la table des conférenciers dans la salle du MLA. Si seulement Jane avait pu le voir aussi. « J'étais assis au troisième rang, sur la dernière chaise, la plus proche de la porte, pour m'éclipser si la séance m'ennuyait. Je suis grand. Je portais une chemise bleu ciel et un jean. J'ai le visage long et des cheveux châtain-roux très courts avec des pattes devant les oreilles. » Jane faisait tous ses efforts pour exercer sa mémoire. Elle avait un vague souvenir d'un jeune homme plutôt beau dont elle avait, une seconde, croisé le regard. Rien de sûr, pas d'image nette : quand elle donnait une communication, elle était trop nerveuse pour regarder ses auditeurs. Ils formaient juste une masse floue. « Bon, évidemment je ne vous ai pas frappée », conclut Alex avec un sourire. Ça ne l'inquiétait pas outre mesure. D'abord, la salle était comble. Ensuite, ce qu'elle nommait « attirance physique » n'était pas seulement déterminé par les attributs corporels, ou elle aurait pu choisir son type par ordinateur. On tombait amoureux d'un corps et d'un visage, oui, mais d'un corps qui bougeait, qui avait une grâce et une allure, et d'un visage qui vous regardait, qui vous souriait : on tombait amoureux d'une énergie ou d'un esprit qui irradiait par ces gestes, ces yeux ou ce sourire. Cette énergie, on la trouvait aussi dans le style. L'écriture était contrôlée, peut-être, mais c'était aussi ce qu'on avait de plus personnel. Ces trois mois de correspondance quotidienne voulaient forcément dire quelque chose. Il ne cherchait pas à la convaincre par écrit qu'elle tomberait amoureuse de lui : ils devaient se voir. Mais il avait confiance. Si l'étincelle magique ne se produisait pas, qu'à cela ne tienne. Évidemment, la meilleure manière de savoir objectivement si elle était physiquement attirée par lui consisterait à venir à Old Newport et se présenter à elle sans révéler son identité. Jane répondit immédiatement : il devait promettre de ne jamais la surprendre ainsi ou c'était fini. Si elle ne pouvait pas lui faire confiance, chaque jour serait un cauchemar : dès qu'elle verrait un inconnu elle se demanderait si c'était Alex et si elle était en train de rater le test de l'amour. Elle hésita à lui parler de Duportoy mais décida de n'en rien faire, pour ne pas trahir le secret d'un homme qu'Alex pouvait rencontrer un jour. Cinq minutes plus tard son ordinateur lui signala un nouveau message : Alex promettait de ne pas venir à Old Newport sans son autorisation. L'amour, ajoutait-il avec un sourire que Jane décelait entre les lignes sur l'écran, n'était pas un test : pas de risque de le rater.

C'était fou. Ils parlaient d'amour sans s'être jamais rencontrés. La fièvre d'un désir partagé animait leurs mots. Leurs messages étaient pleins d'une tension physique et d'une excitation épuisante. Bien sûr, ils ne parlaient jamais de sexe : il ne s'agissait pas de ça. Elle souhaitait parfois que l'e-mail n'eût pas existé. L'attente et le bonheur qu'elle éprouvait en lisant chacun de ses messages étaient trop forts. D'un tel sommet de joie on ne pouvait que tomber. Elle avait peur.

« Je suis si exposée maintenant : vous avez éveillé en moi un tel désir d'aimer et d'être aimée. »

Ils devaient se rencontrer, confronter le réel. S'il n'était pas son type, ils essaieraient de rester amis. Si ce n'était pas possible, tant pis. Le jeu en aurait valu la chandelle.

Où, quand ? Se rendre visite chez l'un ou chez l'autre était trop risqué. Alex suggéra le colloque à Hawaï. Son université rembourserait le voyage même s'il ne donnait pas de communication. Un lieu d'une neutralité exotique, un cadre professionnel tellement romantique. Ils en riaient. Du 17 au 21 mai. On était déjà le 2. Il devait préparer son voyage, réserver un billet d'avion et une chambre d'hôtel. Il s'en occupa dès le lendemain. Pas le même hôtel que Jane car il était trop cher, mais pas loin. Quand Jane, le 6 au soir, cliqua sur le nom d'Alex après avoir lu ses autres messages, gardant comme d'habitude le meilleur pour la fin, elle trouva un message bref en style télégraphique :

« Dois partir de toute ugrence. N'aurai aps accès à l'intrenet pendsnt queqlue temps. À beintôt. »

Elle fronça les sourcils. Six fautes sur deux lignes. Il avait dû le taper à toute allure, debout, son sac sur l'épaule, alors que le taxi l'attendait. Le mot « ugrence » avait un accent dramatique. Un accident arrivé à quelqu'un de sa famille ? Jane lui avait parlé de son propre père mais ne savait rien sur la famille d'Alex.

Les jours suivants, quand elle vérifia son courrier, elle fut légèrement déçue mais pas surprise de ne pas voir apparaître le nom d'Alex. Elle pensait à lui tout le temps et se demandait ce qui avait pu arriver, en espérant égoïstement que ce n'était pas quelque chose de si grave qu'il dût annuler le voyage à Hawaï. Bien sûr il y aurait d'autres occasions. Mais Hawaï était parfait. Après cinq jours de silence, son impatience s'accrut. Il restait moins d'une semaine avant le voyage à Hawaï. Alex n'avait peut-être pas de portable, mais à l'heure actuelle on pouvait trouver partout aux États-Unis un ordinateur à louer. Six jours. Peut-être devait-il passer chaque minute du jour aux côtés de sa mère et régler les affaires de son père, et ne pouvait-il pas sortir de leur maison, dans une campagne loin de toute ville. Si seulement elle avait pensé à lui donner son numéro de téléphone. Peut-être l'avait-il cherché : depuis l'histoire avec Duportoy elle s'était fait mettre sur la liste rouge. Peut-être n'avait-il pas un instant pour penser à Jane puisqu'il savait, de toute façon, qu'ils seraient ensemble dans quelques jours. À Hawaï, ils auraient tout le temps de parler. Lui avait-elle dit assez clairement combien il comptait pour elle indépendamment de son apparence physique ? Avait-elle exprimé trop de peur à l'idée de le voir et de voir disparaître, en même temps, leur lien privilégié ? Avait-elle pu lui faire peur ?

Elle ne lui envoya pas de message. Elle craignait d'y trahir son insécurité quand il ne s'agissait pas d'elle et de répéter l'erreur commise avec Eric. Elle devait faire confiance à Alex et à elle-même. S'il avait voulu mettre fin à la relation, il n'aurait pas envoyé ce message. Elle devait accepter ce qu'elle ne pouvait pas comprendre, ni contrôler, ni même imaginer. « Ne protège pas. » Dans quatre jours il expliquerait tout. En attendant elle ferait mieux de relire sa conférence. Alex serait dans la salle.

Le jeudi 14 dans l'après-midi, incapable de modérer son angoisse, elle chercha dans le bottin du MLA le numéro du département d'Alex à l'université de San Diego et le composa avec des doigts qui tremblaient. Elle se présenta comme un professeur de Devayne qui devait joindre le professeur Alex Letterman le plus rapidement possible. Le nom de Devayne impressionnait toujours les secrétaires.

« Je suis désolée, dit aimablement la femme, mais le professeur Letterman n'est pas encore rentré de France. Son retour est prévu d'ici une semaine. Souhaitez-vous laisser un message ? »

En raccrochant, Jane soupira de soulagement. Il était en France, peut-être, qui sait, auprès d'un ami en train de mourir du sida, dans un tout petit village sans accès à l'internet. Il serait rentré « d'ici une semaine » : après le séjour à Hawaï, donc.

Elle partait après-demain, tôt le matin. Ici il pleuvait mais il ferait sans doute beau à Hawaï. Il fallait sortir ses robes d'été, les repasser. Elle avait besoin d'un nouveau maillot une pièce : pas question d'exposer sous les yeux d'Alex son ventre de trente-huit ans. Elle passa devant le bureau de Dawn.

« Jane, vous êtes encore là ! Le professeur Bronzino cherche à vous joindre. Il veut vous voir le plus vite possible. Il est au Centre Kramer jusqu'à six heures. »

Il était cinq heures vingt-cinq et les magasins fermaient à six heures. Elle achèterait le maillot demain. Elle récupéra son vélo et descendit Garden Street sous la pluie vers le Centre Kramer, où elle frappa à la porte de Bronzino.

« Entrez. »

Son bureau ici était plus petit que celui du directeur du département dans le nouveau bâtiment, mais plus noble aussi avec sa table ancienne, ses étagères en bois sombre, les panneaux de chêne sur les murs et les fenêtres vitrées de petits carreaux de verre coloré. Bronzino, ses lunettes sur le nez, se tenait debout devant ses étagères, classant ses livres. Il s'avança vers elle et l'embrassa chaleureusement alors qu'elle ne s'y attendait pas.

« Félicitations. J'ai entendu dire que tu avais accepté une offre de Madison. C'est une excellente université. Peut-être qu'un jour tu pourras revenir parmi nous — si tu le souhaites. En tout cas tu vas nous manquer. Tu vas me manquer. »

C'étaient les premiers mots personnels qu'il lui adressait en presque huit ans. Il semblait sincère, même s'il était évident qu'il n'avait rien fait pour la retenir à Devayne.

« Ce bon vieil Old Newport me manquera — et toi aussi, bien sûr. »

Il ôta ses lunettes, les plia et les posa sur le bureau. Il portait maintenant des costumes et des chemises Calvin Klein gris et noir avec des cravates. Plus de chaussures à semelles de crêpe mais une belle paire de Church.

« Tu sais que je vais bientôt être père ?

— Ah bon ! Félicitations ! C'est pour quand ? »

C'était donc la nouvelle qu'il voulait lui annoncer : une revanche sur ce qui s'était passé huit ans plus tôt.

« En septembre. La pauvre Liz va devoir traverser tout l'été avec son gros ventre. »

Jane fut soudain frappée par son changement physique : il avait vieilli. Sa peau aux traits fripés par endroits semblait presque jaune, il avait les joues creuses, des taches brunes, et des poches sous les yeux. Soixante-six ans : pas jeune pour être le père d'un bébé. La nouvelle épouse avait dû insister. Un bébé, une jeune femme à satisfaire, les cours, la direction du Centre, les livres à écrire — et elle avait récemment vu dans le *Devayne Daily News* qu'il serait le doyen des études doctorales pour toute l'université l'an prochain. Cet homme se tuait. Elle ouvrait la bouche pour le féliciter de sa nomination comme doyen quand Bronzino lui demanda d'une voix faussement anodine :

« Tu es au courant pour Xavier Duportoy ? »

Elle tressaillit.

« Non. Quoi ?

— Le pauvre garçon s'est suicidé.

— Suicidé ! Oh mon Dieu ! Quand ? »

Les larmes lui montèrent aux yeux. Bronzino hocha la tête gravement.

« Il y a un peu moins d'une semaine.

— Mais pourquoi ?

— Pourquoi... Tu es bien placée pour savoir qu'il n'était pas le type même de la personne équilibrée. Apparemment sa petite amie, Jamaica Locke, aurait rompu avec lui, et il se serait heurté cette année à des difficultés professionnelles. C'est tragique. Un garçon si brillant. Il avait à peine trente-cinq ans. »

En pédalant vers chez elle, Jane ne cessa de penser à Duportoy. Le souvenir de la lettre traînant chez elle parmi ses papiers la brûlait au fer rouge de la honte. Elle avait mis la lettre de côté. N'y avait plus pensé. Elle avait la tête ailleurs : le choix d'un poste pour l'an prochain, la correspondance avec Alex. Duportoy lui avait adressé une supplique : il lui avait dit que sa vie était en jeu. Elle n'avait pas écouté, pas répondu. Par lâcheté. Elle n'avait pas le courage de se battre contre Lynn, même si elle n'approuvait pas ses méthodes radicales — pas le courage de perdre une amie dont elle pouvait encore avoir besoin. Si elle n'avait jamais parlé de Xavier Duportoy à Alex, ce n'était pas simplement par discrétion, mais par culpabilité. Elle n'était pas fière d'elle. Maintenant il était mort. Pas à cause de Jamaica. À cause de deux petites blagues stupides devenues son destin.

Elle sonna chez Lynn et lui jeta la nouvelle :

« Duportoy s'est tué. »

Elle se tenait debout sur le seuil dans son imperméable dégoulinant de pluie et regardait Lynn agressivement.

« Je suis désolée, dit calmement Lynn. Je sais que ce tu penses, Jane. Mais ça ne fait que confirmer mon point de vue : ce type était capable d'actes extrêmes. On peut lui être reconnaissant d'avoir tourné sa violence contre lui-même.

— Il n'avait même pas trente-cinq ans. »

C'était l'âge auquel Jeaudine était morte aussi. Peut-être Lynn pensait-elle que c'était justice : œil pour œil et dent pour dent. Jane se mordit les lèvres pour ne rien ajouter de méchant.

Elle se réveilla le lendemain d'une humeur de chien et entendit la pluie battre l'appui de la fenêtre. La pluie encore — alors qu'on était en mai. Elle avait fait un cauchemar. Alex lui manquait terriblement. Il était sans doute rentré de France la veille et lui avait envoyé un message aussitôt. Elle s'habilla et prit la clef de son vélo. Quand elle referma la porte et descendit l'escalier, son humeur était plus sombre que le ciel noir dehors. Et s'il n'y avait pas de message ? Si leur correspondance n'intéressait plus Alex ? S'il avait rencontré quinze jours plus tôt une femme qu'il avait suivie en France ? Une Française. Maudites soient les Françaises, hormis Rosen. Elle était folle de se mettre dans des états pareils pour quelqu'un qu'elle verrait demain soir pour la première fois et qui peut-être ne lui plairait pas.

En bas elle trouva le paquet avec le manuscrit.

Jane était blanche et respirait difficilement.

Un seul détail erroné : elle n'avait pas pris son vélo ce matin parce qu'il tombait des trombes et que les rues étaient de vraies piscines. Il avait prédit la pluie, pas la violence de la pluie. Mais comment pouvait-il savoir qu'elle apprendrait par Bronzino la nouvelle de sa mort ?

Elle posa la dernière page au sommet de la pile épaisse. Elle vit alors, au dos de la feuille, une petite phrase manuscrite à l'encre bleue de la même écriture que l'adresse sur l'enveloppe. Elle reprit la page et l'approcha de ses yeux fatigués : « Il n'y a pas d'autre exemplaire de ce texte, ni sur papier ni sur disquette, ni sur disque dur, que ceux que tu possèdes. » Tu. Son écriture, l'adresse directe et l'usage du présent rendirent soudain sa mort incroyablement réelle. Elle frissonna, se leva et rangea le manuscrit dans le tiroir de ta table près du téléphone.

Il était presque dix heures : inutile de joindre le département de français de l'université de San Diego ; à sept heures du soir, la secrétaire serait partie depuis belle lurette.

Elle passa deux coups de fil. Le premier à Bronzino, qui confirma ce qu'elle soupçonnait : il avait reçu, deux jours plus tôt, un mot de Duportoy lui demandant d'informer personnellement Jane de sa mort. Norman n'avait pas cru devoir se dérober à la dernière volonté d'un mort, où il n'avait rien vu d'offensant pour Jane. Elle le rassura, attribuant cette demande à la délicatesse de Xavier

qui devait se douter que son suicide serait pour elle un choc. Elle
apprit autre chose : Duportoy s'était suicidé à New York où il vivait
cette année, mais il avait, pendant l'hiver, fait des recherches à la
Clark Library de l'université de Los Angeles. Norman le savait par
son ami Peter Reiss, directeur de cette bibliothèque, qui ne tarissait
pas d'éloges sur un jeune homme si doué et trouvait regrettable que
Devayne l'ait laissé partir.

Jane composa ensuite le numéro de Jeremy Sachs. Elle s'excusa de
l'appeler si tard : elle se trouvait chez des amis à New York d'où elle
s'envolait demain matin pour un colloque à Hawaï auquel assis-
tait aussi Alex Letterman ; elle devait lui envoyer un message
urgent et avait oublié son adresse e-mail à Old Newport. Jeremy la
connaissait-il ? Par une extraordinaire coïncidence, Sachs avait
justement reçu le jour même une lettre du jeune protégé de Jane
l'invitant à participer à un numéro des Stanford French Studies.
L'adresse se trouvait sur la lettre : Alex. letterman@compuserve.
com. Jane hocha la tête et avala sa salive, avec l'impression que
son estomac se vidait brutalement : elle n'avait pas envoyé un seul
message à cette adresse. « Pourquoi pas son compte à l'université ?
demanda-t-elle en contrôlant à peine le tremblement de sa voix. —
Il a dû te dire qu'il ne l'a pas utilisé cette année parce qu'un
compte Compuserve était plus facile d'accès depuis Lyon.» Alex
Letterman, en effet, avait passé toute l'année à Lyon.

Après avoir raccroché, Jane s'effondra. Karl l'entendit hurler. Il
alerta Lynn, qui tenta sans succès d'ouvrir avec sa clef — la
chaîne était mise — et finit par menacer Jane :

« Si tu n'ouvres pas j'appelle la police.»

Apprenant qui était Alex Letterman, Lynn fut si horrifiée qu'elle
voulait déterrer Duportoy pour vérifier que c'était son cadavre.
Jane allait rencontrer ce fou à Hawaï et se jeter dans la gueule du
loup. Lynn était convaincue d'avoir sauvé Jane d'une mort atroce
en acculant Duportoy au désespoir qui l'avait conduit au suicide.

Cet homme avait terrorisé une étudiante puis, deux ans plus
tard, une collègue. L'année suivante, il s'était fait passer pour un

autre pour continuer à jouer avec cette femme. Duportoy s'était débrouillé pour obtenir le mot de passe du compte e-mail d'Alex Letterman, en année sabbatique. Quel plaisir, ensuite, de violer l'âme de Jane en s'y enfonçant un petit peu plus chaque jour. Un jeu d'enfant. Pas du tout ennuyeux : quoi de plus excitant que de voir sa victime devenir folle d'amour et se livrer passionnément à son bourreau ?

Il y avait plus excitant : observer la révolution de ses traits au moment où elle arriverait en taxi à la maison isolée sur la falaise où il lui aurait donné rendez-vous, sonnerait à la porte et le reconnaîtrait. Trop tard. Il aurait déjà refermé et verrouillé la porte derrière elle.

Au moment de son suicide, on n'était plus qu'à une semaine de ce scénario.

Jane ressentit d'abord une haine brûlante, la rage d'avoir été dupée et entièrement manipulée par un homme qui s'était emparé de chaque recoin de sa vie et de son âme. Mais plus Lynn exprimait sa fureur et sa satisfaction d'avoir sauvé Jane, plus la haine de Jane et le souvenir de son humiliation fondaient. Ne restait que la colère d'avoir été abandonnée par un amant qui s'était tué. Car c'était de l'amour. Elle en tenait la preuve : le manuscrit. Alex savait tout d'elle. Seul l'amour donnait pareille connaissance. Alex avait aimé, sinon Jane elle-même, du moins ce personnage qu'il avait créé, qui ressemblait tant à Jane, auquel il avait su donner vie en rentrant dans sa peau. Il ne s'était pas tué pour Jamaica. Ni parce qu'il ne pouvait pas trouver de poste pour l'an prochain. Ni par détraquement mental. Il l'avait fait pour elle, pour eux — parce qu'ils ne pourraient se rencontrer ni à Hawaï ni ailleurs, parce que c'était impossible, parce qu'il était Xavier Duportoy.

En juillet, elle déménagea dans le Wisconsin. Elle loua un appartement inondé de lumière avec une vue sur le lac et commença à enseigner là-bas en septembre. Elle acheta un chiot fox-terrier blanc crème, une petite bête bouclée, joueuse et sensuelle quémandant des caresses sur son ventre tout doux, qu'elle baptisa Pau-

line. Son livre sur Flaubert parut discrètement en octobre. On disait qu'il était extrêmement émouvant de voir son nom imprimé pour la première fois sur la couverture d'un livre. Quand elle reçut par la poste le premier exemplaire, cela ne lui fit rien.

Elle relut le manuscrit, changea quelques noms, écrivit le début et la fin ainsi que des passages intercalaires décrivant sa réaction à la lecture. Les mots lui vinrent avec facilité. Elle pouvait voir Alex sourire par-dessus son épaule. Alex-Xavier. Alexavier. C'était ce qu'il voulait, ou il ne lui aurait pas envoyé le manuscrit avec la disquette en lui signalant qu'il n'en existait aucune autre trace. Leur roman. Leur enfant. Son écriture à lui, son idée, sa structure, son style, mais son histoire à elle : la chair, l'intrigue, les détails, tout venait de leur correspondance e-mail ou de ses confidences à Francisco ou Jamaica retransmises à Xavier. Elle reprit contact avec Josh qui confirma ce dont elle se doutait : il avait rencontré Xavier Duportoy à New York l'an passé et ils étaient devenus amis. Elle apprit aussi, par Rosen, que Vincent connaissait Xavier. Quand elle écrivit le dernier mot et imprima le gros manuscrit avec, sur la première page, son propre nom comme nom d'auteur, elle éclata de rire. Une bonne farce. Il était drôle de duper le monde entier, ce monde si sérieux et si ennuyeux. Personne ne saurait. Elle partagerait ce secret avec Alexavier qui restait vivant dans son cœur — toc-toc-toc.

En décembre elle envoya le roman à un agent dont Josh lui avait donné le nom. Malade, elle passa au lit, avec une infusion de gingembre, le réveillon de l'an 2000. Il était doux d'être seule et tranquille chez soi quand le monde entier se croyait obligé de fêter toute la nuit l'entrée dans le nouveau millénaire. Le 21 janvier 2000, elle prit l'avion pour New York et signa son contrat avec Simon and Schuster. Ils lui donnèrent quarante mille dollars. L'agent promit qu'il obtiendrait davantage pour le prochain livre. Jane riait. L'argent du prix qu'elle avait reçu pour son livre universitaire, cinq mille dollars, avait semblé une somme énorme. Le problème avec Jane *sortit deux mois après la signature du contrat. Pour les livres universitaires, il y avait des années de délai : un autre monde.*

Quand elle tapait son nom sur le catalogue électronique de la bibliothèque, sous Cook, Jane Elisabeth, 1961, deux titres apparaissaient maintenant sur l'écran.

Les critiques, dans l'ensemble, furent favorables. L'article préféré de Jane concluait que le seul problème avec Le problème avec Jane était que le style merveilleusement féminin de l'auteur contredisait les prémisses d'une intrigue rigoureusement construite : on ne croyait pas un seul instant que le livre avait été écrit par un homme.

En mai, elle reçut un message enthousiaste de David Clark : il organisait une session sur le roman contemporain au congrès du MLA en décembre et souhaitait la présence de Jane comme invitée d'honneur. Elle le remercia ; poussée par un reste de curiosité, elle lui demanda si l'enfant d'Eric était une fille ou un garçon et quel était son prénom. David lui répondit que Catherine avait fait une fausse couche et qu'Eric et elle n'étaient plus ensemble. Il lui apprit aussi qu'Eric, qui avait lu et beaucoup aimé Le problème avec Jane, l'avait chargé de transmettre à Jane son nouveau numéro de téléphone.

La dernière partie du message fit plaisir à Jane sans l'émouvoir particulièrement : elle était guérie. Le pauvre Eric n'avait pas de chance. Son ambition, fonder une famille, n'était pourtant pas démesurée.

Il était six heures dix : elle avait une chance de le joindre chez lui. Pourquoi pas maintenant ? Le silence n'était pas une fin : ils devaient, un jour, avoir une vraie conversation.

Elle composa le numéro d'Eric. En entendant la tonalité, elle se demanda si elle laisserait un message, et lequel. Indécise, elle allait raccrocher quand Eric répondit. Sa voix la troubla.

« C'est moi, dit-elle.

— C'est toi. »

New Haven, janvier 1998
Prague, mai 1999

Le paquet   11

  I. Dîner avec Bronzino   15

 II. À la façon d'Eric   67

III. Pas même un baiser   167

IV. Guérir   271

Achevé d'imprimer
sur Roto-Page
par l'Imprimerie Floch
à Mayenne, le 10 août 1999.
Dépôt légal : août 1999.
Numéro d'imprimeur : 46468.

ISBN 2-07-075656-4 / Imprimé en France